Wrong Place, Wrong Time
by Andrea Kane

白い吐息のむこうに

アンドレア・ケイン
織原あおい［訳］

ライムブックス

白い吐息のむこうに

主要登場人物

デヴォン・モンゴメリー……………………獣医
ブレイク・ピアソン……………………ピアソン&カンパニーの若き幹部
ピート(モンティ)・モンゴメリー……………………デヴォンの父。私立探偵
ジェームズ・ピアソン……………………ブレイクのいとこ。馬術の騎手
エドワード・ピアソン……………………ピアソン&カンパニーの会長。ブレイクとジェームズの祖父
フレデリック・ピアソン……………………ピアソン&カンパニーの幹部。ブレイクとジェームズの伯父
サリー・モンゴメリー……………………デヴォンの母。モンティの前妻
レーン・モンゴメリー……………………デヴォンの兄
メレディス・モンゴメリー……………………デヴォンの妹
アン・ピアソン……………………エドワードの妻。ブレイクとジェームズの祖母
ルイーズ・チェンバーズ……………………ピアソン&カンパニーの顧問弁護士
ローレンス・ビスタ……………………ピアソン家に雇われている馬の獣医
フィリップ・ローズ……………………ピアソン&カンパニーの幹部

1

空は暗く、どんよりとした雲に覆われている。ニューヨーク北部に冬が到来した証だ。

サリー・モンゴメリーの中古のシェヴィー・トラックは、雪に覆われた山道をがたがたと揺れながら走っていた。この道は自宅から一キロ半ほど離れた広大な馬の飼育場《ファーム》に続いている。歩いてもよかった。実際、いつもはそうしていた。朝の六時半というとんでもなく早い時間ではあるけれど。保育園のみんなには、どうかしてると思われている。五二歳の女が往復三キロの山道をわざわざ歩くなんて。しかも夜が明ける前に。まあ、そう思われても仕方ないが。

でも体調は万全だし、アウトドアが大好きなのだ。それに、山を歩くと頭がすっきりして全身に充実感がみなぎってくる。

ただ、今日みたいな日は別。さすがのサリーでもパスだ。外は凍えるように寒い。一月がその実力を遺憾なく発揮している。気温は氷点下、風は刺すように冷たく、日差しはかけらもない。しかも昨晩はまた雪だった。積もったのはほんの七、八センチだけれど、いつもは軽快なハイキングを雪山の行軍にするには十分だった。

探険家じゃあるまいし。こんな日に歩いても、惨めな思いをするのが関の山だ。

そこで四駆にご登場願った、というわけだ。

ハンドルを左に切り、門を抜ける。ここから先はピアソン家のファームの私道だ。道の両端には松の木が並んでおり、松葉から垂れるつららがヘッドライトに照らされて光っている。二〇〇ヘクタールの敷地を覆う新雪もきらきらと輝いて見える。なんてきれいなんだろう。

家やそのほかの建物はさらに壮観だ。

ううん、家じゃないわね。彼女はフェンスのむこうで雪に覆われているパドックの脇を通り過ぎ、建物群へ向かった。まずは杉をふんだんに使って建てられた邸宅が現れる。続いて離れ屋の数々——幾重にも仕切られた厩舎、餌場と馬具収納場、暖房付きの洗い場、そして障害飛越用の巨大な屋内馬場が一つと、小さめな馬場が二つ。文句のつけようもない。ここダッチェス郡でも、これだけの規模と設備を誇るサラブレッド飼育場はまずない。照明付きの屋外馬場、運動用のトラックと障害用馬場に加えて、広大な土地には池と豪華な作りの東屋《あずまや》まである。

何度も目にしているのに、それでも毎朝はっと息をのんでしまう。

だがここに来るのが楽しみな理由はほかにもある。

馬に会えるのが何よりも嬉しいのだ。エドワード・ピアソンはレストラン業で大成功した億万長者かもしれないが、彼の真の情熱はここにある。エドワードはこれまで馬術競技会で優勝した何頭もの馬に出資してきた。八〇歳になろうといういまでは、全国でも有数の優秀なサラブレッドの馬主だ。どれも名馬と呼ぶにふさわしく、数えきれないほどの栄冠を手にしている。卓越した技術と気品に加え、それぞれに個性があり、性格もいい。彼らと過ごす時間は彼女にとって大切なひとときだった。どの馬も愛している。彼女がエクササイズ係を担当する三頭を始め、みんなかわいい子たちだ。お金が要る、それは否定しない。毎朝ここに来て、飼育係らと汗を流して働くのはそのためでもある。でも本音を言えば、お金をもらえなくても喜んでやりたい。それくらい、馬たちは愛らしかった。

タイヤを雪の中できしらせ、彼女は厩舎脇にトラックを停めた。まだ早い。フレデリックは、あと三〇分は来ないだろう。ちょうどいい。サンライズの所に行って、脚の具合を診てやれる。このあいだ見たときは、軽く引きずっていた。よくなっているといいのだけれど。

トラックを降り、サリーは雪を踏みしめながら木製ドアのほうに歩いていった。なんて寒いの。手袋をしていてもかじかむ手を揉みながら、肘で扉を押して中に入る。馬たちの穏やかな息づかいと、馬房の中を歩き回る音が聞こえてきた。

さてと、まずはサンライズね。

彼女は目指す馬房まで行き、挨拶代わりに首を撫でてやった。サンライズは美しい栗毛の牝馬。白い斑点は堂々たる威厳を感じさせ、黒い瞳はじつに表情豊かだ。生まれつき人なつこい馬で、サリーに撫でられると嬉しそうに尾を振り、鼻を押しつけてきた。でもまだ動きに少し硬さがあるわね。彼女は眉をひそめ、足下に目をやった。やっぱり。右脚がまだよくないのだ。

脚を診ようとサリーがしゃがむと同時に、厩舎の奥から声がした。複数の男性の声。

「――ただの失敗じゃすみません。立派な犯罪ですよ。ぼくらの鼻先に爆弾を仕掛けられたのと変わりません」フレデリックだ。エドワード・ピアソンの長男で、サリーが朝の乗馬を共にするパートナー。もう来ていたとは知らなかった。怒っているらしい。「義理なんて関係ありませんよ。あいつはもうクビです」

「それは私が決めることだ、おまえじゃない」その氷のごとく冷たい声の主もすぐにわかった。ピアソン家の家長、エドワードだ。七九歳で心臓発作に襲われてからまだ日が浅いというのに、その威厳は全盛期と少しも変わらない。「フレデリック、おまえは黙っていろ。私がなんとかする」

「なんとかする？　しかるべき人間を買収して口封じ、ですか？　その手は使えませんよ。今回はだめです。まったく、父さんは何もわかってない。現実をよく見てください。あいつはじつに危険な存在です。いつ爆発するかもわからない。爆発したら最後、うちの会社と家族は一巻の終わりなんですよ」

「メロドラマじゃあるまいし、くだらん妄想はよせ。私には考えがある」

「素晴らしい。だったら聞かせてくださいよ、あいつをどうするのか。それと会社の金を注ぎ込んでいる例のリサーチ・コンサルタントの件も。何もかも洗いざらい。ぼくには知る権利がある。ピアソン＆カンパニーのＣＥＯなんですから」

「会長はこの私だ」エドワードがぴしゃりとやり返した。「私が死ぬまで、それは変わらん。

つまり、おまえは私の言うことに従っていればいい。逆はありえん」

「わざわざ言われなくてもわかってますよ。毎日、嫌になるほど思い知らされていますからね。ですがそっちがそうくるなら、ぼくも言わせてもらいますよ。会社がここまで大きくなれたのは、この三〇年、ぼくが汗水垂らして働いたからです。お忘れですか？」

「ふん、その会社を興したのはこの私だ。五〇年前、おまえがまだベースボール・カードで遊んでいる頃にな」

「確かに。ですがぼくは現在、過去最高の業績を上げようとしているんです。会長がそんなふうだと、仕事にも打ち込めません。ぼくにはわかる、父さんは何か隠している。なんですか？　教えてください」

「おまえは知らなくていい」

　フレデリックはふうっと短く息を吐いた。「要するに、おまえは口を出すな、あいつはピアソン社に残る、と」

「いかにも」

「いかにも、じゃありませんよ。冗談じゃない。話はまだ終わっていませんからね」フレデリックはいまにも怒りを爆発させそうだった。「いったん休戦です。サリーがもうじきやって来ますから。馬のエクササイズが終わったら、ぼくは社に向かいます。一〇時に会議がありますので、それが済んだら再開です」

　この手の会話は、サリーが一番耳にしたくないものだった。

自分が聞くべきじゃないことはよくわかっている。彼女はサンライズの馬房の前を急いで離れ、そっと厩舎から出ようとした。

誰にも見つからずにそうするつもりだったのに。

「今日こそあいつに警告してやる」ぶつぶつ言いながら、フレデリックがものすごい勢いでこちらに向かってきた。サンライズの馬房を離れようとしたサリーは危うく踏みつけられそうになった。

「サリー」フレデリックは彼女の腕をつかんで支えながら、白いものが混じった眉毛をつり上げた。顎が引きつり、頬が赤く染まっている――ついさっきまで口論をしていた証だ。彼女を前にして表情は少しばかりやわらいだが、目には警戒心が残っている。「いたとは知らなかったな。大丈夫か？」

「いま来たところよ。それと、ええ、大丈夫よ」そうは言ったものの、本当はひどく気まずかった。父と息子の醜い口論、しかもピアソン&カンパニー内での何やら怪しい事態に関する話を盗み聞きしてしまった。そればかりではない。スパイか何かのようにこっそり逃げようとしていたところを見つかったのだ。

まったくもう、警官の妻みたいな考えはやめないと、とサリーは思った。テレビの刑事物じゃないんだから。ちょっとうっかりして、彼とぶつかっただけなのよ。わたしが来るのをフレデリックは承知していた。週に二回、二人で馬に乗ることになっている。わたしは運悪く、タイミングの悪い日にたまたま早く来てしまった、ただそれだけ。たいしたことじゃないわ。さっき聞いた話も忘れなさい。ピアソン社の従業員の誰がまずいことをしようが、その人がエドワードの恩赦を受けようが受けまいが、なんの関係もない。わたしが首を突っ込むことじゃないんだから。

とにかく、いまはこの気まずい雰囲気をなんとかしないと。ほら、肩の力を抜いてもっと気楽に。

こういう時はへたに逃げるよりも、正面からぶつかったほうがいい。サリーは頭から被っていたダウンのフードを取った。これでフレデリックの目を見て話せる――むこうも同じだけれど。

「お邪魔してごめんなさい」無理に偽るのはやめ、正直に言った。「今朝はトラックで来たから、早く着いたのよ。いくらわたしでも、今日は歩くには寒すぎたから。会議の邪魔をして本当にごめんなさい」

「会議、か」フレデリックが乾いた声で繰り返した。「物は言いようだな」

「気が利いてるでしょ」皮肉に気づかないふりをしても無意味なのはわかっていた。「わたしもね、いまだに両親とけんかするわ。親の言い分はわかるけど、意見が合うことはまずない。それでもね、いざというときに家族は味方になってくれるわよ。覚えておいて。そうだ、二、三キロ軽く走ってみるといいわ。怒りの解消に効果的なのよ、びっくりするくらいいね」

「ジョギングは、ぼくには向いてない」

「でしょうね」サリーは思い起こしてみた。乗馬のときを別にすれば、地味なビジネスーツとカシミアのコート姿しか見たことがなかった。「じゃあ、ラケットボールは?」

彼がおかしそうに笑った。少しリラックスしてきたようだ。「ノーだ。仕事がいい。二時間ばかりデスクに向かえば、怒ったことも忘れるよ」

彼女は眉をひそめ、蜂蜜色の髪を耳にかけた。「あら、そうなの」

「信じてないね」

「信じるべき、かしら。これだけ成功しているんだから、さぞやお仕事が好きなんでしょうね」

「素晴らしき大自然は満喫できないがね」

サリーは軽く肩をすくめた。「人それぞれっていうけど、本当ね。わたしは大の自然派。あなたは仕事の虫。世界はどちらも必要としている」

「またも気が利いてる。きみはいつも淑女のたしなみを忘れない人だ」今の発言は、フレデリック自身に向けたものでもあった。彼は見るからにタフな男性だ。いかつい顔、白いものが混じりはじめた髪、大きくて頑丈な身体。ハンサムではないが、カリスマ性はある、それもかなり。女心をつかむ要素は揃っている――リッチで、権力があり、男らしい。そのうえもちろんフリーだ。五八歳で、二年前に奥さんを亡くしている。目の覚めるようなブロンドの、ピアソン社の若い顧問弁護士と腕を組んで歩くところを何度も目撃されているが、彼はサリーへの関心を隠そうともしていない。

この二カ月余り、フレデリックは以前にも増してファームに顔を出すようになった。サリーと朝の乗馬を楽しむためだ。サリーも彼とのひとときが楽しみになっている。それからもう一つ、彼のアプローチをまんざらではないとも思いはじめていた。あれからもうずいぶんと経つ。どこかで踏ん切りをつけて、過去を手放さないと。

彼女の心を見透かしたかのように、フレデリックが聞いてきた。「今週末、何か予定は？」

「特にないけど、どうして？」

彼は唇をすぼめた。何かに思いを巡らせている表情だ。「うちに食材を入れている業者がアディロンダックのルサーン湖の近くに別荘を持っていて、今週末そこに行くつもりなんだ。ちょっと気分転換にね。それで、きみとご一緒できたら嬉しいなと思って」

なるほど、泊まりということね。でも、いくらなんでもそれは早すぎる。しかもよりによってルサーン湖だなんて。困ったわ、地名を聞いただけでいろいろな記憶が蘇ってくる。

「ありがとう、でもやめとくわ」

「ぼくを？　それとも週末？」

「週末のほう」サリーはふうと短く息を吐いて続けた。「ねえ、フレデリック、あなたと一緒にいるのは楽しいわ。でもどうせ誘ってくれるのなら、もう少し気軽なものから始めてもらえるとありがたいんだけど。お食事とか。週末の泊まりは少し重いわ」

また何か考えている表情になったが、今度は嬉しそうだ。「ずばり言うね。それじゃあ最初から説明し直そう。うちの業者はルサーン湖に『ベッドルームが二つ』ある別荘を持っていて、ぼくはそこで美しく知的な『友人』とぜひ一緒に過ごしたいと思っている。彼女はアウトドアを愛している。ぼくが会議室を好きなのと同じくらいね。たぶん、彼女ならぼくにリラックスの仕方を教えられるし、ぼくらはお互いにもっと知り合える。どのくらい知り合えるかは、彼女次第だけどね」彼はあえて言い添えた。

少しだけ態度を緩め、サリーは諸々の予定についてざっと考えてみた。「金曜の三時までは動けないわ」

「だろうね。保育園は三時までだろ？」

サリーは驚いて目を見開いた。「あら、よく覚えていたわね。感心だこと」

「まあね。じゃあ来るかい？」

サリーはこの駆け引きを楽しみはじめていた。彼女はヘーゼルナッツ色の瞳を輝かせて言った。「慌てないで。わたしが任されている馬はどうするの？　運動させてやる人がいないでしょ？」

「うちには馬丁と調教師がたくさんいる。彼らに任せればいい。それに、今週末は甥のブレイクが来ることになっている。きみにはかなわないが、熱心に面倒を見てくれるはずだ。それと、きみのペットの世話も誰かに頼もう。まだ何かあるかい？」

「ええ、まだ。スキャンプが」

「スキャンプ？」

「ブリュッセル・グリフォンよ。わたしの犬」ぽかんとした表情のフレデリックに、彼女が説明した。「留守番ができないの。知らない人にはなつかないし。あの子には、それなりの手配をしてあげないと」

「それなら心配ない」訳知り顔でにこりとすると、フレデリックはあっさりと解決案を出した。「娘さんは獣医じゃないか。それに、彼女が勤めている所はペット用の総合病院とリゾート・クラブが合わさっているんだろ」

「クリーチャー・コンフォーツ&クリニックというの。それと、デヴォンは勤務しているだけじゃないのよ」とサリーは誇らしげに目を輝かせて正した。「この一月からは、経営にも携わっているの。しかも経営陣の中で一番若いんだから」そう言ってすぐ、自慢げに聞こえたのではないかと心配になった。「ごめんなさい。親ばかね」

「謝ることはない。すごいじゃないか。それに、きみもよく頑張ったね。いまでもよく覚えているよ。うちがここをウィルソン家から買い取ったとき、きみは馬の世話の仕事を続けさせて欲しいと頼んできた。お金が入り用で、前の旦那さんの稼ぎだけじゃ足りないと。娘さんは大学を終えて、それから確か、コーネル獣医学校を出たんだよね。よかったじゃないか、きみの頑張りが報われたんだ。素晴らしい娘さんを持ったね。それと、娘さんは素晴らしいお母さんをお持ちだ」

サリーはお世辞を笑顔で受けとめた。「ありがとう。嬉しいわ」

「じゃあ、今週末は一緒に？　きみのために予定を変えるよ。木曜に出るつもりだったんだけれど、喜んでもう一日待とう。理由は一つ、きみと週末を楽しみたいから」

「その必要はないかもしれない。いま思いだしたんだけれど、今週の金曜、保育園はお休みなのよ。暖房設備が壊れていて」

「これを運命と呼ばずして、なんと言おう？」フレデリックは嬉しそうに言った。「よし、決まりだ。出発は木曜日、保育園が終わったらすぐに」

サリーはさらにもう一段階、気持ちを緩めた。「ベッドルームは『二つ』、よね？」

「バスルームを挟んで。それから最高の眺めと素敵なハイキングコースもある。そうだ、スケートをしてもいい。ただし、クロスカントリースキーは遠慮しておこうかな。ぼくはそこまで勇敢な男じゃないからね」

「いいわよ。でもスキーの醍醐味を知らないなんて、もったいないわね」急にわき上がってきた期待感に後押しされ、サリーは心を決めた。山間への週末旅行。古い思い出を新しいものと取り替えられるチャンス。やるだけはやってみないと。「ええ、よさそうね。四時には出られるわ」

「約束だよ」

2

デヴォン・モンゴメリーは肩をすぼめて白衣を脱ぎ、ラックにかけると、首の後ろを揉んだ。疲労困憊とはまさにこのことだ。朝から一二時間、働き詰めだった。緊急手術が二件と救急外来が一件。外来は生後一カ月の黒白の子猫マーブルで、尿路感染症だった。

クリニックは一日中そんな調子だったから、スタッフ一同、デヴォンの昇進祝いのことをすっかり忘れていた。誰かが会議室に軽食を用意してあるのを思い出したときにはもう手遅れで、アイスクリーム・ケーキはとろりとした水たまりに、ポットのコーヒーは茶色い水になっていた。

でも、デヴォンはそれでよかった。すごく充実した一日だったからだ。アイリッシュ・セッターの命を救い、オカメインコをまた飛べるようにしてやり、子猫のマーブルに感染症の薬を処方し、エイミー・グリーンちゃんの腕の中に返してやれた。その五歳の飼い主はとても嬉しそうだった。

パーティーでは絶対に味わえない喜びだ。

いまはどこもかしこもしんとしている。今日一日デヴォンを活性化させたアドレナリンの大放出も収まった。全身に疲労感がじわじわと広がりはじめる。同時に、頭の中は個人的な心配事でいっぱいになった。

気づいたら、クリニック内のペット一時預かり施設に向かっていた。スキャンプの様子を見に行こう。今朝、母が預けていったのだ。スキャンプは犬用の遊び場で、預かり施設のスタッフを相手にはしゃぎ回り、あり余ったエネルギーを発散していた。それはそうだろう。遊び相手をしているスタッフ、サンディ・アダムズはスキャンプの大のお気に入りなのだから。うん、あの子は大丈夫だ。

でも、デヴォンが本当に心配なのはスキャンプではない。その飼い主のほうだ。

もうっ、お母さんったらいったいどうしちゃったのよ？　デヴォンは思いを巡らせながらクリニックの廊下を歩いた。どうしてまた急に旅行なんて言いだしたの？　それともう一つ。口では楽しみだなんて言ってたけど、じゃあなんであんなにおかしな素振りだったのよ？

何かが引っかかっている。

デヴォンは眉間に皺を寄せたまま、自分のオフィスに向かった。こつこつという足音がセラミック・タイル張りの廊下にこだまする。検査室には誰もいない。先ほどまでと同じ部屋とはとても思えない。ほんの二時間前は大勢のスタッフや医師が動き回り、犬の吠え声や猫の鳴き声が響き渡っていたというのに。午後九時、一般のクリニック施設はどこも静まり返っている。ただし建物の中にはこれほど静かではない所もある。最先端の設備が整った入院棟はいまも騒がしく、獣医らは患者の動物たちの回診と薬の投与に忙しい。クリニックに隣接する一時預かりおよびエクササイズ施設はクリニックの庭の大半を占めており、動物たちがよく眠れるようにと、経験豊かなスタッフが夜のエクササイズをさせている。エグゼクティブたちの中には、預けたペットを夜遅くに引き取りに来る者も多く、そうした客に対応中のスタッフもいる。トレーニングセンターはひっそりとしていた。今晩、しつけ教室はない。デヴォンはここを誇りに思っている。『ニューヨーク・タイムズ』紙がウェストチェスター郡の新興企業の中で、最も将来性が見込める有望株として大々的に取り上げてくれた。記事の中でも、「じつに素晴らしい施設だ。一時預け施設は並だが、医療設備としつけ訓練は超一流」という部分が特に嬉しかった。

でも、それよりも何よりも誇らしいのは、二八という若さで経営陣に参画できたことだ。選ばれるのは、スタッフの中でもとりわけ優秀な人材だけなのだから。

もらったばかりのオフィスに着き、金色のプレートにちらりと目をやる。「獣医学博士デヴォン・モンゴメリー」の文字。ずっと欲しかったわたしのオフィスだ。夢じゃない、本当に自分のものなのだとあらためて実感する。中に入ると、彼女はチェリー材のデスクの後ろに置かれた椅子に身体を沈めた。長いゴールデンブラウンの髪を留めていたヘアクリップを外すと、美しい髪がばさりと肩の上に落ちた。早くそうしたくてたまらなかったというように、彼女は指で髪を梳き、頭を椅子の背もたれに預けると、こめかみを揉んだ。気が休まらないとはまさにこのことだ。

腕時計に目をやる。ロサンゼルスは夕食時か。

もちろん時間なんてなんの意味もない。あの人は世界のどこにいるかわからないのだから。

デヴォンは電話を手に取り、携帯の番号を押した。

「はいはい、デヴォンだろ」三度目の呼び出し音で出たのは、三二歳の兄レーン。特に驚いている様子でもない。「いまうちなんだ。懐かしきLAのわが家さ。つまり、心配して電話をくれたんだったら、もうその必要はないってこと。こんな時間に珍しいね。夜勤中で暇なのかな？」

「こんばんは、レーン。まったく、番号表示一つでよくそこまで想像できるわね」

「技術の進歩はありがたいね」

デヴォンはにっこりと微笑んだ。いつもながら、兄の声を聞くとほっとする。レーンは売れっ子報道カメラマンとして世界中を飛び回っている。行くのは危険な所ばかりで、彼女はそんな兄が心配でならなかった。でも仕方ないか。むちゃが好きなのは、父親譲りなのだから。二人にしてみれば、危険と興奮は同じことなのだ。

お母さんは正反対。

わたしはその中間辺りかしら。

「デヴォン？」

「うん、聞いてるわよ。あっ、それとさっきの答はノー。クリニックにいるけど、今日は夜勤じゃない。で、そっちは何をしてたの？　ねえ、息を切らしてるみたいだけど、どうかした？　ひょっとして、まずいときに電話しちゃったかしら？」

レーンがおかしそうに言った。「なんでもないよ。だいたい、タイミングが悪かったら最初から出ないって。留守電があるんだからさ。筋トレしてたんだ。ずっと飛行機に乗ってたから。キラウェア火山を撮りに、ハワイに行ってたんだ。あの噴火口はすごかったよ。まあそれはいいとして、とにかく二時間くらい前に帰ってきたところで、ちょっと身体を動かしたかったんだ」少し間を置いて、彼が聞いた。「さてと、世間話はここまで。何があった？」

レーンに心をずばりと読まれても、デヴォンは驚かなかった。兄は彼女のことならなんでもわかるのだ。彼女が兄のことをわかるように。五年前、レーンがロサンゼルスに行くと知ったときは、本当に悲しかった。寂しくてたまらなくなるのは火を見るより明らかだったからだ。他の家族も皆同じ気持ちで、会えないのがつらいと、事あるごとにほのめかしていた。もっとも、兄はどんなに忙しくても、家族に何かあったとなれば取るものも取りあえず飛んで帰ってくるだろうけれど。

モンゴメリー家の結束はそれくらい固いのだ。

だからこそ、彼女は不安でならなかった。

「スキャンプがいるの」とデヴォンが言った。「お母さんが月曜まで預けていったのよ。週末、出かけてくるって」

「そうか。おふくろも少しくらい羽根を伸ばさないとね。で、問題は？」

「一人じゃないのよ」

「ふうん。だから？」

「一字一句言わせたいわけ？　男の人と一緒なの」

レーンがため息をついた。「なるほどね、そうだと思ったよ。要するにいつものあれだろ。おふくろとおやじがいつかよりを戻すかもしれないのに、そんなことをしちゃだめ。なあ、別れてからもう一五年経つんだぞ。いいかげんに諦めろよ」

「無理よ。だって、二人はまだ愛し合ってるんだから」

「確かにね。でも、愛がないから離婚したわけじゃない。結婚生活を続けられないから別れたんだ。状況は昔もいまも変わってない」

デヴォンは顎を強ばらせた。「お父さんは女の人とデートなんかしないわよ」

「必要ないからね。仕事と結婚しているみたいなものだから。まあ、女性関係について言うなら、昔の警察仲間と会うときなんかにおやじもそれなりにやってるんじゃないの」

「やめて」デヴォンは頭に浮かんだイメージを振り払った。

「おいおい、しょうがないだろ。男はそういう生き物なんだからさ」

「だからって、わざわざご丁寧に説明しなくてもいいじゃない」

「ありのままを言っただけだよ。おやじはまだ五四だし、健康で、腹も出てない。知ってのとおりニューヨーク市警《NYPD》の元警官で、今は私立探偵。惹かれる女性がいたとしてもおかしくないだろ。それにおふくろは離婚したとき、まだ若くて——ぼくの高校の友だちによれば——イケてた。いまでも十分にきれいだ。なあ、おふくろが尼さんみたいな生活をしてるなんて、本気で思ってるわけじゃないよな？」

「思ってないわよ。でも、泊まりがけで出かけるほど男の人を好きになったことはこれまで一度もなかったの。それだけじゃない。スキャンプを預けに来たときの様子もおかしかったのよ。やけに浮かれてて、お母さんらしくなかった。なんだか、無理にはしゃいでるみたいで」

「おまえにあれこれ聞かれたくなかったんじゃないの？」

「これでいいんだって、自分に言い聞かせようとしてたのかも」

「ちょっと緊張してたんだよ。おまえも言ってたけど、そういうのに慣れてないから。いいか、スキャンプを預けに行けば、おまえに会うだろ。そうなれば、いつ誰とどこに行くとか言わなくちゃならない。照れくさいし、なんか気まずかったんじゃないかな。おふくろにもプライバシーってものがあるんだからさ、少しは気を利かせてやれよ」レーンはしばし間を置いてから、続けた。「ところで、その男って？」

兄の言うこともわからなくはないが、デヴォンはむっとして思わず言い返した。「何が気を利かせてやれ、よ。わたしはね、お母さんのことが心配なの」

「わかってるよ、ぼくだって心配だ。で、相手は誰なんだ？」

「フレデリック・ピアソンよ。ピアソン＆カンパニーの人。あのファームで知り合ったんだと思う」

レーンが不満げに言った。「おふくろ、無理に合わせたりしてないといいけどな。そういうリッチな男はタイプじゃないだろ」

「うん、そうなのよ」デヴォンはまた不安になってきた。「しかもね、場所が場所なの。ルサーン湖に行ったのよ」

「えっ？　嘘だろ」レーンが本気で驚いているのが声の感じでわかった。「おふくろ、何か言ってたか？」

「どうしてって聞いたんだけど、軽くかわされた。別に何もないわよ、ただの偶然だって。フレデリック・ピアソンの取引先がそこに別荘を持ってるらしいの」

「別荘のことはどうでもいい。フレデリック・ピアソンくらいの金持ちだったら、世界中のどこにでも別荘を借りられるだろ。でも、ルサーン湖って？　おふくろは何があってもあそこのことだけは口にしないようにしてたのに。普通なら、そこだけは避けるはずだよな。その男と初めて過ごす……えっと、週末なんだから」

デヴォンもため息をついた。「そうよね。たぶんお母さん、あえて行くことにしたんだと思う。何かを自分自身に証明するために。お父さんとのことを振り切って、前に進もうとしてるのよ。でも、きっとうまくいかないわ」

「おやじには？　まだ言ってないよな？」

「うん。でも言おうと思ってる」

「やめとけ。おやじに知って欲しいんだったら、おふくろは自分で言うだろうから」

「レーン、どうしよう」

「大丈夫、おふくろは大人の女性だ。それにぼくらは彼女の子供で、親じゃないんだから」

「わかってるけど」デヴォンはどうしても納得できなかった。「やっぱり心配。何かが間違ってる気がするのよ」

サリーもまったく同じことを考えていた。

ドライブの道中、景色はとても美しく――そしてつらくなるほど懐かしかった。冬の午後遅く、すべてが水晶のごとく輝き、太陽は景色を真っ赤に染めて沈んだ。キャビンも申し分なかった。大きな暖炉、座り心地のいいソファ、モダンな作りのキッチンとバスルーム、そして小さな、落ち着けるベッドルームが二つ。会話も楽しかった。ベッドは共にしないという約束も守られている――少なくとも、今晩のところは。

でも、思い出をほじくり返すのは耐え難いほどの苦痛だった。

ベッドの上で、サリーは急に不安になった。気持ちが乱れているのは、なるべく表に出さないようにしたつもりだ。でもフレデリックには何か感じるものがあったのかもしれない。夜が更けるにつれて、彼の態度が少しよそよそしくなったからだ。口数が減り、物思わしげな雰囲気だった。夕食の後で少し飲んだだけで、彼女の唇に軽くキスをしてベッドルームに行ってしまった。

やっぱり来るべきではなかったんだ。ルサーン湖はまだ早かった。たぶん、永遠に早すぎるのだろう。

彼女は寝返りを打った。どうして人生はこんなにも複雑なの？　昔みたいに答が明快に見つかれば、どんなに楽だろう。まだうぶだったあの頃は、信じていた。愛はすべてに打ち勝つと。

でも、それは思い違いだった。

二時間余り寝返りを繰り返し、少しうとうとしただけで彼女はベッドを出た。いつも鶏の鳴き声と共に起きているのだ、今日も例外ではない。

窓の外に下がるつららが、暖房の効いた部屋の暖かさにだまされるなと告げていた。外は凍えるほど寒い。でも準備は万全にしてきた。サーマル下着にマイクロフリースのプルオーバー、スキー用パンツ、防水のハイキングブーツ。着替え終えると、キッチンに行ってコーヒーをいれ、カップを持って網戸で仕切られたポーチに出た。

世界は静まり返っている。冷たい空気で頭をすっきりさせよう。

思い出に浸る時間だ。

雪に覆われた山々を眺める彼女の頭の中に、ルサーン湖で幾度も過ごした冬の記憶が一気に蘇ってきた。レーンとスキー。最初は初心者コースでよろよろと危なっかしかったのに、いつの間にか上級者コースを格好よく滑り下りられるようになったのよね。デヴォンとスケート。池に張った氷の上を楽しそうに滑り回っていたわね。近所の犬にもスケートを教えていた。肉球がスケート靴の代わりだとか言ってたっけ。それと、まだ小さかったメレディス。パパとそりに乗って大はしゃぎだった。そうだ、生まれて初めて雪だるまも作ったんだ――パパに手伝ってもらって。

ピート・モンゴメリーは子供たちにとって世界の中心だった。

サリーにとっても。

「正反対の人は引きつけ合う」誰が言ったのか知らないが、それはまさにサリーとピートがいつも思っていたことだった。片や、優しい家族の愛に包まれてすくすくと育った自然が大好きな女の子。片や、タフで怖れ知らずのブルックリンの警官。仕事が命で、勤務が終わってもどうやって警官から一般人に戻ったらいいのかさえわからない男。

二人はクイーンズのデリで出会った。サリーは大学の夜の授業が終わったばかりで、ピートはシフトを終えてニューヨーク市警七五分署から帰宅するところだった。二人とも軽くコーヒーを飲もうとデリに寄り、たまたまカウンターで隣り合わせた。二時間後、二人は席をブースに移し、まだ話していた。外見には惹かれたし、性的にも惹かれた。でもあとはすべてミステリー。二人は何かに導かれるようにして四カ月後に式を挙げ、三人の素晴らしい子供に恵まれた。

それと、サリーがどんなにピートのことを愛していたか。レーンが生まれてすぐに、保育士としてのキャリアをいったん捨てた。子供の頃からの夢も諦めた——田舎に大きな石造りのコテージを買い、馬を飼って子供たちに乗馬を教える。どこまでも続く広々とした牧場で思いきり馬を走らせたい。そんな憧れを捨てて、クイーンズのテラスハウスに住むことにした。不規則なピートの仕事のスケジュールに合わせるために。

古い夢を新しいのと取り替えればいい。

きっとできる、と思っていた。

でも夜中、小さなベッドルームの中をそわそわと歩き回り、どうかピートが無事に帰ってきますようにと祈ったことが何度あったろう？　昼間、リビングルームの窓から外を眺め、殺人や麻薬絡みの事件を担当する夫の身を何度案じたことだろう？　ブルックリンの街中で警官が撃たれたというニュースを見るたびに、ピートかもしれないと思い、気を失いかけたことが何回あっただろう？

ついには玄関のチャイムや電話のベルが鳴るたびに身体が強ばり、心臓がどきどきするまでになった。どうしよう、どうしよう――ピートが彼女のもとから永遠に奪い去られたことを告げる報せだったら。

哀れなサリー。彼女は警官の妻にはまるで向いていなかった。そして子供たちは……あの生活はあの子たちにどんな影響をおよぼしたのだろう。レーンは小さい頃から恐ろしいほど父親に似ていた――怖いもの知らずで、危ないことが大好き。デヴォンは父親の仕事を尊敬し、一日の出来事を話す父の言葉を一つも逃さないように、目を輝かせて聞き入った。サリーにしてみれば身のすくむ話ばかりなのに。メレディスはサリーにそっくりだった。家らしい家、子馬、木々に囲まれた、芝生の上で遊べる学校がいい、とあの子は言っていた。フェンスで囲まれた、黒いアスファルトの校庭の学校ではなくて。

この頃から夫婦間の口げんかが多くなり、子供たちはどうしていいかわからなくなった。みんな、母のことも父のことも同じくらい大好きだったから。口論の絶えない両親と、その姿を始終見せられている子供たち。家の中の空気は次第に張りつめていった。耐えられないほどに。

そしてついにサリーがキレた。それですべてが終わった。

でもその代償は？

サリーはコーヒーを勢いよく飲み込み、顔をしかめた。喉が火傷しそうに熱かった。過去を振り返るのはもうやめよう。気分転換の時間だ。

キャビンの中に戻った。室内は相変わらずしんとしている。それはそうだ、まだ七時にもなっていない。太陽がようやく顔を出したところだ。週末の小旅行だ、のんびりしに来たフレデリックが起きだす時間ではない。まだ寝かせておいてあげよう。辺りを少し歩いてきても、八時前には戻ってこられる。わたしが外に出たことも、彼は気づかないだろう。

フード付きダウンを着込み、雪山用の手袋をはめると、サリーは外に出た。

フレデリックの黒いベンツが凍りついたドライブウェイに停めてある。S５００、高級セダン。ピアソン＆カンパニーの標準仕様で、幹部は皆これに乗っている。サリーに言わせれば、くだらない代物だ。でもエドワード・ピアソンの世界ではこの手のステータス・シンボルが大きな意味を持つのだろう。

本当に人それぞれね。サリーはふと思った。彼女にしてみれば、その高級セダンのむこうに広がる美しい眺めのほうが、どんなに高い車よりもはるかに価値がある。神秘的な力を湛える自然に勝るものはない。

周囲を見渡すと、澄んだ山の空気を何度か深く吸い込み、夜明け前の静けさをあらためて嬉しく思った。本当はジョージ湖まで歩きたいところだが、それだと時間がかかりすぎる。そこでルサーン湖の村に行ってみることにした。途中でロックウェル滝に寄ってみよう。ハドソン川に落ちる瀑布の美しい眺めを堪能したら、村を軽く散策して、それからキャビンに戻ればいい。

彼女は元気よく新雪の中を歩きだした。

三〇分後、一台の車がキャビンに続く道を外れ、冬枯れの灌木と枝からつららの垂れた木々の陰に滑り込んだ。エンジンのアイドリング音が消える。ドライバーが車を降り、坂道になっているドライブウェイに目をやり、丘の上に立つ小さなログキャビンの美しい姿をとらえた。

サプライズ・パーティーの時間はもうじきだ。

八時を少し回った頃、サリーはキャビンに戻った。全身が活性化している気分だ。身体中を血液が駆けめぐり、頬はほんのりとピンク色に輝いている。エンドルフィンが放出されて、前向きな気持ちがふつふつとわいてくる。新たなチャンス。新たな始まり。新たな決意。

玄関の前でブーツについた雪を落としながら、彼女は思わず笑みを浮かべた。手作りの豪華な朝食がテーブルの上に並んでいたら、フレデリックはどんな顔をするかしら？

だが勢いよく扉を開けて中に入った瞬間、彼女は凍りついた。

鉄製の大きなコートスタンドが倒れ、玄関とリビングルームの間をふさいでいる。コートやジャケットがそこら中に散らばっていた。

その先に、フレデリックが仰向けで横たわっていた。額から血が流れている。

ぴくりとも動いていない。

「フレデリック！」サリーは散らばった上着類を飛び越え、フレデリックの横にひざまずき、脈を取ろうと手首をつかんだ。「フレデリック！　いったい何があっ——」

背後でかすかな物音がした。彼女が振り向くより早く、重くて硬い何かに後頭部を一撃された。

衝撃と激痛に襲われ、彼女は力なく床に崩れた。


彼女の意識を力ずくで戻してくれたのは咳だった。ごほごほと咳き込み、全身が痙攣している。それと目。目が開けられないほど痛い。

慌てて上半身を起した。咳が止まらない。頭がナイフでざっくりと切られたのではないかと思うくらいに激しく痛む。反射的に頭に手をやり、後頭部の大きなこぶに指が触れた瞬間、彼女は自分が置かれている状況に気がついた。

キャビンが燃えている。

火はすでにカーテンに燃え移り、部屋中に広がっていた。建物全体が炎に包まれるのは時間の問題だ。

フレデリック。

サリーは這って彼の所まで行き、大声で名を呼び、思いきり揺すった。反応はない。手首、そして首筋に指を当てて脈を調べた。何も感じない。彼のバスローブの前を開き、胸に耳を当ててみる。無音だ。それと大量の出血。額からはまだ血があふれ出ており、床に赤い池を作っている。よく見れば、額は完全に陥没している。両目とも大きく見開かれ、瞳には何も映っていない。

どうしよう、死んでるんだ。

炎に焼かれた梁が大きな音を立てて床に落ち、サリーのすぐ横で火の粉が舞い上がった。驚いて立ち上がろうとしたが、頭がひどくくらくらして、その場にしゃがみ込みそうになる。キャビンの中は真っ黒い煙が充満し、息もできなければ、玄関もほとんど見えない。早く出ないと、手遅れになる。

彼女はフレデリックに向き直り、両脚をつかむと必死で引っ張った。だがびくともしない。一人で逃げるのは良心が痛む。ここに置き去りにして、遺体を丸焦げにするのは人間のすることじゃない。でもそんなことを言っている場合ではない。彼はもう死んでいる。今は自分の身を守るのが先決だ。

ダウンの襟を引っ張り上げて口を覆い、フードを被ると、彼女はよろよろと玄関に向かい、手袋をはめた手で扉を押し開けた。

凍てつく空気が彼女を襲う。足がもつれ、膝から雪の中に倒れた。気が遠くなるほど頭がずきずきする。でも、どんなにつらくてもここでこうしているわけにはいかない。そんなことをすれば、間違いなく死ぬ。低体温症にしろ、猛り狂う炎に焼かれるにしろ、確実に。それに犯人がどこにいるのかもわからない。自分の仕事ぶりを確認しに戻ってくるかもしれない。

逃げないと――今すぐに。

無理やり身体を起こすと、彼女はおぼつかない足取りでキャビンを後にした。

3

デヴォンのシフトでは、平日の午前休はめったに取れない。だからたまたま取れたときは、たっぷり楽しむことにしている。雪で臨時休校になって、大はしゃぎする子供みたいに。遅くまで寝て、ゆっくりとお風呂に入り、ショッピングに行ったり、友だちに電話して一緒にランチをしたりすることもある。

でも今日は違った。

朝から落ち着かず、のんびりとコーヒーを楽しんだり、新聞に目を通したりする気にもなれない。

七時半に目が覚めてしまった。よく覚えていないが、嫌な夢を見ていたらしい。手早くシャワーを浴び、適当なジャージに着替えると、下に行ってペットたちの世話をした。餌やり、遊び相手、散歩。それが済むとキッチンに行き、コーヒーとシリアルを流し込んだ。さあ、気合を入れて掃除よ。三階建てのタウンハウスを上から下まできれいにするのだ。

新築のここを買ったのは昨年の春。欲しい物が何から何まで揃っていて、まさに理想の物件だった。ベッドルームが二部屋、バスルームが二つ、諸々の設備も完備。しかも近くには草が生い茂る所が山ほどある。元気いっぱいの雑種のテリア犬、テラーが思う存分走り回れる。それにクリニックまで車でわずか一五分というのもありがたい。緊急の呼び出しへの対応がこれでずっと楽になった。

家は汚れてはいないが、片付いているわけではない。三匹の元気あふれるペットのおかげだ。テラーが噛んだ靴下、コニーお気に入りのネズミのおもちゃ、ランナーが吐いた食べ物の固まりがそこら中に散らばっている。

「きみはほんとにだらしないわね」デヴォンがランナーに言った。ランナーはケージを掃除するデヴォンをじっと見つめている。「フェレットだけど、やっぱり男の子なのよね」

ランナーは朝食に向き直り、食事を再開した。まるでこたえていないらしい。

「やれやれ、これ以上何も言うことはございません」デヴォンはテラーのほうを向いた。夢中で靴下を噛んでいる。さっき元の位置に戻したばかりなのに。「きみもそう。毎朝一緒にクリニックに来て、わんちゃんのデイケア・スタッフをくたくたにさせるくせに、元気があり余ってる証拠ね。うちにいるほんの少しの間に、丸々一部屋を洗濯かごに変身させちゃうんだから」

グレーの雌猫コニーがデヴォンの脚にすり寄ってきて、ミャオンと鳴いた。みんなに代わって謝り、停戦を申し入れようというわけか。

「コニー、あなたは間違いなく女の子ね」デヴォンはおもちゃのネズミの残りを拾い上げ、耳の後ろを掻いてやった。「賢くて、駆け引き上手」

コニーがまた鳴いた、今度は誇らしげに。

「いい気にならないでよね」デヴォンはそう呟いて片付けに戻った。「お利口さんだと言っただけ。きれい好き、とは言ってないわよ。あ、そうそう。キッチンの食器棚にあったひっかき傷、あれ、あなたでしょ。あとでたっぷりとお話ししましょうね」

コニーはぷいと部屋を出ていった。

「ほらね、言ったとおり。やっぱりお利口さん」ペットが散らかしたものの片付けを終え、デヴォンは家中をぴかぴかになるまで磨き上げた。

でも、だめだった。

いくら掃除に集中しようとしても、どんなに忙しく動き回っても、頭の中でいろいろな考えがぐるぐると渦を巻くのを止めることはできない。起きてからずっと母のことを考えている。何かがおかしいという思いをどうしても振り払えなかった。

電話が鳴ったのは正午少し前だった。これでしばらくは考えなくて済む。デヴォンはほっとして、ソファにどすんと腰を下ろした。たぶんメレディスだ。ニューヨーク州立大学のオールバニ校に通う二年生。やっと起きたのかしら。どうせまた、この一週間の出来事をデヴォンに話したくてうずうずしてるのだろう。

妹と話すのはいい気分転換になるかもしれない。

デヴォンは受話器を取った。「もしもし」

「デヴォン・モンゴメリーさんのお宅ですか?」あらたまった声で聞かれた。

不安がデヴォンの胸を刺す。「はい、そうですが」

「ウォーレン郡保安官局のビル・ジェイクス巡査部長と申します」

ウォーレン郡？　ルサーン湖がある所だ。

デヴォンの心臓が早鐘を打ちだした。

「母のことですか？」

「ええ、お気の毒ですが、そうです。あなたのお母さん、サリー・モンゴメリーさんが泊まっていたキャビンで火災が発生しました、今朝の八時頃です。あいにく周りに何もない所でして、湖のむこう岸の住人が炎に気づき、通報するまでにかなりかかった模様です。空気がずいぶん乾燥していたので、火の回りが早く、消防が現場に到着したときにはすでに全焼でした。周囲の林にまで燃え移っていて、消火にはひどく時間がかかりました」警官は咳払いをして続けた。「まだ現場検証中ですが、遺体が発見されました」

嫌っという叫びがデヴォンの頭の中で響いた。だが彼女はその声をなんとか抑え、代わりに冷静な態度を表に出した。「それがわたしの母だという確証は？」

「ありません」再び沈黙。「しかし申し上げましたとおり、キャビンは全焼です。歯科記録で照合するしかないでしょう」

「つまり、その遺体は身元の判別ができないほど損傷がひどい、ということですね」言葉が勝手に口から出てくる。「じゃあ、被害者が誰なのかはわからない。火事のとき、母が不在だった可能性もありますよね」

「なくはありません。ですがその可能性は低いかと」彼はまた口をつぐんだ。詳しいことまで明かしたくないらしい。小さな田舎町の警官だから、暴力的な死を扱ったことがないのだろう。

でも、これがそうなのだ。

「巡査部長さん、続けてください」デヴォンが強い口調で促した。「詳しく聞きたいんです。わたしの母のことなのですから」

「わかりました」彼はふうと息を吐いてから続けた。「いいですか、先ほども申しましたが、キャビンの周りには普段、まったくと言っていいほど人気《ひとけ》がありません。我々は周囲を徹底的に捜しました、車と足を使ってです。空からも捜索しましたが、サリー・モンゴメリー、あなたのお母さんの痕跡は見つかっていません。ただ、ルサーン湖の村に続く足跡は発見しました。足跡を追い、村の店のオーナーと従業員に一人残らず聞き込みを行ったところ、パン屋とカフェの主人が覚えていました。七時半頃、村にいたようです。彼女はパン屋に寄って、これからキャビンに帰るのだと言ったそうです。それが事実であることは足跡からも明らかです」

「でも、村にはほかにも足跡があるでしょう？」

「ええ、ですがキャビンに向かっているのは一組だけ。あなたのお母さんのものです」

「車は？　母はたぶん——」

「モンゴメリーさんが乗ってきたと思われるベンツはドライブウェイに駐車したままです。

新しいタイヤ痕もない。車を動かした形跡はありません。ナンバープレートから持ち主を突き止めました。ピアソン&カンパニーのものです。まあ、ごく当たり前の結果ですが。キャビンのオーナーには連絡済みでしたから。彼はフレデリック・ピアソンの取引相手で、この週末はピアソン氏と女性の友人に貸したと証言しています。つまり、ピアソン氏とあなたのお母さんがキャビンにいたことに疑問を挟む余地はないということです。ピアソン家には先ほど連絡しました。彼らからあなたのお母さんの連絡先を聞き、この番号にかけた次第です」

ピアソン家の話なんかどうでもいい。デヴォンは母のことが知りたかった。「どうして火事に?」

「まだ特定できておりません。煙草、ろうそく、あるいは暖炉の火の粉の可能性もあります。現在、捜査中です」

「つまり、事故だと確信はしていない?」

「そうではないと信じる理由もありません」彼が間を置いた。「それとも、何かご存じなのですか?」

デヴォンは歯ぎしりをした。「ミスター・ピアソンのことは知りませんからなんとも言えませんが、母のことはわかります。恨みを買うような人じゃありません」

「それでも、あるいは放火ではないかと考えている。違いますか?」

「元警官の娘ですから。それと、先に質問したのはわたしです」

「いいでしょう、私の答に納得してもらえるといいのですが。申し上げたとおり、出火原因は今のところ特定できていません。現在、専門のチームが鋭意捜査中です。検屍官も間もなく現場に到着します。もし何か怪しい点が発見されれば、後は保安官局が引き継ぎます。人が亡くなっているわけですから、州警察も動くと思われます。必要とあれば、警察犬も動員するでしょう。捜査は徹底的に行います。どうです？　納得していただけましたか？」

「母がキャビンにいなかったと聞くまで、納得なんてできるわけがないじゃありませんか」

「それはそうでしたね、失礼しました、ミズ・モンゴメリー――いえ、ドクター・モンゴメリー。私もそうであることを祈ります。ただ状況はあまりよくありません。ご家族に連絡されたほうがよろしいかと」

「そのつもりです」わざわざ警官に言われるまでもない。彼女はペンとメモ用紙をつかんだ。

「そちらの連絡先を教えていただけませんか」

「もちろん」彼は局と携帯の番号を伝え、デヴォンはどちらも書き留めた。

「それと住所も」

「レイク・ジョージ、ルート・ナインですが――」

「そちらに行くときは連絡します」

「ドクター・モンゴメリー、それはおやめになったほうが。あなたがここに来ても、できることは何もありません。いまはまだ。現場検証が終わり次第また連絡します。そのときには詳細をお伝えできるかと」

事件か事故かを、ということだ。デヴォンはやっとの思いで携帯とクリニックの直通番号を教えて言った。「どんなことでも構いませんから、何かわかったら連絡をくださいお願いします」

震える手で、デヴォンは受話器を置いた。

ソファに戻り、頭を抱えた。レーン。そうだ、レーンに知らせないと。次のフライトでニューヨークに戻ってきてもらおう。メレディスは？　ひどく取り乱すに違いない。繊細だし、いまでも母に甘えてるような子だから。それにあの子はオールバニにいる。ルサーン湖まですぐの所だ。お母さんを捜しに行くと言いだすに決まっている。止めるのは不可能に近いだろう。

デヴォンの頭の中をいくつもの考えがぐるぐると渦を巻いた。まずは何をしたら？

彼女は受話器を手に取った。だが押した番号は兄のものでも、妹のものでもなかった。

ピート・モンゴメリー――警察学校時代から、同僚らの間では「モンティ」で通っている――は双眼鏡を下げ、くたびれたトヨタ・カローラのシートにもたれた。苛ついていた。この四日間、ある金持ち女を追いかけている。依頼主は彼女の億万長者の夫。浮気調査だ。仕事は笑えるほど簡単だった。ターゲットの女がしょっちゅう、しかもブラインドも下ろさずにセックスに励んでくれたからだ。証拠写真はすでに撮ってある。その写真は、依頼主の夫にとっては〝扶養費免除券〟になるだろう。

だが、モンティの中で何か引っかかるものがあった。この女は浮気相手の男と組んで、離婚裁判で旦那からもらえる扶養費よりも割のいい何かをせしめるつもりに違いない。金を手にしたら、二人で豪華なバカンスとしゃれ込むつもりだろう。モンティの勘だ。そして彼は勘が働いたときは必ずそれに従うことにしていた。かなりの確率で当たるからだ。ゆえに状況を完全に把握できるまでは、この証拠写真を依頼主に渡すつもりはない。

モンティはファイルを開き、今回の依頼に関するメモにもう一度目を走らせた。

携帯が鳴った。発信者番号を一瞥する。眉間の皺を緩め、彼は通話ボタンを押した。「よお、デヴォン。どうした？　ちょっと休みを取ったはいいが、暇を持て余してるのか？」

「モンティ、いまどこ？」デヴォンが聞いた。

モンティは眉をひそめた。深刻そうな声だ。「ホワイト・プレーンズのモーテルのそばだ。おまえの所からそう遠くない。どうして？」

「何をしてるのか知らないけど、とにかく来て。いますぐ」

「了解」彼は携帯をハンズフリー用のホルダーに置くと、シフトレバーをドライブに入れ、駐車場を飛び出して通りに出た。「デヴォン、どうしたんだ？」

「わたし……」言葉に詰まった。咳払い。なんとか冷静さを保とうとする。「電話じゃ話せないの。後にさせて」

「だめだ。声がおかしいぞ。けがでもしたのか？　何があった？」

「わたしじゃないの……」急に、彼女の中で何かが粉々になった。「お母さんのことなの。

あのね……さっき電話があって……」デヴォンは大きく息を吸い込んだ。いつもの強くて冷静な、弱さを絶対に見せない女性の姿はどこかに消えていた。そこにいるのは、父のせいで涙の涸れた小さな女の子だった。

「お母さん？　お母さんがどうしたんだ？」

「まだわからないけど……もしかしたら……」苦しくて胸が張り裂けそうだ。「お父さん、お願い、早く来て」

モンティは戦慄を覚えた。お父さん？　デヴォンにそう呼ばれたのはいつ以来だ？　何かとんでもないことがサリーの身に起きたに違いない。

「一〇分で行く」

高速に乗り、追い越し車線に入ると、モンティはアクセルを目いっぱい踏み込んだ。


車がタイヤをきしらせて停まる音が聞こえるや、デヴォンは玄関を勢いよく開けた。モンティは運転席を降り、娘のもとに駆け寄った。家の中に入るときに、彼女の様子をつぶさに観察するのは忘れなかった。

「サリーに何があったんだ？」

ごくりと唾を飲み、デヴォンは玄関を閉めると扉にもたれかかった。子供の頃に父から教わったとおり、なんとか冷静を装いながらすべてを話した。母のルサーン湖への小旅行から、ジェイクス巡査部長の電話まで。

胸の前で腕を組み、モンティは一言ひと言、じっくりと聞いていた。額に寄った皺は集中している証だ。続いて、部屋の中をぐるぐると歩きはじめた。濃いグレーのコートが揺れている。頭の中でさまざまな可能性を一つ、また一つと考えているのだろう。

不意に立ち止まると、モンティが言った。「遺体……それだけじゃ、何もわからん」

「わかるわ、誰かが死んだのよ」

「ああ、でも何人だ？　一人？　二人か？　それと誰が火をつけた？　事故はありえない。サリーがいたのなら、絶対にない。自然の中にいるときのあいつは、どんな些細な音や匂いにも敏感なんだ。火事に気づかないわけがない。手遅れになる前に逃げ出すはずだ。唯一考えられるのは、逃げる能力を奪われた場合だけだ」

まさか。デヴォンが言った。「火をつけた犯人は、お母さんをキャビンの中に閉じ込めたって言うの？」

「ホシが侵入したときにあいつがキャビンにいたとしたら、可能性は高い。でもサリーは黙ってやられるような女と違う。それに、いざというときの力は並じゃない。おまえら子供たちのこととなると、特にな。何がなんでも自力で脱出するだろう。窓をたたき割らなくちゃならなくても、あるいは誰かの頭を丸太でぶん殴ってでも」モンティが顔をしかめた。「ただ、気になることが一つある。あいつは誰かが焼け死ぬのを見殺しにするような人間じゃない。そのピアソンとかいう男が一緒だったんなら、引っ張ってでも一緒に脱出したはずだ。でも、しなかった。そこが腑に落ちん」

「もしかしたら、そうしたのかもしれない。警察が見つけた遺体は放火犯かも」

「いや」モンティは大きく首を振った。「それはありえない。停めてあった車はピアソンのだ。キーをそいつが持っていたか、サリーが持っていたか、あるいはどこかに置いておいたのかはわからんが、いずれにしろ二人とも無事に外に出たのなら、車に飛び乗って全速力で逃げたはずだ」

「そのとおりね。じゃあ、お母さんは誘拐されたのかも」

「目的はなんだ？　中古のトラックと、おれが送ってる養育費の小切手か？　誘拐するならピアソンだろう。サリーはない」

「つまり、お母さんは逃げた……」デヴォンは言葉に詰まった。一つ、どうしても気になっていることがあった。でも、言ったら現実になってしまいそうで怖い。「ねえモンティ、警察の話を初めから相手にしてないみたいだけど。むこうの言い分は間違いだって必死で思い込もうとしてる。でも、もしかしたらわたしたちが勘違いしてるだけなんじゃ……」

「それはない」

「お母さん、絶対に生きてると思う？」

「絶対だ」モンティは瞬きもせずに言いきった。「もしものことがあれば、おれにはわかる」

デヴォンの胸にこみ上げるものがあった。父はがちがちの現実主義者だ。感情に流されて事実を見誤るようなことはまずしない。でも今回だけは別らしい。冷静に考えれば、「おれにわかる」わけがない。だけどなぜか、いまの父の言葉は信じられる気がした。両親は強い絆で結ばれていた。それはどんな証拠よりも真実を語ってくれるはず。

「うん、そうね」彼女は静かにうなずいた。「そうに決まってる」その途端、全身に安堵感が広がった。「レーンももうすぐ来てくれるの。モンティに電話した後、すぐに連絡したから」

「あいつ、どこにいるんだ？　外国か？」

「アメリカよ。自宅。次のフライトでロサンゼルスから飛んでくる。今晩には着くわ」

「メレディスは？」

デヴォンは大きく息を吐いた。「電話しようかどうか迷ってる」

「だろうな。あいつのことだ、慌てて一番早いジョージ湖行きのグレイハウンド・バスを予約するだろう」

「そのとおり。で、わたしはそれをやめるように説得しないと」もう一つため息をつき、デヴォンは電話に手を伸ばした。

「チケットは買うなと言っておけ。どんなバスよりおれのほうが早いから、とな」

デヴォンの手が止まった。「え？」

「これからルサーン湖に行く。現場をこの目で見ないと話にならん。そのジェイクスという男も、おれにならもっと情報を明かすかもしれん、同業者だからな。それに、おれが行けば捜査にも気合が入るはずだ。ブルックリン七五分署の名前は、田舎の警官にはかなり効く。連中、自分たちにもできるってことを見せようと必死になるだろう」

「男の見栄ってやつね」

「まあ、そんなところだ。だからメレディスには待つように言っておけ。一時間半で着く。それから一緒に行けばいい」

「わたしも行く」デヴォンが立ち上がった。

「だめだ」モンティが大きく首を振った。「おまえはここにいろ。何かわかったらすぐに電話する」彼が顎を強ばらせた。「デヴォン、サリーはまだ湖の近くにいる。必ず連絡してくるはずだ。誰かがいないと困る。おまえはここに残って捜査本部になるんだ」

「わかった。でも、モンティ……」

「心配するな、大丈夫だ」彼は少し身をかがめ、デヴォンの頭にそっとキスをした。「大丈夫だから」

4

ブレイク・ピアソンは組んだ両手をキッチンカウンターの上に置き、スツールに腰掛けていた。ファームには息抜きに来た。仕事のストレスから解放されるためだ。だがいま、彼はここで祖父母の到着を待っている。伯父フレデリックの死と家族が取るべき行動について話し合うために。

悪夢とはこのことだ。

組んでいた長い脚をほどき、彼は立ち上がった。じっとしているのが耐えられない。が、できることは何もない。いまは祖父母が来るのを待つしかない。来たら来たで、厄介な仕事をあてがわれることになるのはわかっているのだが。

近親者には、ほぼ全員連絡がついた。祖父エドワードの命令だ。警官からの電話を受けたのは祖父と祖母のアンだった。よりによってあの二人とは残酷な話だ。確かにアンは強い女性だし、エドワードはそれこそ石でできているのではないかと思うほどタフだ。とはいえ、二人とももうじき八〇歳の高齢。昨年エドワードが心臓発作で入院し、寿命というものの存在をあらためて思い知らされたばかりだというのに。長男の突然の訃報は、老夫婦にとってショックどころでは済まないだろう。せめて家族の誰かが先に知り、緩衝役になってあげられればよかったのだが。

しかし現実は違った。ただ、その警官もできるだけのことはしてくれたようだ。フレデリックが妻に先立たれ、彼には子供もいないことがわかるや、警官はきょうだいに連絡を試みた。が、誰も捕まらなかった。ナイルズは馬術競技会に出場する息子ジェームズの付き添いでフロリダ州ウェリントンにいた。ブレイクの父グレゴリーはイタリアのトスカーナで妻とバカンス中だった。警官はピアソン&カンパニーにも電話を入れた。オフィスに誰か親族がいないかと。これもだめだった。手詰まりとなった彼は仕方なくエドワードとアンの自宅に電話を入れたのだ。

エドワードは報せを受けると、すぐさま休暇中のナイルズとグレゴリーに連絡した。二人もじきに戻る予定だ。

ただし、孫でこのことを聞かされたのはブレイクだけだ。

ゴールデン・レトリーバーの子犬チョンパーと林の中をジョギングしていたところ、ブレイクの携帯が鳴った。祖父母の自宅の番号を目にした瞬間に頭に浮かんだのは、ピアソン社で何か大きなトラブルが起きたのではないかという懸念だった。しかしまさかこんな報せだったとは。それでも彼は取り乱さなかった。取り乱している場合ではない。フレデリックが死んだとなれば、社が大変なことになるのは必至だからだ。

玄関扉が大きな音を立てて閉まり、続いて足音が響いた。もう何度も耳にした音だ。

「ブレイク、いるのか?」エドワード・ピアソンが入ってきた。ぴんと張りつめた表情が彼の心の内をはっきりと物語っている。声の調子も普段とはどこか違う。今そっちに向かっているところだとリムジンの中から電話を受けた時にも、それは感じていた。だが氷のような冷静さは相変わらずだ。彼は孫にそっけなくうなずいた。「のんびりした週末、とはいかなかったな」

「ええ。ですが状況を考えれば、ここにいてよかったと思っています」

エドワードはコートのボタンを外し、シャツの襟を緩めた。「うちにいたくなくてな。街にもだ。新鮮な空気が要る」彼は首の後ろを揉んで続けた。「それと、落ち着いて対処できる人間も。それがおまえだ」

「ぼくにできることなら、なんでも」ブレイクは祖父の険しい、琥珀色の瞳をじっと見つめた。常人にはない、威圧的な色。彼の内面そのものが映し出されている。慰めの言葉を受け入れてくれればいいのだが。「おばあさんは?」

「うちだ。連れて来られる状態じゃなかった。相当ショックのようだ」

いや、祖母だけではないだろう。エドワードの呼吸がいつもより浅い。

「おじいさん……」

「くだらん心配はするな。入院中に嫌というほど聞かされて、もううんざりだ。問題ない」

「わかりました」ブレイクは不安を押し殺した。「何か新しい情報は?」

「ある」エドワードはキャメルのコートを脱ぎ、スツールの上に放った。「今のところ発見された遺体は一つ。男性だ。フレデリックの歯科記録をファックスで送るよう手配した」そう言うと、彼は遠くを見つめた。奥歯を嚙みしめているのがわかる。

「リビングルームにどうぞ。まずは座りましょう」ブレイクは祖父の肩に手を置いた。

エドワードが身体を硬くした。「言っただろ、大丈夫だ。心臓発作は二度と起こさん」

「それは安心しました」ブレイクが冷静に切り返した。「何があっても心臓に負担はかからない、というわけですか。ねえ、おじいさん、たまにはぼくの言うことも聞いてくださいよ。座って楽にしてください。何か飲み物を作りますから」

「バーボン、ストレートだ」

「だめです。水、ロックで」エドワードが折れてリビングルームに行き、ソファの上にゆっくりと身を沈めるのを見届けてから、ブレイクはサイドボードにグラスを取りに行った。

「ジェームズはどうするんですか?」

「何も言うなとナイルズに伝えておいた。いまはとにかく、ジェームズにこんなことを知らせるわけにはいかん。ウェリントン・クラシックの二日前だからな。集中力を乱すに決まっておる。絶対に落とせない、大事な大会なんだ。優勝か、最低でも三位以内に入らねばならん。今週の日曜だけじゃない。三月の国際チャンピオンシップまで毎週だ。あいつとストールン・サンダーが必ず優勝する。それでオリンピックの金にまた一歩近づくんだ」

仕方ないか。ブレイクは氷の入った水を運びながら思った。エドワードは一番上の孫ジェームズを目に入れても痛くないほど溺愛している。唯一の弱みと言えるほど、深く。二人の絆をさらに強固にしているのがジェームズの乗馬の腕だ。この三年間、ジェームズはほぼ毎回、エドワード自慢の雄馬ストールン・サンダーで競技に出ている。最強のコンビと言っていい。ジェームズは確かにうまい騎手だ。だがなんと言ってもストールン・サンダーが素晴らしい。申し分のない血統のドイツ系サラブレッド。数々のチャンピオン馬の血を受け継いでいる。手に入れる前から、国内外を問わず、四歳および五歳馬の大会で数えきれないほどの優勝を飾ってきたエドワードが大枚をはたいて買った馬だ。このところ祖父の頭には、ストールン・サンダーに乗るジェームズのことしかない。彼らがグランプリで記録的な数の勝利を収め、アーヘンでの世界大会に進み、そして究極の目標、北京オリンピックに出場する姿。最も莫大な資金と思いを注ぎ込んでいるのだ。何ものにも自らの大望の成就を邪魔させまいと思うのも当然だろう。

「それにだ」エドワードが水をごくりと飲み干してつけ加えた。「ジェームズがここに来ても、できることは何もない。ただ待つだけだ、こうしてな」

「ええ、確かに。で、待つのはジェームズの得意分野じゃない」

「ああ、まさしく」

ブレイクは祖父の向かいにある肘掛け椅子に腰を下ろした。「警察が見つけた遺体は一つと言っていましたが、サリー・モンゴメリーは？」

「まだ行方不明だ」

「行方不明なのは遺体ですか？　それともどこかに逃げた彼女の行方が、ですか？」

「連中に聞いてくれ」エドワードは肩をすくめ、もうひと口水を飲んだ。「消防と警察が現場を何時間も捜索したが、モンゴメリーの遺体らしきものは見つからんらしい。電話をよこした警官が言うには、室内にいたとすれば生存は考えられない、キャビンは紙くずのように燃え上がった、三〇分で灰の山になったと」

「だとすると、モンゴメリーはどこに？」ブレイクが眉をひそめた。「火事の現場検証にこんなに時間がかかるはずはない。どう考えてもおかしいですよ」

「そうだな」エドワードが両手でグラスを転がしながら言った。「じきにわかる。じきにな」


モンティは車に寄りかかり、携帯電話で話し中のジェイクス巡査部長を見つめていた。電話の相手は検屍官。最初の検屍を終えたところらしい。モンティはあえて距離を置くことにした。ジェイクスが自分のことを気にせず、詳細な情報を耳に入れられるように。

そしてジェイクスの反応を観察できるように。

表情から一挙手一投足まで、じっくりと。

居心地の悪そうな様子をしている。つまり、何を発見したにせよ、検屍官はこの火事が事故でないと伝えている、ということだ。

やはりそうか。

だが、サリーの行方は相変わらずわからない。

視線を外し、モンティは辺りに目をやった。どこに行ったんだ？　一番安全なルートを考え、それから逃げてくれたのだろうか？　いや、そんな暇はなかったのかもしれん。火の手から逃れるのに必死で、冷静な判断力を失ったことは十分に考えられる。放火犯が誰にしろ、そいつはサリーが生きていることを知っているのだろうか？　口封じのためにあいつを追っているのでは？　だから連絡がないのか？　どこかに隠れている？　けがは？　いずれにしろ電話をしてくることはないだろう。あいつは携帯を毛嫌いしている、めったに持ち歩かない。でも、今回はひょっとしたら？　いや、それはありえない。十中八九、携帯はキャビンと共に灰になったはずだ。となると、頼れるのは野性の勘だけ、か。

とはいえ、あいつの勘は驚くほど鋭い。直感に従えば、なんとか生きて帰ってこられるはずだ。きっと。

「ねえ」メレディスが車の窓を下ろし、身を乗り出した。「どうなってるの？」

モンティが振り返ると、そこには末の娘の沈痛な面持ちがあった。かわいそうに。心配はしていたが、やはり動揺がかなり大きいようだ。

「ジェイクス巡査部長は検屍官と電話中だ。彼が話を聞き終えて捜査チームに伝えるまで待ってから、探りを入れてみる」モンティは窓枠に手をかけて上半身を寄せ、娘の目を見据えた。親を名乗る資格はないが、親としての思いはある。彼は目に父としての威厳を精一杯湛えて言った。「気持ちはわかるが、いまは我慢してくれ。お母さんのことを教えてと泣きつくのは逆効果だ。そんなことをすれば、ジェイクスは苛ついて、かえって何も言わなくなる」

「子供じゃないんだから、大丈夫。もうすぐ二一よ。警察の前でそんなことしないわ。ただ、すごく心配なの。お母さんが何かひどい目にあったんじゃないかって」

「わかるよ」モンティは指で彼女の頰をそっと撫でた。「どんなに怖いのか、よくわかる。でも言っただろ。サリーは生きてる、絶対に。それともう一つ、おれが見つけてやる、必ずだ」

メレディスは不安げにうなずき、涙を飲み込んだ。見るからに納得していない。無理もないだろう。おれにこの娘を責める資格はない。

「おれの言葉は信じられない。そうだろ、メレディス?」モンティは悲しげに呟いた。「おれがいない時間のほうが、ずっと長かったからな」

「それはいいの」

「よくない。でもな、それは関係ない——少なくともいまは。いいか、これだけはわかってくれ。おれにとって一番大切なのはおまえとデヴォンとレーンだ。もちろんおまえのお母さんも。だから信じてくれ、お母さんはおれが必ず見つける」

鼻をすすると、メレディスは涙を拭いた。「いいから聞いてきて。わたしはここで待ってるから。何かわかったら、とにかくすぐに教えて」

これ以上期待するのは贅沢というものだ。全面的な支持ではないが、一応は信頼してくれた。それだけでもありがたいと思うべきだろう。

ポケットに両手を突っ込むと、モンティはキャビンがあった場所へ歩いていった。まったく、えらく冷えるな。ダウンを着込み、手袋まではめているのに凍えそうだ。サリーは上着を持って出られたのだろうか？　寒い思いをしていないといいのだが。

　ジェイクスと捜査チームが立っている所まで来ると、モンティは口を開いた。「さてと、おたくの検屍官は何を見つけてくれたって？」

　ジェイクスは唇を固く結びながらモンティのほうを向いた。「初見で、被害者の鼻腔にすすがついていないことが判明しました」

「要するに、ガイシャは火事が起きた時には死んでいた、と」

「解剖結果が出るまではっきりしたことは言えませんが、ええ、どうやらそうらしい。それと、やはり遺体は他に出なかった。現場、そしてこの一帯でも。つまり、あなたの元奥さんにとって状況はあまり芳しくない、ということです」

「あいつは生きてる。それ以上芳しいことはないだろ？」

「どうでしょうね。たとえ生きていたとしても、見通しは暗いのではありませんか？」

「どうして暗いんだ？」モンティはあえて曖昧な聞き方をした。少しでも情報を引きだすためだ。

　まだ全体像がつかめていない。まずはそこが知りたい。

「よくおわかりでしょう」ジェイクスが鋭く切り返した。「足元の灰の山はいまや立派な犯罪現場ですよ」

「そうかな。ピアソンは煙草を吸っている途中で突然心臓発作に襲われてくたばったのかもしれんぞ。で、その煙草の火がキャビンに燃え移った。サリーが出かけている間に」

「ほう、だったら私の左の鼻の穴から蛙が跳びだしてくるかもしれませんね。ふん、くだらない物言いはやめてください」

「検屍官から聞いたことを全部話してくれればな」

ジェイクスは目をしばたたいた。モンティに見透かされていたことに驚いたのだ。「いいでしょう。被害者は頭部に損傷を受けています。何者かが前頭部を鈍器で殴り、それからキャビンに火をつけた。殺人および放火事件です。あなたの元奥さんは行方がわからない。つまり彼女は犯人か、誘拐されたか、あるいは死んでいるか」

モンティは顎を強ばらせた。「最初の可能性は考えるまでもない、絶対にありえん。サリーはハエも殺さん女だ。二番目のは筋が通らん。サリーには、いや、うちの家族に金目の物など何もない。最後のだが——おれはないと踏んでいる。殺すつもりなら、ここでやるだろう。ホシはピアソンを殴り殺してるんだ。一人も二人も変わらん、違うか？　それにここは殺人におあつらえ向きだ、人気《ひとけ》がないからな。なのにどうしてサリーを別の場所に連れていく？　わざわざ人目につくリスクを冒してまで？　三つとも違う。逃げたと考えるのが妥当だろう」

「あるいは姿をくらませたか」

「可能性はある。でもあんたが考えてるような理由じゃない。なあジェイクス、おれのことは気にせんでいいから、率直に言ってくれ。サリーがピアソンを殺す動機は？」

「嫉妬？　欲望？　彼女とピアソンとの関係はまだ洗っていませんが、そこはこれから」

「なるほど、あいつは嫉妬か欲に駆られてピアソンを殺したいと思った。それでわざわざ人気のないルサーン湖までドライブして来た、と。頭をぶん殴って、キャビンに火をつけるためだけに？　それじゃあ自分が容疑者だと公表しているのと変わらんだろう。あまりにも不自然だ。それよりこう考えてみろ。フレデリック・ピアソンは大物だ、大手レストラン・チェーンとフードサービス会社のＣＥＯだ。つまり敵がいる、それも大勢な。ピアソンに深い恨みを持っている人間も少なくないだろう。で、誰かがそれを晴らしに来た。サリーはたまたま間が悪かっただけだ、と」

「だとしたら、彼女はいまどこに？　どうして家族に連絡もないんですか？」

モンティはみぞおちの辺りが締めつけられる感じがした。「けがをして動けないか、身を隠しているか。あるいはホシに追われているのかもしれん。口封じのために」

「そうかもしれませんし、違うかもしれません。そこは我々に任せていただきたい。そのための捜査です」

「確かに」モンティは、はやる気持ちを抑えた。これ以上は出しゃばらないほうがいい。捜査の内幕を知りたいのなら、ジェイクスとの関係を壊すのはまずい。「もちろんだ。ただし、何かわかったらすぐに伝えてくれよ」

「そちらもご協力いただけるというのなら」

「どういうことだ？」

「もしミズ・モンゴメリーからご家族に連絡が入るようなことがあったら、私も知りたいですね」

「いいだろう」

ジェイクスは手帳とペンを出した。「デヴォンさんの連絡先は知っています。ほかのお子さんの連絡先も教えてください。ミズ・モンゴメリーの友人と親戚のも」

モンティはレーンとメレディスの連絡先を彼に教えた。「ただし、連絡はまず、おれかデヴォンにしてくれ。メレディスはデヴォンの所に連れていく。レーンは今晩、ロサンゼルスから飛んでくる。デヴォンの所に泊まることになるだろう」

「わかりました。彼女の友人は？」

モンティはため息をついた。「サリーとは離婚して一五年になる。友人については、子供たちのほうがおれよりも詳しいだろう。おれに教えられるのは勤務先の保育園の名前と電話番号くらいだ。きょうだいは妹が一人いる。名前はキャロル、離婚して独り身、年は五一。ローマに住んでる。バイリンガルで、イタリアの貿易会社に勤めている。それとサリーの両親だが、オレンジ郡に暮らしている。だが、あまり乱暴なことはせんでくれよ。二人とももうじき八〇の高齢だし、じつの娘の話だからな。まだ何も知らないんだ。あんたが聞き込みに行く前に、おれから伝えさせてもらえるとありがたいんだが」

ジェイクスはうなずき、モンティの車を一瞥した。「娘さんにお話をうかがいたいんですがね」

娘を守るという父親の本能に火がつき、モンティは思わずだめだと言いそうになった。が、拒んでも意味がないのはわかっている。捜査の一環なのだ。おれが許そうが許すまいが、ジェイクスは娘に話を聞くだろう。それに、本人が言っていたとおり、娘はもう大人だ。なんでもかんでもおれが守ってやる、というわけにはいかない。それよりも何よりも、メレディスは協力したがっているに違いない。

「ああ、どうぞ」モンティはそっけなく言うと、頭で車のほうを指した。「中で話すといい、暖かいぞ。ただ、早くしてくれ、あんたが終わったらすぐに出るから」

その晩、モンゴメリー家の人々はほとんど寝られなかった。

九時頃、レーンはジョン・F・ケネディ空港に到着し、そのままタクシーでデヴォンの家に直行した。メレディスとモンティはもう来ていた。ほろ苦い再会。四人ともいまにも泣き崩れそうだった。

兄と妹はデヴォンの家に泊まることにした。モンティもそうするように言われたが、断った。なんとなく一人になりたかったからだ。彼はクイーンズから車で三五分の距離の所に向かった。昔、彼とサリーが幸せな――そして不幸な暮らしを送った小さな家に。彼はカウチに身体を投げ出すと、目の上に片腕を乗せた。明かりもつけなければ、着替える気もない。眠気はまるでない。横になったまま、ばらばらのパズルのピースをなんとか組み合わせようとした。

朝の七時を少し回った頃、携帯が鳴った。いつもの携帯ではない、プリペイドのほう――〝バット・フォン〟だ。名付け親は子供たち。限られた人とだけ話せる、バットマンの秘密の電話みたいだからと。この電話がモンティのものだとばれることはまずない。買ったのはその辺のドラッグストア。支払いは現金。追加の通話料金を支払うコンビニは、注意していつも変えるようにしている。もちろん現金払いだ。レシートや明細から足がつくことはない。それに番号を知っているのもごく少数だ。

彼は飛び起きると電話をつかみ、通話ボタンを押した。「モンゴメリーだ」

「ピート――わたしよ」

サリー。

声は弱々しかったが、モンティが生まれてから耳にした中で最も美しく響いた。

安堵感がどっと広がった。「よかった、心配したぞ。いまどこだ？　大丈夫か？」

「たぶん」彼女は咳き込んだ。「ちょっとふらふらしていて、疲れてる。でも、生きているわ。かけないほうがいいと思ったんだけど、誰に頼ったらいいのかわからなくて。この電話はまだ……生きてるのね」

「ああ。それと、おれにかけて大正解だ。この番号なら誰かに知られる心配はない。それにおまえを守ってやれるのはおれしかいない」

彼女はその言葉を否定しなかった。「知ってるのね」

「ピアソンが死んで、キャビンが燃やされたことか？　ああ、知ってるよ」

彼女のため息が震えていた。「電話ボックスにいるの。コーリングカードでかけてる。一五分しか話せない」

「そこの番号は？」モンティは紙切れとペンをつかみ、走り書きした。市外局番から察するに、ヴァーモントのどこかだ。いいぞ。考えていた計画に都合がいい。「いったん切れ。すぐにかけ直す」

彼は携帯を切り、聞いたばかりの番号を押した。

「ピート？」彼女がこわごわ出た。

「おれだ。話の前に、まずはおまえの身体だ。けがの具合は？　どこを痛めた？」

「頭よ、ずきずきしてる。目眩がするし、大きなこぶもできてる。でも目は大丈夫。たぶん軽い脳しんとうね。あとは身体がちょっと痛いのと、煙を吸ったから胸が少し苦しいだけ。大丈夫よ」

「自己診断も結構だが、医者に行ったほうがいい。今日の午後にでも診てもらえるように手配してやるよ。で、何があったんだ？」

ぽつりぽつりと、いかにも具合が悪そうな声で、サリーは前日の朝に起きた出来事を話した。「キャビンを出た途端、パニックになったの。殺人犯はまだ近くにいるかも。わたしが脱出したのを見たかもしれない。そうしたらきっと殺しに来る。そう思ったら急に怖くなって、それで逃げたのよ。グレンズ滝を目指した。人も車も多いから、うまく紛れられると思って。それでチケットを買って、一二三番のグレイハウンドに乗ったの。着いたのは一一時頃」

「どこに？」

「ミドルバリー。目立ちたくないなら、大学の中が一番いいと思ったのよ」

「賢いな。金曜の晩だ、学生は気にも留めないだろう。どうせ酔っぱらってるからな。で、いまは土曜の朝七時。まだおねんね中だ」

「うん。それで着いてすぐホテルにチェックインしたの。スキーシーズンなのに部屋が空いてて助かったわ。支払いは現金で。でも、その後のことはあんまり覚えてないのよ。ベッドに倒れてそのまま寝ちゃったから。さっき起きて、このコーリングカードを買って、真っ直ぐここに来た」彼女の声が涙声に変わった。「ピート、怖いわ」

「心配するな。おれがなんとかしてやる」

「警察が動いてるんでしょ。犯人は？　誰がやったの？　どうしてフレデリックが？」

「まだわからん。捜査中だ」

　サリーはモンティの声の感じにぴんと来るものがあった。「警察はわたしがやったと思ってるの？」

「断定はしてないが、おまえのことは捜している——容疑者、あるいは証人としてな。おれの推理は伝えた。思ったとおりだったよ。でもおれが心配してるのは警察じゃない。殺人犯のほうだ。おまえも言ったように、そいつはまだ近くにいる。おまえを殺し損ねたこともわかってるだろう。だからいまは出てくるな、危険に身をさらすようなものだからな。ホシが誰かわかるまで、おまえは隠れてるんだ」

「隠れるって、どこに？」

モンティは前屈みになり、受話器を握る指に力を込めた。「昔、おれがおとり捜査をした時に話した計画、覚えてるか？」

無言。鼓動だけが響く。「万が一、正体がばれたら、わたしが子供たちとある人の所に身を隠すっていう話？」

「それだ」

「その人たちとまだつながってるの？」

「一人はおまえの所から近い。これからそいつに連絡する。段取りがついたら折り返す。三〇分くれ。ホテルにかけるから。ルームナンバーは？」

「三四二」

「わかった。じゃあ部屋に戻ってシャワーでも浴びてろ。ちゃんと食べてるのか？」

「ううん。昨日の晩はそれどころじゃなかったし、もうお金がないのよ。二ドルくらいしか」

「それでコーヒーとマフィンでも買え。少しは元気が出るはずだ。安心しろ、もうじき必要なものが全部揃うから。温かい食事もだ、いいな？」

「わかった」サリーの声がさらに弱々しくなった。「ピート？」

「もうよせ、サリー。いまにも倒れそうな声じゃないか」

忠告を無視して彼女は言った。「子供たちは？　大丈夫なの？」

「ああ、みんなデヴォンの所にいる。手はずが整ったら、おれも様子を見に行く。それと、おまえの両親にも電話しておく。いいからほら、もう部屋に戻れ。少ししたら連絡するから」

「ありがとう、ピート」やっとそう言えたのは、電話を切る直前だった。

サリーがバスタオル一枚で、部屋に備え付けのコーヒーをすすっている時に、ナイトスタンドの上にある電話が鳴った。

「はい？」彼女は不安げに応えた。

「おれだ」モンティが単刀直入に言った。「いいニュースだぞ。昔の知り合いに電話した。ロッド・ガーナー、いいやつでな、なかなかの警官だった。二五年来の仲だ。おれより二、三年早く七五分署を引退して、マサチューセッツのウィリアムズタウンに引っ越した。奥さんと子供が二人。どっちも結婚してて、近くに孫も大勢住んでる。その夫婦の所にしばらくいるんだ。奥さんの名前はモリー。そこなら安心だ。敷地はかなり広いから、見つかる心配はない。家から遠く離れない限り大丈夫だ」

「ちょっと待って」サリーが遮った。「その奥さんのモリー？　わたしのこと、気にするんじゃないの？」

「気にする？　とんでもない、歓迎してくれるさ。モリーはロッドの武勇伝を山ほど聞いてきたんだ。それにおまえとも気が合うはずだよ。モリーもアウトドア派だし、子供が大好きだから、特に孫がな。目に入れても痛くないほどかわいがってる。おまえが保育園に勤めていると知ったら、飛び上がって喜ぶよ。それはともかく、おまえがそこにいる本当の理由を知ってるのはモリーとロッドだけだ。二人の子供が訪ねてきても、おまえのことは古い友人としか言わない。ちょっと大変なことがあって、しばらく頭を整理する場所が要るから、それでうちに泊まっていると」

「でも――」

「でも、はなしだ。ロッドはもうそっちに向かってる。二時間はかかるはずだから、それまで少し休んどけ。着く一五分前に部屋に電話をくれる。そうしたらロビーに下りてチェックアウトを済ませて、裏口で彼と落ち合うんだ。車は青のフォード・エクスプローラー。質問は？」

「警察はどうするの？　さっき言ってたでしょ、わたしを捜してるって」

「捜させておけ。ジェイクス巡査部長には後で電話しておく。おまえから連絡があったことを伝えて、キャビンで何が起きたのか説明する。おまえは殺人犯に追われてるんじゃないかと不安で、いまどこにいるのか、この先どこに向かうのかも言わずに電話を切った、と」

「犯罪幇助《ほうじょ》とか、司法妨害罪とか、そういうのにならない？」

「ないね。事実を軽く歪めただけだ。しかも隠したのはおまえの居場所だけ。あとは全部事実だしな」モンティがいたずらっぽく笑った。目を輝かせ、〝法律なんかくそ食らえ〟と言わんばかりの彼の顔がサリーには見えるようだった。「そこが探偵のいいところさ。警官と違って、ルールを少しくらいなら曲げられる」

「前は曲げてなかったみたいな言い方ね」サリーが呟いた。

「確かに。じゃあ言い直そう、探偵のいまはルールをもっと曲げられる。つまり、しち面倒くさい手続きを踏んで、くだらん書類をあれこれと提出しなくてもいい。一人で捜査を始めてホシの後を追えるというわけだ。フレデリック・ピアソンの頭蓋骨を潰して、おまえを殺そうとしたくずをな」

　嫌な記憶が蘇り、サリーは胃がぎゅっと締めつけられる気がした。「ということは、犯人が誰かわかったらあなた一人で追いかける、ということ？」

「信用できないのか？」

「つまり、ウォーレン郡の保安官局に協力は求めないってこと？　愚問だったかしら？」

「愚問だね。一人のほうが動きやすいからな。安心しろって。まあ、後でフレデリック・ピアソンのことをいくつか聞くかもしれないけどな」

「それなんだけど、ちょっと気になることがあるの。耳に入れておいたほうがいいと思って。なんでもないかもしれないけど、やっぱりなんだか嫌な感じがして、ずっと頭に引っかかってるの。気にしすぎだと思ってたんだけど――フレデリックが殺されるまでは」

「続けてくれ」

「今週の初め、フレデリックと父親の会話をたまたま聞いたのよ。フレデリックは会社の誰かをクビにしたがっていて、父親のエドワードはそれに猛反対してた。会社を危機にさらしかねない犯罪だ、とか言っていたわ、フレデリックがね。エドワードは取り合っていなかったけど。エドワードはその人を解雇しないと言ってた」

「なるほど」モンティはサリーがくれた情報を消化してから続けた。「社員に腹黒いやつがいた。あるいは、フレデリックに信頼してもらえなくてふてくされていたやつ、という線もある。大会社のCEOだからな、気に食わないと思っている社員はごまんといるだろう。手間はかかるが、そいつらを片っ端から洗って、殺すほど恨んでいたやつを割り出すか」

「二人が何をしゃべったか、詳しく書き出すこともできるけど――」

「いまはいい」モンティが遮った。「まずはおまえの身の安全を確保して、医者に診てもらうのが先だ。ロッドの車に乗ったら電話しろ」

「バット・フォンに?」サリーが聞いた。口角が少しだけ上がった。

「ああ」彼の声にも過去を懐かしんでいる響きがあった。「バット・フォンだ。デヴォンの所に持っていく。ウィリアムズタウンに着いたら、それで子供たちとも話せる」

しばしの沈黙。「ピート……気をつけてね」

「おれのことはいい。おまえこそ気をつけろよ。街にふらふら出ていったり、山歩きしたりはなしだ。おとなしいニューイングランド人でいろ。おれはフレデリック・ピアソンに恨みを持ってる人間と、恨みの理由《わけ》を洗う」

5

陽が西に傾き、ゆっくりと地平線の下に沈んでいく頃、エドワード・ピアソンはウォールナット材の太い柱に支えられたリビングルームにいた。電話を終えると、受話器をたたきつけて切った。

「警察はまださリー・モンゴメリーの行方がわからんそうだ」彼はブレイクに振り向いて言った。「ただし、生きているのは間違いない。隠れているんだ」

ブレイクはジーンズの裾を引っ張り、子犬のチョンパーの口から離すと、眉をひそめた。

「隠れてる？」

「前の夫に電話をしてきたらしい。生きていると家族に伝えたくてな。キャビンが全焼する前に逃げたと」

「どうしてフレデリックを置き去りに？」

「死んでいたからだ」エドワードは腕で額を拭った。見るからに具合が悪そうだ。「フレデリックを殺し、自分の頭に一撃を食らわせたやつが誰かはわからんが、サリー・モンゴメリーはとにかくそいつが後始末に来るんじゃないかと怯えている。だから誰にも自分の居場所を言うつもりはないらしい」

「犯人を見たんですか？　背格好とか顔の特徴とかは？」

「わからん」エドワードはグラスに水を注ぎ、ぐいとあおった。バーボンだったら、と思っているのがありありとわかる。「あいつら、詳しいことは何も言わん。誰に聞いても『現在捜査中です』だ。まったく、いまいましいやつらめ」彼はグラスをどんと置いた。

ブレイクはチョンパーを遠ざけようとしていたが、仕方ないと諦め、ジーンズの裾がぼろぼろになるまで嚙ませることにした。「おじいさん、そんなにいらいらしないで。さっきからずっとそんな調子じゃないですか。落ち着いてください。今は警察に任せて、何かほかのことを考えたらどうですか？　ジェームズが明日のグランプリで優勝する姿とか」

「そうだな」エドワードの口調が少しだが穏やかになった。「コーチによれば、絶好調らしい。フォームは完璧で、障害もすべてクリアしているそうだ」そう言うと、すぐにまた苦虫を嚙み潰したような顔に戻った。「もっとも、次の日曜の大会には何もかもだめになっているだろうが。飛んで帰ってきて、葬式と今後の諸々の対応に追われる。じつの伯父を、一族のの会社のCEO、フードサービス部門のトップを失ったわけだからな。気持ちが乱れるに決まっておる。おまえもフレデリックの直属の部下だったな。ジェームズには大会に集中させてやりたい。社のほうは私とおまえとでなんとかしよう。だがそうはいっても、社員は混乱するだろうし、サプライヤーや得意先も不安になるだろう。面倒なことになるのは間違いない」横目でブレイクを一瞥して続けた。「ところでだ。おい、年寄り扱いはやめろ。何かほかのことを考えたらどうですか、だ？　くだらん、見え透いてるぞ」

「そんなつもりじゃありませんよ。それと、変に気を遣ってもいません。ただこの苦境を乗りきるためにお手伝いしたいだけです。まあ、ぼくが何を言っても言い返されるのはよくわかってますがね。ただ、ご存じのように、ぼくも黙ってはいませんけど」

「まったく」エドワードは小さく首を振った。「どこかで間違えたんだろうな。おまえとジェームズの教育だ。おまえらは私をちっとも怖がらん。ほかの家族はみんな腰が引けているというのに」

「おばあさんをお忘れなく」ブレイクが言った。「『恐怖』という言葉は、彼女の辞書にはありませんよ。それからぼくとジェームズのことですが、おじいさんは教育を間違えたわけじゃありません。ぼくらの素質を伸ばしてくれたじゃないですか。おじいさんの遺伝子、つまり、遺産です。ジェームズの受け持ちはおじいさんの生涯の趣味、ぼくは仕事のほうです。あいつはオリンピックの金メダルにかける情熱を、ぼくは仕事上での創造力と、ピアソン&カンパニーを必要な方向に導ける度胸を受け継いだ」

　単純化しすぎかな、とブレイクは内心思っていた。細かいことをかなり省いている。彼もジェームズも祖父を恐れていないのは事実だ。だが理由はまるで違う。それと、二人がそれぞれ祖父の人生の大切な部分を受け継ごうとしているのは確かだが、二人の共通点はそれだけだ。

「私が甘いのは、おまえたちが私に似ているからだと言うのか。ふん、ばかばかしいにも程がある」エドワードはブレイクの心を見透かしたかのように切り返した。「ジェームズのことはさておき、おまえには厳しく接しているぞ。おまえのいとこや伯父、それとおまえの父親よりもな。まったく、あいつはまるで見込みがない」

ブレイクは肩をすくめた。「お父さんは、やる気を出してないだけですよ」

「はっ、やる気があるのは遊びだけだろう。やれヨットだ、ゴルフだ、旅行だ。知ってるか？　あいつはあれでもうちのマーケティング部門の取締役なんだぞ。一カ月に三日もオフィスにいればいいほうだ。あとはおまえの母親と遊びほうけておる、世界中でな」

「仕事もちゃんとやってますよ」

「いや、やっているのはおまえだ」エドワードの目が曇った。「だがな、それもじきに変わる。何もかもが変わることになる、フレデリックが亡くなった以上」

「わかってます」ブレイクが短く息を吐いた。「一つずつ順番に考えていきましょう。歯科記録は検屍官に送った。照合結果はじきに出るでしょう。すぐにジェームズに知らせます。事件がニュースになって、あいつが新聞で目にする前に。社用機はいつでも出られるようにしてあります。あいつを連れて帰り、葬儀が終わったら、またウェリントンに戻します。ナイルズ伯父さんとリン伯母さんはもうフロリダから戻っています。ぼくの両親の便も今晩着きます。残りの親戚は全員自宅で待機しています。必要な時はすぐに動けるように。そのほかの取締役たちについては、ジェームズに知らせた後でぼくが連絡します。葬儀が済んだら、ただちに緊急対策委員会を招集するつもりです」

「うむ、いいだろう」エドワードはうなずき、顎をさすりながらしばらく黙っていた。疲労の色は見えるが、頭の中が高速で回転しているのは間違いない。

「警察ですが、フレデリック伯父さんの死亡が確認されれば、捜査に本腰を入れるでしょう」とブレイクが言った。

「連中には期待しとらん」しばしの沈黙。「サリー・モンゴメリーの前の夫は元警官だ」

祖父の唐突な発言に面食らい、ブレイクが尋ねた。「それで?」

「NYPDにいた。ブルックリンの物騒な地域の署だ。何年か前に引退して、いまは探偵をしている。顧客の数はなかなか多い。私の集めた情報によればな」

「どうやってそれを?」

「今日の午後、何本か電話を入れて調べた――ピート・モンゴメリーという男がルサーン湖に現れて、担当の警察官に探りを入れたと知った後にだ」

「もう一つ質問です。それが何か?」

「やつは警察とも前の妻ともつながっている。つまり、警察に話したこと以外にも何かをつかんでいるかもしれん。こっちの役に立ちそうな男だ」

ブレイクが眉をひそめた。「その男から情報を聞き出す、と?」

「いや」エドワードは膝に置いた手に力を込めた。遠くを見ていた目がきらりと光る。「仕事を依頼する」

デヴォンが夕食の皿の最後の一枚を洗い終えたところで、テラーが食事の最後の一切れを食べ終えた。

「そのご飯、明日からは分けてあげてね」とデヴォン。

テラーが頭を上げ、目をぱちりとさせた。いま聞いたことに不満顔だ。

「大丈夫よ」デヴォンはくすくすと笑った。「きみの大好きなお友だちのスキャンプだから。明日からうちに泊まるの、お母さんが帰ってくるまでね。楽しいわよお。昼間は一緒に走り回って、わんちゃんのデイケア・スタッフを好きなだけ困らせる。で、夜は二匹でタッグを組んで、ここをめちゃくちゃにできるんだから。洗濯物も散らかし放題。どう？　夢のような話でしょ」

テラーは嬉しそうにワンと吠えた。洗濯物という言葉に反応したのだろう、靴下を探しに飛んでいった。

洗濯物は選ぶのに困るほどあるわね、とデヴォンはぼんやりと思った。レーンとメレディスがいるのだから。しかも一日や二日じゃない、一週間、いやもっと長いかもしれない。すべては、ピアソンの事件がいつ解決するか次第だ。レーンはいくつか電話をかけ、仕事のスケジュールを調整した。メレディスは教授たちにEメールで事情を説明し、課題をメールで提出してもいいか尋ねていた。

長逗留を念頭に置いておかなければならない。そばにいて精神的に支え合うために。体裁を繕うためにも。心配で夜も眠れない家族。電話の前を一歩も離れず、警察からの連絡を待ち続けている。そういう状態でないとおかしい。いまはまだサリーがどこにいるのか、いつ再び会えるのかもわからないことになっている。気が動転して普段どおりの生活など送れるわけもない、と思わせないと。

デヴォンも連絡を済ませていた。クリーチャー・コンフォーツ&クリニックの創設者で社長のジョエル・セドウェル博士に電話をし、事態が収まるまでは超フレックスタイムを認めてもらった。モンティは依頼されている仕事をすべて後回しにした。

それでも、みんな内心はほっと一安心していた。全員サリーと話し、声を聞き、彼女が大丈夫だと知ったからだ。メレディスは三回も電話をかけ、それでようやく母が無事で、ガーナーの家に落ち着き、身体の具合も快方に向かっていると納得した。ロッドはサリーをすぐに地元の医師に診せたが、ありがたいことに診断は軽い脳しんとうと気管の軽度の炎症だった。いまは十分な食事を取り、暖かい羽毛布団にくるまってぐっすりと眠っている。

サリーの無事を確認後、モンティは子供たちに再確認した。秘密を厳守すること。母の居場所を誰かに尋ねられても、わからないと答えること。しつこく聞かれたら、モンティがウォーレン郡保安官局に言ったのと同じ内容を繰り返すこと。サリーとの会話は決められた時間だけにし、電話は必ずバット・フォンを使うこと。

だけど、とにかくよかった。母は無事なのだ。

デヴォンはサリーに請け合った。スキャンプの世話は任せておいて。馬の餌やりとエクササイズはいま、ピアソン家の馬丁が面倒を見てくれているけれど、厩舎にも定期的に顔を出して、馬の様子も見ておくからと。サリーを安心させるためだけではない。デヴォン自身、スキャンプが大好きだし、厩舎には子供の頃よく遊びに行っていた。どちらもたっぷりと楽しめる口実ができた、というわけだ。

母が無事という嬉しい報せに、デヴォンは久々に料理をする気になった。夕食後、モンティは次々に電話をかけ、続いてファックスが次々に送られてきた。彼はいまそれに目を通している。レーンはメレディスを映画に連れていった。女性向けのぱっとしない作品に。映画を楽しむ気分ではなかったが、妹を気遣う気持ちからか、行くことにした。デヴォンも誘われたが、断った。行きたくなかったからではない。モンティとここに残ったほうがいいような気がしたからだ。

食器用のふきんをぽんと放ると、彼女はリビングルームに向かい、ソファの父の横に腰を下ろしてあぐらをかいた。「何かわかった?」父の肩越しに覗いて言った。

「ああ、ピアソンの会社が一大帝国だってことがな。まるで巨大ダコだ、四方八方に手を広げてやがる」モンティはちょうど読んでいたファックスを指した。「見ろよ、会社の歴史だ。エドワード・ピアソンは五〇年前に会社を興した。食品業界への紙製品の卸業者だ。それがみるみるうちに成長して、フードサービスとケータリング業に進出。間違いない、ピアソンのやつ、裏で相当うまく立ち回ったんだろう。ちっぽけな会社が突然、全米のでかいスポーツ・アリーナのフードサービスを独占するまでになったんだからな」

〝裏でうまく立ち回る〟モンティがしょっちゅう口にする言葉だ。彼が何を言いたいのか、デヴォンにはよくわかっていた。「政治家にわいろを贈ったり、同業者を脅したりとか、その手のこと？」

「正解だ。こいつはずる賢くてあくどい豪腕ビジネスマンだ。現状維持では満足しなかったんだろう。スポーツ・アリーナをあらかた押さえても、まだ足りない。フードサービスのほかにも何かやりたいと考えた——もっと洗練された何か。そこで高級レストランを開いた。おまえも名前は聞いたことがあるだろう、グランプリとかいう気取ったやつだ。一号店はパームビーチ、二五年前だ。そこはいまでも繁盛してる。姉妹店が一九軒、どれも馬術競技場の近くにある。レキシントン、ピーパック・グランドストーン、ブリッジハンプトン、フェア・オークス、ナパ・ヴァレー」

「すごいわね、ほんと一大帝国だわ。エドワード・ピアソンはさぞご満悦でしょうね。その高級レストランに来るお客さんたちに自慢の馬を見せびらかすこともできるわけだから」デヴォンはファックスに顔を寄せ、会社の概要を読んだ。「このファミリー・ダイニング部門っていうのは？」

「最近始めたファミリー・レストランだ、名前はチョンピング・アット・ザ・ビット」

デヴォンが微笑んで言った。「かわいい名前ね」

「ああ、はみを嚙む《チョンピング・アット・ザ・ビット》だからな。これも馬絡みで、やつはまたも金脈を掘り当てた。グランプリと同じで、チェーン展開を考えているらしい。ただしターゲット層は違う」

「家族ね」

「そのとおり。低価格で、カジュアルな内装、子供が喜ぶ雰囲気。フラッグシップ店がこの春、ヨンカーズ・レースウェイのすぐ近くにオープンする」

「ヨンカーズ・レースウェイか、パーム・ビーチからはずいぶん遠いわね。でも目の付け所はいいわ。あの界隈は栄えてるし、馬好きが多くて、大きなショッピング・センターにも近い。家族連れを呼び込むには最高の場所よ」デヴォンは額に皺を寄せて続けた。「ただ、エドワード・ピアソンはもう八〇近いんでしょう。いくら元気だからって、そんなに仕事はできないはず。フレデリックが死んだとなると、この先、誰が仕切るのかしら?」

「ピアソン家の誰かだろ。同族会社と変わらんからな。長男のフレデリックはフードサービス部門を任されていた。次男のナイルズは高級レストラン部門。孫のブレイクはファミリー・レストラン部門。チョンピング・アット・ザ・ビットはこいつの発案らしい。ブレイクの父親のグレゴリーはエドワードの三男で、マーケティング部門の取締役だ。孫はもう一人いる。ナイルズの息子、ジェームズだ。こいつはセールス部門の取締役で、障害馬術競技のチャンピオン……」モンティはファックスの束を脇に払った。「頭が痛くなってきたよ」

「わたしは頭が冴えてきたわ」デヴォンはソファの背もたれに身体を預けて続けた。「つまり、エドワード・ピアソンは自分の情熱と欲望をすべて注いで、一大帝国を築いたというわけね――家族、馬、富、名声。やるわね」彼女が物問いたげな表情で続けた。「重役はみんな家族なの?」

「らしいな。例外は顧問弁護士のルイーズ・チェンバーズと、セールス部門の取締役フィリップ・ローズだけだ。それと経理のトップ、ロジャー・ウォレスもそうだが、こいつは完全な部外者とは言えないか。ナイルズの娘ティファニーの旦那だからな。ちなみに、ティファニーは事業開発部門の取締役だ。あとブレイクの妹キャシディは人事部の取締役。まったく、ここに名前が挙がってないピアソンがあと何人いることやら」

「興味深いわね」デヴォンは髪を指で梳かしながら考えをまとめた。「いまの情報によれば、憎悪の原因はいくらでもある。権力争いで家族がほかの家族を妬むケース。家族以外の者が家族を憎むケースも。いくら頑張っても出世できないことに腹を立てる従業員よ。身内びいきってやつね。フレデリック・ピアソンはどんな上司だったのかしら？」

「いい質問だ」

「それと、エドワードの孫も気になるわ。フレデリックに子供は？」

「フレデリックに子供はいない。妻のエミリーは二年前に心不全で死んだ」

「ふーん」デヴォンは唇をきゅっと結んだ。「エドワードの遺書が見たいものね。誰にピアソン帝国を継がせるつもりなのかしら。それと財産をどう分けるのかも」

「またもいい質問だ。おれもまったく同じことを考えていた」モンティは娘に目を向けて続けた。「言っただろ、おまえは警官の頭をしてるって。動物の相手はやめて、おれと組めよ」

デヴォンはあきれ顔で言った。「まったく、何回言ったらわかるのよ。わたしは警官には向いてない。そんなにタフじゃないの。それにいまの仕事は大好きだし」

「アメリカ動物虐待防止協会《ASPCA》の動物愛護法執行部門の仲間、おまえが昔取ったトレーニング・クラスを運営してる連中だけど、あいつらが言ってたぞ、おまえみたいに頭の切れる生徒は初めてだ、父親にそっくりだって。おれにおべっかを使って言ったんじゃない。本当にそう思ってたんだ。おまえが獣医学校に行ってると聞いても、誰も信じなかった。警察学校に決まってると言って譲らなかったんだぞ」

「あの夏は最高だったな。だけど、楽しかったのは動物と触れ合えたからよ。それと、モンティと一緒にいられたから」

「いられた？　おれは捜査中か何かだっただろ？」

「たぶんね。でもとにかく顔を見せてくれた。毎日、何回も。わたしが頑張ってるか、心配で見に来てくれているみたいだった。覚えてる？」

「ああ、そうだったな」

「モンティの誇らしげな顔がわたしには何よりも嬉しかったの」

モンティが感心して言った。「デヴォン、おまえはほんとにいい勘してるな。読みも鋭い。なあ、これまでペットの飼い主を何人助けてきたか考えてみろよ。クリニックでじゃない、外でだ。迷子のペットを何匹も見つけてるだろ。何週間も行方不明で、誰も見つけられなかったやつをさ――そこら中に貼り紙をして、礼金をたっぷり払うと書いてもだめだったのに」

「名探偵、でしょ？」デヴォンはモンティの腕を軽くつねった。「でもまじめな話、あれは捜査の勘とか、そういうのとは関係ないの。動物を理解してる、ただそれだけよ。習性を知ってるし、何を考えているのかもわかる。それとペットの特徴を知るのに、飼い主に何を聞けばいいのかも心得てる。必要な情報をつかんだら、手がかりを探す。で、うまくいけば何かが見つかる、と」

「知ってるか？　警察ってのは、そういうことをするんだ」

デヴォンがため息をついた。「ねえ、わかってるでしょ。わたしがモンティのことをどんなに好きで尊敬してるか。仕事のこともね。それと、うん、認めるわ、たまに探偵ごっこをするのは好きよ。でも、荒っぽい事件は嫌——モンティが扱ってるようなのはね」

「あの頃とは違う。いまは探偵だ。全部が全部そういう——」

モンティの携帯が鳴った。

「オフィスの電話だ。ここにいる間は、全部携帯に転送されるようにしたんだ」彼は発信者番号を一瞥し、眉をひそめた。「非通知か。嬉しいね、出る前に相手を予想する楽しみがあるってもんだ」通話ボタンを押した。「モンゴメリーです」

両の眉を軽く上げ、彼はデヴォンにちらりと目をやった。「ええ、ミスター・ピアソン、存じています。息子さんのこと、お悔やみ申し上げます」

エドワード・ピアソン？　どういうことよ？　サプライズね。

デヴォンは身を乗り出して耳をそばだてた。

「理由をお聞かせ願えますか？　警察はわたしに言ったのとまったく同じことをあなたにもお伝えしたはずですが」しばし間があく。「ええ、前妻から聞きました。ひどく怯えていて、いまは逃げています。息子さんを手にかけたやつが、彼女の命も狙っているんです。はい、彼女自身、自分も殺されるに違いないと恐れています。わたしに連絡をしてきたのは、キャビンで何があったのかを警察にいち早く説明できるからです。それと、子供たちに母親が無事だと伝えられますから。ええ、電話を切られました。いまいる場所も、これからどこに向かうのかも言わずに。いえ、犯人は見てないそうです。ですから、わたしにはこれ以上お伝えできることはありませんよ。わざわざリムジンを回していただく必要はありません。そちらにうかがってあらためてお話しするにはおよびません」

しばしの沈黙。エドワードが何を言っているのかはわからないが、モンティは黙って聞いている。「そう言っていただけるのはありがたいのですが、そちらのお考えがいま一つわからないんですよ。もう少し詳しくお聞かせ願えませんか？　はい、直接。いいですよ。そういうことなら。もちろん、午後遅くで構いません。四時で結構です。オフィスはリトル・ネック——自宅兼用です。半分が家、半分がオフィスになっています」そこで言葉を切ると、モンティはくるりとデヴォンのほうを向いた。

あら、まずいわ。あの目、嫌と言うほど見てきた例のあれだ。また何か思いついたに違いない。そしてそれがなんであれ、デヴォンはまず間違いなく好きになれないのだ。

思ったとおりだった。モンティは首を激しく振った。先ほどの発言は撤回です、と言わんばかりに。「もっといいアイデアがあります、ミスター・ピアソン。いずれにしろ、まずは子供たちの気持ちを確認させてください、大丈夫かどうか。ご想像できると思いますが、ひどく動揺していますから。全員、娘のデヴォンの家にいます。ホワイト・プレーンズの北です。ミルブルックまで、クイーンズからよりは三〇分ほど近い距離です。ええ、一時間強で行けると思います。いずれにしろ、デヴォンは明日サリーのうちまで車で行くつもりでした。家とペットの様子を見たいと。ですから、わたしもそれに乗っていきます、娘と一緒に。ええ、彼女は大丈夫です」娘が睨みつけているのを無視して続けた。「六時頃には必ず。お話の続きはその時に」

モンティは〈切〉ボタンを押すと、デヴォンを振り向いた。「さてさて、なんだと思う？なんと、エドワード・ピアソンから仕事の依頼だぞ。息子を殺した犯人捜しをおれに任せたいそうだ。ウォーレン郡の警察は頼りにならんと」

「ふうん、それはそれは」デヴォンは腕組みをして続けた。「ところで、わたしをパートナーとして巻き込むつもりらしいけど？」

「もう巻き込んでいる」

「嫌だからね、勘弁してよ」

モンティが両手を強く握りしめた。ソファに深い皺が寄る。「デヴォン、今度ばかりは特別だ。おまえのお母さんの命がかかってるんだぞ」

「何よそれ。泣き落としってわけ？」

「効いただろ？」

「わかってるくせに。知ってるでしょ。お母さんのためならわたしがなんでもするって。でもね、きっと失敗するわよ。わたしの神経はモンティのみたいに図太くないし、いつも客観的に物事を見るのも無理なの。しかもこれはお母さんのことなのよ。ただでさえ感情的になってるんだから。足手まといになるのが落ちよ。なんの役に立つっていうわけ？」

「わからん。でもおれの直感が言ってる。役に立つ、おまえと組んだほうがいいって」

「だからなんのよ？」そう言いながらも、決意がだんだんと弱まってきたのがわかった。最悪だ。心のぶれがモンティにばれたからだ。彼は娘の揺れる思いに乗じて、たたみかけるようにアイデアを次々と出してきた。いま思いついたばかりのくせに、何日も前から温めていたかのように。「サリーの馬の面倒を見てる馬丁、そいつと話してみろ。敵がどんなやつらか、感じがつかめるかもしれん。それと孫だ。ピアソンによれば、明日ミルブルックのファームに集まるそうだ。葬儀の相談と言っていたが、マスコミを避けるためもあるんだろう。孫は全員おまえと同年代か少し上だ。何げなく話しかけてみろ。何か出てくるかもしれんぞ」

「つまり、もぐらになれと」デヴォンがモンティの長々とした説明を一言で要約して言った。

「人畜無害の獣医が敵陣に潜り込んで故人の死を悼む。獣医の母は故人、つまり孫たちの伯父と仲がよかった。彼女も現場で同じ犯人に殺されかけた。その共通点を会話のきっかけにしろと」

「それと、いまも危険にさらされている母を案じる思い――そいつをうまく利用して懐に入り込め。そうすればたんなる世間話で終わることはない」

「要するに、モンティは一族の長とプライベート・オフィスで二人きりになり、わたしはそのヤッピーたちにまとわりついて情報を引き出す、と」デヴォンは躊躇しながらもうなずいた。「うまくいくかもしれないわね」

「かも、じゃない。絶対だ」

「その資料、もう一回見せて」デヴォンは自分でも気づかないうちに言うと、ファックスの束に手を伸ばしていた。「どのピアソンがどれだか、頭に入れておくから」

「ほら」モンティがファックスを手渡して言った。「ただちょっと気になるんだよな。さっきの電話なんだが、考えれば考えるほど、エドワード・ピアソンが何か企んでる気がしてならん。いいか、あいつはもうじきじつの息子が死んだという報告を警察から受けることになる。冷静でいられるわけがないし、会社だって大混乱だ。明日は地獄のような一日になる。なのにエドワードのやつ、なんでわざわざ今晩おれに電話をよこして、早急に会いたいなんて言ったんだ？　普通は嵐が過ぎるまで待つだろうに」

この手の推理合戦なら慣れっこだ。「時間が重要だからよ。エドワードは息子を殺された。悲しくて、腹立たしくて、いても立ってもいられない。欲しい物はなんでも欲しい時に手に入れる、そういうのに慣れてる男よ。フレデリックを殺した犯人をいますぐにでも見つけ出してやると思ってるに違いない。で、モンティならそれができると考えたんでしょ。それにほら、お母さんとの仲と警察とのつながりも利用できるんじゃないかって」

「どっちの線もあるが、それだけじゃないだろう。ピアソンのやつ、ちゃんと調べていやがった。おれの経歴を押さえていたから、たぶん内部情報を持ってると踏んだんだろう。ただし一つ見落としがある。おれは買収に応じる男じゃない」

「モンティを絶対に味方につけられるという切り札を持ってるんじゃないの？　六桁の小切手とか。じゃなかったら、モンティを操れる自信があるとか？」

「かもな。いや、あるいはおれが買収に応じないところを気に入ったのかもしれん。捜査で何が浮かび上がってきても、おれなら黙《だんま》りを決められる。そう考えた可能性もあるな。お客様の秘密は絶対厳守ってやつだ」

「いずれにしろ、ピアソンには探られたくない何かがあるってことね」

「ああ。やつとフレデリックが口論していたという事実もあるしな、それでまず間違いないだろう。今週の初め、二人が言い合いをしているのをサリーが偶然耳にしたそうだ」

「え？　何それ？　そんなこと一言も言わなかったじゃない」

「言おうと思ったら、携帯が鳴ったんだ」モンティはサリーから聞いた話をざっと説明した。

「ふう」デヴォンが息を漏らした。「会社を存続の危機にさらしかねない犯罪、か。それはまたえらいことね。誰なのかしら？　それに、どうしてエドワードがその人を見逃そうとしたのかも気になるわね。まあとにかく、フレデリックが殺されて気が変わったんだろうけど」

「それと、やつははっきりと気がついた。守るべきものが何かにな。問題は、何を守ろうとしているかだ。家族の誰かなのか、それとも帝国か」

「あるいは両方か」デヴォンが言い添えた。「それらしいことは何も言わなかった?」

「ああ。直接会って話したいと。しかも、おれとのミーティングは内々にやりたいと言っていた。着いたら、裏口から通されることになっている。家族の誰にもおれの姿を見られたくないし、おれを雇ったことも知られないようにするつもりらしい」

「家族の誰かを疑っているわけ?」デヴォンが肩をすくめた。「もしくは、家族をこれ以上不安にさせたくない、とか?」

「前者だろう。エドワードは、関係のありそうな情報はすべて一、番、に知りたがるやつだ。とにかくそれが大事だと口走っていたからな」

「一番か」デヴォンが繰り返した。「警察よりも先ってこと?」

「だろうな」

「モンティの説を裏づける発言ね。これで秘密厳守の筋も通る」

「ああ。おれなら殺人犯を見つけ出してもパンドラの箱を閉めておける。エドワードが絶対に開けたくない蓋《ふた》をな」

「でも、モンティは証拠を警察に隠すような人じゃないでしょ」

「やつもそこまでは知らん。おれはルールをねじ曲げるので有名だからな。今回もやると思ってるんだろう。あいつの家族のためにはしなくても、おれの家族のためならするだろうと。で、その考えは間違ってない。おれは早くもルールを曲げている。家族の安全のためなら、いくらでも曲げてやる」

「家族？　お母さん、でしょ」デヴォンが穏やかな口調で正した。

「ああ、そうだったな」モンティはしばらく無言だった。顎に力が入っているのが見える。

「なあ、デヴォン。メレディスがいないからはっきり言うが、おれはサリーがとにかく心配なんだ」

「どうして？　離婚したくせに。何かあるわけ？　わたしの知らないこととか？」

「いや、そういうわけじゃない。いいか、サリーがいつまで隠れることになるか考えてみろ。子供、自分の家、自分の暮らしから切り離された状態で。一週間？　二週間？　確かにあいつの安全は確保してやった。でもこれは諸刃の剣なんだ。恐怖はじきに収まる。するとうちに帰りたくなる。だが殺人犯はまだあいつを捜し回っているかもしれない。サリーが我慢できずに行動に出る前に犯人を絶対に捕まえないとならん」

「そのとおりね」デヴォンは両手を髪にやった。「お母さんの声を聞いた時はすごくほっとした。無事だとわかって、それで安心しきっていたけど、ウィリアムズタウンはただの応急措置だものね。絆創膏を貼っただけで、傷口はふさがってないのと同じ。傷を癒してお母さんの身を守れるのは、モンティしかいない。エドワード・ピアソンとのミーティングは大きな一歩になるわ。問題解決の入り口に立てる」

「『おれとおまえの二人』で立つんだ」モンティが正した。「おれは裏口、おまえは正面だ」

「わたしが？　どうやって？」

「サリーの娘だと自己紹介すればいい。いいか、おまえはあくまでもサリーの娘だと考えろ。

おれとは距離を置け。おまえはお母さんに育てられた。おれとはせいぜいピアソンのファームまで送る程度の仲だ。たまに話すが、会うことはめったにない。おれはおまえを心配しているが、おまえは憎んでいる。わからなかったら、メレディスに聞け。教えてくれるから、わかりやすくな」

「モンティ……」

「仕方ないさ。あいつの言うとおりだ。ただそれはおれ個人の問題だ。いまおれたちが直面していることとはなんの関係もない。おまえはとにかく、サリーとの関係を通じてピアソン家に近づくことだけを考えていればいい。おれの名前を出す必要はない。話の流れでそうなった時以外はな」

「でも、エドワード・ピアソンは知ってるんでしょ？　わたしがモンティを車で連れていくって」

「孫は知らん。エドワードには現場で見たことしか言わないつもりだ。シンプルかつ的確に。氷山の一角しか伝えん。それと、おれは依頼者の秘密は絶対に守るとやつに請け合う。誰に対しても漏らさない。おまえも例外じゃない――以上だ」

〝以上だ〟シンプルかつ的確な物言いだ。

モンティの口癖――デヴォンが子供の頃に数えられないくらい耳にした言葉――がふと頭に浮かび、彼女は声に出して言った。「可能な限り何も喋らない。どうしようもなくなった時は、可能な限り真実を話す。記憶は可能な限り少なくする。最終的にそれが自分の身を守ってくれる」

「まさしく」

デヴォンは軽く首を傾げ、父の目を見た。「ねえ、わたしにできると本当に思う？　しくじって、事態をめちゃくちゃにしたりしない？」

「大丈夫、一点の疑いもない」

彼女にはその言葉で十分だった。「わかった、ならやるわ」

6

エドワード・ピアソンは写真で見たとおりの男だった。タフそのものだ。顔中に深い皺が刻まれている。風雨に長年さらされてきた岩のごとき形相。自分の力でここまでのし上がってきたという空気を漂わせている。それとあの足取り。もうじき八〇に手が届くというのに、やたらとしっかりしている。最近心臓発作に襲われたとは、とても思えない。

モンティは前を歩くエドワードから視線を外し、落ち着いた色合いの木材と高級レザーで飾られたジェントルマンズ・クラブ様式の部屋に目を移した。エドワードが扉を閉め、硬い音を立てて鍵を掛けた。

「座ってくれ」彼は自分のデスクの向かいにあるウィングバック・チェアを指した。

こくりとうなずき、モンティはそうした。ピアソンが威風堂々とした様子で歩き、机と揃いの椅子に腰掛ける様をじっと観察する。が、彼の心は読めなかった。息子の死に動揺しているのは間違いない――今日早くに、検屍官が確認した。顔色がやや青白く、呼吸も浅い。だが同時に無愛想で極めてビジネスライク。何かあればすぐにでも戦闘態勢に入るぞ、というところか。

「言われたとおり、参りましたよ」モンティが切り出した。腕を肘掛けに置いて背もたれに身体を預け、わざとくだけた感じを装ってみる。「なんだか『スパイ大作戦』みたいですけどね。裏門から入り、人に見つからないようにここに通された。例のテーマソングでもあれば完璧ですかね。どうしてまた、ドラマみたいなことを?」

「ドラマではない」エドワードがグラスに水を注ぎながら言った。「何か飲むか? コーヒー? スコッチ?」

「水で結構です」エドワードがピッチャーを再び持ち上げて二個目のグラスを満たし、こちらに手渡した。彼の手が微妙に震えているのをモンティは見逃さなかった。

悲しみ、ストレス――それとも、もっとほかに何か?

「そうですか。ドラマという言い方がお気に召さないと」モンティは肩をすくめて続けた。「では、秘密ではどうですか? どうしてわざわざこんな?」

「家族全員がショック状態にあるからだ。無駄な心配をかけたくない。ほかの者には、これからきみに話すことの一部しか伝えん。きみに仕事を依頼する理由もだ」

「それで、どうしてわたしに依頼なさろうと?」モンティは相手の発言を利用して核心に触れた。「わたしが持っている情報は、あなたのと変わりません。すでに警察が動いています。連中はわたしの助けになど興味もありません。サリーに関して言うと、とっくの昔に離婚しました。彼女とは疎遠です」

「しかし、彼女は進退極まってきみに電話をした」

「三〇年も警官をしていましたからね。わたしなら情報を適切な人間に誰よりも早く伝えられると思ったのでしょう。それと、三人の子供に自分が無事だと伝えて欲しかったからです」

「無事で、逃げていると」

「残念ながらそのとおりです。警察の保護下に置きたかったのですが、彼女がそれを嫌がりまして」

エドワードはグラスを脇に寄せ、顔の前で手を組んだ。「手の内を明かそう。きみを雇った理由はいくつかある。一つは簡単だろう。きみの評判はなかなかのものだ。顧客の数もな。しかも多岐に渡っている。個人と企業、いずれの依頼も扱っている。さらにきみはキャビンに火をつけ、フレデリックを殺し、きみの前妻を殺そうとした犯人を見つけたいと強く思っている。自分なら警察よりも迅速に解決できると考えている。それと、解決するまでこの事件に集中して取り組むこともできる。警察と違ってな」

「適正な報酬のために、ですか？」

「子供たち、そして前妻のために。もちろん適正な報酬のためもあるだろうが。ただし報酬額やそのほかの話を進める前に、一つ約束してもらいたい。この部屋での話は他言無用だ。この悪夢はきみが考えているよりもはるかに根深い。しかも、さらなる悲劇を生む危険性も秘めている」

モンティが眉をつり上げた。「物騒な感じですね」

「感じ、では済まん」

「わたしはその辺の素人とは違います。ご存じかと思いますが、あえて繰り返させてもらいます。調査内容は一切口外しません。秘密厳守は依頼料に含まれています。わたしの信用の話はもういいでしょう」

エドワードは机の引き出しを開けて封筒を取りだし、エドワードに向かって滑らせた。

「五万ドル入っている、現金だ。依頼料だと思ってくれ。追加料金が要るなら、通常の倍払う。その代わり、きみの時間と情報はすべてもらう。どうだ？」

「何をするかによりますね」モンティは封筒に手をつけずに言った。「それと、現在調査中の件を放り出すつもりもありません。それなりの時間は割かせてもらいます」

「深夜と週末があるだろう」

「なるほど、わかりました。そっちのほうは仲間に任せましょう。で、依頼の内容ですが？」

エドワードが小さくうなずいた。「きみにはピアソン&カンパニーのセキュリティ部門のトップになってもらう。毎日出社して、いったい何が起きているのかを探り出し、私の会社と家族を守ってくれ」

モンティが眉をひそめた。「つまり、フレデリックさんを殺した犯人はほかのご家族も狙っていると？」

「おそらく。私は偶然を信じない性質でな」エドワードの顔色が変わった。明らかに苛ついている。何が〝偶然〟なのかモンティが考える暇もなく、エドワードが続けた。「いいか、モンゴメリー。きみが私ぐらい成功して豊かになったとする。そうなれば当然、敵を作ることになる。その敵が誰なのか、きみには思い当たる節もない」

「敵は社内にいると？」

「可能性はある。いずれにしろ、きみは社内の動きだけに目を光らせていればいい。従業員と来客の動向を調べてくれ」

「どうもはっきりしませんね。エドワードさん、あなたの容疑者リストには誰が載っているんですか？」

エドワードは水をごくりと飲んだ。間違いない、言いたくないのだろう。「そんなものはない。ただ、フィリップ・ローズについて私とフレデリックの間で意見が食い違っただけだ」

「フィリップ・ローズ、セールス部門の取締役ですね」

エドワードが一瞬、驚きの表情を浮かべた。「ほう、宿題はしてきたようだな。そうだ。フィリップは長年うちで働いている。なかなかのやり手だ。それと、彼はルールを曲げることを厭わない。私やジェームズと同じくな。それが会社を成功させる秘訣だ」エドワードはモンティを探るような目で見据えてから続けた。「ジェームズが誰かは、わざわざ教えるまでもないだろう。フィリップの役職を知っているからには、わが社のほかの重役についても調べはついているはずだ。特に、うちの家族についてはな」

「ええ、もちろん」モンティは手帳も見ずに続けた。「ジェームズさんは一番上のお孫さん、つまり、ナイルズさんの息子です。セールス部門の取締役で、フィリップさんの直属の部下」

「それと、障害馬術競技のチャンピオンだ」エドワードが誇らしげに言い添えた。「あいつと私の馬ストールン・サンダーは最強のコンビだ。オリンピックのメダルも夢じゃない」

「そううかがっています。ウェリントンでの成績は素晴らしいですね」エドワードの唖然とした顔に、モンティは軽く口角を上げた。「宿題をしただけじゃありません。予習もだいぶやってきたんですよ」

「らしいな」

「先ほど、ルールを曲げるとおっしゃいましたが、具体的には？」

「ああ、よくあるやつだ」エドワードはたいしたことはないと言うように、顔の前で手を払った。「地元の有力議員への政治献金。家族へのちょっとした贈り物。ゴルフ旅行に何度か招待。そんなところだ」

「その手のことをホワイトカラー犯罪というのでは？」

「ふん、ネットワーク作りと言ってもらいたいね。問題は、フィリップが一線を越えようとしているとフレデリックが思っていたことだ。官僚に現金を握らせて、うちが欲しいものを手に入れようとしてる。あいつはそう思い込んで、かなり慌てておった」

「お気持ちはわかりますよ。彼、証拠はつかんだんですか？」

「私は何も知らん。いずれにしろ、フィリップは不法行為を犯すようなばかではない。私の勘がそう言っている」

「ですがその勘が外れていて、何かしらの証拠があったとしたら、フィリップ・ローズさんにはフレデリックさんを殺害する動機があった、とは？」

エドワードが顎を強ばらせた。「そうは思わんな」

「でも、確実に違うとも言えない」

「確かにそうだが、前にも言ったようにこの悪夢には続きがある――そいつが根拠だ。私らを潰そうとしているのは外部の者に違いない」エドワードは真ん中の引き出しを開け、封筒を取りだした。

「それが偶然は信じないとおっしゃった先ほどの発言の理由だと？」

「同じ週末に、家族の二人が犯罪の対象になる。そんな偶然はありえんよ」エドワードはその封筒をモンティに向けて滑らせた。「見てみろ。来たのは木曜だ。オフィスに届いた」

モンティはすぐには手に取らず、封筒に目をやった。宛名はレーザープリンターの印刷文字で、ピアソン&カンパニー、エドワード・ピアソン様と書かれている。「脅迫、ですか？」

モンティが言った。「ゆすり？　それとも誘拐？」

「ゆすりだ」

「警察に連絡されたほうがいいかと」

「本気にしていなかったんだ。フレデリックが殺されるまではな。で、きみに連絡したというわけだ」

こくりとうなずき、モンティはダウンのポケットからスキー手袋を引っ張り出した。「これ以上何かが出てくるとは思いませんし」彼は手袋をはめながら言った。「識別可能な指紋が出るとも思えませんが、念のため」彼は上半身を折って封筒を手に取ると、もう一度眺めた。「差出人の住所はなし。消印はマンハッタン」

中には二つ折りの紙が二枚入っていた。最初のは手紙。もう一枚は『ホース・デイリー・ニュース』の記事のプリントアウトだ。まず後者から目を通した。

「ドーピング検査の結果、さらに二名の有名騎手が資格停止処分に」という見出し。昨年一〇月の国際馬術競技会において、大会会場およびその他抜き打ちの検査により、ドーピング問題の深刻化が明らかになった旨を伝える記事だ。

モンティはざっと目を通して大意を頭に入れ、続いて手紙に目を移した。同じくレーザープリンターの印刷。ダブルスペース。フォーマットにこれといった特徴はない。が、内容はそうでもなかった。

騎手は必ずしも自分の尿のせいで資格停止処分を受けるとは限らない。馬もまたしかりだ。陽性反応は誰にでも出る可能性がある。ジェームズにも。ストールン・サンダーにも。オリンピックの代表選考を兼ねたどの大会でも起こりうる。三月の国際チャンピオンシップでもだ。そうなったら最後。チャンス、評判、何もかもが吹き飛ぶ。煙のごとく、跡形もなく。

二〇〇万ドルでトラブルは回避できるだろう。競技会場の内外を問わず、身の安全も保証される。さもないと、誰かに何かが起きることになる。

よく考えてみろ。また連絡する。


「挨拶文も、署名もなし」モンティは呟いた。

「次の連絡もだ」エドワードが震える手で水を飲んだ。「それ以来、音沙汰はない。最初はくだらん冗談だと相手にしていなかったんだが、フレデリックが殺された」

「フレデリックさんのことは、何も書かれていませんが」

「『煙のごとく、跡形もなく』と書いてあるだろ」

モンティは唇を結んだ。「ええ、確かに。金曜の火事と取れなくもありません。ですが、それではやはり筋が通りません。金が目的なら、なんの予告もなくフレデリックさんを殺すはずがない」

「デモンストレーションだろう」エドワードの額に深い皺が寄った。「本気だということを示したんだ」

「デモンストレーションだとしたら、やりすぎでしょう。放火と殺人ですからね。それに、どうしてフレデリックさんが？　ジェームズさんと特別親しかったんですか？」

「うちの家族は全員親しい。けんかはするし、揉めないとも言わん。だが家族は家族だ」

答になっていない。が、モンティはあえて突っ込まないことにした。「復讐の線を洗います。ピアソン家に恨みを持っていそうな者を教えてください。それと、ご家族の皆さんとも直接お話がしたい。もちろん、今日じゃありません。二、三日のうちに、お一人ずつお話しさせていただきます。

「脅迫状のことは知らさんでくれ。特にジェームズはだめだ。ただでさえかなり参っておる。パニックを起こさせたくない」

「わかっています。ただ、怪しい者がいないか、彼の身辺を見張るのがよろしいかと」

「心配にはおよばん。すでに二四時間態勢の警護をつけている。ニューヨークとウェリントンでだ。あいつには誰も近づけんよ」

「彼はこの件について何も知らない、と？」

「知る必要はない。うちの人間は信頼が置けるからな」

「でしょうね」モンティは冷たく返した。「ウェリントンにはいつ帰られるんですか？」

「葬儀の後だ」

「その前に社に寄るよう手配してください。そこで話します。大丈夫、彼を不安にはしませんから。あくまでもフレデリックさんの殺人事件で話を聞きに来た、という感じでいきます。脅迫状には触れません」

エドワードが小さくうなずいた。「いいだろう」

「ほかには何か？」

「私が捕まらん時は、孫のブレイクに連絡しろ。ブレイクにだけはすべて伝えておく」

「脅迫状についても？」

「ああ。ブレイクは将来、会社を背負って立つ男だ。頭が切れて、タフだ。私の相談相手でもある。あいつには後で私から話しておく」

「承知しました」モンティは椅子を押し下げて立ち上がり、五万ドルの封筒を尻ポケットにねじ込んだ。「従業員名簿が欲しいですね、簡単な経歴も一緒に」

「もちろんだ。明日の朝、人事部に寄るといい。孫娘のキャシディに頼めば、必要なものはなんでも手に入るだろう」

「九時頃に行きます。そう伝えておいてください」

エドワードの顔に一瞬、安堵の色が浮かんだ。「ああ、そうするよ」

モンティは記事と手紙を折りたたみ、封筒に戻した。「持っていってもいいですかね？もっと詳しく見たいので」

「持っていけ」エドワードはタフなビジネスマンの顔に戻っていた。「差出人を割り出すんだ」

「ええ」モンティは彼を上から見据えた。「任せてください」

7

デヴォンはピアソン家のファームに立っていた。屋敷の玄関前で両手をキャメルのコートのポケットに入れたまま、恐ろしげな両開き扉をじっと見つめている。

さあ、ショータイムだ。

大きく息を吸い込んだ。ピアソン家の馬丁ロベルトと話せば何か出てくるかもしれないと思っていたのだが、そんなに甘くはなかった。彼に話しかけるのは簡単だった。馬のこと、馬術競技会のこと、サラブレッドの世話の仕方。いろいろと話したけれど、ピアソン家の内部情報についてはさっぱりで、モンティがくれた資料に書いてあったこと以上の情報は得られなかった。わかったのは、ジェームズが競技会で勝ち続けることが祖父にとってどれほど大きな意味を持っているか、ということだけだ。心臓発作に襲われて以来、ジェームズの好成績がエドワードの命綱と言えるほどの入れ込みようで、ロベルトいわく、いまはジェームズがオリンピックの出場権を得ることがエドワードの生きがいだという。

ロベルトは見るからに得意げだった。ジェームズの卓越した技術、ストールン・サンダーとの相性の良さ、勝利に賭ける強い気持ち。彼の話は延々と続いたが、どれもおとといの悲劇と関係のないものばかりだった。

そこで計画の第二弾を実行することにした。ピアソン家の懐に入り込むのだ。うまくいけばいいけど。

いや、絶対にうまくいかせなければ。モンティはわたしを頼りにしている。それよりも何よりも、お母さんがわたしを頼りにしているのだから。

ふうと息を吐くと、デヴォンはドアベルを鳴らした。

陰気な顔をした執事が扉を開けた。皺の寄った顔、卑屈な態度、血色の悪い肌。髪の毛の生えたピクルスだ。「はい?」

「デヴォン・モンゴメリーと申します。サリー・モンゴメリーの娘です」彼女は自己紹介した。「近くにある母の家の様子を見に来たのですが、ここのドライブウェイに車がたくさん停まっているのを目にしまして、それでピアソン家の皆さんにお悔やみを申し上げられたら、と思ったのですが」

ピクルスは眉間に皺を寄せた。どうしたものかわからない、という表情をしている。

「皆さんに、わたしが来たとお伝えください」デヴォンはすかさず言い添えた。「名前を言えばわかるはずです。会いたくないということでしたら、このまま帰りますから」

「わかりました」彼は奥に消えた。

話し声に続いて、こつこつというハイヒールが床を打つ音が近づいてきた。すぐに若くてきれいな女性が玄関に現れた。デヴォンと同い年くらいに見える。ダナ・キャランの黒のスーツをまとい、艶のある黒髪は肩に触れるくらいの長さ。頬骨が高く張り、肌は白い。

「こんにちは——デヴォン、よね？」デヴォンがうなずくのを見て、彼女は扉をさらに開けた。「どうぞ、お入りになって」そう言いながらも、彼女はデヴォンをつぶさに観察している。鋭い、ひすいのごとき淡い緑の目で。続いて彼女は手を差し出した。「キャシディ・ピアソンよ。フレデリックは伯父……です」

キャシディ・ピアソン。デヴォンは頭の中で資料のページをめくった。人事部の取締役。二八歳。グレゴリーの娘。ブレイクの妹。

「はじめまして」デヴォンは手を握りながら言った。「別の機会にお会いできたら、もっとよかったのですが」

「そうね」キャシディはそう言うと、後ろに広がる薄暗い室内を指した。「どうぞあちらへ」

「お邪魔するつもりはないんです。わたしはただ……」デヴォンは咳払いをして続けた。「ただ、お悔やみを申し上げたくて。それと、気持ちをわかってもらえる方々と少しでもお話しできれば、とも思いまして。わたしは伯父様にお会いしたことはないのですが、母からいつも素晴らしい方だと聞いていましたので」

キャシディの険しい目がふと和らいだ。「怖いのね、仕方ないわよ。誰がやったにしろ、そいつはまだその辺にいるんだから」

「わたしの母も怖がっています」

「そうだったわね」キャシディは振り向き、ピクルスに言った。「アルバート、お客様のコートをお預かりして」

「承知しました」彼はデヴォンが脱いだコートを腕に掛けると、また奥に消えた。

「本当によろしいのですか？　お取り込み中では？」黙っているのがたまらずに、デヴォンが聞いた。

「大丈夫よ。いまはまだ家族と親しい友人しかいないから。もうすぐばたばたするだろうけど」キャシディの答は驚くほど正直だった。「さあ、どうぞ。紹介するわ」

デヴォンは彼女の後について、きれいに磨かれた硬木製の玄関広間を抜けて歩いた。どこもかしこも威風堂々としている。持ち主一家と同じだ。

話し声が次第に大きくなり、目の前に広々としたリビングルームが開けた。バーガンディ色の革張りのソファ、ウォールナット製の椅子とサイドテーブル、そして一〇人ほどの人々。ピアソン一族だ。

全員の目がデヴォンに注がれた。リビングルームに入ったデヴォンの頭に真っ先に思い浮かんだのはシンデレラだった。お城の舞踏室に足を踏み入れた時は、きっとこんな気持ちだったのだろう。次に浮かんだのは、直感に従ってよかったというほっとした思いだ。助かった。母の家からここに向かう前、パンツスーツに着替えてきたのだ。ジーンズとセーターのままだったら、ひどく浮いていたに違いない。

「デヴォン・モンゴメリーよ」キャシディが皆に紹介した。もっとも、むこうは誰が来たのかを知っているわけだから、その必要はないのだが。

でも、知っているのはむこうだけじゃない。誰が誰なのか、デヴォンにもすぐにわかった。彼女は部屋をざっと見渡し、一人ひとりの顔と、昨晩モンティにもらった資料を素早く照合した。

アン・ピアソンは女家長だ――そんな言い方があれば、だが。一族の長エドワードの妻。銀色に輝く白髪、相手を突き刺さんばかりに鋭いブルーの瞳、そして威厳を湛えた立ち居振る舞い。キャシディに紹介された時、デヴォンは手を差し出す代わりに、思わずひざまずきそうになった。

「このたびはご愁傷様です」デヴォンは心から言った。

その氷のごとき瞳は、デヴォンを凝視したまま動かなかった。「ありがとう。その後、お母様からは何か？」

「いいえ、まだ。ですが前向きに考えています」

「それはそうでしょうね」同意というよりも非難に聞こえた。

「おばあ様、お座りになったほうが」キャシディが割って入った。「お疲れでしょうから」

「ええ、そうね」アンはその厳しい目でデヴォンを見つめていたが、ふと向きを変えると言った。「失礼」詫びというよりも命令に聞こえた。

次にキャシディは伯父のナイルズと伯母のリンを、続いて両親のグレゴリーとナタリーを紹介した。

思っていたとおりだ。ナイルズとリンはどちらも横柄で、グレゴリーとナタリーはざっくばらんな感じだった。

フィリップ・ローズに紹介されている時だった。廊下でがたがたと物音がしたと思うと、ゴールデン・レトリーバーの子犬がものすごい勢いでリビングルームに走ってきた。生後三、四カ月というところかしら、とデヴォンは見当をつけた。まだぷくぷくしているし、短い脚に不釣り合いなほど大きい足。ふわふわの毛で覆われ、愛らしくて、元気いっぱいだ。

周りの人々などお構いなく、犬は身体をぶるぶると揺すって雪をまき散らすと、部屋の真ん中に駆けてきて転げ回り、喘ぎ、尻尾を振った。その優しげな茶色の瞳がデヴォンをとらえると、犬は駆け寄り、くんくんと匂いを嗅いだ。すぐさま飛び上がり、デヴォンのブレザーを歯で引っ張り、興奮気味にキャンキャンと吠えた。それからすかさず四つん這いになって彼女のパンツの匂いを嗅ぎ、裾をくわえはじめた。そこへ長身で黒い髪の男性が現れ、近づいてきて、指を鳴らして言った。「チョンパー！　放せ！」

チョンパーの両耳が立った。が、やめる気配は一向にない。主人の命令を無視し、生地をさらにくわえ込み、唾液でべとべとにしてから、がしがしと嚙みはじめた。

「チョンパー！　放せって言ったんだぞ」

今度は耳もほとんど動かさなかった。

笑いだしそうなのをこらえ、デヴォンは夢中で嚙んでいる子犬から視線を外し、苛ついている主人のほうを向いた。彼はしゃがみ込み、犬を覗き込んでいた。「聞いていないみたいですね」

「いつもなんだ」男性は前屈みになり、チョンパーを力ずくで引きはがそうとした。

「それじゃだめです。また嚙みますよ」

「だろうな」チョンパーの主人は諦めて、元のしゃがんだ姿勢に戻った。首を傾けてデヴォンを見上げ、唇の端を軽く上げて申し訳なさそうな顔で微笑んだ。「すみませんね。散歩から帰ってきたところなんだけど、捕まえる前に駆けだしちゃって。スーツをだめにしてしまって申し訳ない。弁償させてくれ」

「いえ、気にしないでください」デヴォンはそう言いながら、男性が立ち上がってネイビーのジャケットの前を直すのを見つめた。目を見張るほどの外見だ。背は一八〇センチ以上、スポーツマンらしいがっちりとした体格にブリオーニのスーツ――力強さとカリスマ性が身体からにじみ出ている。髪は漆黒で、何本か額に垂れている。琥珀色の瞳はライオンのそれのようで、見据えられたら最後、目をそらすことができない。髪と肌の色はキャシディに似ている。ジェームズにしては背が高いし、体格もよすぎる。

ブレイクに違いない。

思ったとおり、彼はさっと手を差し出すと言った。「ブレイク・ピアソンです。ひどい自己紹介をしたこいつはチョンパー」

デヴォンはにっこりと微笑み、ブレイクの手を握った。「デヴォン・モンゴメリーです。それと、チョンパーくんのことは本当に気になさらないで。慣れてるの、毎日のことだから」

彼が目を見開いた。「きみも利かん坊のレトリーバーの子犬を？」

「テリアよ。うちのは靴下がお気に入り。でもそういう意味じゃないの。わたし、獣医なんです」

「なるほどね、それでチョンパーみたいな連中を一日中相手にしてる、と」

「犬、猫、鳥、フェレット……なんでも。たぶん、それでチョンパーくんに好かれてるんじゃないかしら。さっき、クリニックに寄ってきたから、いろんな動物の匂いがついてるはず。それと、この子がわたしに惹かれてる理由はもう一つ」彼女はポケットからピーナツバター味の犬用ビスケットを取りだした。どこに行く時も持ち歩いているものだ。「いいかしら？」

「どうぞ」ブレイクが床を指した。チョンパーは相変わらずデヴォンのパンツに夢中だ。

「それでこいつを離せるなら、なおさらオーケーだよ」

デヴォンはしゃがむと、チョンパーの名前を呼んだ。穏やかだが、はっきりとした言い方だ。顔を上げた犬に、ビスケットを見せた。「それじゃないでしょ」チョンパーが嚙むのをやめた。「これよ」チョンパーはふんふんと嗅ぎ、ピーナツバターの匂いに気づくと、デヴォンの手から奪い取った。「いい子ね」彼女は褒めてやった。

褒めてもらったうえに、ビスケットはもっと嬉しい。チョンパーは幸せそうにバリバリと音を立てて食べた。

「作戦成功」デヴォンはそう言うと、立ち上がった。

目の前に、すらりとした三〇代と思われる女性が立っていた。デヴォンがチョンパーの相手をしているうちに現れたのだろう。スタイリッシュで、ブロンドの髪、落ち着いた雰囲気。一目でわかった。フレデリック・ピアソンと腕を組んでいた写真の女性だ。モンティが探してきた新聞に載っていた。

ルイーズ・チェンバーズ。ピアソン&カンパニーの顧問弁護士だ。

「ドクター・モンゴメリー。お会いできて嬉しいわ」彼女がマニキュアの光る手を差し出した。「ルイーズ・チェンバーズです」

「ミズ・チェンバーズ」またも握手。だが、彼女のチェックは念入りだ。頭のてっぺんからつま先まで舐めるように見られた。個人的な思いが感じられる。それはそうだろう。わたしはサリーの娘で、サリーはフレデリックとデートをしていたのだから。三面記事によれば、ルイーズとフレデリックはこの一年半くらい恋人同士だったらしい。

「ルイーズはうちの家族の親しい友人なんだ」ブレイクが言った。「それと、ピアソン&カンパニーの優秀な顧問弁護士でもある」

「あら、じゃあお給料を上げてもらわないと」ルイーズは軽口をたたいてブレイクの腕にぽんと触ると、デヴォンを振り向いて言った。「お母様のこと、さぞご心配でしょうね」

「ええ」デヴォンは慎重にうなずいた。「とても心配です。あの、ミスター・ピアソンのことですが、深くお悔やみ申し上げます」

ルイーズの目に悲しみが光った。「本当に、どうしてあんなことに」

「デヴォンは喉が渇いているんじゃないかな」細身で濃い茶色のカールした髪の男性が、歯磨き粉のコマーシャルに出てきそうなほど爽やかな笑顔を湛えて近づいてきた。

中背で、祖母のアンと同じブルーの瞳に、いかにも上流階級という雰囲気を持っている。そしてピアソン家の人間らしい態度。

ジェームズだ。

「何がいいかな？」彼がデヴォンに聞いた。

「ダイエット・コークをいただけるかしら」

「もちろん。あっ、それとぼくはジェームズ・ピアソン」

「はじめまして」

「こちらこそ、はじめまして」ジェームズは彼女の全身にざっと目をやり、もう一度、今度はじっと見つめた。それから満足したように小さく笑みを浮かべてからダイエット・コークを取りに行った。

よし、手応えあり。ジェームズはわたしを落としたいみたいね。うまくやれば、自然な感じで個人的な話に持っていけるかもしれない。

デヴォンはリビングルームをざっと見渡しながら、頭をフル回転させた。時間はあまりない。一家団らんは、そろそろ終わりだろう。葬儀の段取りに、CEO抜きでの会社運営に関する話し合い。彼らにはやるべきことが山ほどある。いまのところデヴォンは物珍しい存在だが、まもなく邪魔者にされる。そうなる前に、ただの自己紹介以上の何かをつかまないと。そのためには会話だ。ピアソン家の少なくとも誰か一人と実のある話をしなければ。ほぼ全員と顔は合わせた。残りはティファニーとロジャー・ウォレスだけ。きっとあの二人だ。隅に立って、幼稚園児くらいの子供と話している。娘のケリーに違いない。

仕方ない、あの二人は諦めよう。ジェームズはわたしに関心を示した。そこにつけ込むのだ。

「彼って、付け入るのがうまいでしょ?」キャシディが彼女の横で呟いた。

デヴォンは首を曲げ、訳知り顔のキャシディに微笑んだ。「いえ、そんなことは。ごきょうだいですか?」

「いとこよ」

「フレデリックさんの息子さん?」

「いえ、ナイルズの」キャシディはナイルズのほうを指した。「フレデリックとエミリーには子供がいなかったの」

「そうですか。フレデリックさんはご長男?」

「そう。でもこれでナイルズが一番上になった」

「じゃあ、大きな責任を負うことになるから、大変でしょうね」

「仕事のこと?」キャシディが言った。「ナイルズは大丈夫よ、プレッシャーに強いから。でも、彼がフードサービス部門を見るとは思えないわ。高級レストランを仕切るほうが向いてるの。それに、ジェームズの馬術競技大会のことで手がいっぱいだから」

「ぼくのこと?」ジェームズが戻ってきて、クリスタルのグラスをデヴォンに手渡した。

「あら、相変わらず耳がいいわね」キャシディが愛想よく言った。「あなたのお父さんがどれだけ忙しいか、デヴォンに話していただけよ。ピアソン&カンパニーとあなたの乗馬でね」

「そのとおり。いつも飛び回ってるんだ」

デヴォンはコーラをすすりながら、ジェームズを見つめた。「キャシディが馬術競技大会って言ってましたけれど、どんな大会なんですか？　どこで？」

「障害飛越競技。場所は、呼んでくれる所があればどこでも」

「あら、わたしの出番みたいね」キャシディが言った。「謙遜してるのよ——本当はまるで違うくせに。いいわ、代わりに言ってあげる。ジェームズは大きな大会は全部出てるの、去年の秋に行われたカルガリーとトロントの大会もね。今週末もウェリントンの冬季馬術大会に参加してるのよ。今日は二位だった。きっとアーヘンの世界大会に進むわ。で、次は北京オリンピックで金メダル」

「オリンピック？　すごいですね」デヴォンは目を見開いた。

「そうでもないよ。キャシディが言うと、なんだかすごく聞こえるだけさ」ジェームズがいとこに言った。「みんなの期待どおりにいくといいんだけどね」

「何を言ってるのよ。おじい様は絶対だって信じてるわよ」

「じゃあ、ジェームズさんはピアソン&カンパニーでは働いていないんですね？」デヴォンがとぼけて聞いた。

「働いてるよ。セールス部門の取締役なんだ」

「すごい。どうやって両立なさってるんですか？　わたしなんか、一つでもやっとなのに」

「才能、かな」ジェームズがいたずらっぽい笑みを浮かべた。「それは冗談だけど、自制と献身だね。それともちろん、乗馬が大好きっていうのもある」

「大好きなものの一つ、でしょ」キャシディが呟いた。

ジェームズは彼女を睨み、デヴォンに笑顔を向けた。「獣医さんなんだってね。忙しいんだろうな」

「ええ」

「息抜きの時間はある？」

デヴォンが答を返そうと口を開いた瞬間だった。チョンパーが急に立ち上がって吠えると、くわえていたビスケットを放し、部屋を横切って駆けだした。彼の後を目で追うと、ケリーの姿が目に入った。ソファの端にちょこんと腰掛けてお絵かきをしている。間違いない、チョンパーはクレヨンを見つけたのだ。次の獲物だ。彼は二本くわえると、ケリーが捕まえるより早く走り去った。

「チョンパー！」ブレイクが声を上げた。先ほどから真剣な面持ちでルイーズ・チェンバーズと何やら話し込んでいたのだが、途中で切り上げ、すかさず愛犬の後を追った。ルイーズは眉をひそめて彼の姿を見つめていた。彼女はくるりと向きを変えると、サイドボードにあるマティーニのピッチャーに向かい、お代わりを注いだ。その際、ちらっとだが困ったような表情が見えた。

デヴォンにはぴんと来た。内容はわからないけれど、きっと不穏な話を聞かされたに違いない。

「しょうがないわね」キャシディが腹立たしげに言った。「チョンパーったら、また逃げ出して。外に出る前に捕まえられるといいんだけど。そうじゃないと、今日二回目の捜索隊を出すことになるわ」

「元気がいいんですね」

「いつもなのよ。逃げてるか、何かを壊してるかのどちらか」キャシディはあきれた顔をした。「ここのファームであれよ。マンハッタンの家ではどうしてることやら」

「お兄さんはマンハッタンに？」

「ここにいない時はいつもね。まあ、どちらがチョンパーのお気に入りかは、言わなくてもわかると思うけど」

「ええ、わかります」ケリーがリビングルームに戻ってきた、クレヨンは持っていない。チョンパーも、ブレイクもいない。

条件反射的に、彼女はグラスを置いた。「逃げたペット捜しは得意なんです。わたしならブレイクさんの助けになれるかも」

ジェームズが彼女の腕をつかんだ。「ブレイクなら大丈夫。それに、ぼくももっと話したいし」

「わたしも」どうしたものか、デヴォンは迷った。ジェームズから情報を聞き出す絶好の機会を棒に振りたくはない。でも、自分ならチョンパーを見つけられるとわかっていて何もしないのも我慢できない。

決断はキャシディが下してくれた。

「ジェームズ、行かせてあげなさいよ」彼女が言った。「チョンパーを早く見つけないと。これから弔問客がたくさんいらっしゃるんだから。デヴォンとは後で話せるでしょう」

「どうかな？」ジェームズがデヴォンの顔をじっと見つめた。

「ええ」デヴォンも見つめ返した。それっぽい眼差しになっていればいいんだけど。「ぜひ、そうしたいわ」

「ぼくも」彼女の答に満足し、ジェームズは腕を放した。「早くね、待ってるから」

デヴォンはリビングルームを抜けて廊下に出た。行き先はわざわざ聞くまでもない。ぱたぱたと走る四つの足と、それを追いかける二つの足が立てる音を追えばいい。

四つ足の足音が消えた。が、もう一方の駆け足は続いている。息を切らしながら呼ぶ声も。裏口に着いた彼女が目にしたのはきいきいと揺れる扉と、戸口に立って外を見つめるブレイクの姿だった。

「くそっ」彼は真剣な面持ちで明かりに照らされた敷地内に目を走らせていた。

「あと少しだったみたいですね」デヴォンが後ろから声をかけた。

ジェームズは首だけ回し、彼女に向かってうなずいた。「ああ。その少しが大きいんだ」

彼はスイングドアの取っ手を揺すぶった。「こいつは直さないとだめだな。ちょっとでも強い風が吹くとすぐに開くから」

「それがチョンパーの飛び出す合図というわけね」デヴォンは彼の脇を過ぎて外を見つめた。

「足跡を探しても無駄だよ。あいつは軽いし、雪は凍ってるから」

「そうじゃないの。どこを通ったらこんなに早く姿を消せるのか、ルートを考えてるんです。それと、隠れられる場所も」

「結論は？」

「今日、一回目に逃げた時はどこにいました？」

ブレイクが顔をしかめた。「なるほど、キャシディが教えたんだな。池のそばだよ」彼は池のほうを指して続けた。「でも、なんであんな所に行ったのかな。こんなに寒いのに」

「東側ね。午前中は太陽が出ていた。たぶん、暖かい場所を見つけたんでしょう。取ってきた物で遊ぶのにいい場所をね」

「ぼくの手袋だ」ブレイクが言った。「でも、天気のことはどうかな？　寒かろうがなんだろうが、悪さをしたくなったらするやつだから」

デヴォンはぶるっと震え、両腕で身体を抱いた。「そんなことないわ、この寒さは苦手なはずよ。かわいそうにあの子、凍えてると思う。風も出てきたし、陽も沈んでいる。屋内を捜しましょう。中に潜り込める所、厩舎とか室内競技場とか」

「障害用の屋内馬場が三つある。敷地の西側だ。厩舎は北。餌場と馬具収納場も」

「ほかに暖房が効いている所は？」

「洗い場だな。餌場の隣だ」

「ちょうどいいわね。ブレイクさんは屋内馬場を見てくれます？　わたしは厩舎の辺りを捜しますから」

ブレイクがうなずいた。もう動きだしている。「上着と懐中電灯を持ってくる」

一〇分後、デヴォンは洗い場の捜索を終えた。暗く、静まり返っている――チョンパーの気配はない。餌場と馬具収納場はどちらも扉に鍵がかかっていた。残るは厩舎だ。

コートの襟を立て、そちらに向かった。

扉はわずかに開いていた。それを押し開けて急いで中に入る。ポケットのピーナツバター・ビスケットに指を伸ばした。「チョンパー！」

何頭か驚いた馬が首を上げ、彼女のほうを向いた。だが子犬の姿はない。

馬房を一つひとつ調べることにした。

「いい子ね」大声で褒める。「ご褒美があるのよ。美味しいわよお。ほら、出ておいで」

奥のほうで、シャリというかすかな音がした。

よし、いいわ。金属製のIDタグと登録札が当たる音に違いない。

「チョンパー、おいで」音がしたほうに向かって優しく声をかけた。「クレヨンよりもピーナツバターのほうがずっといいでしょ」

さらにシャリシャリという音。

最後の馬房に着いた。空《から》だ。彼女は中に入った。

いた。干し草の山の上で、紫と緑のクレヨンの包み紙に囲まれて。チョンパーはデヴォンが入っていくとぴょんと首を上げ、尻尾を嬉しそうに振った。鼻と口の周りが紫色に染まっている。脚は緑だ。

笑いをこらえて、デヴォンはチョンパーの横にしゃがんだ。「だめだめ」そう言って、クレヨンを取った。「食べ物じゃないのよ」

気に入らなかったのだろう、チョンパーはすぐさま奪い返そうとした。

「だめ」デヴォンが厳しく叱った。「クレヨンはいけません」そう言って、二本ともコートのポケットにしまった。

チョンパーは固まっていた。どうしていいかわからない様子だ。

「お座り」デヴォンが命令した。声は優しいが、きっぱりとした言い方だ。

チョンパーが座った。

「いい子ね」彼女は間髪を入れずにビスケットを与えた。

チョンパーは飛びついた。夢中になってビスケットにかぶりついている。

デヴォンはコートの前をきつく締めた。凍えそうだ。チョンパーもだろう。でも彼がビスケットを食べ終えるのを待ってやり、それから抱き上げてコートの中に入れた。「さあ、行くわよ。ちょっと寒いけど我慢してね。暖かいおうちに帰りましょうね」

チョンパーは鼻を押し当てて彼女の温かさを堪能し、それから嬉しそうに顎を舐めてきた。デヴォンは外に向かって歩きだした。

入る時に扉は少し開けたままにしておいた。ちょうど目の前に来たところでそれが反対側から開いた。

びっくりして、デヴォンは後ろに飛び退いた。

医療用鞄とノートを持った中年の男性が入ってきたからだ。「ミスター・ピアソン？　わたし——」デヴォンに気づき、彼もひどく驚いている。「失礼しました。てっきりミスター・ピアソンかと」

「いえあの、この子を捜しに来ただけなんです」デヴォンはチョンパーを見せた。鼻を出して、男性の匂いをくんくんと嗅いでいる。

「ああ、なるほど」そのひょろっとした男性が眼鏡の奥で目をしばたたいた。

「どちらのピアソンさんをお捜しですか？　皆さん、家の中にいらっしゃいますよ」

「エドワードさんです。ですが、この大変な時にお邪魔するほどのことでもありません。ちょっと馬の様子を見に来ただけですから」

デヴォンは鞄に目を落とした。「獣医さんですか？」

「ええ、まあ。でも、どうして？」

「詮索するわけじゃないんですけど、その鞄でわかったものですから。わたしも獣医なんです」

「え？」彼が不安げな顔をした。「ミスター・ピアソンが新しい方をお雇いになられたとは知りませんでした。いつですか？」

「そうじゃないんです」この人、わたしに職を奪われるんじゃないかと心配してるのね。「個人的な用事で来ただけです、仕事ではなくて」

「ああ、そう」どこかぎこちない感じだ。「それは失礼しました。ご家族の方ですか？」

「いえ」仕方がない、説明するしかないだろう。「サリー・モンゴメリーの娘です。母はこの近くの家に住んでいるんです」

「サリー・モンゴメリー？」不安顔が同情に変わった。「新聞で見ました……あの女性ですよね、その……」

「……火事があった時に、フレデリック・ピアソンさんとルサーン湖で一緒だった」デヴォンが代わりに言葉を終わらせた。

「難を逃れられた、でしたよね？」

「ええ、ですが行方不明です」余計な説明はしないことにした。

「記事にもそう書いてありました」彼が鞄をもう一方の手に持ち替える。「ご無事で、早くお戻りになるといいですね」

「ありがとうございます」デヴォンは物問いたげに首を傾げた。「ごめんなさい、まだお名前をお聞きしてなかったですよね」

「ビスタ。ドクター・ローレンス・ビスタです」

「ドクター・ビスタ」デヴォンが繰り返した。「馬がご専門ですか?」

「いえ、遺伝子学です。競技用に最適な種馬について、ミスター・ピアソンに進言するコンサルタントです」

デヴォンは好奇心をそそられた。「つまり彼の馬の遺伝子を調べて、どの馬と交配するのがいいか助言すると」

「いかにも」

「面白そうですね。もっとお話を聞かせて……」彼女は顔をしかめた。チョンパーがもぞもぞとしたからだ。「でも、いまはやめたほうがいいみたいですね。この子を連れて帰らないと」

ドクター・ビスタがうなずいた。「風がかなり強くなってきましたよ」

「では、また別の機会に」

「ええ、また」彼はデヴォンとすれ違いに中に入った。「驚かせてしまって、すみませんでした」

「いえいえ。お会いできてよかったです」

デヴォンは厩舎を出た。ドクター・ビスタの言ったとおりだ。風がかなり強い。氷水を顔に浴びせられているのと変わらない。

チョンパーをぎゅっと抱き、背中を丸めて寒風に立ち向かう体勢を整えた。ドクター・ビスタのトラックが行く手に停まっている。デヴォンはそれを迂回し、家に向かって歩きだした。

　半分くらいまで来たところで、ブレイクが屋内馬場からちょうど出てきた。名前を呼ぶと彼が振り向いたので、彼女は懐中電灯でチョンパーを照らした。無事を確認した瞬間、ブレイクは安堵の表情を浮かべてこちらに寄ってきた。

「どこにいた？」

「厩舎の中よ。クレヨンのごちそうを楽しんでたわ」デヴォンは紫色に染まったチョンパーの鼻を指した。彼女のコートからちょこんと覗かせている。

　ブレイクは腹立たしげに鼻を鳴らしたが、口元は緩んでいた。主人に気づいたチョンパーが、そちらに移りたいと暴れだした。

　笑みを浮かべて、デヴォンは子犬を手渡した。「震えてるわ。コートの中に入れてやって」

「ああ。あと一カ月くらいはこれで大丈夫だろうけど」ブレイクはそう呟きながら、チョンパーをコートで包んでやった。「ねえドクター、教えてくれないかな？　こいつが体重五〇キロ、背もぼくと同じくらいにまで大きくなったら、どうしたらいい？」

「どうもしないわ。まだ小さいうちにしつけ教室に入れればいいの。ゴールデンはとても頭がいい。それに飼い主を喜ばせるのが大好きな優しい犬だから。ただ、チョンパーくんはいま、自分がリーダーだと思ってる。で、あなたは家来。混乱してるのよ。きちんと教えてやればいいの。そうすれば、もっと幸せになれるわ。あなたも、チョンパーくんも」

　ブレイクは琥珀色の瞳で彼女を見つめた。じっくりと、そして男性的な視線で。「賢明なお言葉だね。きみの助言に従おうかな。ねえ、往診はしてる？」

わたしのことをからかってるのね。でも、嫌な感じはしない。どうせふざけてるだけでしょ。でもやっぱり、どきんとした——すごく。

「してないわ」知らず知らずのうちにそう答えていた。

「それは残念」ブレイクと彼女のコートが触れた。「出張も？」

コートの上からなのに、彼に触れられた所がやけに熱い気がする。

彼女は身体を硬くした。誰からも好かれるのはジェームズのほうかもしれない。でも、ブレイク・ピアソンには信じられないほどセクシーな魅力がある——どうしても惹かれてしまう何かが。この人の近くにいる時は気をつけないと。

「ええ。クリニックでの診療だけです」彼女は冷たく突っぱねた。

「例外は？」

「なし。でも大丈夫よ、往診の必要はないわ。チョンパーくんの健康状態は完璧だから」

「身体はね。でも、精神面はどうかな？　きみも言ったじゃないか。混乱してて、言うことを聞かないって」

「それは簡単に治してくれるわ、トレーナーがね。わたしじゃない。うちのクリニックにはしつけ訓練のプロがいるから、お薦めよ。もし通えるのであれば、だけど。あなたはマンハッタンよね。クリニックはホワイト・プレーンズなの」

「きみも？」

「わたしが、何？」

「ホワイト・プレーンズに住んでる？」

「ええ、クリニックのそばだけど」

「でも、たいていは仕事でいない」

「ほとんどね」

「つまり、チョンパーをしつけ教室に連れていけば、いつでもきみに会える」

「そうでもないわ。敷地が広くて、科ごとに分かれてるから。わたしがいるのは医療棟、あなたが行くのはトレーニング棟」

ブレイクはまた探るような目を向けた。「ぼくは方向感覚がいいんだ。きっと見つけられるよ」

凍えるほど寒いのに、どうして汗が出てくるのよ。家がもうすぐで助かった。

彼女が目を上げると、ジェームズが戸口に立っているのが見えた。両手をポケットに突っ込み、眉間に皺を寄せてこちらを見つめている。白髪の高齢の男性――たぶん、エドワード・ピアソンだろう――がその横で、手振りを交えて何事か熱心に話しかけている。

ジェームズは彼の言葉を途中で遮り、デヴォンとブレイクのほうを指した。

エドワードがさっとこちらを向いた。鋭い視線に、彼女はその場に釘付けにされた気がした。

彼はくるりと背を向けると、家の中に消えていった。

8

「二人の男の気を引いた。しかも、どちらもピアソン家の人間。一晩の仕事にしては悪くないな」モンティが乾いた口調で言った。助手席に座り、メモを取っている。

デヴォンはハンドルを握る手に力を込め、アクセルを踏んで高速に乗った。「喜んでいただけて光栄だわ」彼女はぽつりと漏らした。「まったく、昼メロにでも出た気分よ」

「ああ、まさにな。あそこの一家には秘密が山ほどある、ケネディ家よりもだ。面白いドラマになるぞ」モンティがペンを置いた。「で、ジェームズとブレイクとはどうなったんだ?」

「ジェームズとは、あそこにいる間にもっと話すはずだったんだけど、だめだった。わたしがブレイクとチョンパーを連れて戻ってきたら、ジェームズはすぐにエドワードと二人で部屋にこもっちゃったから。わたしが帰る時もそのまま」

「でも、電話が来るようにはしたんだろ?」

ため息。「したわ。キャシディに電話番号を書いた紙を預けた、彼に渡すようにと」

「ブレイクのほうは?」

「うちのクリニックにチョンパーを連れてくるわ、しつけ教室にね。レストランの開店準備で忙しいから、ヨンカーズによく来てるみたいなの。わたしに会いたいって、はっきり言っていた。純粋な好意からなのか、お母さんから連絡が来る可能性を考えて、わたしに接近しておこうというつもりなのかはわからないけど」

「たぶん両方だろう。おい、慎重にいけよ。あの一家はどうも信用ならんからな」

「わかってるわ」デヴォンは横に目をやった。父はエドワードから渡された手紙を読み返している。「フレデリックの殺人とその脅迫状は、何か関係あると思う?」

モンティが肩をすくめた。「さあな、いまはどちらとも言えん。これからそいつを突き止めてやるさ。なあ、脅迫状のことは誰にも言うなよ」

「口は堅いわよ」デヴォンはにこりとした。「でも嬉しいわ、わたしには教えてくれて」

「おれのパートナーだからな」

「今回だけよ」デヴォンが念を押した。

「はいはい、今回だけな」モンティはヘッドレストに頭を預け、額に皺を寄せた。「殺人と脅迫状に関連性があるとすれば、両者を結ぶ鍵はジェームズだけだ。あいつはフィリップ・ローズの部下だ。フレデリックはローズを信用していなかった。自分が管理するフードサービス部門のてこ入れに、汚い手を使ったんじゃないかと疑っていた。で、フレデリックが死に、ジェームズが狙われている。何がどうなっているのか、エドワードの自慢の孫から直接探り出してやる。それで、おまえのほうだが……」

「彼とデートの約束を取りつけろ、でしょ」デヴォンは父の言葉を継いだ。「エゴの塊みたいな男だからね。そこをうまく突いてみるわ。わからないわよ、もしかしたらわたしのほうがモンティよりもうまくあの男を引っかけられるかも」

モンティが顔をしかめた。「逆におまえが引っかけられなければな」

らしくない突然の父親的発言に、デヴォンは思わず吹き出した。「何言ってるのよ、わたしもいい大人なんだから。その辺はちゃんと心得てるわ。でもまあ、ご忠告ありがとね」

「礼は要らん。捜査の基本を言ったまでだ」モンティがふと、珍しい表情を浮かべた。「まったく、どうしておれにはその基本ができなかったんだろうな。家庭と両立しようと本気でやったんだ。でも、それでも足りなかった。なんでだめだったのか、いまだにわからん。署の他の連中はちゃんとやってたのに」

「他の警官はみんな、仕事と家庭を切り離せたからよ。モンティにはそれができなかった」デヴォンは手を伸ばし、彼の腕を握った。「お母さんを思う気持ち、わたしたち子供を思う気持ち――それが強すぎて、息ができなくなって、それでうまくいかなくなったのよ」

「あいつにもそう言われた」

「でもね、なんだってやり直すのに遅すぎるってことはないの」デヴォンは抑えきれずに言い添えた。「状況が変われば、優先順位も変わる。人間だって変わるわ」

モンティは目をそらし、窓の外を見つめた。「デヴォン、いいから黙って運転しろ。明日までにやることが山ほどあるんだ」

エドワードは厩舎の中をうろうろ歩き回り、落ち着かない様子で待っていた。頭の中をさまざまな思いが渦を巻いている。

デヴォン・モンゴメリーが問題になる予定ではなかった。実際、問題を解決する役になるはずだったのだが、いまやすべてが変わってしまった。いったい、どこまで見られたのだ。ジェームズはあの女に惹かれている。ブレイクがライバルと知った途端、その思いは倍増した。自分から引くことはまずないだろう。つまり、ウェリントンでの競技に支障を来すことになるということだ。まったく、困ったものだ。

ふうとため息をつくと、エドワードは足を止めて壁に寄りかかった。胸が少し苦しい。額には汗の粒がいくつも浮かんでいる。健康か。なんとか維持しないとな。ここには状況を確認しに来た。善後策はすでに取った。いまはとにかく、それで十分かどうかを確認するのが先だ。

タイヤのきしる音が聞こえた。すぐに厩舎の扉が開き、ローレンス・ビスタが入ってきた。エドワードの姿を認めるや、足を止めた。「参りましたよ、お約束どおり」手袋をはめた手をぽんと合わせ、不安な様子で、体重を片足からもう片方へと移す。「息子さんのことですが、本当にお気の毒でした」

「ああ」エドワードは単刀直入に言った。「さっき電話で、デヴォン・モンゴメリーとここで会ったと言っていたが、何があった？」

「話しました、二、三分ですかね」

「何を喋った？」

「特には。わたしの名前と、遺伝子学が専門の獣医だということくらいです。仕事の内容は、あなたの競技馬に最適の種馬について助言することだと話しました。ごく一般的なことです」

「それだけか？」

「ええ」

「あの女、何か見たんじゃないだろうな？」

「いえ」ビスタは首を振った。「戸口で話しましたし、わたしが持っていたのは医療用鞄とノートだけです。獣医の話しかしていません」

「だいたい、おまえはここで何をしていたんだ？　うちの家族がこのファームに集まっているのは知っていただろう」

「お約束していた予備結果が出たものですから。いつもの場所に置いて帰るつもりだったのですが、厩舎の明かりがついていて、扉が少し開いていましたので、誰がいるのか見に来ただけです。てっきり会長かと」

「何をばかなことを。私は仕事などできる状態じゃない――この件もな。息子が殺されたばかりなんだぞ！」

「それはわかっています。ですが、会う約束はその前にしていましたし、いらっしゃる気になったのかもしれないと思ったんです。悲しみを上回るような重大な問題が起きたのかと」

「そんなもの、あるわけがないだろうが」

「そうですよね。わたしの判断がまずかったのなら謝ります。ですが、どうしてそんなに怒ってらっしゃるのか、いまひとつわからないのですが。デヴォン・モンゴメリーはただの獣医です。警官じゃありません」

「確かに。だがあいつは警官の娘だ」

「は？」

「父親はＮＹＰＤに三〇年いた。いまは引退して探偵をやっている。しかもかなり腕がいい。おまけにやつの前妻は、フレデリックを殺した犯人にいまも狙われておる。やつはこの事件の捜査に乗り出しているんだ。だから、デヴォン・モンゴメリーに何か余計なことを知られるのはまずい。それが父親に伝わって、捜査に本腰を入れられると面倒なことになる」

ビスタは大きく息を吸った。「なるほど、そうでしたか」

「おまえのせいで、とんでもないことになるところだったんだぞ。今後は気をつけろ」エドワードは彼の脇を抜け、戸口でふと立ち止まった。「その予備結果というのは、私らの期待どおりのものなのか？」

「かなり近いです」

ぶっきらぼうな感じでうなずくと、エドワードが言った。「明日は葬式だ。二、三日待て。動くのはそれからだ」

男は影の中に潜んでいた。寒さに歯ががたがた言う。マッチを擦り、目を凝らして腕時計を見る。一〇時二四分。もうすぐ時間だ。

六分ほど遅れて、黒いベンツのセダンが人気《ひとけ》のない駐車場に姿を現した。ヘッドライトに照らされた瞬間、男はパニックを起こしかけた。自分はここでひき殺され、そのまま朽ち果てるのではないかと。

すぐにライトが消え、エンジン音がやんだ。前の扉が開き、ドライバーが降りてきた。確固たる意志を感じさせる足音が近づいてくる。そして止まった。

「ほら」スペイン語でそう言うと、その人物は分厚い封筒を無造作に差し出した。「二万ある、これでウルグアイに飛べ《アキ》」

「二まん？」男はたどたどしい英語で聞き返した。「五まんって言っただろ？」

怒りに満ちた目が彼を見据えた。「ちゃんとやると言ったくせに。もらえるだけありがたいと思え。まったく、とんでもないことをしてくれた」

「おれのせいじゃねえよ。だってあんたが――」

「うるさい。自分の言ったことはわかっている。約束どおり五万は渡す。だいたい、スーツケースいっぱいに現金を詰めていって、モンテビデオの空港で見つかったらどうする？」

男は押し黙った。

「わかったか。残りは振り込む。もちろん、おまえが指令どおりに動けば、の話だ。さもないと……」目つきが鋭さを増す。「さっさと行け。あと二時間でフライトだ。消えろ」

9

　夜明け前、デヴォンはもう着替えを済ませていた。六時半頃、コーヒーをいれようと下に下りたのだが、驚いたことにもうできていた。キッチンのスツールに、レーンがマグカップを握って腰掛け、その脚にコニーが身体をこすりつけている。ランナーはケージの中で出してもらったばかりの朝食をもぐもぐと食べている。テラーとスキャンプはレーンのスウェット地の靴下で綱引き中だ。

「よお」レーンが声をかけた。「意外に早いね」

　デヴォンは目をしばたたいた。「そっちこそ、早いのね。ロサンゼルスはまだ朝の三時半でしょ」

「仕事柄、時差にはすぐ慣れなくちゃならないもんでね。それに、クリニックに行く前におまえを捕まえたかったから」そう言うと、彼は妹にコーヒーを注ぎ、座れよと身振りで示した。「昨日、東海岸の仕事仲間と急に会うことになってね。戻ったらおまえは寝てたし、モンティはもういなかった。それで、ピアソンの所で何があったんだ?」

「たいしたことはなかったわ。モンティとわたしの直感がある程度当たってたと確認できただけ」デヴォンは兄の横に腰を下ろした。「モンティはいまやピアソン&カンパニーのセキュリティ部門のトップ。今日の仕事はまず、エドワード・ピアソンの後継ぎの護衛よ」

「で、捜査を行う、と」レーンがマグカップを置いた。「モンティのことは心配してないよ。プロだからね。でもおまえは——こういう危ないゲームは初めてだろ。困った時は、いつでも手を貸すぞ」

「相変わらず頼れる兄きね」デヴォンは嬉しそうに彼の腕を軽く握った。「ありがと。ちょっとでも面倒なことになりそうだったら、すぐに相談するわ。でもいまのところ、わたしが任されてるのは退屈な役回りなの」

電話が鳴った。

デヴォンは電話に手を伸ばしながら、うんざりといった顔をした。「モンティはそう思ってないけど。あの人、わたしにやたらと期待してるのよ。ねえ、いくら賭ける？ 絶対にモンティよ。朝の確認連絡ってやつね」彼女が受話器に言った。「もしもし？」

「おはよう、スウィートハート」

「あら、モンティ。驚きね」音から察するに、運転中のようだ。「車？」

「ああ。朝一から仕事だ。ブレイク・ピアソンと七時半に会う。それが済んだら、今度は大勢の人間に話を聞かなくちゃならん、連中が葬式で出払う前にな。それはともかく、おまえの耳に入れておきたいことがあって電話したんだ。ブレイクはおれとのミーティングが終わったらすぐ、ヨンカーズのレストランに顔を出しに行く——ホワイト・プレーンズ経由でだ。

クリーチャー・コンフォーツ&クリニックに寄って、犬をしつけ教室に入れると言ってたぞ。昼間、マンハッタンで葬式に出るっていうのに、わざわざな。やる気満々ってところだ。デートに誘われるだろうから、そのつもりでいろ」

「ご丁寧にどうも」キャッチを知らせる音が鳴った。「モンティ、ちょっと待ってて。他の電話が入ったから」彼女は〈通話〉ボタンを押した。「もしもし?」

「デヴォン?」

「はい。どちら様ですか?」

「ジェームズ・ピアソンです。朝早くにごめん。でもキャシディが、八時前にはクリニックにいると言ってたから、その前に話したかったんだ。普通なら、夜明けに女性を起こして誘うなんてことはしないいんだけど、時間がなくて。それに、どうしてもきみに会いたいんだ。今日は一日仕事でふさがってるし、途中で伯父の葬式にも出ないとならない。明日は、遅くとも午後にはウェリントンに戻ることになってる。だから今晩しかないんだ。空いてないかな?」

デヴォンはぷっと吹いた。「目の回るような忙しさね。それなのにわたしのことを考えてくれたなんて、光栄だわ」

「昨日からずっと、きみのことばかり考えてるよ。ねえ、それって空いてるってこと?」

「今晩? ええ。でもいま、他の人と電話中なの」

「そうか」軽い苛立ちが伝わってくる。「ブレイク、じゃないよね」

「ブレイク？」ずいぶんと飛躍した推測だこと。「違うわ、祖父母よ」彼女は適当に言い繕った。「母のことを心配して、その後連絡はあったのかって」

「あったの？」ジェームズが急に心配そうな声で聞いてきた。

「ううん、残念ながら何も」デヴォンは彼の心配を利用することにした。「だから夜出かけるのは、気分転換になっていいかもしれない。二、三時間くらい、心配事を忘れられるから」

「ぼくもだ。じゃあ、七時はどう？」

「いいわ」

「よかった。おじいさんたちを待たせちゃ悪いから、詳しいことはまた後で電話するよ」

「職場にかけて」瞬間、モンティの忠告が頭に浮かんだ。ブレイクが来ると言っていた。ジェームズの電話は、彼がチョンパーを預けて引き取りに来るまでの間がいいだろう。「午前中いっぱいは手術が入ってるの。あなたも仕事で忙しいでしょうし、お葬式のことでも大変でしょうから、四時頃に電話をくれないかしら？」

「わかった」ジェームズは満足そうだった。「電話番号は？」彼は言われた番号をメモすると言った。「今夜、楽しみにしてるよ」

「わたしもよ。じゃあね、ジェームズ」デヴォンは再び〈通話〉ボタンを押した。「モンティ？」

「誰だった？」

「ジェームズ・ピアソンだった。今晩、食事に行くわ」

「ふん、時間を無駄にしない連中だな」

「涙もね。身内が死んだっていうのに、ブレイクもジェームズも悲しんでないみたい――少なくとも、私生活に支障を来すほどはね」

「らしいな。その裏に何があるのか、早く見つけたいものだ」

「任せたわ。ジェームズは午前中いっぱいオフィスにいるらしいから。ブレイクがホワイト・プレーンズに向かったら、すぐジェームズに狙いを切り替えられるわよ」

「オーケー。後でまた連絡する。ブレイクとの予想外の再会と、ジェームズとのお熱いデートの間にな。情報を確認し合おう」

「デートの服も選びたい?」デヴォンが皮肉っぽく聞いた。

「面白い。いや、おまえに任せるよ。ただ、時間と場所は知りたいね」

「了解。援護が要る時は頼むわ」

モンティがくっくっと笑った。「テレビの刑事物の見すぎだ。じゃあ、後でな」

乾いた笑みを浮かべ、デヴォンは電話を切った。

「いったい何の話だよ?」レーンが聞いてきた。

「わたしの役回りのこと。エドワード・ピアソンの二人の孫息子から情報を引っ張り出すの」

「なるほど。ということは、かなり順調らしいな」レーンが乾杯をするように、マグカップを掲げた。「やるね、じつに手際がいい」

「手際がよすぎる、かも」デヴォンは眉をひそめた。「わたしが自分で思ってるよりもいけてるのか、それともむこうが何かしらの理由でわたしに近づきたいと思ってるのか」

「おふくろの居場所を知るために」とレーン。

「かもしれない」デヴォンはマグカップに残ったコーヒーを飲み干した。「それと、ジェームズとブレイクがライバル同士というのもある。つまりわたしは二人の争いの渦中に足を踏み入れちゃったというわけ。どっちが先にわたしのガードを下げさせて、おじいさんに褒めてもらえるか」彼女はマグカップを置いた。「幸運を祈ってて」

「祈るよ。それと、デヴォン」出ていこうとする彼女をレーンが呼び止めた。「連中の動機に性的欲求が含まれてる可能性なんだけど、やっぱり完全には否定できないね。男だし。それとさ、気づいてないみたいだけど、おまえ、結構レベル高いから。ぼくが保証するよ。なんと言ってもこの一〇年、男たちを追っ払ってきたのはこのぼくだからね。〝おいこら、おれの妹をいやらしい目で見てんじゃねえ、この野郎ぶっとばすぞ〟的な目で威嚇してさ」

デヴォンの口の端が上がる。「それはどうも、ご迷惑をおかけしてすみませんでしたね」

「ああ、ほんとだよ。しかもだ、今度はメレディスにも同じことをしなくちゃならないだろうからさ。まったく、どうしておまえたちは二人ともおやじに似なかったのかね」

「二人はちゃんと似てるじゃない――兄さんが。でもまあ、それでも同じことだったと思うけど。だって、兄さんの周りにもしょっちゅう女の人が寄ってきたじゃない。物欲しそうな顔して」

「ぼくのことはいいんだよ、いまはおまえの話だ。とにかく気をつけろよ」

デヴォンは冗談めかして言った。「了解しました!」

三〇分後、彼女はロイヤル・ブルーのマツダ・ミアータに飛び乗り、駐車場をバックで出ると職場に向かった。

濃いえび茶色のクーペが雪堤の陰からゆっくりと姿を現した。道路に出ると、デヴォンの車の後を追った。気づかれないように車間距離を保ちながら。

一〇時一五分、デヴォンがコリー犬のレントゲン写真を見終わった時だった。同僚のギルが顔を覗かせて言った。

「ブレイク・ピアソンっていう男の人が来てるけど」

予想的中。「ゴールデン・レトリーバーも?」

「一緒。施設の中を見て回ってる——きみにそう言われたって。ちょっと抜けられるかい?」

「ええ」デヴォンはスクリーンのレントゲン写真を指した。「問題ないみたい。ゴーブルさんに伝えておいて。シェップは順調だから、あと二週間くらいで歩けるようになるでしょうって」

彼女はレントゲン室を出ると、受付に向かった。

ブレイクはデスクの前に立ち、クリニックのパンフレットを眺めていた。チョンパーが彼の横で床に寝そべっている。トレーニング用のリードを嚙んでいたのだが、デヴォンを見つけるや、後ろ足で立ち上がり、勢いよく尻尾を振りながらワンワンと吠えた。

ブレイクはチョンパーをいましめると、デヴォンを見やり、口角をゆっくりと上げて微笑んだ。「やあ」

「おはよう。チョンパーくんも」デヴォンはしゃがみ、チョンパーの耳の裏を掻いてやった。吠えやまないとわかると、ポケットに手を入れた。「通訳しましょうか。ふむふむ、『あのクッキーの女の人だ。クッキーはどこ?』よね」彼女はピーナツバター・クッキーを取りだした。「さあどうぞ。わかってるわよ。わたしに会えてこんなに喜んでる、なんて思うほどうぶじゃないんだから」

「チョンパーはね。でも、主人は違うよ」冗談めかして言っているが、本気なのだろう。

「あら、どうして？　ピーナツバターはお嫌いかしら？」

「大好きさ。でも、一番は他にある」

彼の褒め言葉をデヴォンは小さくうなずいて受け取り、「ありがとう」と呟いた。それから両手を白衣のポケットに入れた。「それで、ツアーはどうでした？」

「よかったよ。素晴らしい施設だ。トレーニング教室もね。チョンパーと初心者クラスに入ったんだ。『子犬の保育園』――確か、そんな名前だよね」ブレイクがにこりとした。「名前もいいけど、インストラクターに感激したよ。てきぱきしていて優しい、でも締めるところは締める。ぼくまで思わず命令に従いそうになったくらいさ」

デヴォンは笑った。「ぜひ見たかったわ。あなたの言うとおり、うちには一流のインストラクターが揃ってますから。みんな犬が大好きなんだけど、愛情だけじゃなくて、ちゃんと威厳を持って接している。もちろん技術もある。パンフレットを見てみて。スタッフの輝かしい経歴が載っているから」

「きみはここを本当に誇りに思ってるんだね」ブレイクはパンフレットを手に取ると、ざっと目を走らせただけで、ジャケットのポケットにしまった。「その理由は知ってるよ。共同経営者の中にきみの名前を見つけたから」彼がまたデヴォンを見つめた。今度は好意というより、値踏みをするように。「すごいじゃないか。まだ若いのに大出世だ。獣医学校を出たのはそんなに前じゃないんだろ」

「二年前よ。それと、そう、共同経営者の中でわたしが一番年下なんです。ラッキーだったのよ。ドクター・セドウェルに推していただけたから」

「運は関係ないんじゃないかな。ジョエル・セドウェルの経歴は見たよ。獣医界のパイオニアの一人だ。動物行動学と外科手術の分野に素晴らしい貢献をしてる」

デヴォンが目を見開いた。「ここに来る前に宿題を済ませてきたというわけね」

「嫌だったかな？」

「そうじゃなくて、わたしが言ったことをちゃんと聞いてくれるとは思わなかったから。クリニックのことを調べてくれて嬉しいわ。チョンパーくんを大切に思ってるのね。その気持ちがあれば、立派な飼い主になれるわ」デヴォンは腕時計に目をやった。「ところで、ここにいて大丈夫なんですか？　伯父様の葬儀はお昼ですよね。あと一時間半しかないわ。チョンパーを預けます？」

「ああ。もうデイケアに申し込んだ」

「よかった。チョンパーくん、喜びますよ。わたしの犬にも会ってもらおうかな。テラーと、母が飼っているブリュッセル・グリフォンのスキャンプにも。二匹ともすごくフレンドリーだから」

「よろしく頼むよ」ブレイクがふと眉をひそめた。「ねえ、葬儀が昼からって言った覚えはないけど」

「ええ。ジェームズさんから聞いたの」

「ジェームズ」ブレイクの声に、これといった感情はなかった。ジェームズと話したとき彼は憤慨しているようだった。同じ感情はブレイクにもあるのかもしれないが、いまはうまく隠しているのだろう。「きみとジェームズが昨日、そんな話をしたとは知らなかったな」

「してないわ」デヴォンは探りを入れてみることにした。「今朝、電話をもらったんです。今晩、食事をすることにしたわ。ウェリントンに発つ前に」

「なるほどね」困ったというよりも、思いを巡らせている顔だ。「先手を打ったと思ってたんだが、いとこのほうが上手だったというわけか。完敗だな」

デヴォンは胸の前で腕を組んだ。「どうしてかしらね？　あなたたち二人でアイスホッケーのプレーオフでもやっている気がするんですけど。わたしという優勝カップを賭けて」

ブレイクが吹き出した。「そりゃそうだろう、そのとおりだからね」彼のあけすけな物言いにデヴォンは目を丸くした。「ぼくとジェームズはいつも張り合ってるんだ、昔からね。たった二歳違いで、ピアソン家の孫息子は二人だけ。まあ、宿命みたいなものさ。今回は、二人とも趣味がいいのも原因だけどね」

「褒めてもらってるのかどうかわかりませんけど、とにかくそういう男性の競争には興味ないわ。それと、二人の仲を悪くしたくもないし――しかも、こんな時に」

「それはないよ」ブレイクが否定するように顔の前で手を払った。「明日の晩、ぼくとディナーをしよう」

「どうして？　ジェームズさんがウェリントンに戻れば、ばれないから？」

「違う。今晩はきみがふさがっているからさ。本当は、ぼくが誘うつもりだったんだけど。ジェームズには言ってもらって構わないよ。別に自分で言ってもいいんだけど、葬式はその手の場にふさわしいとは思えないから。もしきみの気が収まるんだったら、ぼくが彼のオフィスまで行って、言ってもいい。ぼくの誘いがオーケーならね」

どこまでが本気で、どこまでが演技なのか、はっきりわかればいいのに。それともう一つ。ブレイク・ピアソンとのディナーと考えただけで、どうしてこんなに嬉しくなるのよ。

「いいですよ、明日の晩で」

「オーケー。じゃあ明日もチョンパーを預ける手配をしないとね。きみを送ってから、こいつをピックアップしようかな」ブレイクがリードを握る手に力を込めた。クッキーを食べ終えたチョンパーはいまにも駆けだしそうな気配だ。「そろそろ行かないと。うちはどこ？何時がいい？　食べ物は何が好き？」

「グリーン・コート一五番地、七時、おスシ以外ならなんでも」デヴォンはメモ用紙に簡単に地図を書いた。「ホワイト・プレーンズの北にある最近開けた所で、タウンハウスが並んでいる地区。高速の出口から一、二キロ、大通りから入ってすぐだから、簡単に見つかると思うわ」

「じゃあ見つけるよ」

一五分後、ブレイクはクリニックの駐車場を出ると、時計に目をやった。ヨンカーズに寄ってチョンピング・アット・ザ・ビットの様子を確認し、それから葬儀場に早めに行かないとならない。ぎりぎりだな。

彼は携帯をハンズフリー用のフォルダーに置き、祖父の私用電話の番号を押した。

「終わりました」彼が告げた。

「よし。何か問題は？」

「一つだけ。ジェームズです」

10

フィリップ・ローズはオフィスの扉を閉め、またネクタイを直した。これで三度目だ。何がセキュリティ部門のトップだ、ふざけやがって。ピート・モンゴメリーめ、ピアソン家を守るだけが目的のはずがない。フレデリックの件を嗅ぎ回っているに違いない。ジェームズのオフィスに入ってから、もうかなり経つ。いったい何を話してやがる？

くそっ、早くなんとかしないと。

ローズはべっとりとかいた額の冷や汗を拭った。やつとの〝面談〟リストによれば、次は自分だ。おかしな素振りをわずかでも見せるわけにはいかない。だがモンゴメリーは元刑事、プロだ。しかも葬式はまだ一時間も先。尋問の時間はたっぷりとある。わたしに耐えられるはずがない。

なんとしても、ボルトンに連絡を取らないと。

デスクの電話に手を伸ばしてスピーカーにすると、リダイアルを押した——再び。

さっきと同じオペレーターが出た。「ペーパー&プラスティックス・リミテッドです。どちらにおつなぎいたしましょうか？」

「ゲイリー・ボルトンだ」

「少々お待ちくださいませ」

呼び出し音が一回、二回、三回。留守番電話に変わった。

くそっ。

ローズは電話機をがんとたたいて切った。もう三度も伝言を残している——二回はオフィス、一回は携帯に。あいつ、どこに行きやがったんだ。

飛び上がるように立つと、ローズはコップに水を注ぎ、震える手で口元に持っていった。早く落ち着かなければ、モンゴメリーが来る前に。

しかし、ツイていないにも程がある。まるで悪い冗談だ。どうしてサリー・モンゴメリーなんだ。世界には女などごまんといるのに、よりによってフレデリックがキャビンに連れていったのがモンゴメリーの前妻とは。どうしてルイーズじゃないんだ？　いや、元サツの女じゃなければ、誰でもよかったのに。

インターコムが鳴った。

「なんだ？」とローズ。

「ミスター・モンゴメリーがいらっしゃいました」秘書のアリスが伝えた。「それから、ミスター・ボルトンが三番でお待ちです。折り返すとお伝えしましょうか？」

「だめだ！」思っていたよりも強い口調になってしまった。「いや、いいんだ、アリス」彼は声を和らげて言い直した。「すぐに終わるから。それに今日は一日中こんな調子だ、かけ直す暇もないだろう。ミスター・モンゴメリーには、少しだけお待ちいただいてくれ」

　彼は秘書の答も待たず、点滅する三番のボタンを押した。

「ゲイリー？」

「やあフィリップ、遅くなって悪かったな。先週末は、娘の大学に招待されててね。警察がここまで来て、キャビンでのことを聞かされたよ。いまだに信じられない。フレデリック、かわいそうにな。それで犯人はわかったのか？　電話はその件かい？」

「なんだと？　おい、ちょっと」ローズは慌てて聞いた。「警察に何を言ったんだ？」

「キャビンの所有者はわたしで、先週末はフレデリックに貸したと伝えただけさ。他に何を言えっていうんだよ？」

「フレデリックに貸せと言ったのはわたしだ」

「はあ？　どっちでも別にいいだろう？」

「よくないんだよ。おい、言ったのか？」

「いいや」

　ローズはほっと胸を撫で下ろした。「よかった。言うなよ、絶対にだ。一言も口にするな」

　長い沈黙が流れる。

「フィリップ、おまえどうかしてるぞ」しばらくしてボルトンが口を開いた。「週末、のんびりしてきたらどうですか、と上司に言った。だからおまえが殺人のお膳立てをしたと疑われる。そう思ってるのか？」

「やつらが何をどう疑うのかは知らん。でも余計な種は蒔きたくない」

「種ってなんだ？　ピアソン家の誰かがそう思ってるの――」

「忘れてくれ、ゲイリー」ローズは話を遮った。「詳しくは言えないんだ。政治的な問題だから、これ以上は話せない。とにかく警察にわたしの名前は出さないでくれ」

「わかった、わかったよ。でもおまえ、本当に少し休んだほうがいいぞ」

「ああ、そうするつもりだ。全部片付いたらな」

モンティは首の後ろを揉みながら、ローズの秘書に何気ない素振りで目をやった。中年。飾り気のない服装。てきぱきとした動き。優秀らしいが、性格は穏やかそうだ。フレデリック・ピアソンの秘書、マージョリー・エバンズとはまるで違う。きつい女で、まるでブルドーザーだった――しかも頭も切れる。さすがのモンティでも、何一つ引き出せなかった。だがこの女、アリス・ジェファーズならいけるかもしれん。突いてみる価値はあるな。

「ローズさんはまだお電話中ですか？」モンティが聞いた。

秘書は電話に目をやり、PCのモニターから顔を上げてうなずいた。「お待たせして申し訳ございません」

「構いませんよ。大事なお電話なんでしょう。さっきのローズさんの声、ずいぶんと慌てているご様子でしたから」

「ミスター・ローズだけではありません」彼女はすぐさま上司の弁護を始めた。「理由はおわかりになると思いますが」

「もちろんです――ミズ・ジェファーズ、ですよね？」

再びうなずいた。

「なんと言っても、おたくのCEOが殺されたばかりですからね。会社にとっては大きな痛手でしょうし、社員の士気にも影響が出る。特にピアソン&カンパニーさんはご家族が中心の会社ですから。慌てていないほうがおかしいですよ」

ミズ・ジェファーズの防御が緩くなった。「よかった、ご理解のある方で」

「誰だって理解できますよ。会社再編に関する大きな会議がひっきりなしに開かれていますし、社外にはマスコミ連中がうろついている。ピアソン一族にいまにも飛びかからんばかりにね。本当にお気の毒なことだと思っています――社員の皆さんがです。きっとフレデリック・ピアソンさんは素晴らしい方だったんでしょうね」

「皆から尊敬されていました。あれほど勤勉で、会社に尽くす方は見たことがありません」

尊敬されていた、か。好かれていたとは限らんな。

モンティは手にしたメモを読むふりをして聞いた。「うかがったところでは、彼の勤務時間はギネスブック級だったということですが」

「ええ、そのとおりです」秘書の緊張がわずかに解けた。間違いない、さっきよりも話しやすい話題なのだろう。「私が出社する時も、退社する時も、ミスター・ピアソンはいつもデスクに向かっていました。どんなに早朝でも、もしくは夜遅くても。ミスター・ピアソンは会社にすべてを捧げていたんです」

「ここ最近、奥さんを亡くしてからは特にそうだったんでしょうね」

「奥様を亡くされて、ひどくショックを受けていらっしゃいました。ええ、それからというもの、お仕事になおいっそう熱心に打ち込むようになりました」

「わたしにもわかります。うちに帰っても誰もいないと、仕事に没頭するのが一番落ち着くんですよ」モンティは意味ありげにため息をついた。「わたしの場合は離婚だったんですが、彼は奥さんを亡くされたんですよね。それも、何十年も連れ添った方を。本当につらかったんでしょうね」

「ええ」

「オフィスに寝泊まりするような生活をしたとしても、仕方ないですよ。なるほど、それでフレデリックさんはミズ・チェンバーズとお付き合いするようになったんですね。彼女も毎日遅くまで残っているようだから。二人の孤独なワーカホリックがデートする仲になる。よくある話です」

ミズ・ジェファーズが再び防御を固めた。「そうかもしれません。ですが、お二人の関係については何も存じておりません。お仕事ではうまくいっていました。ええ、確かにお二人でお出かけにもなっていました。ただ、それ以上のことはミズ・チェンバーズに直接お聞きください」

「そのつもりです――葬儀の後にですが。かわいそうに彼女、今朝はひどく取り乱していましてね、話ができる状態じゃなかったんですよ。もちろん、そっとしておいて欲しいという お気持ちはわかりますから、それで今日の夕方にお話をうかがうことにしたんです」モンティは咳払いをして続けた。「いえね、わたしも他人のことに首を突っ込むのは好きじゃない。あなたに同僚のゴシップ話をしてもらいたいと思っているわけじゃありません。ですが、わたしの仕事はピアソン&カンパニーの皆さんの身を守ることです。どなたに的を絞るべきなのか、それを見つけ出そうとしているだけです」

「どういうことですか？」

「もしも誰か重点的に警護する必要がある方がいらっしゃるなら、そうするつもりだということです」

モンティの言葉の意味に気づき、ミズ・ジェファーズが目を大きく見開いた。「つまり、その『誰か』はミスター・ピアソンと近しい、もしくは彼が全幅の信頼を置いていた人かもしれない、と」

「そのとおり。ご理解が早いですね、ミズ・ジェファーズ。それにとても慎重なお方だ。この件については、他の社員には口外しないでください。ミズ・チェンバーズが危険にさらされているとは思いません。ただ念のため、あらゆる可能性を潰しているだけです。すべては社員の方々の安全のためです」

「そういうことでしたか」

モンティは彼女の目を見て思った。尊敬の色が浮かんでいる。いいぞ。これが欲しかったんだ。

よし、そろそろ本題に取りかかるか。

「ローズさんのことをお聞かせください」モンティは切り出した。社員全員の身を心配しているという発言が彼女の頭に残っているうちに攻めるのだ。「彼は古くからこちらにお勤めですよね。ミズ・ジェファーズ、あなたはどのくらい彼の下で働いていらっしゃるんですか？」

「一六年です」

「そんなに。ということは、ローズさんの右腕ですね。彼がフレデリック・ピアソンさんの右腕だったのと同じく」尋ねるように、眉を軽く上げて言った。「ですよね？」

「ええ、だと思います」ミズ・ジェファーズは両肘をデスクにつき、組んだ手の上に顎を乗せた。「ただ、その表現が正しいかどうかはなんとも言えません。ミスター・ローズは確かにミスター・ピアソンの直属の部下でした。ですが、セールス部門はあくまでもチームで動いていますから。二人だけが中心だったわけではありません」

「そのチームのリーダーは？」

「難しい質問、と言うべきかしら」ミズ・ジェファーズが軽く微笑んだ。「チームのどこを切っても、切り口にはエドワード・ピアソン会長のお顔が出てきますから。中心は会長です。誰に聞いてもそう言うでしょう。本当に信じられないお方です。八〇歳近いというのに、まだまだお元気なんですから。並の三〇代の人ではとてもかなわないくらいに」

「そのようですね。驚くべき方だ。そして彼はローズさんのことを大変かわいがっている」

「それはそうでしょう。会長自らがミスター・ローズをお雇いになったのですから――確か、もう二五、六年も前に」

「フレデリックさんが社に加わってから、すぐのことですね」

「ええ、はい」

「ローズさんとフレデリックさんはほぼ同い年でしたよね。仲がよかったんですか?」

「いいえ、私生活でも友人というわけではありませんでした。ですが同僚としては、ええ、とてもいい関係でしたよ。ある意味、あのお二人がこの会社を作ったとも言えます。もちろん、会長と共にですが。当時、弊社はまだフードサービスしか行っていませんでした。大きな契約の多くはその時期に交わされたものです――フレデリック・ピアソンCEO、エドワード・ピアソン会長、そしてミスター・ローズの手で。三人が基盤をお作りになって、そこから会社は発展したんです。いまではフードサービスの他に二つ部門がありまして、三つとも成長を続けています」

「それでもやはり、フードサービス部門がこの会社の中核だと?」

「はい、そうですね。だと思います」

「となると、そこのセールス・チームは社の中心ですね。ところで、ジェームズさんはそのチームのメンバーなんですか?」

ミズ・ジェファーズが穏やかな笑みを浮かべた。「ジェームズさんはすべてのチームのメンバーです。もちろん、セールス部門もそうですが。彼は頭の回転が速くて、とても外向的です。セールスに携わる者として、それ以上の評価はございませんでしょう？」

「確かに。あなたの言うとおりだ。ジェームズさんとはじっくり話したばかりだから、わたしにもよくわかります。そうですね、彼は非常に飲み込みが早い。それに、さまざまな才能をお持ちだ。精力的に活動されていて、どの分野でも素晴らしい活躍をなさっている。話をうかがっているうちに、なんだか自分がひどい怠け者に思えてきましたよ」

「私たちもみんなそうですよ」ミズ・ジェファーズがおかしそうに笑いながら言った。「ジェームズさんのペースについていける人なんて、誰もいません。あの方は疲れることを知らないんですから。お仕事でも、馬術競技でも」

「体力も気力も充実してるんでしょうね。うらやましい限りです。頭がよくて才能が豊か、冷静沈着で動じない」

「冷静沈着、というのはどうかしら」ミズ・ジェファーズが言った。「見た目はクールでも、じつはとても激しい方なんです。自分で自分を鼓舞なさっているんですよ、前に前にと。だからこそ、あんなにたくさんの分野でご活躍できるんです」

「そうですか、一つくらいは欠点らしきものがあると聞いて、ほっとしました」

ジェームズの話題はこれくらいで切り上げよう。やつとは一時間ほど話して、ある程度の人物像はできている。足りない分は今晩わかるはずだ。デヴォンとのディナーで。

いまこの場でまな板に乗せるべき相手は、他にいる。

眉を寄せると、モンティは声を低くした。「先週、ローズさんがフレデリックさんと普段よりも長いミーティングを持たれたことはありませんでしたか？　何か変わったことは？」

ミズ・ジェファーズはモンティの質問の意味を即座に理解し、不安げな顔をした。「えっ、まさか。ミスター・ローズが狙われていると？」

「断言はできません。ですが、はい、その可能性はあります。もしもフレデリックさんの殺人が仕事絡みのものだとしたら、彼と近しい間柄だった社内の誰かの身が危険にさらされている恐れもあります。その場合、わたしはローズさんを警護するつもりです」

「お願いします」ミズ・ジェファーズは大きくうなずくと、モニターに向き直り、PC内のスケジュール表を開いた。「ミスター・ローズとピアソンCEOは先週、三回ミーティングをなさっています。月曜の午後三時、火曜の朝一〇時、水曜の夕方。水曜の時間は書いてありません、CEOが急にミーティングをしたいとおっしゃったものですから。確か、四時くらいだったと思います。終了時間はわかりません。私が退社した時、お二人はまだ社長室におられましたから」

「それは何時ですか？」

「六時、いえ、六時一五分だったかもしれません」

「他には誰が？」

「お二人だけです。ジェームズさんはウェリントンに、会長はファームにいらっしゃいました」

そのミーティングの前に何か気になることはありませんでしたか？　モンティはそう尋ねようとしたのだが、インターコムのブザーに邪魔された。

ミズ・ジェファーズが受話器を取った。「はい、ミスター・ローズ。もちろんです。ただいま」彼女は受話器を置くと、扉を指した。「どうぞ、お入りになってください」

「ありがとう」モンティはノートを閉じて立ち上がった。

「モンゴメリーさん？」彼女はいまだ不安げな表情のまま、デスクの脇を通ったモンティの腕をつかむと言った。「私に何かできることがありましたら、なんでも言ってください」

「ええ、そうします。まずは、さっきの会話は内緒にしておいてくださいね、いいですか？　社内にパニックが起きるのだけは避けたいですから」

「信用してください、口は堅いですから」

「よかった」温かな、感謝の意を込めた笑みを湛え、モンティは彼女のデスクを通り過ぎ、ローズのオフィスの扉をノックした。

「入りたまえ」

瞬き一つと共に、モンティの顔から笑みが消えた。

相手が変われば、やり方も変える。

中に入り、扉を閉めた。

フィリップ・ローズはデスクの前に座っていた。ネクタイをきっちりと締め、背筋をぴんと伸ばして。きちんとセットされたグレーの髪には一本たりとも乱れがない。視線はデスクの上にある茶色のファイルに注がれている。

冷静を装ってはいるが、動揺しているのが見え見えだ。

「ミスター・ローズ。お忙しいところ、お時間をいただきましてありがとうございます」モンティが切り出した。まずはやつの注意を軽く引いてみるか。

ローズがぱっと顔を上げた。「ん？　ああ、気にしないでくれ。座りたまえ」彼は革張りの椅子を指した。「エドワードから聞いてるよ。わたしに何か聞きたいそうだが？」

モンティは底意が出ないように慎重に答えた。「お時間は取らせません」そう言うと、腰を下ろしてノートを開いた。「今日は大変な一日ですね。この後、葬儀に出られるのでしょう？」

「いかにも」ローズはうなずくと、腕時計にちらりと目をやった。「正午からだ。早めに行かないとならないんだ、エドワードとアンのために」

「ピアソン家の方々とはかなり親しくされているんですか？」

「人生の半分以上、ここで働いてるんだ。そうだよ、彼らとは親しい」

「個人的に？　それとも仕事上で？」

ローズは椅子に腰掛けたまま身体を前にずらした。右の靴をちゃんと履いていないのだろう。かかとが床に当たって音を立てた。「ピアソン家にとっては、どちらも同じことだ。境界線はない。特にエドワードはそうだ。フレデリックもな。彼らにとってはこの会社がすべてだ。だからこそ重役の大半は一族が占めている」

「で、あなたも一族の一員だと」

「そう思いたいね」

「間違いないでしょう」モンティは何かメモを取った。「先ほど、わたしが来ることは聞いているとおっしゃいましたね。では、わたしの仕事もご存じで？」

「ここの警護だろ」ローズがペンをいじった。「それがきみの仕事だ、少なくとも表向きはな」

「信じていない、と？」

「いや、信じてるよ。きみの仕事の一部がそれだということはね。残りの仕事は、ここの人間の誰かがフレデリックを殺したのかどうかを調べること。もしくは犯人を知っている者を探すことだ」ローズの眉に汗が浮いている。だが、彼はそれでも喋り続けた。モンティの手の内を明かさせようというのだろう。「モンゴメリー、わたしはばかじゃない。エドワードが雇ったのは老いぼれの警備員ではなく、私立探偵だ。殺人事件を始め、あらゆる極悪な犯罪を扱ってきた元刑事。しかも管轄はブルックリンの中でもとりわけ犯罪率の高い地区だ。そんな男の仕事が社内をパトロールして、マシンガンを持った悪いやつが現れないように見張るだけのはずがないだろう」

モンティは無表情で答えた。「なかなか面白い表現ですね」

「間違っていると？」

「いいえ、おっしゃるとおりです。ただし、エドワード・ピアソンさんはあなたが考えているよりも、ご家族のことを心配なさっていますがね。それとわたしの経歴なんですが、隠し立てはしていません。わたしが雇われた理由についても。皆さんを不安にさせるといけないので、あえて目立たないようにしているだけです。ええ、そうですよ。わたしはここをパトロールしているわけじゃない。殺人事件の捜査をしています。ウォーレン郡保安官局と同じく。ただ、彼らよりもちょっとばかり踏み込んでいるだけです、あとは個人的な気持ちも少々。だからこそエドワードさんはわたしを欲しがった。それが何か？」

ローズが顎を強ばらせた。「いや、別に何もない。というか、いかにもエドワードらしいやり方だと思うよ。わたしにできることがあれば、なんでも協力しよう」

「ありがとうございます。あなたの周囲にも目を光らせておきますよ」少し間を置いてから、モンティは続けた。「フレデリック・ピアソンさんに死んでもらいたいと思っていた人間に心当たりは？」

「まったくない。彼はタフなビジネスマンだった。必要とあれば、強引で無情な男になれた。もちろんそれは摩擦や嫉妬、敵意の原因になった。でも、殺人だろ？　ありえないよ」

「社内の人間は？」

「ますますないね。ここ何年も辞職者はほとんど出ていない。つまり、従業員がＣＥＯを殺すと考えるのは飛躍しすぎということだ」

「従業員と言えば、ルイーズ・チェンバーズさんとフレデリック・ピアソンさんとのご関係は？」

ローズは肩をすくめた。「デートはよくしていた、この半年くらいかな、頻繁に。でも別に――なんと言うんだっけな？――特定の相手というわけじゃなかった。二人とも別の相手とも出かけていた。きみもよく知ってるだろ？　一人はきみの前の奥さんだよ」

「確かに」モンティはうなずいた。「つまりあなたの知る限り、恨みつらみとか、色恋絡みのいさかいはなかったと？」

「フレデリックは私生活をべらべら喋る男じゃなかったからな。感情もあまり表に出さなかったし。ルイーズも仕事に私情を挟むような人間ではない。だから二人の仲がどうだったのか、わたしには知りようもない。ただ、万が一けんかをしていたとしても、ルイーズは人殺しをするような女じゃない。見当違いも甚だしいよ」

「なるほど」モンティはノートを閉じると立ち上がった。「今日のところは、とりあえずこれで終わりです。葬儀に行かれるのでしょうから。後ほどまたお話をうかがいます。ただし今度は核心に触れますから」

「核心？」

「おわかりでしょう。手がかりが見つかりそうな事柄ですよ。現在のお仕事の詳細。最近の具体的な出来事と電話。家族間の不和。えこひいきとそれによる摩擦。警察が調べることばかりです」

ローズは黙っていた。だがその沈黙は多くを語っていた。

11

デヴォンはマスカラを塗ると、一歩後ろに下がり、ベッドルームの鏡に映る自分の姿を確認した。

キメすぎじゃない。カジュアルすぎでもない。黒いシルクのパンツに、淡いピンクのカシミアのセーター。

ミスター洗練、ジェームズ・ピアソンの相手として完璧な装いだ。

時計を一瞥する。六時四七分。ショータイムはもうじきだ。

ドレッサーに向き直ると、ブラシを手に取り、長い、シルクのごとく艶やかな髪を丁寧に梳かした。

電話が鳴り、誰かが取った。

すぐにノックの音がし、メレディスがドアから顔を覗かせた。「お姉ちゃんによ、お父さんから」

「はーい」デヴォンは顔をしかめた。「すぐ出るわ」

メレディスは部屋に入ると、ベッドに腰を下ろし、デヴォンの電話に手を伸ばした。「お父さん？　ちょっと待ってて」〈保留〉を押しかけたのだが、手を止めた。受話器はまだ耳に押し当てられたままだ。「何？　大丈夫よ。わかってるわ。でもやることがいっぱいあるの。いつかね、たぶん。うん、明日電話する。じゃあデヴォンに代わるから」受話器を姉に渡して言った。「きれいよ」

「ありがと」デヴォンはメレディスを心配そうな目で見つめた。「ちょっと待ってて。さっさと片付けるから」

「うん」メレディスはベッドにごろりと横たわり、頭の下に枕を置いた。

「もしもし、モンティ」デヴォンは受話器を顎と肩で挟み、リップグロスを塗った。

「おう、準備は？」

「ばっちりよ。着替えも済んでるわ。で、モンティはまた運転中？」

「エドワード・ピアソンの家に向かってる。呼び出されたんだ、初日の報告にな」

「成果は？」

「たいして。これといった収穫はなし。まあ、ルイーズ・チェンバーズとはまだ話せてないけどな。取り乱してて、葬式の後すぐに帰っちまったんだ。明日は絶対に捕まえてやる。まったく、葬式のせいでしめっぽくてな」

「おかげで捜査はしやすいんじゃないの？」

「まあな」モンティはマージョリー・エバンズ、アリス・ジェファーズ、フィリップ・ローズとの話の内容をデヴォンに簡単に伝えた。「どれも午前中の成果だ。午後はさっぱりだった。連中が葬式から戻ってきたのが三時、涙で目を腫らしてな。主な人間は一時間かそこらいただけで、帰った。しょうがない、明日またやるさ」

「ジェームズとブレイクは？」

「そっちも収穫はなし。ジェームズは自分が世界の中心だと思ってる。ただしいとこのブレイクのことになると、やたらとむきになった。まあ当然だけどな。ジェームズには感情的なところがあるが、ブレイクは腹が据わってる。勘もいいし、でかいビジョンも持ってる。ブレイクがピアソン＆カンパニーを継ぐのは間違いないだろう。大会社の後継者だ、金メダルよりもはるかに価値がある。それはともかく、ブレイクは誘ってきたか？」

「うん。明日ディナーに行く。まったく、平日に二晩続けて違う相手とデートなんて、大学の時以来よ」

「まあ、そう言うな。とりあえずうまい物は食えるだろ。ブレイクとはどこに？」

「さあ。明日決めるわ」

「ジェームズとは？」

「ギドニー・グリルよ、ホワイト・プレーンズの」

「おっ、いいね。注文はベイビー・バック・リブにしろ。口も手もバーベキューソースだらけになるからさ。それなら、あいつも手を出せんだろ」

デヴォンはおかしそうに笑った。「サーロインにするわ、美味しいから。でも、心配してくれてありがとね」

「どういたしまして。ただ心配はしてない。二人きりにはならないから」

彼女は目をしばたたいた。「双眼鏡で見張るつもりなの？」

「いや。その必要はない。エドワードが孫息子に護衛をつけてるからな、言っただろ？」

「そうだったわね、覚えておくわ。ジェームズはまさか自分ががっちりガードされているなんて知らないんだろうけど。店の中をチェックしてみる。爪楊枝をくわえたやばそうな男が新聞越しにこっちを見てないか」

「おまえ、ほんとにテレビの刑事物の見すぎだぞ。そんなのじゃない。その辺のガキみたいなやつだろう。輸入物のビールをがぶ飲みしながら、ステーキに食らいついてるさ。どうせエドワード持ちだと思ってな」

「かもね」デヴォンはグロスを塗り終えた。「とにかく、電話してくれてありがとね」

「当たり前だろ。頼むぞ、おぼっちゃんにうまく喋らせるんだ。本音を探れ。家族同士の関係とか、フィリップ・ローズを本当はどう思っているかとか。やり方はわかってるな。ただし、あくまでもソフトにいけよ。ハードなほうはおれがやるから」

「子猫みたいにかわいくね」

「爪だけは用意しとけ」

「はいはい」

「馬術のほうにも探りを入れろ。馬の上に乗ってる時に何を考えてるのか。ライバルは誰なのか。腹に一物持ってるやつがいないか」

「わかってる」

「うちに戻ったら電話しろ。遅くても構わん」

「うん」

「それともう一つ——」

「楽しそうでいいわね」メレディスが皮肉っぽく言った。

「じゃあね」デヴォンは電話を切った。

「まったく、父親は父親ね」デヴォンは妹を見つめた。「それで？　お父さんに会わないかって言われてたみたいだけど」

「うん、二人で会いたいって。無理よ。宿題が山ほどあって、テスト勉強もしなくちゃならないの。それに友だちにも全然連絡してないし。大学を休んでからずっとメッセージが来てるから、もういいかげん返さないと」

「インスタント・メッセンジャーか。わたしもレーンも、よくもまあメッセンジャーなしでキャンパスライフを満喫できたものね」冗談めかして言っているが、眼差しは真剣だ。「メレディス、あのね……」

「そうだ、今日、ケーブルテレビの工事の人が来たわよ」メレディスが話題をそらした。

「午前中に。もう直ったから、全部ちゃんと映るわ。うちだけじゃなかったみたい。この近所が全部だめだったんだって」

「そう」話題を変える作戦は、デヴォンには効かなかった。「ねえ、ちゃんと話そうか」

「話すことなんてないわよ」

デヴォンは妹の横に腰を下ろした。「モンティにあんまりきつく当たるのはやめなさい。確かにあの人がうちの家庭をめちゃくちゃにした。でもそれは自分でもわかってるし、わざとやったわけじゃない。メレディスのことを愛してるのよ」

メレディスがため息をついた。「知ってるわ。どういうことかも、ちゃんとわかってる――お姉ちゃんとレーンが思ってるよりもね。わたしだってもう子供じゃないんだから。人間は誰だって間違いを犯す。それはわかってるし、事情も理解してる。お父さんのことを怒ってるわけじゃない。ただ、お姉ちゃんやレーンみたいにはいかないの。親子の絆がないんだから。別に誰のせいでもない。そういうものなの、仕方ないでしょ」

「お母さんは許してるわよ」

「わたしだって。でもだからといって、これまでの時間が全部帳消しになるわけじゃない。それと、お母さんとわたしを比べないでよね。お母さんはまた別よ。お父さんのこと、いまでも好きなんだから」

「それは知ってるけど」デヴォンは掛け布団の幾何学模様を指でなぞった。

「で、お姉ちゃんはまだ思ってるわけ？　あの二人がいつかよりを戻すかもしれないって」

「残念ながらね」デヴォンは素直に認めた。「あんなに深く愛し合ってる人たちを見たことがないから――離婚して一五年も経つのに」

「それはそうだけど。でも、愛さえあればいいってわけじゃないでしょ。現実は違う」

「レーンみたいなこと言うわね」

「ふうん、じゃあレーンはわかってるのね。ねえお姉ちゃん、お母さんは素敵な女性よ。ちゃんと大切にしてくれる相手じゃないとだめなの。お父さんは違ったでしょ」

「お父さんも変わったわ」

「そうかな？　この事件に夢中じゃないの。お姉ちゃんまで巻き込んでさ。ほんとにお母さんが心配なだけだと思う？　ただ名探偵を気取りたいだけなんじゃないの？」

デヴォンは力なくため息をついた。「ほんとに手厳しいわね」

「そんなんじゃない、現実的なだけよ。お父さんをありのままに見てるだけ」

「だったら、そろそろありのままのお父さんを受け入れたら？」デヴォンは穏やかに言うと、メレディスの腕をそっと握った。「一緒にランチに行きなさい。いろいろと話をして、もっとお互いに知り合うといいわ。モンティは子供の時のメレディスしか知らないのよ。大人になったあなたのことも教えてあげて。メレディスはとっても素敵な女性なんだから。ね、お父さんにもチャンスをあげてよ」

階下でドアベルが鳴った。

「デートのお相手よ」メレディスがさっと立ち上がった。「わたしが出る」

「メレディス？」

彼女は戸口で立ち止まった。「考えとくわ、それでいい？」

「オーケー」

モンティはパーク・アヴェニューの豪邸を値踏みしながら思っていた。おれがコートを預けたこの執事、こいつはきっとおれよりも年収がいいんだろうな。金か。まったく、この屋敷を見ろ。だだっ広い敷地に、床から天井までガラス張り。まるで宮殿だ。ピアソン&カンパニーの調子がいいのは一目瞭然だな。

宮殿の主は広々としたリビングルームにいた。落ち着かない様子でうろうろし、手にした氷水のグラスを睨みつけている。アンティークのソファでは、ブレイク・ピアソンが威厳を漂わせた年輩の女と静かに話し込んでいる。祖母に違いない。

ふん、面白い三人組だ。

「ミスター・モンゴメリーです」執事が告げた。

エドワードは戸口を見やると、モンティを手招きした。「時間ぴったりだな」

「約束は守るほうですから」モンティは部屋の中に足を踏み入れ、エドワードに紹介されるのを待った。

「ブレイクとは会ってるな」二人の男がうなずき合うのを待ってから、エドワードは続けた。「妻だ」

「ミセス・ピアソン」モンティは大きくうなずいて応えた。「息子さんのこと、お悔やみ申し上げます」

「ありがとう」アン・ピアソンは座ったまま手を差し伸べ、握手を求めた。声の調子も表現も冷静そのものだが、鋭い光を放つブルーの瞳の奥には悲しみが見えた。「夫が雇った人ね」

モンティはちらっとエドワードを見やった。話が違いますが、という目で。

「すべて知っています」エドワードが口を開く前にアンが言った。「この二人に白状させましたから。私に隠し事はさせません。うちの家族のことなら、なおさらです。フレデリックは息子です。あなたが捜しているのはその殺人犯。しかも、その犯人はジェームズまで脅している。何がわかったのか、私も知りたいわ」

強い女だな。だがモンティは特に驚かなかった。エドワード・ピアソンの妻である以上、タフに決まっている。旦那と一緒に、ちっぽけな紙製品の納入業者から食品産業界の大物にまで上りつめた女なのだ。たいしたものだ。六〇年前、この女はデパートの売り子だった。それがいまや女家長か。

「お話しするようなことは何もありません」モンティが答えた。「いまのところは」

「何もなしか?」エドワードがすかさず嚙みついた。「警察の連中と変わらんじゃないか」

「殺人犯は捕まりたくないと思うのが普通ですからね。捜査には少々時間がかかるものなんですよ」

「お座りになったら、ミスター・モンゴメリー」アンが勧めた。空気が張りつめたのを察したのだろう。「お飲み物はいかが?」

「いいえ、結構です」モンティは椅子に浅く腰掛けた。「で、警察はなんと?」

「新しいことは何も」ブレイクが言った。「道路脇にタイヤ痕をいくつか見つけたくらいです。でも手がかりにはならなかった。前に見つかったのと同じく、フレデリックのベンツのタイヤだったのでね。殺人犯は放火にガソリンを使い、部屋中に撒いて、カーテンに火をつけたらしい。数分でキャビン中が炎に包まれた。灰の中からは、他には何も見つかっていない」一瞬の沈黙。「もちろん、あなたの前の奥さんはいまも捜索中です」

ブレイクの言わんとしていることが、モンティにはよくわかった。「どこにいるのか、わたしにもさっぱりです。子供たちも動転しています。電話の感じから、サリーもかなり動転している様子でした。ひどいショックを受けていて、犯人についてはなんの手がかりもない。で、死ぬほど怯えている」

「二回目の電話はまだないんですか？　お子さんたちにも？」

「ありません。あれば、わたしに知らせてくるはずです」

「ということは、あなたはお子さんたちと頻繁に連絡を取っていると？」ブレイクが注意深く聞いた。

「毎日」モンティはブレイクの探るような目を見据えた。「あの子たちはサリーが育てた。ですが、わたしの子でもある。成人していても、です。事件以来、連絡を絶やさないようにしています、心配ですから」ブレイクの詮索を終わりにさせ、モンティはエドワードのほうを向いた。「脅迫状の件は、その後何か？」

エドワードは首を振り、水を飲んだ。「まったくない。電話も、手紙も、何も」

モンティが眉をひそめた。「妙ですね」

「ジェームズがウェリントンに戻るのを待っているのかもしれん。ここにいる以上、ライバルたちも安心だからな」

「脅迫状が殺人事件と関係ないとすれば、可能性はありますが。ただ、その線はまずないでしょう。やはり仕事上の、あるいはご家族に対する復讐ではないかと踏んでいます。それなら筋が通る。ピアソン&カンパニーから馬術競技会、そしてあなたのご家族まで、すべてがつながります」

「うちの家族全員が危ないとおっしゃるの？」とアン。

「ミセス・ピアソン、脅かしているわけではありません。わたしはただ、思ったままを申し上げているだけです」モンティはエドワードに視線を戻した。「何人かの従業員に話を聞きました。明日はもっと多くの人間に聞くつもりです。それと恨みを持っている可能性がある人物も洗っています。いまのところそれらしき人間は浮かんでいませんが、調査は続けます。それから、ピアソン&カンパニー内部の文書記録も調べるつもりです。あっ、それで思い出しましたが、法会計士を使おうと思うのですが。アルフレッド・ジェンキンズといいます。以前仕事をしたことがありまして、かなりできる男です。こうした状況で何を探すのがいいのか、完璧に熟知しています。よろしいでしょうか？」

「よかろう」エドワードが認めた。

「よかった。できるだけ早く、彼を動かすようにします。ただそれには書簡、電話、Eメール、財務記録への自由なアクセスが必要となります。仕事上はもちろん、個人的なものもすべてです。許可はいつ頃いただけますか？」

「いまこの場で」ブレイクが祖父に代わって答えた。「ぼくのパスワードを使えばいい。それでほぼ全記録にアクセスできる」

「重要機密も、でしょうか？　セキュリティのかけられた、特別なパスワードが必要な秘密情報も？　そちらもお願いします。すべてが見られないことには、調査のしようがありませんし」

ブレイクは何も言わず、祖父の様子をうかがっていた。

「わかった」エドワードが口を開いた。「教えてやれ」

「では、ブレイクさんのオフィスに明日の朝八時に参ります」

ブレイクが何か言いかけたが、携帯に邪魔をされた。ポケットから出し、番号を一瞥する。一瞬、物思わし気な表情が浮かんだ。「ちょっと失礼」彼は立ち上がると、巨大な窓のそばに歩いていった。「もしもし」小声で電話に出た。「どうした？」

エドワードは孫息子に目をやり、すぐにモンティに向き直った。「フィリップ・ローズはどうだった？」

「まだ表面的なことしかわかっていません」モンティは機械的に答を返した。耳はブレイクの会話に集中している。「第一印象としては、仕事にすべてを捧げているといった感じでしたね。会長のことを尊敬しています。ただ、何か話したくないことがあるようです」

「いまはだめだ」ブレイクが言っている。声は小さいが、モンティには聞こえた。「ミーティング中なんだ。後でかけ直す」

　彼が携帯を切ると同時に、エドワードがモンティに言った。

「どういう意味だ？　何か話したくないことだと？　フレデリックのことか？」

「わかりません。まったく関係ないことかもしれません。何にしろ、いずれ突き止めます」

　モンティは戻ってくるブレイクを見つめながら言った。「女性問題、ですか？」

　ブレイクが眉をつり上げた。「はい？」

「声の感じから察するに、ガールフレンドからの電話で、少しばかりお困りになっているのでは、と」

「違います。それにガールフレンドでもない。ただの友人です、たまたま女性というだけですよ」

「なるほど。それはそれで大変ですね」

「ええ」ブレイクは瞬きもせずに言った。「まあね」


　東六八番街の豪華なマンションの部屋で、ルイーズ・チェンバーズは電話を切ると、悔しそうに歯をきしらせた。

　ミーティング。しかも、わたしが頼んでもこっちに来られないほど大切な会議。まずいわね。

　嫌よ。絶対に、このままだめになんかさせないわ。せっかく慎重に事を運び、我慢に我慢を重ねてきたのに。ここまで耐えたのは、最後に負けるためじゃない。
フレデリックめ。邪魔が一つ消え、もう一つもなくなったと思ったのに、死ぬなんて。
これが最後のチャンスだ。
誰にも邪魔をさせるわけにはいかない。

12

月曜だけに、ギドニー・グリルはいつもよりも少しだけ空いていた。デヴォンには好都合だ。ざわついていないほうが、話がしやすい。

彼女とジェームズがここに来たのはしばらく前。二人とも一杯目のワインを飲み干し、サラダを食べ終え、メインに手をつけはじめていた。その間、デヴォンはすでにがらの悪い若者に目を留めていた。しばらく観察したのだが、間違いない、あれがジェームズの〝ボディガード〟だろう。向かいの離れたテーブルからこちらを見つめ、片時も目を離さない。エドワード・ピアソンがこのデートのことを知っているのかどうかはわからないけれど、明日には確実に知ることとなるだろう。

「ステーキはどう?」ジェームズは見張られていることにまるで気づいていない。デヴォンの全身を包み込むように見つめ、彼女の言葉一つひとつに集中し、いっしんに注意を向けている。そうしながらも、彼は自分のことをべらべらと喋っていた。長所をことさらに強調し、欠点を控えめに言いながら。

世界の中心だと思ってる、か。モンティの言葉どおりね。

「デヴォン？」ジェームズがワイングラスのむこうから答を促した。

「ごめんなさい」彼女はナイフとフォークを置いた。「ええ、ここのステーキはやっぱり美味しいわ。でも、もうお腹いっぱい。動けなくなりそう。ちょっと休憩しようかな」

ジェームズが小さく笑った。「そうか、じゃあぼくもタイムを取ろう」彼は皿を脇に押しやると、半分空いた彼女のグラスを指した。「もっと飲む？」

「ううん、もういいわ。二杯が限界なの。それ以上飲むと、頭が痛くなっちゃうのよ。あなたはどうぞ」

「いや、ぼくも二杯が限界なんだ。それに、競技期間中は普通、アルコールを口にしないんだ。だからこれの次はクラブソーダにするよ」

「そうなの？」デヴォンは内心飛び上がって喜んだ。わざわざむこうから突破口を開いてくれた。馬の話に持っていくチャンスだ。「節制しているのは、ドーピング検査があるから？」

「いやいや」ジェームズが首を振った。「馬術競技の場合、反ドーピング協会はアルコールには構わない。酔っぱらっても、パフォーマンスが下がるだけだからね。協会が懸念しているのは麻薬かステロイド剤の類。もちろん、ぼくはどちらもやってない。アルコールに関してはあえて注意しているだけ、念には念を入れてね。すべては勝つためさ。タイミングが狂ったり、フォームが崩れたりするのはご免だからね」

「自分に厳しいのね」

「トップに立つにはそれしかないんだ。ぼくには一位以外ありえないから」

「完璧主義者ね。それと、すごい負けず嫌い」

「いけない？」

デヴォンは肩をすくめた。「きっとあなたが出るような大きな競技会では、それくらいじゃないとだめなんでしょうね」彼女は身を乗り出した。「ねえ、どんな感じなの？　大観衆の中、大きな期待を背負ってグランプリの舞台に出ていく——わたしには想像もできないわ。アドレナリンがびっくりするくらい出るんでしょう」

「まさにね」ジェームズが手の中でワイングラスを回した。「強烈な興奮だよ。同時に冷静さが求められる。もちろん、エネルギーも消耗する。競争相手は皆、こっちがたじろぐほどの実力の持ち主だ。でも『なんとしてでも勝つ』という気持ちで臨む。勝敗には莫大な金とエゴがかかっているからね」

「『なんとしてでも勝つ』って、勝つためにずるをしたり、わいろを贈ったり、相手を妨害したりする人もいるってこと？」

「人殺しだってやりかねないさ」

デヴォンははっとした。わたしの気を引こうとしているだけ？　それとも本当のことを言ってるの？

「やめてよ、大袈裟ね」彼女は軽く探りを入れてみた。

「そうかな？　実際、ぼくにもわからないんだ」ジェームズの声音は冗談ではなかった。

「ふう」デヴォンはため息をついた。「馬術の世界はすごいのね。わたしにはついていけないわ」

「一部の人間だけだよ、みんながみんなそういうわけじゃない」

「一部って、騎手？　それともスポンサー？」

「両方だね」

「特別なライバルはいるの？」

ジェームズが顎に力を入れた。「もう長いからな。数えきれないよ」

「毎年そうなの？」

「うん」

デヴォンは同情するように眉を寄せた。「集中力が続かないでしょう。どうやって維持してるの？」

「余計なものは寄せつけない。その手の連中とは関わらないようにしてるんだ」

「でも、同じ大会で競い合うわけでしょ。どうやって――」

「競うのは競技場の中だ」彼がデヴォンを遮って言った。「そこでは誰であろうが、勝負する。でも競技場を出れば、話は別だ。相手を選ぶ」

彼の声の調子で、デヴォンにはぴんと来た。もうこの話はおしまい、ということなのだろう。かなり深い所まで聞いたのだ。これ以上突っ込むと、怪しまれる。

「よかった、普通の人もいるのね」少しだけアプローチを変えた。「そんなふうに張りつめた空気の中にいるんだから、たまにはお友だちと出かけないと、神経が参っちゃうものね」

「リラックスする時間はちゃんと取ってるよ。友だちか、うーん、ちょっと違うね。戦友というほうが近いな」

「何だか戦争みたいね」

「本当にそうなんだ」ジェームズの顎にはいまだ力が入ったままだ。「勝利者になること、それがすべてだ。どうやってそこにたどり着くかは二の次。だから常識を見失うのは簡単なんだ。周りが見えなくなって、勝利以外のことは何も考えられなくなる」ふと、彼が身体の力を抜いた——無理にそうしたのかもしれないが。「だからぼくはこの二重生活が好きなんだ。馬術一辺倒じゃなくて、ピアソン社でも働いている。おかげで地に足を着けていられる」

「ご家族も協力してくれてるんでしょう？」

「何人かはね」

よし、いまだ。ここは思いきっていくしかない。「ブレイクさんのことはあんまり好きじゃないの？」

ジェームズが眉をつり上げた。「どうして？　きみは？」

彼女は目をしばたたいた。「彼のことはほとんど知らないから」

「でも一緒に食事をするんだろ？」

不意打ちだった。「聞いたの？」

「はっきりとね。さっき、ここに来る前に」

デヴォンは下唇を噛んだ。「わたしのせいね。隠さないで欲しいって言ったから。別に二人の仲を悪くするつもりはなかったの」

ジェームズが鼻で笑った。「心配しなくていいよ。彼との間にわだかまりがあるとしたら、それはきみが現れるずっと前からだから。ブレイクとは子供の頃からいつも競争してるんだ。男の孫はぼくらだけだし、二人とも人並み以上に成功してるから。理由は他にもある。性格も、目指しているものも、目標に向かう方法もまるで違う」

「珍しいことじゃないと思うけど。それに、同じ目標もあるんじゃない？　おじい様を喜ばせることよ。素晴らしいわ」

固い氷さえ溶かしそうな笑顔。「きみにそう言ってもらえると、なんだか自分がえらく立派な人間のような気がするな」笑顔が消えた。「で、答は？」

「ブレイクさんをどう思うかって？　さっきも言ったけど、よく知らないの。そうだな、一緒にいて楽しい人みたいね。それと、そう、明日の晩は一緒に食事をする。今朝、チョンパーを連れてクリニックに来たの、しつけ教室に入れるためにね。それで少し話をしたんだけど、とてもいい人だったわ」

「『いい人』か。その表現はどうかな？　野心家。用意周到。欲しいものがある時には脇目もふらずにそれに邁進する。それも情け容赦なく。ぼくならそう言うね」

「同じことは、あなたにも言えるかもね」

ジェームズは神妙な顔でうなずき、冗談めかした。「参ったね。たぶんそれが問題なんだろうな。その点に関して言えば、ぼくとブレイクは似すぎてるんだと思う。それと、同じ女性に惹かれてるみたいだ」

「どうして？　前にもあったの？」

「同じ人とデートをしたかって？　ないよ。きみみたいに美しくて、知的で、魅力的な女性が家にふらりと現れるなんてことは、まずないからね。黙って何もしなかったら、ぼくらは大ばかだよ。そうだ、そこもぼくとブレイクの共通点だね――二人ともばかじゃない」

「ずいぶんと控えめな言い方ね」デヴォンはワインを一口飲んだ。「お姉さんとはどうなの？　ティファニーよね？　仲はいい？」

「うん、一緒にいられる時はね。ティファニーはいつもばたばたしてるんだ。母親とキャリアウーマンの二役をこなしているから、他のことに割く時間がないんだよ。もちろん、文句を言ってるわけじゃない。彼女の娘のケリーはいい子だ。だけど、ちょっとひいき目もあるかな。あの子も馬が大好きなんだ。乗馬のセンスがある、才能だね。あの子と競わなくて済んでよかったよ。彼女が馬術界で大活躍する頃には、ぼくはもう引退してるだろうから」

「あなたが引退した姿なんて、想像できないな」

「そうでもないさ」ジェームズはまたステーキを切りはじめた。「金メダルをいくつかと、ピアソン家の莫大な富があれば、ぼくだってその気になるかもしれない」

「つまり、どちらの世界にも足跡を残して、夕陽の中に消えていく、ということね」

彼は声を上げて笑った。「消える？　ありえないね。ぼくはそういうタイプじゃない。どっちかというと、いつまでも終わらない華やかな花火という感じかな」

「なるほどね」デヴォンは彼の話に乗ることにし、ステーキを切りながら言った。「快楽主義者か。つまり、引退はパーティー三昧の日々の始まり」

「いいねえ、楽しそうだな」彼が眉をつり上げた。「きみは?」

「まだ考えてないわ。クリニックの経営に関わりはじめたばかりだし。うちのクリニックにはわたしが欠かせない、そんなふうに思いたいの」デヴォンはステーキを飲み込んでから続けた。「まあ、希望的観測だけど。でも、あなたの場合は本当よね、会社に欠かせない人」

意味深長な沈黙。「特にいまは。伯父様があんなことになって、責任とかプレッシャーとか、いろいろと大変なんでしょうね」

どきりとしたのかもしれないが、ジェームズは表には出さなかった。

彼は肩をすくめると、食べ続けた。「重荷はほとんどフィリップ・ローズが背負ってる。セールス部門のトップがね」ジェームズは説明するように言い添えた。「昨日ファームに寄った時に会ったかな? 彼はぼくの上司なんだ。事件の後、フレデリックの仕事は停止状態だから、確かにぼくも少しは動いたよ。大事なサプライヤーや得意先との関係をつないでおくためにね。でも事態が落ち着くまで、中心になってあれこれやらなくちゃならないのはフィリップだ。まあ、彼はそういう役回りなんだけどさ。ほら、ぼくは会社にいないことが多いから。彼にとっては、いつものことだよ」

「ローズさんがいてくれて、ご家族は助かったと思ってる?」

「うん、まあそうかな」

デヴォンはジェームズの声の微妙な変化を聞き逃さなかった。「何かあるの？　ローズさんに問題でも？」

「フィリップに？　問題があるとすれば、なかなか家に帰ろうとしないことくらいだよ。猛烈な働き者だからね。ただ、彼がいてくれて助かった、というふうに思ったことはない。フィリップ自身も、そうは思ってないんじゃないかな。もうずいぶん長いことうちで働いてくれているからね。家族みたいなものなんだ」

「ということは、おじい様はローズさんを次のCEOに指名するかもしれない？」

ふん、とばかにするような笑い。「そこまで家族というわけじゃない。祖父がピアソン家以外の人間を社のトップに置くことはありえないね。順番でいくと、うちの父親が次のCEOなんだけど、彼がそれを望むとは思わない。実際、望んだとしても関係ないだろうけどね。祖父は昔から、王位を継ぐのはブレイクと決めているから。継承の時期が少しばかり早まるというだけさ」

「あなたは？　嫌じゃないの？　確か、ブレイクさんより年上よね？」

「うん、二つ上。でもなんとも思わないよ。祖父の帝国を継ぐ気なんて、これっぽっちもないからね。彼の意志を継ぐのに、ぼくには他にやることがある」

「オリンピックで金メダル」

「まさしく」

「あなたもお父様も、ブレイクさんがピアソン&カンパニーを継ぐことを認めてるのね」デヴォンは物思わしげに唇を結んだ。「でも、あなたたちは家族。フィリップ・ローズさんは違う、本当の家族じゃない。あなたとお父様はブレイクさんがトップに立つことでこれからも恩恵にあずかれるけれど、彼は違う。ねえ、ローズさんはそんなに寛大な人なの? わたしだったら、一生懸命働くのが嫌になっちゃうだろうな。いくら頑張っても、先が見えてるんだから」

ジェームズがステーキを噛むのを止めた。「なんだか取調べを受けてるみたいだな」

心の中で、デヴォンは自分に蹴りを入れた。しまった、突っ込みすぎだ。あまりにもストレートすぎたのだ。すぐに対処しないと。

デヴォンはこんな時のために用意してきた台詞を語りはじめた。

「ごめんなさい」哀れを誘う笑顔を作ってみる。「悪い癖なの。うちの父親は元刑事でしょ。詮索好きの血が流れてるんだと思う」彼女はテーブルクロスを見つめた。「それと、そうね、認めるわ。わたしの中には取調べをしたい自分がいる。あなたの伯父様を殺したのが誰なのか知りたい。そいつを刑務所に入れたい。母が心配なの。すごく不安なのよ。この悪夢が終わって欲しい。母に帰ってきて欲しいの、一日も早く、無事に」

作戦が成功したのだろう。ジェームズが手を重ねてきた。「わかるよ。みんなうちの家族が大変だとしか言わないけれど、きみのところもすごく大変なんだよね。お母さんはまだ行方不明なんだから。きみもどうしていいかわからなくて困っているんだろ?」

「ぼくに何かできることは？」

「ええ」

「ありがとう、そう言ってくれるだけで嬉しいわ。それとごめんなさい、尋問みたいなことをしちゃって」

「謝ることはない。ここだけの話だけど、フレデリックをあんな目にあわせたやつが誰かわかったら、ぼくだって黙ってないよ。ぼくとフレデリックはタイプが全然違ったし、目を合わせることもほとんどなかったけど、じつの伯父だったんだ。まったく、彼が死んだなんて信じられない、考えるたびに気が変になりそうだ」

このチャンスを黙って逃す手はない、もう一押しだ。「違うタイプ？　どういうこと？フレデリックさんは人にあまり心を開かなかったとか？　常識的すぎたとか？」たたみかけるように聞きながらも、せっかくできた和やかな雰囲気を壊さないように注意した。「取調べじゃないの、今度は違う。個人的に知りたいだけ。あなたの伯父様はわたしの母とお付き合いしていた――週末、泊まりがけで出かけるくらい真剣に。母はそういうことを軽々しくする人じゃない。だからフレデリックさんがどういう人だったのか、わたしも知っておきたいのよ」

「うん、わかるよ」ジェームズは彼女に手を重ねたまま言った。「フレデリックは仕事の虫だった。目も合わせなかったと言ったけど、それはただ、二人の仕事のやり方が違ったからなんだ。ぼくは仕事をするときも遊び心を忘れない。フレデリックはいつでも仕事だけ……

だった。本当にまじめな人だったな。目指すところは同じだけど、ぼくの場合はそこにたどり着く過程も楽しむんだ」

「つまり、ゲームに参加している人たちをおおいにおもてなしする、と」

ジェームズが笑った。「賢いね。そのとおりだよ。それが必勝法さ、少なくともぼくにとってはね。セールスは要するに相手にする人間との勝負なんだ。彼らのハートをつかみさえすれば、財布は必ず開く」

「人間、か」デヴォンが軽く口元を歪めた。「どうしてかしらね？　なんだか全部『女性』のような気がするんだけど」

「どうしてだろうね。きみが賢いからじゃないかな」

「で、フレデリックさんはあなたのやり方を認めなかった」

「ぞくぞくするような危険な生き方は彼の好みじゃなかった、と言っておこうかな。まあでも、彼は大きな責任を背負っていた。祖父の直属だったし。楽しいというわけにはいかなかったと思うよ」

「しかも、あなたのやり方が彼のよりも成功したとなればね」デヴォンは少し考えてから続けた。「おじい様は、あなたのやり方について何も言わないの？」

「むしろ喜んでるよ。ぼくは契約をばんばん取ってくるから。彼にはそれが何よりなんだ。それと、祖父がぼくのやり方を気に入らなくて、フレデリックを叱りつけたことはないのかという質問だったら、答はノー。祖父はそんなに回りくどい人間じゃない。怒った時は、ぼくを呼びつけて雷を落とすよ——頭の上からね」

「となると、フィリップ・ローズさんの立場は？　きっと、間に挟まれて大変なんでしょうね」

「そうでもない。フィリップは利益が上がれば満足だから。それに、うちの祖父との絆は太いんだ。うまくいってるよ」

「なんだか、伯父様は付き合いにくい人だったみたいね。彼のせいで契約がだめになったりしたことはないの？」

片方の眉がつり上がった。「また取調べ？」

「聞き込み、のほうが近いかしら。誰かフレデリックさんに恨みを持っていた人は？」

「思い当たるやつがいれば、警察に言っている」ジェームズは話を打ち切った。「警察はうちの家族、友人、仕事関係者の完璧なリストを持っている。フレデリックの個人的な人間関係についても押さえてるだろう」

「でしょうね」デヴォンが視線を落とした。

「ねえ、デヴォン」ジェームズが握る手に力を込めた。「お母さんに早く帰ってきて欲しいという気持ちはわかる。でも大丈夫、警察が見つけてくれるよ。きみのお父さんに先を越されなければ、だけど」沈黙。「お父さんがピアソン家に雇われたのは知ってるよね？」

この人にも少しは花を持たせてあげないと、とデヴォンは思った。形勢逆転のふり。今度はむこうに質問させる番だ。

彼女はうなずいた。「ええ、知ってるわ。昨日、モンティをファームまで乗せていったの。知っていることをおじい様に話すだけだと言ってたけど、それにしてはやけに時間がかかったから、帰りの車の中で聞いたのよ。でも、ピアソン&カンパニーのセキュリティ部門で働くことになった、としか言わなかった。まあ、詳しく教えてくれないのは当然なんだけど。事件についてはいつも何も言わないから。だけどこういう状況でしょ、ばかじゃない限り、誰だってそれくらいはわかるわ」

「きみはばかじゃない。それと、きみのお父さんもね。今朝、喋ったんだ、一時間くらいかな。頭のいい人だね」

「ええ。父がこの件に関われてよかった。あなたのご家族のこともそうだけど、うちの家族にとっても。みんな、母のことが心配でたまらないの」

「さっき、妹さんのメレディスに会ったよ、迎えに行った時に。他にごきょうだいは？」

「兄が一人。名前はレーンで、三二歳。メレディスはもうすぐ二一になるの。みんなで支え合ってこれを乗り切ろうと頑張ってる」

「お父さんは？　その支え合いのメンバーには入ってないのかな？」

あら、どうしよう。ジェームズはモンティに興味を持ってるんだ。「そうね」彼女はあっさりと言った。

「お父さんとは親しくない？」

「うちの家族の誰ともね。モンティは仕事がすべてなの。昔からそうだし、これからもね。

でも今の状況にとってはいいことよ。あの人はきっと殺人犯を見つけ出してくれる。事件は解決するし、母も戻ってくる。それでもやっぱり、わたしはわたしでいろいろと聞きたいの。わたしにはそれしかできないし——何もしないでただじっと待ってるなんて、そんなの無理よ」

ジェームズはしばらく無言で彼女を見つめ、握っていた手を口元に持っていき、唇で軽く触れた。「本当に魅力的な人だ。しっかりと自分を持っているかと思えば、傷つきやすくてもろい一面もある。こんなに素敵な女性に会ったのは本当に久しぶりだよ」

いったい、同じことを何人の女性に言ってきたのかしら。

「きみはチョコバーだって言われてるみたいね」彼女は皮肉っぽく言った。「外は固いけど、中は柔らかくて噛みごたえがある。一口かじってみたいって」

最初、ジェームズは面食らった顔をしたが、すぐに笑いだした。「参ったね、お見通しよ、というわけか。『どきっとするほど正直』、それもきみのプロファイルに加えなくちゃね」

「ごめんなさい」彼女は申し訳なさそうな笑みを作った。「兄の話を長いこと盗み聞きしてきたからだと思う。口説き文句を山ほど」

「そういうふうに聞こえた?」ジェームズはやれやれといった様子で首を振った。「だとしたら、もう少し腕を磨かないとな。女性に見透かされたら、どうしようもないからさ」

「安心して。みんながみんな兄がいるわけじゃない。それにレーンみたいな兄となると、数えるほどだろうから。レーンは完璧なのよ——ルックスも、頭も、魅力も、経済力も、生き方も」わざと間を置く。「というか、なんだかあなたのことを言っているみたいね」

効果てきめんだったらしい。ジェームズの目が嬉しそうに輝いた。「そういう人にならな、比べられてもいいかな。いつかぜひお会いしたいね」

「そう？　だったらツイてるわ。今晩、送ってくれる時に会えるわよ」

「きみの家で？」

「ええ。母のことがわかるまで、わたしの家に泊まってるの。メレディスもね。言ったでしょ、みんなで支え合ってるって」

「なるほど。ということは、ぼくの今晩の計画はおじゃんになったってことか。二人きりで過ごせると思ってたんだけどな」

思わせぶりな態度を取るのは危険だ。この人の目的ははっきりしているんだから。「ちょっと早すぎるんじゃないかしら。わたしはあなたと違って刺激と危険に満ちた人生は送っていないの。それに明日は早いんでしょう？　ウェリントンに戻るから」

ジェームズはうなずき、まだよ、のメッセージを紳士的に受けとめた。「今週、ゴールド・コースト・クラシックという大会があるんだ。ぼくは水曜に出る。祖父の持っている若い馬、フューチャーに乗ってね。そんなにレベルの高い大会じゃないんだけど、日曜のグランプリの準備になるかと思って参加することにしたんだ」彼はデヴォンの手のひらをそっと撫でてから放した。「『あとで』ということだよね、『だめ』じゃなくて」

「うーん、『どうなるか様子を見ましょう』と『もう少し時間をかけて』が合わさった感じかな」

「了解」ジェームズは彼女の答に満足したようだった。背筋を伸ばすと、ウェイターを探した。「今晩はこれが最後なら、ここでもっと楽しもう。コーヒーとデザートはどう?」


バット・フォンが鳴った。

モンティが待っていた電話だ。すぐさまテレビのリモコンの〈消音〉を押し、一一時のニュースの音を消す。リクライニング・チェアの背もたれを戻してから〈通話〉を押した。

「時間ぴったりだな」

「あら、驚いた?」サリーが冗談交じりに答えた。「わたしは誰かさんと違って、三〇分遅れが時間に正確だと思う人じゃないからね」

「あいたた」モンティはにやりとした。「効くね」

「平気でしょ。タフなんだから」

軽口をたたいてはいるが、モンティの耳はごまかせない。声にどこか緊張が感じられる。彼の顔から笑みが消えた。「大丈夫か?」

「たぶんね」サリーは不安げなため息をついた。「身体は平気よ。まだ軽く頭痛が残ってるのと、煙を吸ったせいで喉が少し痛いだけ。でも、気持ちのほうはそうでもない。隔離されてるみたいでつらいわ。何もできない気がして」咳をひとつ。「とにかく電話はしたわよ、言われたとおり」

「よくできました。じゃあもうおやすみ。明日また電話してくれ、同じ時間に」

「ピート——待って」サリーが遮った。「いま、どんな状況なの？　何か見つかった？」

「たいして」わざとぼかした言い方をした。サリーがどうしてこんなことになったのか、謎はほとんど解明できていない。だが、彼女をこれ以上不安にさせはしない。それだけは固く心に決めていた。「時間がかかるんだ。今日はまだ、ピアソン＆カンパニーでの初日だったし」

「ごまかさないで」その言葉はモンティに、話を簡単にはそらさせないわと伝えていた。

「またいつもの、おれが守ってやるから安心しろ、でしょ。もうその手は通じないわ。わたしは刑事の前妻よ、素人じゃないんだから。それに、あなたのことも知りすぎるくらい知ってる。だから答をはぐらかすのはやめて」

「わかったよ」モンティは折れた。「いまはフィリップ・ローズに狙いをつけている。エドワードとフレデリックが厩舎で言い合いになった原因の男——やつがそいつかもしれん。かなり慌てていたから、何かありそうだ。まあ、おれの見当違いの可能性もあるけどな。明日は財務、電話、Eメールの記録を調べる。それと前にも言ったとおり、デヴォンはジェームズ・ピアソンに探りを入れてる」

「デヴォンは本当に自分からやるって言ったの？　あなたが無理やりやらせたんじゃなくて？」

「無理やりじゃない。おまえの身を守るためだったら、あいつはなんでもするよ。それに心配は無用だ。おれがしっかり見張ってるから」

「でしょうね」サリーの声が弱々しくなってきた。「ただ――」激しく咳き込み、言葉が続かなかった。

「サリー、もう寝ろ。休んだほうがいい。おれに任せておけ。何かわかったら必ず知らせるから」

「どうかしらね？」

モンティが口をへの字にした。「信じろ。じゃあ明日な。同じバット時間、同じバット・チャンネルで」

かすかな笑み。「おやすみ、ピート」


一時間半後、ジェームズはレーンと挨拶を軽く交わし、メレディスと少しだけ話して、すぐにデヴォンの家を後にした。彼はBMWに乗り込むと走り去っていった。

ジェームズを一晩中見張っていた若者はしばらく待っていた。BMWが角を曲がって見えなくなると、おんぼろのシボレーのシフトをドライブに入れ、ジェームズの後を追った。

デヴォンの家のそばにある植え込みの陰で、えび茶色のクーペのドライバーはシボレーが走り去るのをじっと見守っていた。それから音響機器のつまみをいじると、運転席に座ってヘッドフォンをはめた。

無音。

続いて、電話をかける音。

一回目の呼び出し音でモンゴメリーが出た。「おかえり」

「無事帰宅よ」娘が答えた。「個人的な話を少ししただけ。これといった報告はなし。そっちは？」

「同じく。疲れてるみたいだな。明日の朝にするか？」

「うん。ほんとにたいした収穫はないの。起きたらすぐに電話するから」

「おれより早く起きればな」

くすくすという笑い声、そしてツーという発信音。

オーケー。真相は六時間後というところか。軽く眠れるな。

男はヘッドレストに頭を預け、目を閉じた。

13

モンティはピアソン&カンパニーの一カ月分のEメール記録に目を通していた。ランチをよこせと腹が鳴った頃に、法会計士のアルフレッド・ジェンキンズから折り返し電話がかかってきた。

モンティの説明を聞き終え、ジェンキンズは小さく口笛を鳴らした。「ほほう、なかなかやりがいのありそうな事件だな」

「スケジュールをやりくりして、すぐマンハッタンに飛んできたくなるほど、だろ？」

「明日はどうだ？」

「嬉しいね、期待どおりの返事だよ」

「それはどうも」ジェンキンズが少し間を置いてから続けた。「それで警察は、前の奥さんの居所を？」

「いや」

「やっぱりな」

モンティは臆面もなく言った。「彼女は最高に優秀な男から教えを受けた。だから見つからなくて当然、ってところか？」

「ああ。それと最高に謙虚な男からな」ジェンキンズは咳払いをした。「冗談はさておき、彼女を無事に取り戻せることを祈ってるよ」

「そうするつもりだ。じゃあ明日の朝」

モンティはサンドイッチを腹に詰め込むと、ルイーズ・チェンバーズのオフィスに向かった。これで三度目だ。午前中はミーティングで、次に行った時はランチでいなかった。今回は意地でも逃がさない。

モンティは彼女の秘書に挨拶をすると、すぐ隣に腰を下ろした。「ミズ・チェンバーズを待たせてもらうよ」

秘書には有無を言わせなかった。

一〇分後、件《くだん》の女性が入ってきた。「ダイアナ、電話が来ても、いないと言っておいて。目を通さなくちゃならない法律文書が――」モンティを目にした途端、彼女は言葉を失った。両の眉が驚きでつり上がっている。「あら、ミスター・モンゴメリーとお約束があるなんて聞いてなかったけど」彼女は秘書を一瞥した。

「ダイアナを責めないでください」モンティが穏やかに割って入った。「わたしが無理やり居座っただけですから。ミズ・チェンバーズ、あなたは多忙なお方だから、お会いするだけで一苦労です。それで昼食から戻るこの瞬間を狙った、というわけです。一〇分か一五分くらいならお時間をいただけますよね？」

「もちろん」面食らっているのは間違いないが、表情には出さないようにしているようだ。

「どうぞ、お入りになって」

ルイーズが秘書からの伝言を聞き終えるのを待ってから、モンティは彼女の後に続いてオフィスに入った。クリーム色とチョコレート・ブラウンでまとめられたエレガントな造り。モダンでセンスがいい。見るからに金がかかっている。

「お座りになって」彼女はデスクの向かいの回転椅子を指した。

モンティは言われたとおりにしたが、座るのは彼女が豪華な革張りの椅子に身体を沈めるのを見届けてからにした。

「ごめんなさいね、なかなかお話ができなくて」どうやら弁解から入るらしい。「昨日は取り乱していて、それどころじゃなかったし、今日は朝から目が回るくらいに忙しくて。おかげでどうにかなりそうよ」

「大切な方を失った。それも殺されたわけですから、なおさらショックでしょう」モンティはノートを開いた。「できるだけ手短に済ませますよ。基本的なところからお尋ねします。あなたはピアソン&カンパニーの重役の中で、ピアソン家以外の数少ない一人ですね」

「ラッキーだったのよ。エドワードのお孫さんは誰も弁護士にならなかった。それでわたしに仕事が回ってきただけ。そうじゃなかったら、ありえなかったわ」

「そうですかね、わたしにはあなたの実力に思えますが。華々しい経歴をお持ちじゃありませんか。数々の奨学金を受けて進学、法科大学院でもトップクラスの成績、論文が『スタンフォード・ロー・レヴュー』に掲載——しかも全文。その後はピアソン&カンパニーでご活躍と、じつに素晴らしい」一拍の間。「フレデリック・ピアソンさんとは個人的なお付き合いがあったんですよね？」

ルイーズが眉をつり上げた。「いきなりはっきりとお聞きになるのね、ミスター・モンゴメリー」

「時間の節約です」

「いい心がけね。ええ、お付き合いしていましたよ」

「興味深いですね。あなたは三四歳、フレデリックさんは五八歳」

「それが何か？」

「いえ、ただよくわからないだけです。いろいろと調べたのですが、フレデリックさんは仕事一筋の堅物、まじめすぎるほどまじめな方だった。お若い女性が惹かれる一般的なタイプとは思えないもので」

「フレデリックに一般的なタイプは関係ありません。それはわたしも同じです」

「なるほど、そうでしょうね」再び間。「お付き合いはいつから？」

「一年半くらい前です」

「ふうむ。フレデリックさんの妻、エミリーさんが亡くなったのはその半年前か。彼女とはお知り合いでした？」

「もちろん。素敵な女性でした。フレデリックは奥さんを愛していて、いつも尽くしていました。彼女が心臓病を患ってからも変わらずに。それと、次の質問に対する答はノーです。わたしとフレデリックはエミリーが亡くなってからお付き合いを始めました」

「これはどうも。質問の手間が省けましたよ」

ルイーズはデスクの上で指を交差し、身を乗り出した。「フレデリックの人柄とわたしとの関係について話す前に、こちらからも質問したいのですが、よろしいですか？」

モンティが目を上げた。「どうぞ」

「ミスター・モンゴメリー、あなたはこの件について客観性を保つことができるのですか？先週末キャビンにいたのはあなたの前の奥さんですよね。つまり、彼女は放火と殺人に巻き込まれただけじゃない。フレデリックと付き合っていたのは明らかですが」

モンティはさも愉快そうな顔をした。「ええ、客観性は保てると思いますよ。いいですか、彼女は前妻です。つまり、わたしはもうずいぶん前から彼女の社会生活とは無関係だ。わたしが心配しているのは彼女の身の安全だけ。誰と寝ようが別に構わないし、それはわたしがどうこう言う問題じゃない。これで答になっていますか？」

ルイーズはこくりとうなずいた。

「よかった。ではあなたとフレデリックさんについてお聞かせください。お二人はいい関係だったんですか？」

「ええ」ルイーズは人好きのする笑みを浮かべた。「何から何までぴったり同じというわけではありませんでしたけれど、いいお付き合いをさせていただいていましたよ。ただ、安定している時もあれば、そうでない時もありました」

「で、最近は『そうでない時』だった、と？」

「ええ、そのとおりです。二人とも違う相手とよく会っていました。ですが、だからと言ってわたしたちの過去が変わるわけではありません。わたしの彼に対する気持ちも。あの人が殺されたなんて、いまだに信じられません」

「誰が殺したか、心当たりは？」

「もちろんありません」

モンティは再びノートに目をやった。「木曜は一晩中ご自宅に一人でいらっしゃった。翌日の金曜は一日中自宅で仕事をなさっていた。土曜日も。この週末は誰ともお会いにならなかったようですね」

「ええ、そうです」ルイーズがマニキュアの塗られた指でデスクをトントンとたたいた。「わたしのアリバイを疑っているのでしたら、マンションのドアマンと駐車場係に聞いてください。木曜の晩は八時頃に帰宅して、ひどく疲れていましたからすぐに寝ました。家に仕事を持ち帰ったので、金曜はマンションを出ませんでした。ブレイクから電話で件のことを聞くまでは、です」彼女はポストイットを一枚剝がすと、ペンを手に取った。「自宅の住所と彼らの名前をお教えしましょうか？」

「それにはおよびません。存じていますから」

「お早いことで」

「ええ、こう見えても優秀な探偵ですからね。で、あなたは優秀な弁護士さんだ」

ルイーズはペンを置いた。「フレデリックのことは愛していましたし、CEOとして尊敬していました。彼ほど献身的な男性は他に知りません」

「で、彼が亡くなって悲しいと」

「ええ、とても」

「ブレイク・ピアソンさんとは？」

「はい？　彼が何か？」

「お友だちですか？　職場外でも、という意味です」

どうやらこの質問は彼女の何かに触れたらしい。「何をおっしゃっているのか、よくわからないのですが」

「難しいことは何も。単純な質問ですよ。お二人はほぼ同い年だ。頭がよくて、外見もいい。そして野心家同士。仕事上でも親しい関係にある。フレデリックさんの葬儀に一緒に向かわれて、一緒に戻ってきたのも知っています。ですから、お聞きしているのです。あなた方はお友だちですか？」

「『友だち』の定義によりますね。ブレイクには昔から支えてもらっていますし、わたしも彼を支えてきました。二人ともフレデリックが殺されたせいで、ショックを受けています。それと、ええ、仲はいいですよ——仕事上でも、個人的にも。ですから、それがあなたの言う『友だち』なのでしたら、答はイエスです」

「なるほど」モンティは勘に従うことにした。「あのですね、ミズ・チェンバーズ、あなたは昨日の晩、ひょっとしてブレイク・ピアソンさんの携帯に電話しませんでしたか？　そうですね、七時半頃に」

彼女はかすかに驚いた表情を浮かべた。「ええ、確かに。ですがどうしてそれを？　ブレイクから聞いたのですか？」

「いいえ。ただ彼が電話を受けた時、わたしもそばにいたんですよ。会話の感じから、あなたじゃないかとぴんと来ただけです」

「彼、わたしの名前は口にしなかったと思いますが」

「しませんでしたよ。申し上げたとおり、ただの勘です」

「そうですか」彼女はごくりと唾を飲み込み、ゆっくりと慎重に話しはじめた。「ミスター・モンゴメリー、昨日は本当に大変な一日だったんです。感情的になっていました。悲しみや喪失感で、葬儀は思っていたよりもはるかにつらいものでした。ブレイクも同じくらい不安定な状態でした。誰かに頼らないではいられなかった。ブレイクもです。だから電話をかけたんです」

「あの後、彼はあなたの家に来ました？」

「いいえ。彼は祖父母の所にいましたし、二人とも疲れきっていたので、それぞれの自宅から電話で話し、それから寝ました。別々に、です」彼女は厳しい目で睨みながら言い添えた。

「この質問には何か他意がおありになるのでは？」

「いいえ」モンティはぱたんとノートを閉じると、立ち上がった。「お忙しいところをありがとうございました。フレデリック・ピアソンさんに恨みを持っていた人間を、誰でも構いません、もしも思いつきましたら、ご連絡ください」彼女の目を見据えて言った。「連絡してくれますよね、ミズ・チェンバーズ？」

たじろぐ様子を微塵も見せず、彼女は言い返した。「もちろんです。フレデリックを殺した人間です。早く捕まって裁きを受けさせたいと誰よりも強く思っていますから」

「よかった。悪い野郎には裁きが下りますよ――野郎ではない、かもしれませんがね。約束ですよ、ミズ・チェンバーズ」

デヴォンは朝からそわそわと落ち着かなかった。

原因はわかっている。ブレイク・ピアソンだ。

デートは今晩。自分が何に足を踏み入れることになるのかがわからない。それで落ち着かないのだ。

デヴォンの直感は告げていた。見かけはあくまでも活発で社交的だが、ブレイク・ピアソンには彼女に見せようとしない何かがある。何か目的があってのことだろうが、それがなんなのかはいまだ闇の中だ。ただ、彼が祖父のために何かを探っているのは間違いない。その何かの一部に自分も含まれているのはわかる。でも、それはジェームズも同じ。違うのは、ブレイクのほうが読みにくいという点だ。

それと違いはもう一つある。わたしはブレイクに惹かれている。今晩は勝負の夜になるだろう。

モンティが夕方にくれた電話はなんの助けにもならなかった。

デヴォンが今日の最後の診察を終えようとしていたところ、クリニックの受付係が診察室に顔を覗かせて、お電話ですと言った。

電話は簡潔だった。ルイーズ・チェンバーズから得た情報の報告だ。どうやらルイーズとブレイクがつながっているのは間違いない、とモンティは言っていた。肉体関係があるのか、あるいは事件に共謀して関与しているのかはわからないが、どうも気になると。

デヴォンにしてみれば、探りを入れなければならない闇の部分がまた一つ増えたというわけだ。

デヴォンはひどく緊張しながら家に戻ったのだが、時計を見て驚いた。ブレイクが迎えに来るのは六時半なのに、時計の針はもう六時を指していた。彼女は慌ててシャワーを浴び、服を選ぼうとベッドルームに急いだ。

戸口の所で、危うくメレディスにぶつかりそうになった。「ごめん、ごめん」メレディスが済まなそうな笑みを浮かべて言った。「でも、危なかったけどセーフ」

「どういう意味よ?」デヴォンがばさばさとタオルで髪を拭きながら聞いた。

「ぶつかりそうになったけど、お姉ちゃんが着替える前に来られてよかったってこと。シャワー中にブレイクから電話があったの。ジーンズにしてくれって」

「ジーンズ？」デヴォンは髪を拭く手を止め、眉をハの字にした。「どういうこと？　今日は上品なシーフードの店に行くと思ってたんだけど」

「ちょっと前まではね。予定変更だって。ジーンズとセーター、しっかり重ね着して、それとブーツにしてくれって」

「何それ、どこで食べるつもりよ？　北極圏？」

メレディスが笑った。「知らないわよ。わたしはメッセージを伝えてるだけだから」

「まあいいか、ジーンズに厚着ね」デヴォンはクローゼットの中をかき回し、指示に合う服を探した。

六時半きっかりにドアベルが鳴った。髪を乾かし終わったデヴォンはライトブルーのケーブル編みのセーターにジーンズという姿で階段を下り、扉を開けた。

ブレイクが玄関の側柱に寄りかかっていた。服装は彼女と同じだ――ジーンズ、セーター、ブーツ、そしてダウンジャケットに手袋。

ブレイクは彼女の格好を確認すると、笑みを浮かべた。「素晴らしい。ぼくの伝言、聞いてくれたんだね」

「わけがわからなかったけど、一応ね」デヴォンは腕組みをした。「それで？　シーフードは食べないわけ？」

「うん、やめたんだ」

「これから何をするつもりなのか、教えてもらえるかしら?」

「車でセントラル・パークに行く。外もいいかなと思ってさ、ちょっと寒いけどね。まずはピルグリム・ヒルでそりを楽しむ。続いてウォールマン・リンクでスケート。でも心配はご無用、もちろん飢え死にはさせない。その後でセレンディピティに行く。ディナーとデザートはフローズン・ホットチョコレート」

デヴォンは目をしばたたいた。「冗談でしょ」

「いいや、本気だよ。この何日か、ぼくもきみも本当に大変だった。ストレスを解消しないとね。ワインとごちそうに舌鼓を打つのは昨日ジェームズとしただろ。だから今晩は思いきり騒いで盛り上がろう、というわけ」彼は少し間を置いて続けた。「お気に召さないようでしたら、変更いたしますが?」

デヴォンは彼の声に挑戦的な響きを感じた。「なんだか挑戦状に聞こえるけど」

「おっしゃるとおり。で、受ける? それとも尻尾を巻いて逃げる?」

「挑まれたら、必ず受けて立つことにしてるの」デヴォンはもう上着用のクローゼットに向かっていた。ダウンジャケットをつかんでしゃがみ、床に置いた物をあれこれ動かしはじめた。「ちょっと待ってくれる? スケート靴を探すから」

「どうぞ。あっそうだ、一応そりは二つ持ってきたんだ。きみが持ってないといけないと思って」

「気が利くことで」デヴォンはにっこりと微笑むと、スケート靴を手にして立ち上がった。

「ちゃんとそりも持ってるわよ。でも地下にしまってあるから、今日はそっちのを借りようかしら。そのたっぷりの自信を一分でも早く打ち砕きたいからね。さあ行きましょう」

ブレイクとの夜はまさかの展開になった。嬌声を上げて子供のようにはしゃぎまくることになるなんて、夢にも思っていなかった。二人はそりでレースをし、スケートで競い合い、雪合戦までした。雪と汗でびしょ濡れの、すっかり笑い疲れた二人はセレンディピティに転げるように入った。

ストレスが解消できただけじゃない。デヴォンの心までもが解放された。

彼女はコーンチャウダーをぺろりと平らげ、サラダとチェダーチーズ・バーガー、付け合わせのポテトフライをあっという間に片付けると、デザートのフローズン・ホットチョコレートもあらかた胃の中に収めてしまった。しかも記録的なスピードで。

「鼻の頭にホイップクリームがついてるよ」ブレイクが頼んだばかりのチョコレートケーキを頬ばりながら言った。

「わかってるわ」デヴォンはまじめな顔で言った。「後でまたお腹が空いた時のために取ってあるの」

ブレイクが口元を緩めた。「それは無理だね。一五分でほとんど完食しちゃったんだから」

「そっちは一〇分じゃない。それに、さっきはお腹がぺこぺこだったのよ。ランチは抜いたし、朝はグレインバー一本だけ。おまけに予定外のハードなエクササイズもしたしね」

「普通のディナーと映画のほうがよろしかったですかね？」

「いえいえ、とんでもございません。そりでは一〇回のうち六回勝ったし、スケートでもわたしのほうが上、しかも雪合戦ではプロの技で圧倒したんだから」

「わざと負けたのさ」

デヴォンはあきれ顔をした。「へえ、そうなの」

小さな笑み。「わかった、認めよう。ぼくの完敗だ。これで満足した？」

「現実はこたえるものなのよ」

「雪合戦の玉ほどじゃないよ。ドクター、あれは本当に効いたな」

「お褒めにあずかって光栄だわ」デヴォンはナプキンの端で鼻についていたクリームを拭った。「どう？　少しは見られるようになった？」

「クリームは関係ない」ブレイクの顔から笑顔が消え、彼はデヴォンを真剣な眼差しで見つめた。誤解は許さないという表情で。「きみは何をしても美しい」

デヴォンの胸がきゅんとなった。だめだ、軽々と操られてしまう。この二時間はまさか、わたしのガードを緩めて口を軽くするための作戦だったの？

もちろん、この人にそんな隙を与えるつもりはない。しかしいくら頭でそう思っても、気持ちが反応してしまうのはどうしようもなかった。

ブレイク・ピアソンはもうわたしの心に入り込んできている。

問題は、わたしがそれをうまく利用できるかどうかだ。

「いまのは褒め言葉なんだけどな。難しいクイズじゃなくて」

　このブレイクの言葉でデヴォンはふと我に返り、大きく唾を飲み込むと言った。「ごめんなさい。ルックスについて褒められるのは好きじゃないの、なんだか居心地が悪くて。動物との信頼関係を褒めてくれるのは大歓迎よ。スケートの才能だって、いくらお世辞を言われてもちょっとくすぐったいだけで別になんともない。でも外見でしょ？　そこは別にわたしが何かしたわけじゃない。運がよかったか、遺伝というだけ」

「なるほどね」ブレイクは彼女を見据えたまま言った。目に誘惑の光を湛えて。「じゃあ言い直そうかな。きみの動物の扱いは素晴らしい。チョンパーがその証拠だよ。それからきみのスケートは優美さを絵に描いたようだった。でもね、好むと好まざるとにかかわらず、きみはとんでもなく美しい、ノックアウトものだ。セクシーなのは言うまでもない――たとえ鼻の頭にホイップクリームがついていてもね」

　どうしてなのかはわからない。でも、からかわれたのに親密さを感じてしまった。「ありがとう……」デヴォンはそう返すのが精一杯だった。「……かな」

　その時、ティーンエイジャーの集団がレストランになだれ込んできた。高らかに笑い、大声で喋り合いながら。

　ブレイクが眉をひそめた。「静かに会話を楽しむのは無理、か」

「そうみたいね」デヴォンも同じく気落ちしていた。まだ今晩の使命を何一つ果たしていないのだ。これでお開きにするわけにはいかない。「散歩でもしない？」

「それはどうかな。服はまだびしょびしょだし、外はさっきにも増して寒くなってるだろうから」ブレイクがデザートの皿を脇に押しやった。「もっといい案がある。まだそんなに遅くないし、ぼくの家においでよ。サード・アヴェニューの外れの七八番街、すぐそこなんだ。いいメルローのボトルもある。前から開けようと思ってたんだけど、なかなかチャンスがなくて。ワインと会話を楽しむというのはどうかな？」

デヴォンが眉をつり上げた。

「メルローは嫌い？」

「好きよ」冷静な顔。「ただ、それでどうするつもりなのか、はっきりさせておきたいだけ」

「なんだ、そんなことか」ブレイクは視線をそらさなかった。「誘惑するための舞台を用意しているわけじゃない。女性を無理やりベッドに誘い込むのはぼくの好みと違う。それに、ぼくはばかじゃないからね、誘い込まれるのがきみの好みじゃないこともわかってる。ただ、きみと二人きりになりたいだけさ。会話をして、きみのことをもっと知るために。だからきみの家に行こうとは言わなかったんだ。ご家族が勢揃いしてるだろう」

「それはそうね」デヴォンは選択肢を秤にかけ、心を決めた。ここはリスクを冒すべきだろう。「いいわ。そういうことなら、あなたの家で」

14

三〇分後、デヴォンはブレイクのオーク材張りのリビングで茶色がかったグレーのレザーのソファに腰掛けていた。まだ悩んでいた。ひょっとして、とんでもないことをしてしまったのかも。ただ、彼の家だと思うと不安もあるけれど、この三階建てのブラウンストーンの家の居心地はいい。家具は落ち着いた自然な色合いで統一されていて、所々に田舎風の素朴な感じがする。壁一面を占拠する、煉瓦造りの暖炉もその一つだ。とても男性的で、すごくブレイクっぽい。

そして、とても静かで、二人の距離はすごく近い。

「チョンパーは？」デヴォンは聞いてみた。あの子犬が勢いよく部屋に駆け込んできて、この濃密な空気を少しでも軽くしてくれたらと願って。

「今晩はきみのクリニックに泊まってるよ」ブレイクがサイドボードの前で、メルローのボトルを開けながら言った。「あいつ、一人ぼっちが苦手でね。今日は遅くなると思ったんで、明日ピックアップすることにしたんだ。一一時にしつけ教室の予約をしてあるから、ちょうどいいし。朝の八時半からオフィスでミーティングがある。それが済んだらすぐホワイト・

プレーンズに行くよ」

八時半のミーティング。モンティと会うのね。

デヴォンは表情を変えずに言った。「チョンパーくん、今頃はきっと甘やかされてるわよ。泊まりのスタッフは甘やかすことに誇りを持ってるから」

「そうだろうね」ブレイクがワインを注いだグラスを二つ持ってソファにやって来た。「ねえ、昔から獣医さんになりたかったの？」

「子供の頃から。動物が好きだったし、医学にも興味があった。で、その二つを一緒にできる道を見つけたというわけ」ありがとうというようにうなずき、デヴォンはグラスを受け取ると、ブレイクが向かいのソファに座るのを待ってから続けた。「あなたは？　ずっと前から、ご家族が経営する大企業のお偉いさんになりたかったの？」

軽い笑み。「ずっと、というわけじゃないけど、まあそれに近いかな。レストラン業界には前から興味があったし、経営の才能があるのもわかっていた。クリエイティブなアイデアもたくさん温めていたしね。その興味と才能を一つにできると言われれば、見逃す手はない。それでやることにしたんだ」

「初めからピアソン＆カンパニーに？」

「いや。必要な義務を果たしてからさ。うちの祖父は家族のことは信用しているけど、人間は必死に頑張って初めて人格が形成されるし、それが成功につながるという信念を持ってる。だからぼくもはっきり言われたんだ。それなりの教育と経験がないのに、重役になりたいなどと甘い考えを持つな、とね。それでロードアイランドのプロヴィデンスに行ったんだ」

「ジョンソン・ウェールズ大？」

「そう。あの大学のフードサービス・マネージメント・コースは全米でも一、二を争うほど有名だからね。卒業後はマリオットのフードサービス部門で二年働いた。で、ニューヨーク大のビジネス・スクールに入ってMBAを取った。その後でピアソン&カンパニーに入社したんだ。それが九年前。会社中の部署を回ったよ」

「自分にぴったりの場所を見つけるのには最高の方法ね。で、どこに落ち着いたの？」

「どこにも」ブレイクはさも当然というように言った。「ぼくは現状には満足しない。いつも何かできないかと考えてるから」

「それじゃあ、何か新しいことを始めたの？」

「ああ。フードサービスはスポーツ・アリーナに行く全員が顧客の対象になる。でも、うちの高級レストラン部門の客層はごく少数のエリート。洗練された舌を持っていて、懐に余裕がある人たちだけだ。つまり大多数はそこから漏れている——家族と呼ばれる層がね」

「なるほど」とデヴォン。

ブレイクは手のひらでワイングラスを転がしながら続けた。「まったく新しい部門を立ち上げようとしてるんだ。ファミリー・レストランさ」彼は〈チョンピング・アット・ザ・ビット〉とプロジェクトの概要を説明した。

モンティのくれた資料で基本的なことは押さえていたが、ブレイクの口から聞くと、はるかに興味深く思えた。「成功間違いなしよ」彼女は心の底から言った。「子供たちは大喜びするわ、親たちもね。あっという間に、全米中に支店ができるわよ。ピアソン&カンパニーの金庫はますます一杯になるわね」

「そのつもり……」彼の顔が曇った。「……だったんだけどね。いまはとりあえず、拡張計画は一時休止だ。優先事項が他にできたから」

「フレデリックさんのこと?」

「ああ。彼が亡くなって、ピアソン&カンパニーには大きな穴が開いたままだ」

突破口が開いた。デヴォンは慎重に足を踏み入れた。

「大変なんでしょうね。仕事と家族の両方の世界がどちらも混乱の中に投げ込まれたようなものだから」

「まさにね」

「フレデリックさんの直属の部下だったの?」

「ああ。でもそれだけじゃない。フレデリックは会社のCEOで、フードサービス部門のトップも兼ねていた。で、ぼくはその部門をおおいに利用させてもらってきた。サプライヤー、得意先――チョンピング・アット・ザ・ビットの立ち上げに使えるものはなんでも。でもフレデリックがいなくなった以上……そうだな、事態はかなり複雑化することになる」

ブレイクの声に何かを感じ、デヴォンはさらに突っ込んだ。「複雑化って、何が? 得意先との関係は変わらないでしょう。誰かが邪魔をしているのなら別だけど」彼女はそう言い添え、ふと頭に浮かんだ考えを口にした。「ジェームズみたいな人がね。たとえば、だけど」

ブレイクが彼女をちらりと見やった。「ずいぶんと重たい質問だね。昨日の晩、ジェームズといったい何を話したのかな？」

「いろいろよ。あなたのことも」ここは変に構えず、正直にいったほうがいい。「彼、あなたがいつかピアソン社のトップに立つと言っていた。自分はそれで構わない、とも。でも敵意というのかな、そういうのをまったく感じなかったと言ったら、嘘になるわね。『敵意』という言い方は強すぎるかもしれないけど」

「いや、そのとおりだよ」ブレイクが彼女の言葉に不快感を抱いていないのは明らかだった。「ジェームズは優秀なセールスマンだ。馬術の腕もたいしたものだ。だけどあいつにはスポットライトを独占したがるところがある。だからピアソン社におけるぼくのポジションが気に入らないんだ。どの程度かはわからないけどね。まあ、ぼくもきみに関心を持っていると知ったわけだから、ますます気に食わないと思っているんじゃないかな」

「そう」デヴォンがしかめっ面をした。「悪いけど、お二人の仲を悪くするつもりはないわ」

「心配はご無用。ジェームズの扱い方はよくわかってる。向こうも同じだろう」

「彼も同じようなことを言っていたわ」

「他に何を話した？」

「普通のことよ。仕事。家族。馬術競技が熾烈な競争の世界だという話も」

「どこの世界にも熾烈な競争はある。ぼくのいる業界もひどいものだよ」

「そうかしら、わたしの所は違うわ。やりがいがあって、慈愛に満ちていて、みんな正直。だからわたしは人間よりも動物のほうが好きなのかもね」

ブレイクの口の端が軽く上がった。「面白い」

「でもあなたは違う。取るか取られるかの世界にいるのがお好み」

「挑戦の毎日が『取るか取られるかの世界』と言うのなら、確かに」

デヴォンはワインを口にした。どの戦法でいったらいいの？　家族やフィリップ・ローズの話は持ち出せない。すぐに見抜かれてしまうだろう。

ガードを緩めるには、違う角度から攻めるのがいいかもしれない。

「ねえ、ブレイクさんって、本当にはっきりと物を言う人よね」

苦笑い。「気づいた？」とブレイク。

「気づかないほうがおかしいわよ。だって、わかりにくいタイプじゃないから」

「きみへのアプローチのこと？　だったらそのとおり。ややこしいやり方はしないよ」

「アプローチって？」

「口説いてる。効いてるかな？」

「それは、そっちの答次第ね」彼女は身を乗り出し、彼の表情をつぶさに観察した。「本気なのか。それともそういう素振りをしてるだけなのか。うちの母の居場所について、わたしが何か情報を持っているかどうかを見極めるために」

何も言わず、ブレイクはゆっくりとグラスを置いた。「ふうん、ぼくがはっきりと物を言う人、か。よく言うね」

「わかった、認めるわ、わたしもよ。それで？　さっきの質問の答は？」

「ぼくもきみと同じで、家族が大切なんだ」

「だからおじいさんのためにスパイをしてるというわけ？」

「そっちはどうなんだ？　きみだって、父親のためにぼくから情報を聞きだしたくてここに来たんじゃないのか？　彼がピアソン社で何をしてるのかはよく知ってるだろ？」

まずい、形勢逆転だ。攻撃を逆手に取られた。

だめ、このまま攻めさせるわけにはいかないわ。

「モンティがセキュリティ部門のトップになったのは知ってるわ」デヴォンはひるむことなく続けた。「それと、彼が必死になって母を捜すことも知ってる。でも、他に何を知ってるっていうのよ？」

「きみの口から聞きたいね」

「本当に知らないの。父親とはそんなに親しくないから、わたしに詳しいことは言わない。そうね、わかるとしたら、相当腕のいい探偵だってことだけよ。フレデリックさんの事件を捜査してるんだったら、絶対に解決するわ。さあ、今度はそっちの番よ。うちと違って、あなたとおじいさんは『仲がいい』。つまり、おじいさんの命令どおりに動いている可能性はかなり高い」

「ぼくは誰かの指図で動くようなことはしない。祖父の命令でもだ。ただ、彼が非常に頑固だということは言っておこう。きみのお母さんが何らかの形でフレデリックの死に関わっているのなら、祖父は見つけ出す——どこにいようとも、必ず」

デヴォンはどんと大きな音を立ててグラスを置いた。「うちの母は殺人犯じゃないわ」

「かもしれない。でもフレデリックとあのキャビンに行ったのは事実だ。つまり、彼女が唯一の生き証人ということになる」

「何も見てないわよ」デヴォンは怒りながらも、はっと気がついた。これは罠だ。「母と話したのは父だけ」彼女は言葉を慎重に選びながら続けた。「あの人が聞いたところでは、母は殺人犯を見てない。でも残念ながら犯人は母を見ている。だから母は姿を消した。それで家族はみんな心配しているの」

「本当に大変だとは思う。ただ、きみのお母さんの行方をうちの祖父が追うのは仕方のないことだろう。フレデリックはじつの息子なんだから」

「わかってるわ。だけど母が事件に関与してるなんて、そんなの絶対にありえない。世界で一番優しくて穏やかな人なのよ」

「ぼくの見たところ、飾り気がなくて、アウトドア好きでもある。フレデリックのタイプじゃない」

「ルイーズ・チェンバーズさんだっけ？　彼女とは正反対というわけね。それは認めるわ。まあ、おたくの顧問弁護士さんが山歩きをしてる姿は想像できないけど。でもやっぱり、フレデリックさんが彼女じゃなくて、母を誘ったのは驚きね。もっとも、ルイーズさんに別のお相手がいるのなら話は別だわ。たとえば、あなたとか」

　ブレイクの琥珀色の瞳が嬉しそうに光った。「ナイスショット。残念ながら、狙いは少々外れたけどね。でもどうしてぼくとルイーズが付き合ってると思ったわけ？」

「この間ファームに行った時、彼女、あなたの腕に寄りかかっていた。そういう雰囲気が出てたのよ。間違ってるかしら？」

「違うね。だけどきみが嫉妬してくれたのは嬉しいな。いい兆しだから」

　デヴォンは軽くかわした。「どうせこう言うんでしょ。ルイーズ・チェンバーズとは『ただの友だち』だって」

「ふむ」ブレイクは少し考えてから肩をすくめた。「いや、そんな関係じゃない。昔から仲のいいただの同僚さ。さてと、今度はぼくが聞く番だ。ジェームズはおやすみのキスをしてくれた？　それとも握手をして別れたのかな？」

「はい？」デヴォンはどきっとした。「あなたには関係ないでしょ」

「あっそう。ぼくの交際はきみに関係があるのに、きみのはぼくに関係ない、と。あれ、もしかしてルイーズとのことを聞いたのは、別の理由からだったのかな？」

　デヴォンは激しく首を振った。知恵比べをしているだけなのに、さっきの雪合戦と同じくらいに全身の血がたぎっている。なんでなの？

「別の理由って？」彼女が切り返した。「どんな？」

「さあねえ。誰と誰が仲間だとか、誰にアリバイがあるのかを探るとか？」

「どうして？　何かあるわけ？」

「いいや、何もないよ。じゃあ、この件はおしまいということで、ジェームズの話に戻ろうか。キスはした？　しなかった？」

半分は笑い、半分は喘ぎながら、デヴォンは見えない白旗を上げた。「はいはい、もう降参よ。言っておきますけど、わたし、負けるのは苦手なのよ」

「だったら、ぼくが優位なうちにやめておこうかな」ブレイクは不意に立ち上がると、デヴォンを立たせた。「きみには気分を害して欲しくないんだ。そうじゃないと、こうしたらひっぱたかれるかもしれないから」そう言うと彼女を抱き寄せ、頭を軽く後ろにそらして唇を重ねてきた。

軽い序曲のつもりだった。二人の相性を知るための。

でも、それどころではなかった。キスは初めから制御不能だった。

唇が触れ合い、円を描き、そして溶け合う。瞬間、二人の全身を強烈な電流が走った。ブレイクは何事か呟き、唇を引き離すと、火傷しそうなくらいに熱い視線でデヴォンを見つめてきた。彼は抗うのをやめた。彼女を強く抱きしめると、唇を舌で押し開き、口を奪った。デヴォンは震えていた、身体も心も。考えることも、もちろん拒むことも無理だ。でもじつを言うと、どちらもしたくなかった。いまはただよすぎるくらいに気持ちいい。抵抗という選択肢はなかった。

彼女は喜びの呻きを小さく漏らすと、ブレイクのセーターを固く握りしめ、彼のリードに任せた。

キスはまるで独立した生き物だった。

彼女を飲み込んでしまいそうなくらいに力強く、彼の口はデヴォンのそれを貪っている。熱烈な何かが彼女の全身を駆けめぐり、身体の中にさざなみが押し寄せ、目眩がした。彼の舌はデヴォンの口の中で、ゆっくりと官能的に円を描いている。彼の両腕はデヴォンの身体にしっかりと回され、彼女をさらに抱き寄せている。二人でそのままワイルドな夢の奥深くに落ちていきそうだった。

長い時間が過ぎた。キスは終わるどころかますます熱を帯び、濃密さを増していった。誰にも制御できないほど高く燃え上がる野火のごとくに。

いったいどちらが先に我に返ったのか、デヴォンにはわからなかった。さっきまで固く抱き合っていた二人は、次の瞬間さっと身体を離し、ぼう然とした顔で、息を荒らげながら見つめ合っていた。

「いまの、何？」デヴォンがやっとの思いで呟き、震える手を髪にやった。

「わからない」ブレイクの声がかすれていた。彼女と同じく、わけがわからないという顔をしていた。「とにかく、もう少しでベッドルームに移動するところだった」

「そうね」デヴォンはそう言われても驚かなかった。でも、そうねと自分から認めてしまったことにはびっくりした。「わたし、そういう女じゃないの」うつろな頭で言い添えた。

「ああ、わかってるよ。一応言っておくけど、ぼくも違う」

彼女は一歩下がり、何が起きたのかよく考えようとした。「こんなことって。現実の世界じゃありえないわ」

ブレイクが口の端を軽く上げた。「でも、あるらしいね」

認めたくない。それも、よりによってこんな大切な時に。モンティのために、母のために使命を果さなくちゃならないのに。

「もう帰るわ」デヴォンはぼんやりとした頭で考えられる唯一の最善策を口にした。それから腕時計に目をやった。三度同じことをして、ようやく文字盤が読めた。「もうすぐ一時だし」

ブレイクがうなずいた。「上着を取ってくるよ、ぼくのも」

「やめて。わたしのだけでいい。グランド・セントラルまでタクシーで行って、あとは電車で帰るから」

「この時間だろ、だめだ。予定どおり、家まで車で送る」ブレイクが眉を寄せ、顔の前で手を左右に振り、何か言おうとする彼女を制した。「いいかい、一人になりたいという気持ちはわかる。動転してるんだろ？　ぼくもだよ。いまは二人とも冷静になる時間が要る。焦ることはない――ぼくが送った後にそうすればいいじゃないか」

彼もひどく動転しているらしい。心ここにあらず、という感じだ。

ぼんやりと、デヴォンは思った。あの激しいキスのせいで、この人の計画も台無しになったのかもしれない。

「わかったわ」彼女は答えた。本当を言えば、頭がぼんやりして、言い争うどころではなかったのだが。複雑怪奇な状態とは、まさにこのことだ。それもとびきりひどい状態に、デヴォンは自らはまり込んでしまったのだ。

問題は、そこから抜けでたいのかどうか、彼女自身にもわからないことだった。

電話が鳴った。サリーからだ。前の二回と同じく、今晩も時間きっかりに。

「もういいだろう、さすがにやりすぎだ」モンティはバット・フォンを取って言った。「それと、自分から手の内を明かしたな。時間に正確なのは素晴らしい。でもな、秒単位まできっちり同じ時間に電話をするやつはいない。わざとそうやって、おれをからかってるんだろ」

「効いてるかしら？」サリーの声は昨晩よりも力強く、明瞭だった。

「ああ、てきめんさ。すっかりしょげ返ってるよ」

彼女の笑い声がモンティの耳をくすぐった。「あら、目に浮かぶわね。でも、別にしょげなくてもいいのよ。軽い懺悔でいいわ。ぼくは時間の管理が苦手です、と認めて。それだけ聞ければ十分だから」

「嫌だと言ったら？」

「違う探偵さんを雇うわ」

モンティはにやりとした。「厳しい二択だね。まあいい、認めるよ、ぼくは時間の管理がまるでできません。満足したか？」

「まだよ。フレデリックを殺した犯人捜しの状況を聞かせてもらおうかしら。進展は？」

笑顔が消えた。「多少ある。今日、ルイーズ・チェンバーズと話したんだが、なかなか興味深かった。あの女、とんでもないくせ者だぞ。おれに、客観的でいられるのかと聞いてきやがった。このヤマにはおまえが絡んでるのに、私情を挟まないでいられるのか、だとよ」

長い沈黙。「わたしが事件にどのくらい関与しているのか知りたくて聞いたのかしら。それとも、わたしが殺したと思ってるの？」

「さあな、そこまではわからんが、探りを入れてきたのは確かだ。もちろんその手には乗らなかったがな。あいつは信用ならん」

「ルイーズがフレデリックを殺したと？」

「それはないと思う。ただし、容疑者リストから消すつもりはまだない。ルイーズはフレデリックとかなり親しかった。いまはブレイクの周りを嗅ぎ回ってる。怪しい臭いがぷんぷんする」モンティは自分の発言についてしばらく考えてから続けた。「フレデリックはルイーズの名前を口にしたか？」

「わたしには一度も。二人が近しい関係だったのは知ってるけど、それが仕事上だけなのか、仕事とプライベートの両方なのかはわからない」サリーは言いよどんだ。考えているのだろう、彼女が眉間に皺を寄せている様子がモンティの目に浮かんだ。「火事の前日のことを思い返してるの。ドライブは快適だった。おかしなところは何もなかったし、いつものフレデリックだった。でも夜が更けてくるにつれて、だんだん口数が少なくなったの。思い悩んでいるような感じだった。あの時は、わたしが煮えきらないせいだと思ってたけど、もしかしたら殺人と何か関係があったのかもしれない」

モンティは我慢できずに聞いた。「煮えきらないって、なんのことだよ?」

「もう、何言ってるのよ、ピート」ため息。「わざわざ言わなくてもわかるでしょ。ルサーン湖に泊まるのは、思ったよりもきつかったのよ。まだそこまで気持ちの整理がついてなかったということね」

「ルサーン湖となれば、おれも同じさ」

長い沈黙が流れた。

「もう寝るわね」サリーが沈黙を破って言った。「明日また電話する。期待してるわよ、何か手がかりになるものを見つけて。一日でも早く元の生活に戻りたいの」

「気合を入れて頑張るよ」

「ええ」

受話器を握るモンティの手に力が入った。「おやすみ、サリー」

「おやすみ、ピート」

彼は受話器をしばらく見つめてから、ようやく〈切〉を押した。すぐには眠れそうにない。

それはサリーも同じだった。

携帯が鳴った。

ナイトスタンドの上の目覚まし時計をようやくつかむと、モンティは薄目を開けて見た。午前三時四〇分。ちっ。

バット・フォンじゃないから、サリーではない。デヴォンは二時頃に電話をかけてきたから、あいつでもないだろう。くそっ、こんな時間にいったい誰だ？

彼は電話を手に取り、〈通話〉を押した。「モンゴメリーです」

「エドワード・ピアソンだ」声が震えている。「電話が来たんだ」

「誰から？」

「脅迫状を送ってきたやつからだ」

一気に、そして完全に目が覚めた。「内容を正確に聞かせてください」

「二〇〇〇万ドルをケイマン諸島の口座に振り込めと言ってきた。猶予は二四時間。従わなければ、おまえの大切な人間が痛い思いをすることになると。最後のは、やつの台詞そのままだ」

「それで、なんと答えたんですか？」

「何も。その暇もなかった。すぐに切られたんだ」

「自宅にかかってきたんですか。ふむ、興味深いですね」

「何がだ？ 夜中の三時半だぞ、他にどこに電話するというんだ？」

「ポイントはそこじゃありません。いいですか、ピアソン＆カンパニーに連絡を入れるのは簡単です。電話番号は公表されていますからね。でも、自宅の番号は違う」

「どこかで手に入れたんだろう」

「いえ、前から知っていた可能性もありますね。自宅ならば、いつどこからでもかけられる」

「内輪の人間だと言うのか？」

「どうですかね。声に聞き覚えは？」

「わからん。ボイスチェンジャーか何かを使っていた」

「なるほど」モンティの頭の歯車が高速回転を始めた。「背後で何か聞こえませんでしたか？　どこからかけているのか、手がかりになるような音は？」

「確か、クラクションが何回か聞こえたな」

「乗用車ですか？　それともトラック？」

「乗用車、だと思う」

「道路の音は？　周囲の車の速度はどうでした？　交通量は？」

「それで何がわかるというんだ？」

「街中なのか、高速道路上なのか。トレーラートラックとマンハッタンのタクシーとでは大違いです」モンティは間を置いて続けた。「録音はしてませんよね」

「まさか来るとは思ってなかったからな、ああ、しとらん。脅迫状はオフィスに来たんだ。てっきり、連絡もオフィスに来ると思っていた。それだったら準備万端だったんだが」

「ご自宅の電話にも逆探知機をつけましょう。もっとも、効果はあまり期待できないでしょうが。ボイスチェンジャーを使っていたとなれば、足がつかないように他の手段も講じているはずです。コンビニで買える料金前払いの携帯を利用したとか。金を払えばすぐに使えるやつです」

エドワードはいまいましげにため息をついた。「二四時間だぞ。くそっ。二〇〇万ドルなんて大金を、そんなすぐに用意できるわけがないだろうが」

「できたとしても、敵が金を受け取ってあっさり手を引くとは限りません。さらにゆすりをかけてくることも考えられます。いいですか、払ったら最後、敵の思うつぼです」

「じゃあどうしろと言うんだ?」

「払うふりをするんです。現金を集めてください。敵が社内の人間でしたら、会長の動きに注意しているはずですから。金を用意していることがわかれば、とりあえずは安心するでしょう。それとおそらく、明日の午後遅くにまた確認の連絡があるでしょうから、そのつもりで。電話の応対の仕方については、後ほどお教えします。明日は朝八時にジェンキンズが応援に来ます。ブレイクさんから御社のコンピューター・システムへのアクセス・コードを教えてもらうのが八時半。夕方までたっぷり時間はありますから、じっくりと捜査しますよ。探す物はわかっています。ジェンキンズもです。そちらのご家族についても、後で警護の手配をしておきます。ですからご安心ください。大丈夫、絶対に捕まえてみせますよ」

「そうしてくれ。私の大切な誰かに何かが起きる前にな」

15

クイーンズのアストリア、マンションのバスルームで探偵のジョン・シャーマンが髭を剃っている時に携帯が鳴った。

彼は剃刀をぽんと放り、乾いたタオルで顔を拭いてから携帯を開いた。「シャーマンです」

「なんだよ、えらく暗いな。起き抜けか。仕事？　もしかして女と一緒なのか？」

シャーマンは不満げに言った。「ふざけんなよ、モンティ。こんなクソ忙しいおれに付き合ってくれる女なんて、いるわけないだろ。だいたいな、おまえの仕事を丸々押しつけられたせいで、女っ気はゼロだ。昨日は朝から晩まで尾行、夜は夜で、例の金持ち女と彼氏の見張りだ。おまえの勘が当たってるかどうか、確かめるだけのためにな」

「それで？」モンティが聞いた。「何か収穫は？」

「新しいセックスの体位をいくつか。夢にも思わなかったすげえやつだよ。ま、せっかく覚えても、あいにく試す時間はないけどさ」

「おいおい、やめとけ。あの女はサーカス並みだ。あんなまねしたら、身がもたないぞ」

またも不満声。「かもな。とにかく、連中にぴったりくっついてるから安心しろ。夜の大サーカス以外に何かありそうだったら、すぐに連絡する」
「助かるよ。で、おまえが手一杯なのはわかってるんだが、出かける前に、一つ頼みがある。護衛の仕事があるんだよ。この界隈の連中に電話して空いてるやつがいないかチェックしてくれないか。ピアソン一族の護衛だから、金はいいぞ。スタートは今晩。終わりは、おれがこのヤマを解決するまでだ」
「何人要る？」
「山ほど。四世代のピアソン一族を守らなくちゃならんからな」
「了解、すぐにやってやるよ。後で折り返す」

午前九時、ウェリントンはすでに二五度を越えていた。

間もなく数千もの人々がこのウィンター・フェスティバルにやって来る。競技会を観に、ショッピングを楽しみに、あるいは金持ちの有名人たちをひと目見たいと思って。

だがジェームズはまだベッドの上だった。彼が寝返りを打つと、頭の下の枕がぱんと膨らんだ。今日は馬には乗らない。心が乱れて、それどころではなかった。欠場に必要な手配はすべて済ませた。いまは一人だ。ここウェリントンの広大なファーム、空調の利いた豪華な部屋の中にいる。観衆、嬌声を上げる子供たち、プレッシャーから、一時的にだが逃れられる。

今晩はデヴォンに電話をかけよう。その頃には気分もよくなっているだろう。祖父は烈火のごとく怒るだろうが、まあ大丈夫だ。集中力が乱れているのは彼女のせいなのか？　違う、そんなはずはない。ぼくが勝った時、頭に思い描く素敵な絵。それが彼女だ。

眉を寄せ、ジェームズはふと思った。ブレイクのやつ、デヴォンに手を出したんじゃないだろうな。くそっ、ここにいたんじゃ、何もできないか。

いや、そんなことはない。

彼は携帯に手を伸ばすと、フラワーギフト・サービスにかけた。


「何かあったか？」モンティは腰をかがめ、ＰＣの前に座るアルフレッド・ジェンキンズの肩越しにモニターを覗き込んだ。法会計士のジェンキンズがフレデリックのオフィスに入り、何カ月もさかのぼってビジネス記録を調べはじめてから四時間。モンティが顔を出すのはこれで四度目だった。

「いや、それらしいものはないな」ジェンキンズが首を振った。「まじめな男だったらしい。会社のクレジットカードの使用料金は半端じゃないが、それはまあ珍しいことでもない。豪華な食事と高級ワインを楽しみながら顧客と談笑。その手のことが好きなＣＥＯだったら、これくらいはいくだろう」

「なるほどね」モンティが顔をしかめた。

「おいおい、まだ始めたところだ。調べてないことが山ほどある」

「要するに、邪魔をするなと」モンティは上半身を起こすと、扉に向かって歩きだした。

「後でまた来るよ」

「ああ、だろうな」

廊下に出た瞬間、モンティは危うくフィリップ・ローズと正面衝突するところだった。

「あっ……失礼」〝動揺〟という言葉では言い足りないほど、ローズは慌てていた。「ファイルが要るんだ、フレデリックのオフィスにあるんだが、立ち入り禁止か？」

「PCを開くのでしたら、ええ」モンティは顔にも声のトーンにも感情を出さないようにした。「中で仕事をさせてますから」

「仕事？」

「ただ金の出入りを調べてるだけです。どうぞ、必要なものがありましたら、持っていってください」

ローズは青ざめた顔で言った。「ああ、そうするよ」


デヴォンはそわそわしっぱなしだった。

時刻は午後を少し回ったところ。クリーチャー・コンフォーツ&クリニックは平日、いつも午前中は慌ただしいが、日中は平穏だ。デヴォンもボクサー犬ロッキーの腰の手術を含め、午前中に入っていた診察をすべて終えていた。スケジュール表を一応チェックしたが、思ったとおり、午後はたいして予約が入っていない。

正直、ブレイクに会うのが気まずかった。チョンパーのしつけ教室を終えたところでばったり、なんていうことになったら大変だ。

三番の診察室を覗いてみた。ドクター・ジョエル・セドウェルが毛足の長い子猫をちょうど診終えたところだった。捨てられていたのだが、いまはクリニックに住みついている。

「ジョエル？　あの、二時間ばかり抜けてもよろしいでしょうか？　母の家まで行って、動物の様子を見て来たいんです。いますぐ出れば、夕方の忙しい時間には戻って来られます」

「いいよ」ジョエルがうなずいた。子猫は耳の裏を撫でられ、ごろごろと喉を鳴らした。

「お母さんから連絡は？」

「土曜日、父の所に電話がきて以来、何もありません」嘘は嫌いだった。特に一生に一度あるかないかの大きなチャンスをくれた恩人であり、尊敬してやまないこの共同経営者には。でも仕方がない。なんと言っても、母の命がかかっているのだ。

「行ってきなさい」ジョエルが促した。「いまならラッシュにぶつからずに済むから、暗くなる前に戻れる。あそこのくねくねした道が凍る前にね」

「ありがとうございます」

デヴォンはクリニックを出ると、車に乗り込む前に駐車場をぐるりと見回した。ブレイクの銀のジャガーはない。たぶん、もうマンハッタンに向かったのだろう。

キーをイグニッションに挿し、車を出すと、出口に向かった。

道路に出るためアクセルを踏もうとした時だった。バックミラーにブレイクの姿を認めた。リードにつないだチョンパーを連れて、駐車場を歩いている。

どうして？　デヴォンはブレーキを踏み、ブレイクが車列に向かって歩いていく姿を追った。さっき確認したはずなのに、見逃したのかしら？

彼は黒いベンツのセダンの横で止まると、ドアを開けた。チョンパーが飛び乗るのを待ってから、運転席のシートに身体を沈め、バックで車を出した。

何かが引っかかる。デヴォンはその車が完全に見えるまで待つことにした。全貌を捉えた瞬間、彼女は驚いて目を見開いた。そんなはずはない。でも念のため、すぐに動いたほうがよさそうだ。

車の流れに乗るためにスピードを上げながら、デヴォンは携帯のキーを押した。モンティの携帯の番号だ。

呼び出し音が一回、二回。

「はい？」不機嫌そうな声でモンティが出た。

「タイミング、悪かった？」

「今日は朝からずっとな。どうした？」

「ちょっと質問。警察はフレデリックの車を返したと思う？」

「いや、それはない。まだしばらくは置いておくはずだ。もし新しい手がかりが出てきたら、車をもう一度洗い直すだろうからな。どうしてだ？」

「よくわからないの。昨日の夜、ブレイクは銀のジャガーで迎えに来た。でもさっき、クリニックを出るところを見かけたんだけど、黒のベンツに乗ってたのよ。S五〇〇のラグジュアリー・セダン。フレデリックのじゃないとしたら、誰の？」

「ほお、わからんが調べておくよ。電話ありがとな、ハニー」モンティは一拍置いて言った。

「おまえ、大丈夫か？」

「もちろん」デヴォンは明るく返した。「どうしてよ？」

「勘だよ。おまえがブレイク・ピアソンに任務以上の関心を寄せてる気がしてな」

「大丈夫よ」

その言葉は、舌の上で、ざらついたサンドペーパーの味がした。ブレイクは祖父のために情報を得ようと嗅ぎ回っているのかもしれない。まあ、それはいいとしても、彼がフレデリックの死に関与しているとなれば、話はまるで別だ。

わたしはあの人に、何をどう利用されているのだろう？

「結論を急ぐな。それもこの仕事のコツだ」

「別に急いでないわ。ただ自分に厳しくしてるだけ」デヴォンは咳払いをした。「とにかくやってみるから。いま、お母さんの家に向かってるの、動物たちの様子を見に行こうと思って。ピアソンのファームの前を通ったら、じっくり偵察してやるわ」

「運転には気をつけろ。それとデヴォン、頑張れよ」

「そのつもりよ」

モンティはすぐさま行動を起こした。

一番協力的な情報源のもとに直行だ。

モンティが近づいていくと、デスクの向こう側に座るアリス・ジェファーズが顔を上げた。

「モンゴメリーさん」彼女は愛想よく彼を迎えた。「今日はどういったご用件で？」

「重役の方々の車を調べようと思いましてね。全員の車に問題がないか、確認するつもりです。誰がどんな車に乗っているのか、リストがありましたらいただきたいのですが」

「よろしいですよ」彼女は眉を寄せた。「社用車だけですか？　私用の車も？」

「両方いただけると、ありがたいですね」モンティが続けた。「ところで、社には車が何台あるんですか？」

「一二台です。重役の方は皆さん、一台ずつお持ちです」

「で、どれもベンツのS五〇〇」質問ではなく、はっきりとそう言った。

「ええ」ジェファーズはにっこりと微笑んだ。「ピアソン会長のご趣味なんです」

「でしょうね」

「いきなり何を言いだすんだ？　わけがわからん」エドワードは怪訝な顔でモンティを見つめた。

「おたくの社用車ですよ。どうして一二台もあるとおっしゃってくれなかったんですか？　フレデリックさんのとまったく同じ型の車が」とモンティが言った。

「だから、それがどうしたと聞いてるんだ？」

「警察には？」

エドワードは困惑気味に肩をすくめた。「どうだったかな、覚えとらんよ。どうしてだ？」

「現場で見つかったタイヤ痕はベンツS五〇〇のものです。てっきりフレデリックさんの車のものだと」

「ああ、それはそうだろう。ドライブウェイには、一台分のタイヤの痕しかなかったんだからな」

「確かに。ですが、道路脇の茂みにはもう一組のタイヤ痕がありました。それが別の車のものだったとしたら、どうなります？　もう少し具体的に言いましょうか。別のS五〇〇だったとしたら？」

エドワードは言葉を失った。「だとしたら、うちの社の誰かが殺人犯ということになる」

ゴールド・コースト・クラシック、中級レベルの大会は定刻に始まった。

パーム・ビーチ馬術クラブのインターナショナル・アリーナは、何千という観客で満員に膨れ上がっていた。会場の空気には期待感が漂い、それが観衆の間をさざなみのように広がっていく。

ピアソン厩舎の馬丁ビル・グランガーは自分の番をいまかいまかと待ちわびていた。ビルの騎手としての実力は申し分ない。特に、エドワードが誇りにする六歳馬フューチャーを乗りこなす腕はかなりのものだ。フューチャーはいい馬だ。たとえ、ストールン・サンダーのようにオリンピックで金は取れなくても、これから数々の立派な成績を残すに違いない。ビルはそう確信していた。こいつのことなら誰よりもよく知っている。ハートも、ガッツもある馬だ。その点はビルも同じだった。

相性は抜群にいい。フューチャーの力は完全に把握している。毎日この手で調教してきた。いつかこの馬で競技会に出る日を夢に見ながら。

そしてついにその日が来たのだ。

ジェームズの具合が悪いのはかわいそうに思う。でもぼくが彼を、そしてミスター・ピアソンをきっと喜ばせてみせる。絶対に表彰台に立ってやる。大丈夫、集中していけば間違いなく勝てる。

フューチャーに乗ったまま、ビルは指でサドルパッドをそっと撫でた。一度だけ――幸運のまじないだ。いつもジェームズがしているやつだ。理由はわかっている。このサドルパッドは勝利の象徴なのだ。ピアソン厩舎のシンボルカラーを誇らしげに呈している。白地に青の横縞模様で、中央の赤い紋章には二頭のサラブレッドが向き合い、前脚を高々と上げている。ジェームズはこのサドルパッドをお守りと呼んでいた。

このお守りが自分にも効いて欲しい、ビルはそう願っていた。

腕で額の汗を拭く。くそっ、今日は日差しがやけに強い。少しくらくらするのはそのせいだろう。いや、興奮しすぎているだけかもしれない。どちらにしろ、パフォーマンスに影響はない。いや、影響させるわけにはいかない。

彼はフューチャーに命じ、待機馬場を静かに出た。歩道の下をくぐり、競技場に入る。彼とフューチャーの名を告げるアナウンスが場内に響き渡る。彼は速歩《はやあし》を命じ、競技用馬場の中央に向かうと、くるりと向きを変えて一瞬立ち止まり、審判席の審判員らに帽子を取って挨拶した。

競技開始を知らせるベルが鳴った。

ビルはフューチャーに左手前の駆足を命じた。最初の飛越は単一障害で、低い。馬も騎手も、美しい姿勢でこれをクリアーした。タイミングも含めすべて完璧だったが、ビルは目眩を感じていた。症状はよくなるどころか、悪化する一方だ。

続いてフューチャーを二番障害に向かわせた。六ストライド目が合わず、歩調でミスを犯したのがわかった。たいしたミスではないが、そのせいでフューチャーはダブル障害を落としてしまった。減点だ。第三障害が迫ってきた。通称ドルフィン・ジャンプ――高い障害で、バーはブルーグレーに塗られ、両脇にはイルカのフィギュアがついている。最難関の障害だ。

その前に行く頃にはもう、ビルの汗の量は尋常ではなくなっていた。頭がぼうっとして、何も考えられない。目の前を小さな黒い斑点がいくつも躍っている。

イルカが見えた。が、すぐに見失う。くそっ、ちらちらといまいましい黒い斑点のせいだ。フューチャーが障害に近づき、ビルは上で身体をかがめた。薄れゆく意識の中で、馬が脚を抱え込み、飛び上がって障害を越える感じがした。続いて、地面が目の前に迫ってくる感覚。

それから何も感じなくなった。

デヴォンは母の家を点検し終えた。よかった、動物たちは元気そうだ。餌も小屋の掃除も行き届いている。馬の運動も欠かさずしてくれているようだ。小屋の扉に貼ってあったメモを読み、世話をしてくれた人物がわかった。ピアソン家の馬丁ロベルトだ。

デヴォンはファームに寄って、彼に直接お礼を言うことにした。

くねくねと曲がりくねったドライブウェイを走りながら、彼女は考えていた。ファームに顔を出す理由は二つ。一つはロベルトへのお礼、もう一つはピアソン家の人間が誰かいたら、話しかけること。何かしら情報が得られるかもしれない。

意外にも、厩舎の近くにはドクター・ビスタのトラックが停まっていた。見間違うはずがない。トラックは大きなサバーバンで、後ろにはエクストラ・ワイドのトレーラーがついている。

どうしようか迷った。この前、わたしのことを見た時、彼は明らかに困惑していた。ライバルの出現とでも思ったのだろう。ロベルトにお礼を言うのは、また別の日にしようか。

彼女が引き返そうとしたその時、厩舎の扉が開き、ビスタが出てきた。寒そうにコートの襟を立て、トラックに向かって歩いている途中でふと、デヴォンに気づいた。

ビスタが彼女の車に近づいてきたので、デヴォンは窓を下ろした。

「やあ、ドクター・モンゴメリー」彼の表情に、前回のような緊張は感じられなかった。

「驚きですね」

「こんにちは、ドクター・ビスタ」どうしてわざわざ説明しないといけないのか自分でもわからなかったが、デヴォンは気づいたらそうしていた。「仕事を抜けて、急いで馬小屋の様子を見に来たんです。母の代わりにロベルトさんがお世話をしてくれたようなので、一言お礼をと思って、それで寄ったんです」

ビスタがうなずいた。「彼、きっと喜びますよ。厩舎にはいませんでしたから、屋内馬場で馬のエクササイズ中じゃないかな」

「そうですか、でも、すぐにクリニックに戻らないといけませんので。メモを書いて、厩舎の扉に貼っておきます。ロベルトさんにわかるように」

「いい考えですね」ビスタは軽く手を振ると、車から離れた。「わたしも行きます。それじゃあ」

「ええ、では」

デヴォンは彼が走り去る様子をじっと見つめた。トラックとトレーラーが重々しく雪を踏みしめながら、ゆっくりと進んでいく。当然だ、サバーバンだけでも相当に重いのだから。大切な医療器具か何かを積んでいるのだろう。

紙を一枚取り出すと、デヴォンはロベルト宛にメモを書いた。

モンティはその日遅く、フィリップ・ローズのオフィスに寄った。秘書のジェファーズは帰っていたが、ローズはまだ残っていた。

強めにノックをして扉を開けると、返事も待たずに中に入った。ローズが驚いて顔を上げ、怯えた目でモンティを見つめた。手錠をかけられ、そのまま連行されるのではないかといわんばかりに。

「フレデリックさんのオフィスに、お探しになっていたファイルはありましたか？」

「え？　あ、ああ。ええと、事務用キャビネットの上にあった」ローズは顔を赤らめ、話しながらシャツの襟を緩めた。「ジェンキンズさんだったかな、彼とも話した。確か法会計士だと」

「ええ。業界一優秀な男です。財務記録をすべて洗わせています。フレデリックさんが何かトラブルに巻き込まれていなかったか、調べるために」

返事はない。

「ところで」モンティは続けた。「あなたの社用車をチェックしましたが、クリーンでした」

「クリーン？」

「ええ。犯罪に使われた形跡はない、ということです」

ローズが腰を浮かせた。「怪しいと思っていたのか？」

モンティは肩をすくめた。「いえ、別に。ただ、あなたがベンツS五〇〇を持っていたとは知りませんでしたがね。現場で見つかったタイヤ痕はS五〇〇のものだけなんですが、ご存じでしたか？」

「当たり前だろう、フレデリックの車も同じ型なんだから」

「他の重役の方々の車も、です。偶然にもね」モンティは両手をデスクにつき、ローズを正面から見据えた。「フレデリックさんが亡くなったキャビンの所有者は、ここの会社のサプライヤーですよね。ゲイリー・ボルトン、ペーパー&プラスティックス社の社長」

「そうだが」ローズは目をそらさなかったが、こめかみに血管が浮き出ていた。「先週末、ゲイリーがフレデリックに貸したんだ」

「彼もそう言っていました。フレデリックさんはちょっとした休暇を取りに来ると思っていたと。彼に休んだほうがいいと助言したのが誰か、ご存じですか？」

ローズの瞳孔が開いた。「答は知っているんだろう。遠回しな言い方はやめてくれないか。わたしを責めているのかね？」

「なぜわたしにも警察にも黙っていたのか、それが気になっただけです。重要じゃないと思ったからですか？　それとも、ご自分に不利になるかもしれないと？」

「勘違いも甚だしい。わたしはただ、友人としてフレデリックを気遣って言っただけだ。ただの好意だよ、まさかあんなことになるとは――」ローズは途中でやめた。「これ以上言うことは何もない」

「わたしにも、お聞きすることは何もありません」モンティはくるりと向きを変えた。「おやすみなさい、ローズさん」

廊下を少し進んだ所で、フレデリックの秘書マージョリー・エヴァンズが駆け寄ってきた。「ミスター・モンゴメリー」取りつく島がないほど頑固だった先日と違い、今日は憔悴し、かなり慌てていた。「待ってください！」

モンティは足を止めた。「どうしました？」

「いますぐピアソン会長のオフィスに来てください。事故があったんです」

16

エドワードはデスクの前をうろうろしていた。顔が真っ青だ。

「ミズ・エヴァンズに呼び止められまして」モンティはオフィスに入り、扉を閉めた。「事故があったと言っていましたが」

「ああ」エドワードが立ち止まり、水をごくりと飲んだ。「ウェリントンで、今日の大会中にな」

「ジェームズさんがおけがを？」

「いや。それはありえん、たとえ今日出場していたとしてもな。あるとしたら、失格だ」

モンティが眉を寄せた。「説明してください」

エドワードは力なく机に寄りかかった。「ジェームズは今日、私のフューチャーに乗って、中級レベルの大会に出るはずだったんだが、今朝電話が来て、具合が悪いと言うんだ。ベッドから出られないほど調子が悪い、競技どころじゃないと。それで私が手を回して医師の診断書を取り、別の騎手をエントリーさせた。ビル・グランガー、うちの馬丁の一人で、代役として申し分ない男だ。乗馬の腕は確かで、フューチャーを毎日エクササイズさせている。

馬との相性は抜群だ。問題はないはずだった」

「ですが？」

「第三障害で、グランガーが倒れて落馬した。いまは病院にいる。容体はわからん、連絡待ちだ」

モンティの目が険しくなった。「原因は？　プレッシャーですか？　それとも熱射病か何か？」

「どちらでもない」エドワードはまた水を飲んだ。「血液検査の結果、薬物反応が出た。ヒドロクロロチアジド、利尿剤だ」

「確か、高血圧用の薬ですよね」

「そこが問題なんだ。グランガーは高血圧じゃない。その逆、低血圧症だ」

「だから倒れたと。ですが、彼はどうしてわざわざそんなものを？」

「自分で飲んだんじゃない。誰かが水かコーヒーの中に混ぜたんだ、ジェームズを潰すつもりでな」

「は？　ジェームズさんも低血圧症なんですか？」

「いや。だからあいつが乗ったとしてもけがはありえんと言ったんだ。そいつが狙ったのは落馬じゃない。失格だよ」

「よくわかりませんが」

「利尿剤は協会からマスキング剤に指定されている。別の薬物――パフォーマンスを上げる薬剤、麻薬、なんでもいいが——を摂取しても、利尿剤を飲めば、その痕跡を体内から早く洗い流すことができるからだ」

「そうすれば、ドーピング検査に引っかからないと」

「そうだ。もしも今日ジェームズが出場して、ドーピング検査があったら、間違いなく失格していた。いや、今日の大会だけじゃない。北京オリンピックもだめになるところだった」

「ということは、仕掛けたやつは騎手の変更を知らなかったと」

「そのとおりだ」エドワードは大きな音を立ててグラスを置いた。「グランガーのけががが軽いといいんだが。長いこと私の所で働いている男だ。まじめで、よく尽くしてくれている」

モンティは胸の前で腕を組んだ。「脅迫状を送った者がやった、そうお考えですね?」

「他に誰がやる?」

モンティが肩をすくめた。「無関係の災難が同時期に、一つの家族に集中して次々に起きるというのは、普通では考えにくい。それは認めましょう。ですがすべて関係があるとしたら、敵の戦術はお粗末としか言えませんね。二四時間の猶予を与えておいて、それが切れる前にわざわざ動くでしょうか。筋が通りません」

「敵は最初も待たなかっただろうが。私に送金方法を連絡する前にフレデリックを殺したんだ」

「確かに。でも、日曜日に申し上げたとおり、それもおかしい。物事の順序がばらばらです」しばしの間。「もっとも、敵の狙いが金だけじゃないとすれば、話は別です。おそらく他にも動機があるのでしょう、復讐とか」

電話が鳴った。

エドワードが慌てて出る。「そうか」全身から力がどっと抜けたのがわかった。「よかった。ゆっくり休むように伝えてくれ。金も含めて、何も心配は要らんとな。専任の看護師をつけるんだ。何かわかったらまた知らせろ。それと、ジェームズの護衛を一人増やせ。いいか、おまえとそいつでしっかり見張るんだ。食べ物も飲み物も、あいつの口に入る物は全部チェックしろ」

エドワードが電話を切って言った。「グランガーは大丈夫だ。挫傷と手首の骨折、あばらの打撲だけで済んだらしい。今晩は様子を見るために入院する、脳しんとうを起こしているといけないからな。それ以外、特に問題はないそうだ」

「で、ジェームズさんは？」

「ん？」

「ジェームズさんがご病気だと、先ほどおっしゃっていましたよね。どこの具合が悪いんですか？」

「おお」エドワードはふと我に返ったように言った。「ただの食あたりだ。一晩中トイレで唸っておったらしい」

「それでいまは？」

「動揺しているだけだ、利尿剤の標的が自分だったと知ってな」エドワードがこめかみを揉んだ。「落ち着かせてやらんといかん。日曜のグランプリを落とすようなことがあったら大ごとだ」

モンティは何も言わず、エドワードをつぶさに観察した。彼の沈痛な表情を。

デヴォンは早く家に帰りたくて仕方がなかった。

クリニックに戻ったのは四時一五分。夕方の殺人的に忙しい時間にぎりぎり間に合った。仕事に追われて休む間もなかったのは、デヴォンには好都合だった。あれこれ考えずに済んだからだ。気がつくと、ブレイクのことばかり考えている。それも昨晩の素敵な時間のことではない。今日の午後、駐車場で見かけた車のことだ。なぜなのだろう？ フレデリックの殺人と何か関係があるのだろうか？

ブレイクにはアリバイがある。まあアリバイのようなもの、だけれど。先週末、彼はずっとファームにいた。逆に言えば、誰にも気づかれずに抜けだし、車でキャビンに行き、やることを済ませて戻ってきて……。

だめ。そこは考えないの。証拠がない限り。今のところ動機はない。怪しさのかけらもない——あるのは、すごくよくできた偶然らしい事実だけ。二台目のベンツが現場に現れた可能性については、モンティが調べてくれている。じきにはっきりするだろう。デヴォンはすでに、ブレイクにどう鎌をかけるかを決めていた。

でもそれはまだ先のこと。いまはとにかくへとへとだった。

クリニックを出たのが七時一五分。辺りは真っ暗だ。そして寒い。今晩はモンティに報告の電話を入れて、ダイエット用のリーン・クイジーンを食べて、あとはベッドに倒れ込むだけ。

そのつもりだった。

大通りを外れて一車線の道に入って間もなく、デヴォンはふと、尾けられているような気がした。が、バックミラーを何度確認しても、それらしい車はない。路肩に乗り上げて徐行し、後ろの車をすべて先に行かせた。こちらに目をやるドライバーは一人もいない。

でも、嫌な感じは振り払えなかった。

彼女は車を路肩から出すとアクセルを踏み、家に向けてできる限り飛ばした。もちろん路面に注意しながら。外は厳しい寒さだ。交通量の少ない側道は凍りついていて、危険なこと極まりない。

尾けられている感覚はまだ消えなかった。

家まで五、六〇〇メートルという所で、彼女は再び車を路肩に乗り上げた。今度はエンジンを切り、ライトも消してみた。周りから見られずに周りを見るために。

後部座席のテラーとスキャンプのきょとんとした顔以外、何も見あたらない。

ちょっと被害妄想になっているのかも。

やれやれとため息をつくと、彼女はエンジンをかけ、走行車線に戻った。数分後、カーブの多い道を抜けてドライブウェイに入った。

二匹の犬を抱きかかえると、彼女は急いで玄関まで歩いた。

「おかえり」メレディスが言った。ＰＣの前で宿題中だ。「平和な一日だった？」

「まあまあね」デヴォンはしゃがみ、テラーとスキャンプを床に下ろした。「ちょっとぴりぴりして、神経質になってるみたい。疲れてるんだと思う。早く寝るわ」

「そりゃそうでしょ。二晩連続でお楽しみだったんだから」

「よく言うわよ」デヴォンは立ち上がり、コートを脱いだ。「こっちは？　問題なし？」

「なんにも。あっそうだ、お姉ちゃんにお花の贈り物が届いてるわよ」メレディスはわざとゆっくり、強調するように言った。「すごくおしゃれなブーケよ――オレンジのユリ、黄色いバラ、それと紫の小さい花がいっぱい。カードを読みたくて、お昼からむずむずしてたんだ」

デヴォンがくすくすと笑った。「読めばよかったのに」

「わたしは知りたがりだけど、礼儀はわきまえてるつもりよ。お姉ちゃんを待ってたの。ねえ、見ようよ。どっちの飢えた王子様がお姉ちゃんの気を引こうとしてるのか」メレディスは勢いよく立ち上がると、デヴォンをキッチンに連れていった。凝ったデザインの花瓶に花束が生けてあった。

「メレディスの言うとおりね、すごくかわいい」デヴォンは枝型のプラスティック・ホルダーに挟まっている小さな封筒を抜くと、カードを取り出した。どちらであって欲しいと思っているのかは、正直、デヴォンにもよくわからない。でもどちらにしろ、早く知りたくて仕方がなかった。

カードにはこう書いてあった。「きみのことばかり考えているよ。きみもそうだといいな。終わったらすぐに戻るから、この前の続きを始めよう。それまではこの花を見て、ぼくのことを思ってて。ジェームズ」

「で？」メレディスが促した。

「ジェームズから」デヴォンはそう言いながら、自分が平然としていることに気づいた。こういう大袈裟なのは、いかにもジェームズがしそうなことだ。じゃあブレイクだったら？

ピリグリム・ヒルでそりレースの再戦の申し込み、かしら。考えただけで、笑みが浮かんだ。

「嬉しそうねえ」メレディスが姉の顔をしげしげと眺めて言った。

「すごくきれい。うん、そうね、嬉しいわ」

「いいじゃない。ジェームズにもそう言えば。二回も電話が来たのよ。ブレイクもかけてきたけどね。ジェームズはフロリダの番号をくれたわ。ブレイクは携帯にかけてくださいって。白熱のデッドヒート。盛り上がってきたわね。どっちが先にゴールするのかなあ、すっごく楽しみ」

「どっちが先も、ゴールもないわよ」デヴォンがあっさり否定した。「忘れたの？　これはただの計略なの。モンティの捜査に協力してるだけよ。フレデリック・ピアソンを殺した犯人捜しの一環。以上」

「忘れるわけないでしょ」メレディスがあきれた顔をした。「捜査に協力してるっていうのはほんとだろうけど。『以上』って？　それはないわね。お姉ちゃん、かなりはまってるじゃない。この計画に、というか、あの二人に。ピアソン家の孫息子の二人の鼻息を相当荒くしちゃった——あっ、別に馬だけに、うまいことを言おうとしたわけじゃないのよ。で、お姉ちゃんの鼻息も荒い。ただの捜査協力？　そんなわけないじゃない」

デヴォンがきっと睨んだ。「ほら、経済学の宿題が終わってないんでしょ。わたしはジェームズにお礼の電話をかけるから」

「ブレイクのこともお忘れなく」リビングに向かいながら、メレディスが明るい声で言った。「彼も待ってるわよ」

ドアベルと電話が同時に鳴った。

「お姉ちゃんは電話ね。さてさて、どっちからだろうねえ。わたしは玄関を見てくる」そう言うと、メレディスは玄関口に飛んでいった。

デヴォンは受話器を取った。「もしもし」

「届いたかな？」

「ジェームズ」デヴォンの目の端にモンティが家の中に入ってくるのが見えた。「ちょうど電話しようと思っていたところだったの。お花、とっても素敵だわ」

「きみと同じさ」とジェームズ。「いま帰ったの？」

「ええ、たったいま。コートを脱いで、お花を見つけたところ」そう答えながら、デヴォンは眉をひそめた。モンティがキッチンに入ってきたからだ。電話の内容を聞こうというのだろう。「きれいなお花を見るとほっとするわ、長い一日の後は特に」

「ああ、すごく長い一日だった」ジェームズの声に緊張が感じられた。「きみの声が聞けてよかった」

「わたしも」モンティが紙に何か走り書きをし、それをデヴォンの目の前にかざしてきた。**電話をスピーカーに。今日の大会はどうだったのか聞いてくれ。**

デヴォンはうなずいた。モンティがどうするつもりなのかはわからなかったが、指示に従い、スピーカーのキーを押すと、受話器を置いた。「今日の大会はどうだったの？」

うつろな感じの笑い声。「最悪だったよ」

「どうして？　中級レベルの大会で、若い馬に乗るって言ってなかったかしら。馬が思うように動いてくれなかったの？」

「思うようにいかないのは人生のほうさ。何か悪い物を食べたらしくてね、出場できなかったんだ。うちの祖父が代わりの騎手を立ててくれた」

モンティが手振りで、もっと話を引き出せと伝えた。

「それでがっかりしてるの？」デヴォンはさらに突っ込んで聞いた。「日曜日の大会に集中してる、確かそう言ってたわよね」

「うん。でもがっかりしたんじゃない、ほっとしたんだ。グランガーがフューチャーに乗ってくれることになってね。今日のぼくには、とてもじゃないけど無理だったから」

「グランガーって？」

「うちの馬丁。騎手としても優秀だ。いい選択……のはずだったんだけどね。第三障害の直前で気を失ったんだよ」

「気を失った？」驚いたふりをする必要はなかった。「馬から落ちたの？」

「ああ。でも大丈夫、軽いけがで済んだから。ツイてたよ。彼だけじゃない、ぼくらみんながね。もし重傷だったら、ぼくはこの先どうしていいかわからなかったと思う。誰かが利尿剤を盛ったんだ、失格にさせるために――ぼくをね。グランガーは低血圧症で、それで気を失う騒ぎになったんだよ」

デヴォンはキッチンのスツールに力なく座り込んだ。「誰かがあなたをはめようとしたの？」

「ああ、大変なことになるところだった。今日はたまたま、抜き打ちのドーピング検査が予定されていたんだ。ぼくが検査に引っかかっていたら、大会に参加できなくなるところだった。たぶん永遠に」

「ひどい。誰がやったのか、心当たりは？」

「さっぱり。怪しいやつは一〇人以上もいるからね。言っただろ、馬術の世界は恐ろしい所だって」

「捜査は？」

乾いた笑い。「捜査はいつもしてるよ、特にドラッグ絡みの時は。でもだからと言って、何かがわかるとは限らない。証拠も出てこないよ」

デヴォンはモンティに目をやった。また何か走り書きしている。**身体の具合を聞け。**

「お腹の調子はどう？　よくなった？」

「うん、まあまあかな。とりあえず紅茶とパンは少し食べられたから、回復中さ。グランガーの件を聞いて、お腹がまた痛くなったけど」

「でしょうね。ねえ、誰かそばにいるの？　看病とか、身の回りのお世話をしてくれる人は？」

「大丈夫。ここウェリントンにはスタッフが揃ってるんだ。ホームドクターもいる。みんなにちゃんとケアしてもらってるよ。でも、心配してくれてありがとう」彼は一瞬間を置いて続けた。「ブレイクとのデートはどうだった？」

「楽しかったわ」父が顔をしかめるのが見えた。「すごく楽しくて、はしゃいじゃった」

「はしゃいだって？　何をしたの？」

「そりにスケート、雪合戦も」

「冗談だろ？」

「ほんとよ。すごくリフレッシュできた。このところずっと大変だったから」

「で、ブレイクが一時的にストレスを解消してくれた、と。それはよかった。ねえ、日曜の晩に帰るつもりなんだけど、空いてる？」

デヴォンは目をしばたたいた。「日曜はグランプリでしょ」

「勝つつもりのね。で、月曜は何もないから、日曜の晩はパーティータイムなんだ。きみと過ごしたいんだよ。火曜まで戻らなくていいんだけど、どう？」

「本気で言ってるの？」

「もちろん、早く会いたくて仕方がないよ」

「そうね、わたしもお腹を治す薬くらいにはなれるかしら？」

彼はおかしそうに笑った。「たぶんね。オーケー？」

モンティがうなずいた。

「もちろん」とデヴォン。

「やった。じゃあ、嬉しいついでにもう一押し。来週末、大会を観に来てくれないかな？よかったら、金曜の晩に飛べるように社用機を手配しておくよ。ウェリントンにはうち専用の滑走路がある。あっという間だよ。どうかな？」

モンティが激しく首を振った。

「行きたいのは山々なんだけど、それは無理。母が無事に戻ってくるまでは。妹と兄が一緒なの、覚えてるでしょ？　二人を放ったらかしにはできないわ。それに、行っても母が気になって楽しめないと思う。わかってくれるといいんだけど」

「がっかりしていないと言ったら嘘になるけど、もちろんわかる。でも、次回は期待してもいいかな。お母さんが戻ってきたら、すぐにまた誘うから」

「考えておくわ」デヴォンはモンティの動きを目で追った。ブーケをじっくりと検分し、何か思いついたような表情を浮かべた。キッチンカウンターの上を見回し、カードを見つけた。中を一瞥し、彼は満足そうに大きくうなずいた。

モンティは身振りで、デヴォンに電話を切れと指示を出すと、携帯を開いてキッチンを出ていった。

デヴォンが電話を切ってリビングに行くと、モンティは携帯で誰かに礼を言い、話を終えようとしているところだった。

彼はデヴォンを振り返った。「興味深い。ジェームズ・ピアソンはあの花を自分で頼んだ。ウェリントンから、今朝早くにだ。腹が痛くて、便器にへばりついていたはずの時間にな」

「あの人が嘘をついていると思ってるの？」

「この一連の話にはおかしなことが多すぎると言ってるだけさ。最初から臭いとは思っていたが、今はますます臭う。ジェームズは都合よく、大会に出場できないくらい重症だが、時々はよくなる食あたりになった。グランガーという理想的な代役は偶然にも低血圧症。抜き打ちのドーピング検査がたまたま今日、予定されていた。が、グランガーは気絶したおかげで検査を免れた。薬を盛る手口もおかしい――ジェームズの飲み物が狙いなら、誰だって薬を入れる前に、それが本当にジェームズのものなのか確認するだろ？」

「正論ね。でも、そこからどんな結論が出るのか、よくわからない」

「おれもだ。ただ、筋の通らない点は他にもある。ジェームズの反応だ。ああいう性格の男だからな、むきになって真相を暴こうとするのが普通だろう。エドワードはともかく、あいつは脅迫状のことを何も知らない。なのに、誰がやったのか探そうともしていなかった」

「つまり、全部ジェームズが仕組んだというわけ？　でもなんのために？　グランガーはジェームズのライバルでもなんでもない。個人的にも、騎手としても」

モンティは大きくうなずき、部屋をうろつきはじめた。「そこがわからないんだ。あれで痛い思いをするのはグランガーだけだし」

デヴォンはソファに腰を沈め、物思わしげな表情を浮かべた。「ねえ、全部知ってたの？　ジェームズが電話をかけてくる前から」

「ああ。二時間ばかり前にな。エドワードに呼びつけられたんだ。かなり苛ついていたが、グランガーが軽傷とわかると、すぐに落ち着きを取り戻した。でもジェームズが、あれほど勝利にどん欲な騎手が大会に出られないほど体調を崩したというのに、やけに冷静で、特に心配もしていなかった。そこが引っかかってたんだ。ただ、ジェームズのさっきの電話から、もっと気になることが出てきた。エドワードはドーピング検査の予定が入っていたとは言わなかった。もし検査があれば、と可能性を口にしただけだ。つまり、ジェームズほど詳しくは知らなかったか、あるいはうまくおれをごまかしたか。どっちにしろ、突き止めてやるさ。検査がいつ決まったのか、そして誰がそれを知っていたのか」

「捜査の手がかりになるようなものはあるの？」

「聞いたところ、エドワードはウェリントンのかなり大口のスポンサーらしい。ジェームズはたぶん、じいさんの影響力を利用して誰かを買収したんだ。おそらくその誰かが、あいつにドーピング検査の情報を漏らしたんだろう」

「で、ジェームズはおそらく、自分が狙われていることを知っていた。それで逃げた、と」

「それが一つ。もう一つ、最悪のシナリオもある。ジェームズは実際に薬物を使っていて、それを隠蔽《いんぺい》しようとしている」

「そうじゃないといいけど」

「まあな。だけど、さっき電話をしてきたジェームズは、じいさんが言っていたような、かなり参っている感じとはまるで違った。動揺のどの字も感じられなかった」モンティは小さく首を振った。「何がどうなってるのか、さっぱりわからんよ。いまのところは、な。とにかく、ジェームズ・ピアソンが臭いというのは確かだ」

「ブレイク・ピアソンは?」デヴォンは抑えられずに聞いた。「彼も信用できない?」

モンティには、娘が何を聞きたいのかがはっきりとわかった。彼は足を止め、デヴォンを見つめて言った。「フレデリックのとまったく同じ車種の社用車が一二台ある。重役連中は全員それに乗っている——エドワードからフィリップ・ローズ、ルイーズ・チェンバーズまで。それと、そう、ブレイクもな。だけどあいつは賢い。もしルサーン湖に行って伯父を焼き殺したんだとしたら、同じ車でうろうろするようなばかなまねはまずしないだろう。どうだ、ほっとしたか?」

「うん、かなり」

「そうか。でも、安心はするな。ブレイクが殺人犯の可能性は低いと思うが、だからと言って、おれはあいつを信用してるわけじゃない。おまえも信用するなよ」

デヴォンはうなずいた。「大丈夫よ。ガードは固めてるから」彼女はこめかみを揉んだ。

「なんだか、どんどんややこしくなってきたわね」

「いつもこんなもんさ。で、ややこしくなったところを解決する」モンティはコーヒーテーブルの上のバスケットからりんごをつかみ取った。「ところで、メレディスはどうした？」一口かじる。「おれを家の中に入れてから、見てないが」

「ゲストルームじゃないかな、パソコンの前。経済学のレポートが大変みたいだから」デヴォンはリビングルームのつけっぱなしのＰＣに目をやった。「わたしが帰ってきた時は、そこでやってたんだけど」

「おれが来るまではな。で、隠れちまった、と」

デヴォンはため息をついた。「モンティ……」

「心配するな」長女の慰めの言葉を手で遮った。「面の皮は厚いし、意志の固さも鋼並みだ。諦めんよ。なあ、二人とも飯はまだなんだろ？　久しぶりにおれの自慢のリングイネ・モンゴメリー・ソースはどうだ？」

父の言葉に、温かく、懐かしい記憶が蘇ってきた。「いいわねえ」デヴォンの脳裏に、幼少時代の記憶が走馬燈のように浮かんでくる。「昔を思い出すわ。リングイネ・モンゴメリー・ソースか、何年ぶりかしら。レーンもそうとわかってたら、出かけるのをやめたかもしれないのに」

「あいつは？」

デヴォンが肩をすくめた。「さあ。仕事仲間とマンハッタンに何度か行ってるみたいだけど、はっきりした理由は言わないのよ」人差し指と中指を組んで掲げた。「どうかレーンが東海岸で仕事の口を探していますように。そうすれば、また昔みたいに近くにいられるから」彼女は立ち上がった。「メレディスを捜してくる」

「いや」モンティが止めた。「おまえは材料が揃ってるかチェックしてくれ。メレディスはおれが呼んでくる」

デヴォンは全部わかっているという顔でうなずき、キッチンに向かった。「幸運を祈ってるわ」

「唐辛子を忘れるなよ」モンティが彼女の背中に向かって言った。

「もちろん。というか、むこうがわたしを忘れないわ——かの有名なモンゴメリー・ソースを食べたら、最低三日はね」

フィリップ・ローズはオフィスの扉を閉めて明かりをつけた。

午後九時過ぎ。会社には誰も残っていない。それでも念のため、鍵は閉めておくことにした。探しものが見つかった場合に備えて。見つかったら最後、とんでもないことになる。

PCを起動し、ログインすると、セキュリティ・コードをタイプした。

アクセス。

探すファイルはわかっている。今日、ちらっとは読んだのだが、何度も邪魔が入ったのだ。

同僚。警察。モンゴメリー。

モンゴメリーのやつめ。明らかにおれを疑ってやがる。

あった。このファイルだ――時限爆弾。

ファイルをクリックして開け、中のデータを食い入るように見つめた。

二〇分後、ローズはデスクの前に座ったまま、顔に冷や汗の粒を浮かべていた。

恐れてはいたが、まさかこれほどとは。間違いなく不利な証拠になる。

こうなったら、取るべき行動は一つしかない。

一番上の引き出しを開け、ある物を探した。

指がそれに触れた。しっかりとつかむ。

続いて、彼は電話に手を伸ばした。

17

デヴォンは久しぶりにリラックスした気分で目を覚ました。

家族での夕べ。いつ以来だろう？　十何年ぶりか。食事と会話を楽しみ、思いきり笑い合った。メレディスもすっかり打ち解けていた──モンティがバット・フォンを引っ張りだし、みんなでサリーに電話をしようと言った時は、特に。

母は涙声だった──嬉しくもあり、悲しくもある涙。幸せと、切望と、孤独の思いが入り交じっていた。

家に帰りたいのだ。

きっと、モンティが叶えてくれる。その思いはデヴォンの中でますます強くなっていた。それと、確かなことがもう一つ。モンティの言うとおり、母の我慢は限界に達しようとしている。これ以上隠れているのは無理だろう。五日目で早くも彼女は焦れていた。外に出たくてうずうずしている籠の中の鳥と変わらない。時間が経つにつれて、恐怖が薄れてくる。そして恐怖が薄れるにつれて、母が籠を飛び出して家に舞い戻り、計画を台無しにする可能性が高まるのだ。

真相の究明を急がなければ。

昨晩、モンティは真夜中まで一緒にいて、昔のように皆でポーカーを楽しんだ。レーンが一人勝ちし、昔と同じく、賭け金はスニッカーズで支払った。

デヴォンは一二時半に床についた、久々に満ち足りた思いだった。

でもうとうとしかけた時に、はっと思い出した。いけない、ブレイクに電話を折り返すのをすっかり忘れていた。


朝の七時、問題は解決された。

デヴォンがシャワーから出るか出ないかという時に、電話が鳴った。

「もしもし?」彼女は息を切らしながら出た。

「よかったね、ぼくが簡単には動じない男で。そうじゃなかったら、今頃はきみに嫌われたんじゃないかって、不安でたまらなかったと思うよ」

デヴォンは知らないうちに笑みを浮かべていた。「おはよう、ブレイク。ごめんなさいね。昨日は残業で遅かったの。帰ってきてもばたばたしてて、やっと落ち着いたと思ったら真夜中だったのよ。もう寝てるかもしれないと思ったから電話をしなかったの」

「起きてたよ」背後の音から察するに、車の中からかけているらしい。「いつもね。睡眠時間はあまり要らない。ぼくには都合がいいんだ。寝る時間はほとんどないからね」しばしの間。「時間と言えば、まだ早いんだけど、起こしちゃったかな?」

「ううん。早起きだから、少なくとも平日はね。クリニックに八時までに行きたいの。午前中に手術の予定が入ってるペットは、八時半から九時の間に来る。検査の前に、なるべく飼い主と顔を合わせるようにしてるのよ。そのほうが、みんなが落ち着けるから」

「じつに思いやりがある」とブレイク。

「それが仕事だもの。ペットは家族の一員。きちんと愛情を持ってケアしてあげないと。もちろん飼い主もね。同じようにつらい思いをしてるから」

「自分の仕事に情熱を持っている人の話を聞くのはいいね」ブレイクが返した。「折り返し電話をくれなかった件は許してあげよう、いや、やっぱりやめようかな。そうだ、今晩ディナーに付き合ってくれよ。そこで話し合おう」

デヴォンは答をためらった。理由は山ほどある。この前のキスの余韻がまだ残っている。ブレイクの信用性に関するモンティの警告も気になる。それに、ブレイクの気持ちがいまひとつ見えない。本気なのか、それともエドワード・ピアソンの命令で動いているだけなのか。

「どうしようかしら」彼女は誘いをかわした。「今週はほんとに忙しくて。すごく疲れてるし——」

「そりレースのしすぎで？　それとも、このあいだ会ったばかりだから？」彼がデヴォンの言葉を遮って言った。

「両方」デヴォンはあやふやな態度ではぐらかすのをやめ、正直に言うことにした。「仕事をおろそかにしたくないの。それにこういうの、慣れてないのよ。慌ただしい平日の夜に続けて人と会う、そんなめまぐるしい生活にね。あと、あちこちから同時に言い寄られるのにも」

「で、ぼくもそのあちこちの一人、と」

「そう」

「嬉しいよ。ぼくの気持ちが伝わってるんだね」

沈黙。

「念のために言っておくと、きみの気持ちも伝わってるよ。そう聞いて、嬉しいと思ってくれるかどうかはわからないけど」彼が言い添えた。

わかるわ、嬉しい。でも、と彼女は思った。そうじゃなければよかったのに。

「ブレイク、もう切るわ。患者さんたちが待ってるの。あなたも仕事が待ってるんでしょ」

「オーケー」彼がオーケーと思っていないのは、声を聞けば明らかだった。「じゃあ、これでどうかな。今晩は諦める。でも明日は金曜日。七時に迎えに行くよ」

「土曜も仕事なの」

「ぼくもだよ。だからと言って週末に変わりはない。リラックス・タイムが必要だろ」

「リラックス・タイムって」デヴォンの声に嬉しさが出ていた。「当ててみましょうか――雪合戦のリベンジ？」

「はずれ。自宅での静かなる夕べ、仕事中毒の疲れた二人のためのね。手料理をふるまうよ。ぼくのポーチド・サーモンは美味しいよ、ディル・ソースで食べるんだ」

「約束するわ」

「冗談でしょ」

「いいや。こう見えても器用なんだ。それで、デートの約束は？」

「わかった」彼女はついに諦め、本心に屈した。

ブレイクは一日の始まりに満足していた。

最初、デヴォンの返事は曖昧だったが、最後にはポジティブな反応を引き出せた。調子がいいぞ、いい一日になりそうだ。

駐車場に車を置き、五四番街をオフィスに向かって歩く。回転扉の脇に立っているセキュリティの人間にうなずき、ビル内に入ると、ロビーを抜けてエレベーターに向かった。

降りたのは二七階、ピアソン&カンパニーの重役のオフィスが並ぶフロアだ。どこも明かりはついていない。当然だろう、まだ七時二〇分なのだ。廊下を抜けていく。センサーが彼を確認し、各セクションを通過するたびに青く光る。一番乗りだが、珍しいことではない。フレデリックが死んでからは、特に。

反射的に伯父のオフィスに目をやった。暗く、がらんとしている。まだ現実ではないような気がする。ブレイクは心のどこかで思っていた。ひょっとしたらフレデリックがデスクの前に腰を下ろしているのではないか。電話をかけたり、売上予想の数字を見返したりしているのではないか。

その思いを押しやり、自分のオフィスに向かう。ブリーフケースを置き、デスクの上にざっと目をやった。〈優先事項〉のトレイに書類が山積みになっている。それに、昨日ウェリントンで起きた事故のこともある。早めに被害対策を講じなければ。

廊下に出ると、給湯室に向かった。目指すは濃いブラックコーヒーだ。

通りすがりにフィリップ・ローズのオフィスが目に入り、ブレイクは驚いて立ち止まった。扉がきっちり閉まっている。珍しいな。ローズは仕事熱心だが、朝の七時半前に出社したことはない。自分のペースを絶対に崩さない男だ。早朝は欠かさずスポーツ・クラブに行っているはずなのだが。

相当に思い悩んでいるのだろう。フレデリックが殺されて以来、ずっと取り乱していた。無論、彼を責めているわけではない。好き放題にやるジェームズの手綱を締めるのは、ただでさえ大変だろう。その重荷がいまは何倍にも増えているはず。しかも、昨日はゴールド・コースト・クラシックであんなことがあったのだ……。

ふうと一つため息をつくと、ブレイクはコーヒーをいれに行くのをやめ、ローズのオフィスに顔を出すことにした。チョンピング・アット・ザ・ビットのことで、詰めなければならない件がいくつかある。いま話してもいいだろう。

ブレイクが扉をノックした。

返事はない。

「フィリップ?」

やはり返事はない。

おかしい。

眉をひそめ、ブレイクは取っ手を回してみた。鍵はかかっていなかった。

彼は扉を押し開けた。PCのファン音が、電源が入っていることを告げている。ローズのコートが真鍮のコートラックにかかっており、ブリーフケースがそばに置かれていた。

「フィリップ？」中に入り、部屋を見渡した。次の瞬間、彼はその場に立ちすくんだ。

美しい彫刻が施されたマホガニー材のデスクのむこうで、フィリップ・ローズが椅子の上で力なく倒れていた。片方のこめかみが血で染まっている。流れた血がシャツを真っ赤に染め、絨毯に小さな赤い池を作っていた。両腕は横にだらりと垂れ下がっている。

右手の下に、拳銃が落ちていた。

「なんてことだ」

エドワード・ピアソンは椅子に深く腰かけていた。顔に血の気がない——その日の朝、彼のオフィスを訪れたモンティは、すぐにそう思った。

「お飲みになったほうが」モンティはブレイクがグラスに注いだ水を指した。

「水などなんの役にも立たん」エドワードはぴしゃりと言い返した。「それでフィリップが戻ってくるというのか。この騒動を少しは収めてくれると」

「おじいさん、落ち着いてください」ブレイクがなだめた。「ドクター・リチャードが間もなく来ますから」

「医者など要らん。私が欲しいのは説明だ」エドワードはネクタイを緩め、眉の汗を拭った。「どうしてローズはこんなことを？　何があいつをそこまで追い込んだんだ？」要らないと言っていたグラスを手に取り、エドワードは水を飲んだ。

「警察が現場を検証中です」モンティが答えた。「死体解剖もするでしょう。ただ、いまわかっている限りでは——拳銃、会長への電話、モニターに残されていたメモのことですが——検屍官はおおむね自殺と考えています」

「それはわかっておる。ローズは自分の頭に向けて銃をぶっ放したんだ。ただ、理由がわからん」

「ええ、そこが謎です」モンティはエドワードを見つめた。「ローズさんが拳銃をお持ちになっていたことは、ご存じでしたか？」

「ああ」

「ぼくもです」ブレイクが言い添えた。「誰でも知っています。何年か前から、護身用に」

「なるほど、で、たいして役に立たなかった、と」モンティは皮肉っぽく言い、エドワードに向き直った。「ローズさんから電話があったのは昨晩の一一時頃、でしたね？」

「一一時過ぎだ。ちょうどテレビを観ていた」

「自暴自棄な感じはありませんでした？」

「自暴自棄？　それはない」エドワードはグラスをどんと置いて続けた。「ただ、取り乱しているようだった、少しな。酒を飲んでるのかと聞いたんだが、違う、プレッシャーが大きすぎると言っていた。もうここにはいられないと。私はてっきり、会社を辞める、という意味だと思った。それで、そのプレッシャーはフレデリックのことと関係があるのかと聞いたんだが、理由は明日の朝になればすべてわかる、としか言わなかった。私と二人だけで話がしたいのかと思ったから、八時きっかりに出社すると伝えた。フィリップはただ、おやすみなさいと言って電話を切った。気になって、一晩中あれこれと考えていたが、今朝出社したらこんなことになってたんだ」

「彼の口調や言葉に、最期を臭わせるようなものは？」

「ない。たぶん……よくわからん」エドワードは両手をデスクについた。気を落ち着かせようとしているのがありありとわかる。「昨日は何も思わなかったが、いまになってみると、確かに妙なことを言っていた……でも自殺するなんて、誰が思う？」

「ええ、誰が思いますかね？」モンティは呟き、ブレイクを見やった。沈痛な面持ちで祖父をじっと見つめている。「書き置きをご覧になったんですよね。パソコンのモニターになんと書いてあったか、覚えてますか？」

「はっきりとは」ブレイクが答えた。「でも、それどころじゃなかったんですよ。フィリップがあんなことになってるのを見て。警察に電話をすることしか思い浮かばなかった。フィリップの最期の言葉を一字一句読むどころじゃなかったんです。よく覚えていませんが、自分を許せないとか、フレデリックの死に関することとか、自分が金を不正に作っていたこととか」

「フレデリックさんを殺したとは？」

「それはないと思います。少なくとも、そういう文は見ていません。不正資金のことでフレデリックから怪しまれて、どうしていいかわからなくなったというようなことが書いてあった。他にもあったかも知れませんが、とにかく覚えてない。ショックで気が動転していたんだと思います」

「でしょうね」とモンティ。「出社して死体を発見するのは、日常茶飯事ではありませんから。それも、遺体が大切な従業員で古いご友人のものとなると、なおさらです――おまけに暴力的で、きな臭い、じつにタイムリーな死。お水じゃなくて、もっと強いやつが欲しいんじゃありませんか」

ブレイクの目が険しくなった。「ずいぶんと嫌味な言い方ですね。ぼくを責めているようにも聞こえますが」

「いえいえ。ただ、三〇年の経験から申し上げているだけです。わたしはまだ結論を出していませんから。自殺かどうか、答は保留しておきます。所轄の捜査官の話を聞いてから判断しますよ」

「何を言ってるんだ？」エドワードがすかさず問いただした。「殺人だというのか？」

「いえ、ただ簡単には答を出さない、と申し上げているだけです」モンティは肩をすくめた。

「今週起きたことについては、特に」彼はくるりと背を向けると、扉に向かった。「所轄に行って、現場の担当者と話してきます。担当がわたしの知り合いで、何か情報をくれるといいんですがね。まあ、何もなくても、例の書き置きの中身は覗いてきますよ」戸口で立ち止まると、エドワードを振り返った。「昨晩、他にお電話は？」

「どうだったかな――おい、どういうことだ？」エドワードが何かに気づいた顔で言った。「脅迫状をよこしたやつから、ということか？　それはない、一度も。まさか、そいつがフィリップだと、いや、だったと言うのか？　フィリップがゆすりをかけてきたと？」

モンティはまた肩をすくめた。「かもしれませんね。あるいは、そいつがローズさんをはめて、それで殺したのかもしれません。じきにわかりますよ」彼はドアノブに手をかけた。「それでは失礼します。会長は医師の指示に従ってください。お体に障りますから、気楽にしててくださいよ。また連絡します」

一時三五分、デヴォンが手術室から出ると、今朝の検査結果の山と、おなじみの伝言用のメモがいくつも置いてあった。

ただ、そのうちの三枚がモンティからというのは予想外だった。しかも「大至急」や「とにかく急いで」という文字を目にするとは。

彼女はオフィスに駆け込み、父の携帯にかけた。

「はい」彼が出た。「デヴォンか、よかった」

声を聞いた瞬間にぴんと来るものがあった。何か悪いことが起きたのだ。「どうしたの？　お母さんのこと？」

「いや。サリーのことじゃない」モンティは、もしそうならバット・フォンの番号を教えたはずだと伝えた。「フィリップ・ローズのことだ。死んだ。頭に銃弾を食らってな。現場はピアソン社のやつのオフィス。メディアが集まって、騒ぎになってる。おまえがニュースを知って、心配するといけないと思って電話したんだ。おれは大丈夫だ、ぴんぴんしてる」

「また死んだの？　ピアソン家に関係する人が」デヴォンはどさりと腰を下ろし、頭の中で素早く情報を処理した。「殺人？　それとも自殺？」

「いい質問だな。いま、所轄の署の前でホットドッグを食ってるところだ。これからそいつを探りに行く。なあ、今晩、一緒に飯でもどうだ？」

「二人きりで？」

「ああ」

デヴォンはすぐに察した。モンティは事件について、わたしと議論を交わしたいのだ。メレディスの前では、それは避けたいと思っている。あの子は繊細すぎて、この手の話を聞いていられないからだ。

「仕事が終わったらすぐに電車でそっちに行くわ。六時くらいになると思う。救急外来がなければだけど」

「いや、おれが車でそっちに行ったほうが早い。クリニックに迎えに行く。メイン・ストリートのダイナーで食おう」

「わかった」デヴォンは少し間を置いてから続けた。「自殺とは思ってない、そうでしょ？」

「まあな。詳しくは後で」

モンティはダブルバーガー・セットを、デヴォンはシェフサラダを頼んだ。

二人とも無駄話は一切せず、いきなり本題に入った。事件の分析と意見交換。デヴォンが一〇代の頃に確立したやり方だ。

「オーケー、いまわかってるのはローズの名前で登録されている三八口径の拳銃が一丁、それと書き置き、目撃者はなし——ただし、エドワード・ピアソンは電話で話してる。時間は死ぬ三〇分前、と」デヴォンはモンティから聞いた情報を整理した。「死体解剖の結果は?」

「公式な発表は明日だが、さっき担当者に話を聞いたところでは、自殺以外の結論を出す証拠は何もないらしい」

「でも、おかしな点がある」

「山ほどな」

「聞かせて」

「どこから始めるかな」モンティは顔をしかめた。「まず、書き置きはパソコンのモニターにタイプしてあっただけで、署名はない——遺書にしては、やけにあっさりしている。エドワード・ピアソンへの電話の内容もはっきりしない。普通ならやけくそになるところなのに、どうとでも取れることをいくつか口にしただけだ。エドワードは警察に電話をかけようとも思わなかった。もしローズが怪しい、フレデリック殺しに絡んでるかもしれんと感じたら、あいつならすかさず行動を起こしたはずだ。書き置きにあった裏金も臭い。会社の金をくすねていたのに、ジェンキンズが――おれが雇ってる法会計士なんだが――調べた限りでは、それらしい記録は一つもない。で、ジェンキンズはその道のプロ中のプロだ」

モンティはポテトフライを口に放り込んで続けた。「ローズの顔には火傷の痕もなければ、火薬も付着していなかった。つまり、三八口径の銃口はこめかみに押し当てられていなかった、ということになる。それと、ローズの手から硝煙反応は出ていない」

「でも、硝煙反応はもう証拠として採用してないんじゃ？」デヴォンが口を挟んだ。

「ああ。間違った結果が多すぎるからな。ただ、反応が出なかった以上、おれはローズが自分で撃ったんじゃないと確信してる」

「指紋は？」

「ローズのだけだ。そこは自殺の線とぴったり一致する」

「発砲の角度は？」

「やや下向き」

「自殺だったら上向きが一般的、だったわよね」デヴォンはモンティの教えを思い返しながら言った。「でも、それだけじゃ証拠にならない」

「おれはもう警官じゃない、探偵だ。証拠なんて要らんよ。覚えてるか、おれの口癖……」

「見かけがアヒルで、泳ぎ方もアヒル、鳴き声もアヒルだったら、そいつはたいていアヒルだ、でしょ。わたしも賛成だわ。自殺にしてはおかしな点が多すぎる。それで、どうするの？」

「まずはローズが殺された理由と、誰がやったのかを突き止める」

「たぶん、フレデリックを殺したのと同じ人間ね」デヴォンはサラダを口に運び、もぐもぐと嚙みながら考えを巡らせた。「ジェームズの可能性はなくなった、と」

「あいつはフロリダから出ていない」とモンティ。「それは確認済みだ。ただ、だからと言ってあいつがシロとは限らない。引き金は引かなかったというだけだ」そう言うと、彼はしかめっ面をした。「今度の日曜にあいつと会うんだったな」

「それと、明日の晩はブレイクと」デヴォンが言い添えた。

「ブレイクも怪しいと思ってかかれ。死体の第一発見者だ。それにあいつ、やたらと動揺してやがった」モンティがさらに顔をしかめた。「あいつもこれが自殺じゃないと踏んでるようだ。どうしてかはわからんがな」

デヴォンはフォークを置いた。「この前の晩に聞いたんだけど、チョンピング・アット・ザ・ビットを立ち上げるのに、フードサービス部門の得意先とサプライヤーのコネが要ると言っていた。つまり、フレデリックとフィリップ、あの二人との密接な関係が不可欠だと彼女は身を乗り出し、両肘をテーブルについて指を組んだ。「それで、なんだか気になることを口にしたのよ。フレデリックが死んだいま、ジェームズが仕事の邪魔をして、自分の足元をすくおうとするかもしれないって。今回の件と関係があるのかはわからないけど、これで狙われた三人が一つにつながるのは確かかね」

「そうだな、調べてみる価値はありそうだ。それと、ピアソン社の防犯カメラの映像もチェックしよう——昨晩のやつだ。まあ、何も映ってないとは思うが」

「犯人はビル内に潜んでたのね？」

「ああ。ピアソン社内部の人間の犯行だろう。そいつがローズをそそのかしてフレデリックを殺させ、昨日はローズを始末して、通用口から逃げた。ローズが実際に手を汚したかどうかはわからんが、おそらくあいつはエドワード・ピアソンに全部打ち明けようとした。で、ホシはそれを察して行動を起こした。そうだ、それで思い出したんだが、ローズのパソコンのハードディスクも調べてみる。証拠らしきものがあったとすれば、ホシはとっくの昔に消去してるだろうがな」

モンティはここで間を置き、娘の目を見据えた。「で、ブレイク・ピアソンの件だが、だいぶ近づいたみたいだな。どうだ、口を割らせられそうか？」

「わたしに対する好意を利用して、お腹の中のものを全部吐かせるってこと？　だったら答はノー」

再び間。今度の沈黙はさっきよりも長く、含意を感じさせた。「深入りしたらしいな」

「さあね」デヴォンの声に不快感がにじみ出ていた。「どうしてそう思うの？」

「父親としての勘だ」

デヴォンは視線をそらし、ナプキンの端をいじりながら言った。「ねえ、勘の話はよさない？　というか、わたしの私生活の話はやめて。ブレイク・ピアソンのことは、自分でもまだよくわからないの。とにかくいまは事件を早く解決して、お母さんを無事に連れ戻すこと、それだけよ。ブレイクが積極的にその邪魔をしてる可能性はないとは言えない。ただ、あの人がどの程度関わってるのかがはっきりするまで、先のことは考えないつもり」

「だったら、明日の晩は気合を入れていけ。あいつのガードをなんとかして緩めるんだ。本音を聞き出すのは早いほどいい。先の展開を考えるに値する男かどうか、早く判断できるかな」


えび茶色のクーペのドライバーはダイナーをじっと見つめ、続いて携帯を開いて番号を押した。

「まだおやじと飯を食ってます」彼は報告した。「作戦会議でしょう。問題ありません。明日、報告の電話をするでしょうから。ばっちり聞いておきますよ」

18

ブレイク宅までのドライブは、デヴォンの予想とはまるで別物になった。

彼女が緊張していたせいではない——そわそわしてはいたけれど。ブレイクの機嫌が悪かったからでもない——見るからにぴりぴりしてはいたけれど。彼がナーバスになっているのは、うるさいマスコミのせいだ。ピアソン&カンパニーで発生した二度目の暴力的な死について、記者たちは大騒ぎしている。

車内の空気が予想と違った原因はチョンパーにある。全部、彼のおかげだ。ブレイクは愛犬をピックアップし、その足でデヴォンを迎えに来た。ただでさえ元気があり余っているのに、チョンパーはデヴォンとの再会に大喜びで、ホワイト・プレーンズからマンハッタンまでの道中、休むことなく飛び跳ねていた。はしゃぎ回る犬との格闘のおかげで、ジャガーの車内は緊張どころか、どたばた騒ぎと笑い声に包まれていた。

「ふう、事故らなくてよかったよ」ようやく部屋に入り、ブレイクが言った。「チョンパーめ、恐ろしいやつだ」

「簡単な車内のルールを教えてあげればいいのよ」デヴォンはコートを脱ぎ、腰をかがめてチョンパーの耳の裏を掻いてやった。「それと、この子専用の場所も要る——ちゃんと仕切りのある所がね。ジャガーを手放して、SUVにしたほうがいいかもよ。チョンパーくん、大喜びすると思うけど」

ブレイクは二人のコートをかけ、笑みを浮かべた。「トラックはファームにあるんだ。チョンパーも気に入ってる。しつけ教室に入るまでは、ジャガーにはあまり乗せなかったんだ。外出はもっぱら散歩だったからね。でも、きみのアドバイスはありがたく心に留めておくよ」

「そうして」デヴォンは玄関口から中に入り、両腕をアンゴラ・セーターの上からさすった。「今晩は冷えるわね」

「すぐに暖かくなるさ」ブレイクは彼女をリビングルームに連れていき、ガス暖炉をつけた。「座って」彼はそう言うと、ソファを指した。「ワインを持ってくる。それからディナーの支度を始めるよ」

「何かお手伝いすることは？」

「こいつと思いきり遊んでやってくれ」チョンパーはデヴォンの後についてきて、いまはソファのそばにぺたんと座り、期待に満ちた顔で彼女を見つめている。「サーモンは下味をつけてあるから、オーブンに入れるだけだし、ディル・ソースもさっき出る前に作っておいたんだ、秘密のレシピだからね。冷蔵庫にそのソースと、他の料理も全部入ってる。後は盛りつければいいだけ。三〇分もしないうちにできるよ」

デヴォンは頭を傾け、手で髪をかき、唖然とした顔でブレイクをしげしげと眺めた。「驚きね、あなたにこんな一面があるなんて」彼女は正直に言った。「家庭的で、グルメなシェフだったとは、思いもしなかったわ」

「そうでもないさ」ブレイクはすかさず言い返すと、サイドボードに向かい、ソーヴィニヨンの白のボトルを開けた。「チョンパーを飼うまでは、家にほとんどいなかった。最近はいるようにしてるけど、主食はテイクアウト。料理はやるとしても、月に一度くらいかな。それとグルメのほうだけど、評価は食べてからにしてくれよ」

「了解。でも、わたしも同じようなものよ。ペットがいるから早めに帰る。仕事の後は疲れきってて、外出もしたくないし。それでも料理はほとんどしない。だけど、やればすごくうまいのよ」

「いいね」ブレイクがワインの入ったグラスをデヴォンに手渡し、彼女はソファに腰掛けた。「じゃあ、次の食事はきみに作ってもらおうかな。それで、どっちがうまいかわかる」

デヴォンはあきれた顔をした。「やっぱりね、また競争じゃない。今日はのんびりと食事を楽しむと言ってなかったっけ？　わたしをリラックスさせてくれるって」

「それもある」ブレイクはグラスをコーヒーテーブルの上に置いた。「すぐに戻るよ」彼は部屋を出てキッチンに向かった。

デヴォンは背もたれに寄りかかり、チョンパーの耳を掻いてやりながら、ワインをすすった。

五分が過ぎ、一〇分が過ぎた。

暖炉の火がいい具合にデヴォンの肌を、ワインが彼女の五感を温めてくれた。心地よい、気だるい感覚が押し寄せてくる。あくび。ソファの上でさらに楽な姿勢を取り、クッションに身体を預けた。目を開けていられない。思っていたよりも疲れているらしい。

何かぼんやりとしたものが意識の中に入ってきた。なんの音？——虫かしら？　彼女は眉をひそめ、耳をそばだてた。

また聞こえてきた。もうっ、うるさいわね。

チョンパーがすかさず行動を起こした——わんわんと吠えると、飛び起きて駆けだした。騒音の正体は虫ではなかった。ドアベルだ。

デヴォンははっとして起き上がった。眠っていたのだ。チョンパーは金色の光の筋のごとく、ものすごい勢いでリビングルームのむこうに消えた。ブレイクが後を追い、玄関に向かった。

続いて、扉の開く音が聞こえた。

「こんばんは、ブレイク」女性の声だ。「一人じゃ寂しいかと思って。オフィスを出る時、いまにも死にそうな顔をしていたし。でも、仕方ないわよね。フィリップのあんな姿を見たんだもの……」声に苦々しい思いがにじみ出ている。「とにかく、ちょっと寄ろうと思ったの——」

「いまは都合が悪い」ブレイクが遮った。

デヴォンは一気に、そして完全に目が覚めた。あの声、聞き覚えがある。ルイーズ・チェンバーズだ。

「悪くなんかないわ。二人ともひどい一週間だった。マスコミの攻撃をかわすのでひと苦労だったし。今晩は、二人で一緒に隠れましょうよ」

「お客さんがいるんだ」ブレイクが言った。

「お客さん？」ルイーズがおもしろくないと思っているのは声でわかった。「ご家族？　お友だち？」

　このチャンスを黙って逃す手はないわ。

　デヴォンは立ち上がると、手で髪を整え、玄関口に歩いていった。「ブレイク？」呼びかけながら、廊下を曲がる。ルイーズの姿が見えた。「ねえ、なんだか焦げ臭いわよ。オーブンの中を見ましょうか――あら、失礼」彼女は足を止め、驚いた表情を作った。「お客さんが見えてたのね、知らなかったわ。ミズ・チェンバーズ、でしたね？」ルイーズに満面の笑みを送る。「先日、お会いしましたわ」

「ええ、そうね」ルイーズは明らかに言葉を詰まらせながら、固い笑みを浮かべた。「こんばんは、ドクター・モンゴメリー」

「デヴォンで結構です」デヴォンは何も知らないという視線をブレイクに向けた。「知らなかったわ、ミズ・チェンバーズも夕食をご一緒することになっていたなんて」

「違う」ブレイクは目を閉じ、顎を硬くした。腹を立てているのだ。ルイーズに邪魔をされたからなのか。それともこの訪問が二人の間に何かあることを示している、つまりブレイクが真っ赤な嘘をついていたからなのか。その見極めはこれからだ。

「ルイーズ、心配してくれたことは感謝する」彼はきっぱりと言った。「でも、ぼくは大丈夫だ。ぼくだけじゃない、きみもこれを乗りきれる」

しばしの間の後、ルイーズは冷静さを取り戻して言った。「もちろんよ、そうするしかないんだから」彼女はもう一度、作り物の笑みをデヴォンに向けた。「お邪魔してごめんなさいね、デヴォン。楽しいご夕食を」

「ありがとう、ルイーズ。あなたもいい夜を」

ブレイクは扉を閉め、振り向くと、胸の前で腕を組んだ。「いまのはなんだ?」

「こっちが聞きたいわよ」デヴォンがすかさず言い返した。「わたしが思うに、いまのはあなたがお付き合いしている女性で、友だちじゃない。それで彼女は、あなたをベッドで慰めてあげようと思って来た、違う?」

「聞きたいのはそっちじゃない、きみの態度だ。どういうつもりだよ。この人はわたしのものよ、さっさと帰りなさい、と言ってるようにしか見えなかったけどね」

デヴォンはけんか腰になった。「何よそれ、ほんと自信満々ね。わたしのものだ、なんて言ってないわよ。だいたい、そっちが嘘をついてたんじゃないの。曖昧にしてごまかされるのも嫌だけど、嘘は最低よ」

ブレイクが睨み返した。「嘘はついてない。ルイーズはただの同僚だ。先週まで、会社以外で話したこともなかった。ただ、フレデリックの死でひどく取り乱していて、それで何回か電話が来たから話した。以上だ」

「じゃあ、さっきのは?」

「勝手に来たんだ。うちに来たことなんてなかったし、ぼくも彼女の家に行ったことはない。それと一応言っておくが、こんなふうにあれこれ聞かれるのは死ぬほど嫌いだ。きみのばかげた誤解を解くつもりがないんだったら、とっくにキレてる。いいか、これ以上は言わないからな。ルイーズとは寝てないし、デートもしてない」

「彼女、見るからにそうしたがってたけど」

「それはむこうの勝手だ、ぼくの知ったことじゃない。なあデヴォン、一つ聞くけど、キッチンでディナーの支度に戻って欲しいのか? それともベッドに連れていって欲しいのか? ぼくは日曜からずっとそうしたかったんだ」

デヴォンはぽかんと口を開け、慌てて閉じた。「え?」

「聞こえただろ? どっちだよ?」

「ベッドよ」口を押さえるより早く、言葉が飛び出してしまった。というか、押さえるつもりもなかった。デヴォンもブレイクと同じくらい、それを欲していたのだ。

デヴォンの答を受けて、ブレイクの瞳が危険な色を放った。彼はデヴォンを強く抱き寄せると、顎を押し上げ、唇を重ねてきた。この前のキスとは比べものにならなかった。

全身の感覚に火がつき、デヴォンは震える声で小さく呻くと、両腕をブレイクにしっかりと回し、すべてを投げ出した。身体を押しつけ、彼の唇を貪る。キスはさらに深さを増した。

ブレイクは唇を重ねたまま、両手を彼女のヒップの下へと滑らせて身体を持ち上げると、ぐいと腿を引き寄せた。彼女はもだえるように身体をくねらせ、両脚を彼に巻きつけた。彼の隆起したものが腿の間の敏感な部分にこすれるたびに、子犬の鳴き声のような声が漏れる。重ね着をした服の上からでも、その感覚ははっきりと伝わってきた。

言葉にならない熱い吐息を漏らしながら、ブレイクはデヴォンを階段の下まで連れていき、半分抱きかかえる格好で二階に上がり、角を曲がって寝室に入った。敷居をまたぐ時にはもう、デヴォンは彼のセーターをたくし上げていた。彼はデヴォンをベッドの脇に下ろすと、セーターを脱ぎ捨てた。二人はそのまま見つめ合った。熱い、濃密な空気が流れる。二人の呼吸は早くも荒くなっていた。

「本当にいいのか?」彼は昂ぶりを抑えながら言った。

「もちろん」デヴォンもセーターを脱ぎ、カーペットの上に落とした。

「ぼくが」ブレイクが近寄り、ブラのホックを外し、左右のストラップを肩に滑らせて下ろす。彼は目を輝かせ、視線の後を追うように手を伸ばすと、左右の胸をそっと包み込んだ。瞬間、デヴォンの全身を稲妻が駆け抜けた。

デヴォンは目を閉じた。親指で乳首を転がされるたびに、びくんと反応してしまう。彼のスラックスに手を伸ばし、ファスナーを下ろそうとしたが、うまくできない。彼がぴったりと身体を寄せ、むき出しの胸を揉みしだいているからだ。

「ブレイク――だめ」彼女はかすれた声で呟いた。「これじゃ拷問だわ」

それを合図に、彼はデヴォンをベッドに横たえると、残りの服を脱ぎはじめた。衣類を脇に置くと、彼はその眼差しをデヴォンに向けた。彼女もちょうどパンツを脱ぎ終えたところだった。彼はデヴォンの下着を手早く剝ぎ取ると、彼女に覆い被さり、マットレスに押しつけ、全身をくまなく愛撫した。

敏感に反応する身体をそらせ、肉体的悦楽に下唇を嚙む。痛いほどの快感。ブレイクがデヴォンの名を呟き、唇で彼女の肌に触れる。首筋、喉、胸に熱いキスの雨を降らせる。彼はゆっくりと時間をかけてそうしていたが、不意に身体を起こすと、燃えたぎる琥珀色の瞳で彼女をじっと見下ろした。

「中に入りたい。もう我慢できない」額に汗の粒を浮かべながら、ブレイクの両膝はもう彼女の腿を押し広げていた。

デヴォンはこくりとうなずいた。興奮しすぎて、うまく喋れない。狂おしいほどの熱い思いを抱いているのは、彼女も同じだった。腰を浮かせ、彼を受け入れるために脚を開いた。

彼の硬くなったものが探るように入り口に当たる――一度、二度――そして押し入ってきた。彼の動きは激しかった。彼女もそれでよかった。デヴォンは両手を彼の腰に押し当て、固く握りしめた。もっともっと、と促すように。彼が躊躇することなく、一気に奥まで突いてくる。奥に到達してもまだ、さらに深くへと。

深部から迫りくる絶頂の予感に意識がいっていなければ、彼女は絶叫していただろう。至上の快感は、すぐそこにある。そこに到達しなければ、死んでしまうかもしれない。「ブレイク……」その声は半狂乱で何かを乞う者が出す音のように響いた。身体は弓なりになったまま戻らない。

半狂乱なのは、ブレイクも同じだった。低く唸りながら、ブレイクは一度身体を離すと、再び彼女の中に入ってきた。ヒップを鷲づかみにして、自らの存在を彼女の奥深くに沈める。深く進むほど、彼女が欲しているところに近づいていく。

突然、彼が呻き、全身の筋肉を強ばらせ、ぴたりと動きを止めた。「ああ……」歯を食いしばり、押し寄せる快感に抵抗しているのだ。快感の波は二人の身体を高潮のごとき勢いで押し流そうとしている。「まだだ……まだ……だ」

「いいの……来て」デヴォンは首をそらせ、頭を枕に押しつけた。彼女は完全に我を失い、解放の瞬間を全身で求めていた。「来て、来て、来て」

彼女の身体の奥で小さな痙攣が始まった時、ブレイクは戦いに敗れた。彼はわずかに腰を引き、続いて奥まで一気に、そしてさらにその奥まで突いた。デヴォンが絶叫を上げた。クライマックスの感覚が、目眩を起こすほどの力で全身を襲う。二度、三度と身もだえし、身体を熱く打ち震わせる。自らを放出し、同時に彼を受け入れるように。

ブレイクも屈した。動物のごとき低い呻き声と共に身体を押しつけると、頭がしびれるほどの絶頂に達した。身体ががくんがくんと震える。まだ痙攣を続けるデヴォンの身体の動きに合わせて腰を突いた。

そして、デヴォンの上に倒れ伏した。

二人とも動けなかった。息が荒い。数分の営みの余波に、身体はまだ小刻みに震えている。ブレイクはごくりと唾を飲み込むと、デヴォンの髪にキスをした。「大丈夫？」かすれた声で言った。

「どうかしら」デヴォンが呟いた。「死んでるかも」

ブレイクが口元に笑みを浮かべた。「安心していいよ、ちゃんと生きてるから」

「ほんとに？」

「ああ。でもこれを続けたら、どうなるかわからないけどね」名残惜しそうに二回ほど軽く腰を突いてから抜き、呻き声を上げて彼女の横に仰向けに寝転んだ。「一〇代の頃に戻ったみたいだな。いや、いまのはやっぱり取り消し。こんなのは初めてだ、一〇代でもなかったよ」

小さな笑み。「嬉しい」デヴォンは少しして目を開けた。「すごかったわ」

「きみもね」彼女が震えているのを目にし、ブレイクは顔をしかめた。少しずつ正気が戻ってきた証拠だ。「信じられないな、シーツも掛けてあげなかったなんて。そんな余裕もなかったのか」横を向いてデヴォンを抱き、足元の上掛けとシーツをたぐり寄せた。「さあ」デヴォンを再び仰向けにさせると、自分もシーツの下に潜り込む。「これでいい？」そしてぴたりと身体をつけた。

「うん」デヴォンはうなずき、頭を彼の胸に預けた。「とっても」

ベッドルームの戸口で、チョンパーがわんと吠えた。かまってくれと言っているのだ。

「おっと」ブレイクが呟いた。「おやすみの時間だと思ってるんだ。外に出て、することをさせろって」

デヴォンが肩を震わせて笑った。「服は着ていったほうがいいわよ。外はマイナス一〇度はいってるから。一〇代のあそこが縮み上がっちゃうかもね」

「面白い」ブレイクはまだ動かなかった。出たくないのだ。「あのさ」彼はそう言うと、彼女の髪を指で梳いた。「ほんとは、怒ったほうがいいんだろうな。さっき、ソファで居眠りしてただろ？　ぼくがキッチンで奮闘してる時に」

「謝るわ」

「仕方ない、許してあげるとするか。償いはしてもらったしね」

「デザートを先に食べちゃった感じ、でしょ。ねえ、そういえば料理は？　かりかりに焦げちゃってるんじゃない？」

「大丈夫。まだオーブンに入れてない。火をつけてから、チョンパーを外に連れていくよ。軽く予定変更だ。素敵な陶器とキャンドルじゃなくて、プラスティックの皿に紙ナプキン。食事の場所はベッド」

「いいわね、お腹ぺこぺこよ」

「ほんとに？」

デヴォンが目を輝かせた。「うん、わたしも一〇代に戻ったの」

チョンパーがまた吠えた、今度はさっきよりも大きく。

「お呼びがかかってるわよ」

「らしいね」ブレイクは起き上がってベッドを出ると、スウェットの上下を手早く身につけ、チョンパーに向かってぱちんと指を鳴らした。それからデヴォンに言った。「すぐに戻るよ」

「ここで待ってるわ」デヴォンはベッドの中で丸まった。骨がなくなったかと思うくらいにふにゃふにゃで、身体に力が入らない、フルマラソンを走った後みたいだ。食事をする元気は残っているかしら？

それと、ここに来た目的を果たす元気は？

19

三〇分後、ブレイクがベッドルームに戻ってきた時、デヴォンはうとうとしていた。後ろにチョンパーを連れている。どうして彼が主人にぴったりくっついているのかは、獣医でなくてもわかる。ブレイクは食べ物を載せたトレイを二つ持っていた。チョンパーは鼻をくんくんさせている。その美味しそうな匂いが分け前に変わるのを期待しているのだ。

「ほらほら、起きて」ブレイクが声をかけた。「ディナーができたよ」

「うん」デヴォンは身体を起こし、枕を立てて背中に押しつけた。「よし、もう目が覚めたわ」自分に言い聞かせるように宣言すると、ヘッドボードに寄りかかり、上掛けを身体にまとった。

「よかった」彼はデヴォンの前にトレイを置いた。「ところで、きみはチョンパーにも謝らないといけないんだよ。さっきソファで寝ちゃったから、チョンパーのやつ退屈して、ワイングラスで遊んでたんだ。グラスが床に落ちる前に、ぼくが取り上げたからよかったけど」

デヴォンはチョンパーのほうを向いて言った。「ごめんね。じゃあ、お詫びのしるしに、ご飯を分けてあげるね」それから彼女は小さく首を振った。「デート中に居眠りしたことなんていままでなかったのに。今日はもう二回も」

「仕方ないよ、状況が状況だからね、二度とも。最初のは、いろんなことが同時に起きて、猛烈なストレスに襲われてたから。で、二回目のは――あれは全部ぼくのせいか」

「全部じゃないわ。わたしにも責任がある」

「そうかもね」ブレイクはスウェットを脱ぎ捨てると、ベッドに潜り込み、もう一つのトレイを自分の膝の上に置いた。「どうぞ、召し上がれ」

　驚きと尊敬の表情を浮かべながら、デヴォンは食事を見つめた。この人、本気で料理してくれたんだ。そう思うと胸がじんとなった。サーモンの切り身にバジルとパセリが添えてある。その下にはライスが盛られ、周りに所々ディル・ソースを垂らしてあり、ゆでた豆とミックスサラダが脇に飾られている。

「すごい」デヴォンが呟いた。「本格的なごちそうじゃない」彼女は顔を上げ、ブレイクに微笑んだ。「ありがとう」

「どういたしまして」

　チョンパーが吠えた。上掛けを歯で引っ張っている。

「心配しなくていいぞ」ブレイクが言い聞かせた。「おまえの分はちゃんとあるよ。食べに行っておいで」

　また吠えた。今度のは反抗の意味だ。

「悪いな。人間とまったく同じ食べ物というわけにはいかないんだよ。特に今日はほら、お医者さんがいるからさ。ちゃんと健康に気をつけてるところを見せてやらないと」

デヴォンは吹き出した。「その点は心配ないわよ。でもね、チョンパーくん、わたしもブレイクと同じ意見。きみはきみのご飯を食べるのが一番なの。丈夫な大人の犬になれるわよ」

チョンパーはまるで納得していない様子だった。それでも、ブレイクがベッド脇に置いたサーモンのかけらに飛びつき、あっという間に平らげると、すぐさまキッチンに飛んでいった。空腹には勝てないのだ。

「これで少しはゆっくりできるかな」ブレイクはそう言うと、ディナーに集中した——ディナーのパートナーにも。「それで、判決は?」彼が聞いた。デヴォンがサーモンをディル・ソースにつけ、口に運ぶのを見つめながら。

「美味しいわ」デヴォンは思ったままの感想を伝えた。「料理対決は、あなたの勝ちかも」

「おやおや。本当は、そんなこと思ってないくせに」

「当たり。これに負けないくらい、すごいメニューを考えちゃうんだから」

「猶予は一週間。延長は一日もなし。で、今度はぼくがデザートを届けようかな。今日と同じで、ディナーの前に食べよう」

「今日のと同じデザート?」

「ああ。でも今度はもっと熱いやつだから、ゆっくり味わわないとだめだけどね」

デヴォンの身体を小さな震えが駆け抜けた。「ゆっくりと味わうか、いいわね」彼女は呟いた。「でも、もっと熱いって？　今日よりも？　それはないでしょう」

「試してみないとわからないだろ？　来週の金曜、きみの家で」

「来週の金曜」デヴォンは彼の言葉を繰り返した。彼女を包む甘美なオーラに暗い現実の影が差した。「どうかしら、家は無理かも」

沈黙が先週の出来事を鮮明に蘇らせた。二人を引き合わせた出来事の数々。

「ご家族は、お母さんが帰ってくるまで一緒に？」ブレイクが言葉を選びながら尋ねた。

「たぶん、そうね」デヴォンはサラダを口に運んだ。ブレイクは情報を引き出すつもりなのだろうか？　もしそうなら、先手を打ったほうがいい。「兄と妹だけじゃなくて」彼女は言い添えた。気が進まない話題だが、仕方がない。それがここに来たそもそもの目的なのだ。

「母の犬も。スキャンプよ、会ったでしょ」

「ああ」ブレイクがうなずいた。「きみの家と、犬のデイケア・センターで」

「そう。だからうちはいま、満員なのよ。スキャンプとテラーがうまくいってくれて助かったわ。車の中でだけは、縄張り争いをするけど」デヴォンは豆をフォークですくって口に入れた。「車と言えば、さっきの話が途中だったわね。これからはトラックでマンハッタンに行くつもり？　それともわたしのアドバイスに従って、SUVを買うの？」

「SUV、かな」

「よかった。チョンパーくん、あっという間に大きくなるからね。それに、ジャガーは四〇キロの犬を乗せる車じゃないわ」

「確かに」ブレイクがサーモンを一切れ、口に放り込んだ。

「あなたのジャガーをクリニックの駐車場で探したのよ。今週、何度か」デヴォンは続けた。何気ない会話という調子を崩さないようにしながら。「挨拶したいと思ってたんだけど、見つけられなかった」

「そう？」

「ええ。しつけ教室は？　お休みしたの？」

「行ったよ」

「本当？　ジャガーで？」

ブレイクはフォークを置き、さも愉快そうな顔で彼女を見た。「うまいね、そのポーカーフェース。悪くない。でも、少しやりすぎかな。助け船を出してあげようか。ベンツのことを言わせたいんだろ。いいよ、誘いに乗ってあげよう。ホワイト・プレーンズにはベンツで行った。室内が広いのを、チョンパーが気に入ってるからね。これで答になってるかな？」

デヴォンは驚きを表情に出さないようにした。「何を言ってるのか、さっぱりわからないんだけど」

「わかってるくせに。きみが知りたいのは、社用車の車種について、ぼくが情報を隠すかどうかだろ。隠さないよ。他には何か？　あるなら、どうぞ」

彼女は餌に食いつくことにした。「わかった、いいわ。車の話はおしまい。二人とも避けている別の話題にしましょう。フィリップ・ローズさん、お亡くなりになったんでしょう。

かわいそうに」

「ああ、本当に残念だよ。フィリップはいい人だったから」

「聞いたんだけど、あなたの伯父さんもいい人だったらしいわね」

急所を突いたらしい。

「フィリップは、フレデリックの殺人とはなんの関係もない」ブレイクがきっぱりと言った。

「きみのお母さんの蒸発とも」

彼のあまりにもはっきりした口調に、デヴォンは眉をつり上げた。「ずいぶんと自信があるのね」

「ある。それと、フィリップが自殺じゃないのも確かだ。きみのお父さんもそう思ってる」

彼女の驚いた顔を目にして、ブレイクの口元が緩んだ。「図星、だろ」

彼女は乾いた唇を舐めた。「よくわからないんだけど」

「いいや。きみにはよくわかっているはずだ。誰かがフィリップを殺した。おそらく、フレデリックを殺したのと同じ人間だろう。自殺に見せかけたのは、一石二鳥だからだ。フィリップの口を封じて、罪をなすりつけられる。わからないのは、誰がなんのためにやったかだ。でも、きみのお父さんが突き止めてくれるさ。ねえ、お父さんに伝えておいてよ。ぼくの助けが要るなら、いつでもそう言ってくれって。娘さん経由じゃなくて、直接ね」

さあ、どう返してくる？　ブレイクはそういう顔でこちらを見ていた。

いいわ、望むところよ。

デヴォンは身体をひねると、彼の顔を正面から見据えた。「その理論の根拠はどこにあるわけ？　事実に基づいてるの？　それともただの憶測？」彼が何か言い返そうとするのを制して続けた。「それに答える前に、これだけは言わせて。さっきから聞いてれば何よ、わたしのことを伝書鳩か何かみたいに言って。冗談じゃないわ。それともう一つ、今日のこれは、要するにあれでしょ、お互いにスパイだっていうのを隠すための作戦ってわけね」彼女は腹立たしげに立ち上がろうとした。

ブレイクが手を伸ばして彼女の腕をつかみ、押しとどめた。「違う」そう言うと、首を大きく左右に振った。「いま、二人の間に起きていることは、互いの正直な気持ちの表れだ。だからもうスパイごっこはおしまいにして、手の内を見せ合おう。いいだろ？」

「そっち次第ね。手の内によるわ」

またも驚いた顔。「やるね。さすが、ピート・モンゴメリーの血が流れてるだけのことはある」

「よく言われるわ」どうしようもなくなった時は、可能な限り真実を話す。デヴォンは頭の中でモンティの教えを繰り返した。最終的にそれが自分の身を守ってくれる。「もしかしたら、警官か探偵になってたかもしれない、それだけのガッツがあったらね。でも、ないのよ。だからならなかった」

「競争心は、ぼくが鍛えてあげるよ。ねえ、〈真実か挑戦〉ゲームの大人版をやろう。〈挑戦〉はなしでね。きみを怒らせて、このまま帰らせたくはないから。それとさ、きみは一つ大事なポイントを忘れてる」

「何？」

「このベッドで起きたばかりのことさ」

「よくわからない。だから、どういうことよ？」

「いいよ、はっきり言おうか。二人の間にある気持ちは本物だ。どんな駆け引きをしようが、どんなしがらみがあろうが、それはぼくらの気持ちとは関係ない。まったくの別物なんだ。そうだろ？」

「そうね、わかったわ」

「よし、じゃあ〈真実〉を言うゲームを始めよう。ぼくが質問をする。きみは正直に答えるか、参ったと言う。嘘はなし。どっちが先に白旗を上げるか、勝負だ」

「なんだか度胸試しのゲームみたいね」

「まあね」ブレイクが問いかけるように眉を上げた。「で、どうする？」

「いいわ。レディーファースト？」

ブレイクが両腕を大きく広げて言った。「もちろん。どうぞ」

彼女はうなずいた、目を挑戦的に輝かせて。「わたしに迫ってきたのは、おじいさんに頼まれたから？　わたしが母親の居所を知っていて、それをあなたに明かすと期待しているから？」

「質問が二つだよ。でも関連性があるから、大目に見てあげようかな」

「お優しいことで。それで、答えるつもりは？」

「もちろん、ある」ブレイクは指先で彼女の肩のラインをなぞりながら言った。「きみに迫ったのは、きみが欲しかったからだ。それと、祖父が期待しているのも事実。きみがお母さんの居所を明かすかもしれないとね。祖父の期待はもう一つ。ぼくが邪魔者になること。きみがジェームズに興味をなくすようにね。ジェームズは美しい女性を見るとすぐに気が散るんだ。祖父としては、彼にとにかく馬術大会に集中して欲しいんだよ」

「あら」三番目の理由は考えたこともなかった。殺人事件のことばかりに気がいっていたのだ。

「さて、次はぼくの番だ」とブレイク。「きみはお父さんがしている捜査に、正式に関わっているのかな？　それともただ、ぼくやジェームズと一緒にいる時に目を光らせて、耳をそばだてておくようにと言われてるだけ？」

「質問が二つね」デヴォンは皮肉めかして、彼の言葉をまねた。「でも関連性があるから、大目に見てあげましょう」

「ありがとう」

「どういたしまして。で、答だけど、正式に捜査に関わることはできないの。私立探偵の資格がないからね。だけどわたしにはこの頭がある。それに、家族のためならなんでもする。だから、フレデリックさんを殺して、母の命をおびやかしたのが誰なのか突き止める手段があるなら、躊躇はしない。飛びつくわよ」

「つまり、答はイエス。きみはこの捜査に関わっている、と」

「つまり、わたしはモンティを信頼してる、ということ。あの人は絶対に真相を突き止める。わたしはただの飾りみたいなものよ」

「答をはぐらかしているね。それと、一応言っておくけど、きみはただの飾りじゃない。たいした仕事をしてるよ」

つまらないお世辞に乗せられるつもりはない。デヴォンはもう一歩踏み込んだ。「それで？　これからおじいさんに電話するわけ？　それともわたしが帰るまで待つのかしら？」

「それが次の質問？」

「いいえ。これはあなたの質問に対する答の一部」

ブレイクは嬉しそうな顔をした。「ルール違反に聞こえるけどね。まあ、いまはなんでも許せる気分だからいいよ。答は、きみが帰るまで待つ。それから報告する。で、きみが本当に知りたいのはぼくの報告の内容――それが次の質問だろ？」

「そうね」デヴォンはトレイを脇のナイトスタンドの上に置き、胸の前で腕を組んだ。「だけどいくら報告したくても、わたしがそれに値することを言ってからじゃないと、無理でしょ。いまのところはまだ、知っていることをわたしにいくつか確認しただけ」

「そのとおり」ブレイクが認めた。「で、それはきみにも言える」彼もトレイを脇にどけた。「オーケー、じゃあきみの知らないことを教えようか。ぼくはね、何カ月も前からきみに会いたかったんだ。去年の八月から、ずっと。日曜の朝、六時くらいかな。ぼくはファームに泊まってて、乗馬から帰ってきたところだった。厩舎から家まで歩いている時にきみが目に入った。お母さんと馬をエクササイズさせていたんだ。ライト・ブルーのシャツに茶色の乗馬パンツがびっくりするほど似合ってた。すっかり見とれてしまってね。きみのお母さんに電話番号を聞こうと思ってたんだけど、チョンピング・アット・ザ・ビットのプロジェクトが本格化して、私生活は二の次になっていた。だから先週末、状況は最悪だったけど、きみがひょっこり現れた時はすごく驚いたし、本当に嬉しかったんだ」

デヴォンの顔に思わず笑みがこぼれた。「わたしのこと、そんなに思っててくれたの?」

「そうだよ、すごくね」とブレイク。

彼女は乾いた唇を湿らせた。次の瞬間、思わぬ質問が口をついて出てしまった。「ねえブレイク、誰がわたしを尾けているのか、知ってる?」

ブレイクの顔から笑みが消え、目が鋭くなった。「どういうことだ?」

「先週末からずっと、誰かに見張られている気がするの。家でも、職場でも。あなたなら、何か知ってるんじゃないかと思って」

「初耳だ」

デヴォンは顔を上げてブレイクを見つめた。「おじいさんがやらせてるのかしら、あなたに黙って」

ブレイクは口を閉ざした。

「罠にかけようとか、そういうんじゃないの。ただ……ちょっと不安なのよ」

「お父さんには？」

言いだしたのは自分だ。危険を冒しているのはわかっている。でも、わたしはさっきこの人と寝たのだ。少しは自分の勘を信じないと。「ううん。余計な心配はさせたくないから。証拠もないし。どうして？　言ったほうがいいと思う？」

「ああ。でも気に食わないな、きみが誰かに尾けられているなんて。うちの祖父がやらせている可能性はある。お母さんが現れれば、すぐにわかるからね。だけど、フレデリックを殺した犯人が尾けている可能性もある」

「だから心配なの」デヴォンはぽつりと呟いた。

「なあ」ブレイクが彼女の顎を指で押さえ、目をそらさせないようにして言った。「確かに、ぼくは真実が知りたい。それと、もちろん家族と会社は守りたい。だけど、それときみの身を危険にさらすのは違う。ぼくはそんなことしないよ、絶対に。これだけは信じてくれ」

「わかった」彼女は視線をそらさずに言った。「でもあなたを信じる前に、はっきりさせたいことが他にもあるの」

「たとえば？」

「たとえば、モンティの捜査についてどうしてそんなに知っているのか。モンティはべらべら喋る人じゃないのに、あなたはやけに詳しいでしょ。社用車を怪しんでること、フィリップ・ローズさんは殺されたんじゃないかと疑ってること、他にもわたしが言っていないことをいろいろ。どうして？」

ブレイクは彼女に追及されても、焦った様子をまるで見せなかった。「第一に、ぼくは頭がいい。第二に、ぼくはピアソン&カンパニーのことならなんでも知っている――きみのお父さんが誰に何を、どうして聞いたのかもね。それと第三は、ぼくはきみのお父さんの連絡係なんだ、祖父が捕まらない時のね。まあ、これはきみも知ってると思うけど」

「それだけ？」

「まだある。すごく悔しかったんだ。タイヤ痕が別のベンツS五〇〇のものである可能性に気づかなかったことが。だから自分なりに考えてみた。もちろん、気づいていたとしても、状況はたいして変わらないけどね。あの車に近づけるのは一二人の重役だけじゃない、他にも多くの人間がいる。ピアソン社の社員以外にも、駐車場係とか、車係とか、いくらでも」

「ルイーズ・チェンバーズは？　あの人も社用車をもらってるの？」

「前にも言ったけど、彼女は関係ない。かなりの上昇志向の持ち主なのは確かだ。会社を利用して、ステップアップを目論んでるのは間違いない――たぶん、ぼくのことも利用しようとしてるんだと思う。だけど、人は殺さない。ぼくが保証する、彼女のフレデリックに対する気持ちは純粋だった」

「フレデリックさんはうちの母とデートしていたのよ。ルイーズさんにしてみれば、面白いはずがない。野心家の女性が二番で我慢できるわけないし」

「そうかもしれない。でも、さすがに自分が狙うものを殺して、競争を終わらせるようなことはしないだろう。ルイーズは賢い。感情的でも、理性のない人間でもない。だいたい、フレデリックを殺して彼女になんの得がある？　金？　弁護士としての地位？　何一つないじゃないか。筋が通らないよ。嫉妬に駆られて人生を棒に振る。そんなばかなまね、ルイーズは絶対にしない」

ブレイクの言うとおりだ。この前、モンティも同じことを言っていた。

「ずいぶん考えてたのね」デヴォンが呟いた。

「きみが疑ってることは、ぼくもいろいろと考えている。とにかく犯人を捕まえたいんだ——男だろうが、女だろうが」

扉が開いた——あとは、デヴォンが勝負に出るかどうかだ。

思いきって、彼女はピアソン一族の秘密に踏み込んだ。「ジェームズさんの話はできるかしら？」

ブレイクの顎に力が入るのがわかった。「あいつの何を？」

「彼が一連の出来事を結ぶ鍵なの。フレデリックさん、フィリップ・ローズさん、ウェリントンの事故——どれもジェームズさんと関係がある。仲のいいいとこ同士だから、性格もよく知ってるでしょ。どこまでが本当の彼で、どこまでが見せかけなの？」

「何を言ってるのか、よくわからないな」

「わかっているはずよ」デヴォンはさらに突っ込んで言った。「あの人、どうして水曜日の大会に出なかったの？　本当に病気だったのかしら？　それとも何か別の理由で？　あの日、わたしに三回も電話をくれたのよ。お花も贈ってきた。ゴールド・コースト・クラシックに出られないくらい具合が悪い時に」

ブレイクが眉をひそめた。「あのばか」

「やることが見え見えだから？」

「いや、無謀すぎるからだ。どっちにしろ、ばかなことに変わりはない」

「彼、怯えてるの？　要するに、そういうこと？　それとも他に何かあるの？　もしかしてドラッグをやってるとか？」

「ぼくのいとこに興味津々、というところだね」ブレイクが静かに言った。「個人的に？　それとも捜査上？」

彼女は無理に笑みを作った。「嫉妬ってわけ？」

「したほうがいい？」

ゆっくりと、デヴォンは首を振った。嘘をつくつもりはない、この点については特に。「必要ないわ」

ブレイクの顎が緩んだ。「よかった」

「それはともかく、ジェームズさんはかなりの勢いでわたしに迫ってきてる。ディナー、電話、お花。来週末、ウェリントンに来ないかとも誘われたわ。大会を観に来てくれって」

「あいつのことだ、それくらいはするだろうな。で、行かないんだろ？」

「あの人の集中力を散漫にしちゃうから？」

「予定が入ってるから。ぼくとのね」

「金曜だけでしょ」

「いいや、金曜はデートを始める日」とブレイクが正した。「終わるのは日曜の晩。ジェームズのことは忘れろよ。来週末だけじゃない、永遠に」


「強引なのね」

「独占欲が強いんだ。自分でもつい最近、気づいたばかりなんだけどね。驚いた？」

デヴォンは首を振った。「今晩のことで学んだわ。人には知られざる一面があるっていうけど、本当ね。わたしもこの何時間かで新しい自分を見つけたのよ。だから、別に驚かない」少し間を置いて続けた。「ジェームズさんにはノーって答えておいたわ、一応言っておくけど」

「賢い選択だね」

「でも、日曜の晩には会う」

「キャンセルしろよ」

「できないわよ」

「どうして？」

「約束したから」

その答の真意を測るように、ブレイクが聞いた。「どっちとの約束かな――ジェームズ、それともきみのお父さん？」

デヴォンは、わからないふりはしなかった。「ジェームズさんの気持ちは、わたしの選択とはなんの関係もないわ」

「なるほど、それならよしとしようかな。でも、さっきのベッドでのこと、あれがあった以上、そんなに心の広い男にはなれないよ」

デヴォンはブレイクの顔を見つめ、気持ちを探ろうとした。嬉しい驚きの表情を浮かべながら。「濃厚だった、でしょ？」

彼はゆっくりとうなずいた。「かなりね。それと一つ訂正。だった、じゃない——いまもだ」

彼の言わんとすることがはっきりと伝わってきた。「これで、二人の状況はますますややこしくなるわね」

「まさしく」しばしの沈黙。「大丈夫？」

「たぶんね、やるしかないし。そっちは？」

「問題なし。リスクは望むところだ。ぼくは勘がいいんだよ。直感には従うことにしている。それと、欲しい物があれば、戦ってでも手に入れる」

「ジェームズさんとは正反対ね。あの人はもっと自己中心的で、甘やかされて育ったおぼっちゃん」とデヴォンがずばり言った。

「どうかな」

「ねえ、さっきの質問の答がまだなんだけど。ジェームズさんは本当に具合が悪かったの？電話では、そんな感じが全然しなかったから。とっても元気そうだった」

「あいつはアピールの仕方をよく知ってるんだ。きみをものにしたいと思っているんだから、わざわざ自分の弱みは見せないよ」ブレイクはしばらく沈黙し、眉を寄せた。「ぼくの知る限り、ドラッグはやってない。ただ、あいつが怖がってるのかどうかは知りようもないな。ぼくにも弱みを見せようとしないから」

二人とも脅迫状の話題は避け、相手が口にするのを待っていた。ただ、デヴォンにはわかっていた。始めるなら自分からだろう。脅迫について知っている、あるいは何も知らないというのは、今後の展開を決める切り札になる。だから、まだ出すわけにはいかない。カードを切るのは、モンティに指示を仰いでからだ。それでなくても、今晩はかなり勝手なことをしている。秘密厳守は絶対なのに、捜査に関わっていることを教えてしまった。これ以上は明かせない。脅迫状も、脅迫電話のことも。

「ジェームズさんは知ってるの？　フィリップ・ローズさんが亡くなったこと」デヴォンは違う話題を振った。

「知ってるよ」

「どんな様子だった？」

「いつもどおりさ。うわべだけ、という感じ。動揺はしてたけど、まあ、すぐに落ち着くだろうな」

「ジェームズさんのこと、あまり好きじゃないのね」

ブレイクは肩をすくめた。「価値観が違うんだ。共通しているのは、家族としての意識」しかめっ面。「それと、間違いなく女性の好みも」

デヴォンの口元が緩んだ。「こんなことを言ったら絶対に後悔すると思うけど、やっぱり言おうかな。あのね、初めから勝負にはなってなかったの。あの日から、あなたの勝ちよ。チョンパーくんがわたしのパンツの裾を嚙んで、それを引き離そうとしてた時から」

「あれで火がついた、と」

「激しくね」

「嬉しいね」ブレイクが手を伸ばし、彼女の髪を指で梳いた。「他には何かないのかな？　きみに火をつけたことは」

二人の間を漂っていた濃密な空気が放電し、セクシャルな電流がデヴォンの全身を貫いた。

「ブレイク」デヴォンはブレイクの胸に手を当てた。だめよ、と自分を抑えるように。理性は彼女に強く促している。このチャンスを利用して、情報を引き出すのだと。しかし、その理性は欲望にいまにも押し流されそうだった。「お互いに知らないことがまだたくさんある。もっと知りたいわ」

「うん――そうだね」彼が身を寄せ、デヴォンの肩に唇を当てた。

「身体じゃなくて、言葉で」彼女は目を閉じた。

「それは後回し」

「後回しって、いつまで？　そんなに遅くまではいられないわ。明日は仕事だし」

「ふーむ」彼はしばらくナイトスタンドの時計を見つめた。「確かにそうだね、もう遅いな。じゃあ、選択肢は二つ。〈真実〉ゲームを終わりにするか、〈挑戦〉をもう一回するか。いや、正確に言うと、もう一回じゃないな。やり方を少し変える。今度はゆっくり、たっぷりと時間をかける。刺激的なのは同じだけどね」彼は肩にかかるデヴォンの髪をよけ、首筋にキスをした。「どっちにする?」唇を押しつけたまま、彼が呟いた。

デヴォンは早くも、息をするにも苦労するほど喘いでいた。「〈真実〉のほうは、車の中でできる」

「確かに」

「続きは電話でもできる」

「そのとおり」

「それに……」何を言おうとしているのか、自分でもわからなかった。でも、もう何を言おうが構わない。

「それに……?」ブレイクが顔を上げて、彼女を見つめた。琥珀色の瞳を熱い炎で燃え上がらせながら。

「なんでもない」

彼の微笑みはぞくっとするほど誘惑的だった。「で、評決は?」

デヴォンは頭を枕に預け、両手をブレイクに向かって伸ばした。「〈挑戦〉を、もう一回」

20

翌朝、デヴォンが階段を駆け下りてきた時、モンティとレーンはキッチン・カウンターの前に腰掛け、コーヒーをすすっていた。彼女はまだ乾ききっていない髪を三つ編みでまとめ、ブーツのファスナーを上げながら、キッチンに駆け込んだ。

兄と父の姿を目にし、デヴォンは立ち止まった。「あら、おはよう」二人の表情が暗いことに気づき、胃がきゅっとなった。「お母さんに何かあったの？」

「いや、何もないよ」とレーン。

「じゃあ、どうしてモンティがここにいるの？　土曜の朝の八時に。しかも二人とも怖い顔でコーヒーを見つめて。毒か何かでも入ってるみたいに」

「ふたりの緩衝役になろうと思ってね」レーンが言った。

「で、おれはおまえを待ってた」モンティがどんとカップを置いた。「夜遊びか？」

「はい？」

「何時に帰ってきた？」

「その答はさっき言ったよね、モンティ」レーンが代わりに答えた。困っているというより、楽しそうだ。「三時一七分。一、二分は前後するかな」

「タイムカードを押したってわけ?」デヴォンが驚いて言った。

「兄としての務めさ」

「信じられない」デヴォンは髪を編み上げると、キャビネットを開けてマグカップに手を伸ばした。「父親と兄きが寝ないで待ってたなんて」彼女はコーヒーを注いで続けた。「確か、わたしもう大人だと思ってたんだけど。知らないうちに、子供に戻っちゃったのかしら」

「大人はちゃんと電話を入れるものだ」モンティがぴしゃりと言った。「パートナーと組んで仕事をしている時にもな。その大人がもう一方のパートナーの娘で、捜査の重要人物とデートに出かけた場合は、特に」

苛ついていた気持ちが罪の意識に取って代わった。「しようと思ったのよ。でも、レーンも言ってたけど、遅かったから。それに今朝は寝坊したし」

「なるほどな。でも出かけるのは、昨日の晩に何があったか報告してからだ」

「それじゃあ、ぼくは失礼しようかな」残りのコーヒーをひと息で飲むと、レーンは立ち上がり、デヴォンにいたずらっぽい笑みを向けた。「詳しい説明はやめといたほうがいいぞ。モンティはそんなに心が広くないからね」

「ご忠告、どうも」デヴォンがきっと睨みつけた。「どうしてまた、兄きに戻ってきて欲しいなんて思ったのかしらね」

「ぼくがいると、毎日が楽しくなるからさ」レーンは妹の髪に触れると、扉に向かって歩いていった。「二人とも、仲よくね」

兄が出ていくのを待ってから、デヴォンは父に向き直った。「心配をかけるつもりじゃなかったのよ」

モンティがコーヒーを一口飲んで言った。「で、ブレイク・ピアソンと深い仲になるつもりもなかった、と」

「そう来ると思ったわ。ええ、そんなつもりじゃなかったの」彼女はスツールに腰を下ろした。「とにかくいまは時間がないから、昨日わかったことだけ話すわ。ブレイクは、わたしがモンティの捜査に協力していることを知っている。それと、ローズの死は自殺じゃないとモンティが踏んでることも。というか、モンティの捜査についてかなりの情報をつかんでる」

モンティの顎に力が入った。「あいつ、どうやって？」

「しかるべき人にしかるべきことを聞いて、それで彼なりに結論を出したみたい」デヴォンは正直に答えることにした。「それと、わたしが教えたものもある。あえてリスクを冒したのよ。たぶん、それなりの価値はあったと思う」

「そうじゃないと困るね」

「断片的な情報だけど、謎がいくつか解けたわ。たとえばルイーズ・チェンバーズ。昨日、わたしがいる時にブレイクの家に来たのよ。あの人、彼を狙ってる、間違いないわね。わたしを見て顔色が変わってたし。でもすぐに追い返された。その後で、ブレイクをあれこれ問いつめてみたの。あの二人に個人的な関係はないと思う。ただ、だからと言ってルイーズが殺人犯じゃないとは限らない。ブレイクは違うと思ってるけど」デヴォンはブレイクの論拠をモンティに伝えた。

「おれと同じ考えか」とモンティ。「ただ、あの女にはまだ何かある……」いまいましげに鼻を鳴らした。「ルイーズは信用できん。まだ容疑者リストから消すつもりはない。相当に欲深いからな。油断できないやつだ」

「賛成ね。信用と言えば、ブレイクもジェームズを信じてないわよ。はっきりと悪くは言わなかったけど」

モンティの眉がつり上がった。「ジェームズの件は、どこまで突っ込んだんだ？　脅迫の話は？」

「してない。そこには踏み込まなかった。わたしが脅迫状のことをどこまで知ってるのか、ブレイクは探っている気がした。わたしがその話題を口にするのを待ってる感じだったから。でも、やめておいたの。言ってもいいか、モンティに確認してからと思って」

モンティは娘の顔を探るように見つめた。「おまえ、あいつを本気で信じてるんだな」

「そういうことになるかしらね。だけど、冷静に判断した結果よ」

「ふん、ジュリエットがロミオにどれだけ冷静に判断を下せるかね」

「モンティ、やめて」デヴォンが一蹴した。「もう夢見る少女じゃないのよ。現実が見えないふりもしてない。わかってるわ、ブレイクは骨の随までピアソン家の人間よ。それと、そう、あの人はなんとしても家族を守ろうとしてる。でも、そこは責められないわね。偽善者にはなりたくないし、わたしも家族を守ろうとしてるから」

「おまえに迫ってきた件は？　エドワードの差し金だと認めたか？」

「その点はもっと複雑なんだけど、そうね、認めたわ。わたしに近づけとおじいさんから命令されたって。お母さんが帰ってきたら、すぐに知らせるために。ブレイクはわたしのことをマークしてる。わたしが彼をマークしてるのと同じくね」

「他には？」

「伯父さんとフィリップ・ローズを殺した犯人を絶対に見つけ出してやる、と思ってる」デヴォンは少し間を置いてから続けた。「さっき言ったとおり、あの人、モンティのことをよくわかってるわ。いろいろと説明してくれたの、きみのお父さんはこう思ってるんだろうって——全部当たってた。それと、モンティの考えに賛成だとも言っていた。助けが必要なら、喜んで手伝うから、直接そう言ってくれって」

「冗談だろ。なんでまた急に……」モンティは顎をさすった。「まあいい。どうしてブレイクのやつが急に優しくなったのか、理由は聞かんよ。レーンの言うとおりだ。知りたくない」

デヴォンは笑みをこらえた。「ブレイクに言わなかったことは他にもある。お母さんのことは黙っておいた。むこうがすでに知ってることは口にしたけど。お母さんの隠れ場所の情報は、どんな小さなことも漏らさない」

「ああ、そのほうがいい」

カウンターの上で指を組み、デヴォンはモンティのほうを向いた。「簡単に言うと、以上よ。評決は?」

モンティはコーヒーの入ったマグをぐるぐる回しながら、暗い表情で中をじっと見つめていた。「まったく、おまえは父親にそっくりだよ。ルールを守るのが苦手なところまでな。でもまあ、よくやった。ブレイクに会って、助けを願い出てみるさ。おれのシナリオどおりにいけば、あいつがどこまで本気か、わかるはずだ」

「シナリオって?」

「どうしても合わないパズルのピースがある。ローズが死んだ後、消えてなくなっちまった感じだが、やっぱり気にかかる。たぶん、ブレイクのやつも気になってるはずだ」

デヴォンは頭を傾け、モンティの話の続きを待った。遅刻するかもしれないが、モンティが何をするつもりなのか確認するまでは行けない。

「脅迫の件だ。どう考えても納得がいかん」

「最初から臭うと言ってたわよね」

「ああ、でもいまは臭うどころじゃない、悪臭がぷんぷんしてる」モンティはスツールの上で座り直し、手振りを交えながら説明を続けた。「フレデリック殺しも、ウェリントンでのジェームズのニアミスも、タイミングが悪すぎる。それに、エドワードに何も言ってこないのもおかしい。もう三日も経つんだぞ。なのに電話はなし。どうしてだと思う?」

「理屈で言えば、ローズが脅迫犯で、死んだから」

「そいつは筋が通らん。ローズは死んだ晩、エドワードに電話をかけている。金のことは一言も口にしてない。第一、自殺をする人間は金など欲しがらない。これから脳みそをぶっ飛ばそうというやつらはな」

デヴォンがうなずいた。「じゃあ、誰かはわからないけど、ローズを殺した人間は彼を脅迫犯に仕立て上げたかった？」

モンティの目が鋭くなった。「その説も成り立たん。ローズを犯人にしたら、金は手に入らない。金を要求したら最後、ローズは無実ということになるからな」

「そのとおりね」デヴォンは考えを巡らせた。「じゃあ、この脅迫は本物じゃないと？」

「間違いない。で、やりそうなやつもわかってる」

「ジェームズ」

「正解。あのおぼっちゃん《ゴールデン・ボーイ》だよ」

デヴォンはわからない、というように肩をすくめた。「でもどうして？ 伯父とローズが邪魔だったから？ それは変でしょ。ジェームズが欲しいのは会社じゃない。オリンピックの金メダルよ。それに、ローズはジェームズの出世の邪魔でもなんでもない。だいたい、ピアソン家の人間でもないし」

「確かに。しかし、ローズが何か重要な情報を握っていた可能性はある。じいさんがジェームズを勘当しかねない何かだ。同じことはフレデリックにも言える」モンティは唇を結んだ。

「サリーがピアソンのファームで耳にした会話、それがローズのことじゃなかったとしたら、どうなる？　ジェームズのことだったとしたら？　フレデリックが信用できないと言った相手がジェームズだったら？」

「その可能性は最初、エドワードの頭になかったはずね。じゃなかったら、モンティに仕事は頼まないでしょ。あの人、孫をかばってるのかしら？」デヴォンは首を振り、自分の質問を自ら否定した。「ううん、それはありえないわ。もしジェームズがフレデリックを殺したんだとしたら、絶対に。フレデリックはエドワードのじつの息子なんだから」沈黙。「でも水曜の晩、ジェームズがウェリントンを出ていないことは確認済みよ。それでどうやってローズを？」

「人を雇えば済む。それと最初の質問だが、おまえの推理は甘い。エドワード・ピアソンは何があろうとも必死で孫を守る。たとえ孫が人殺しでも、殺されたのがじつの息子でもな。あのじいさんにとっては、ジェームズが生きる糧なんだ。黙ってムショにぶち込ませるわけがない」

デヴォンは一つ大きく息を吐いた。「ずいぶんとタフなシナリオね。ブレイクにぶつけるつもりなの？」

「ああ。あいつの本気度を確かめるのに打ってつけだからな」

「本気度って、なんの？」

「殺人犯捜し。それと、おまえに対する気持ち」

「モンティ……」

「それ以上言うな。言っても聞かんぞ」モンティは彼女の言葉を遮った。「おまえはおれの娘だ。で、あの男に惚れている。つまり、おれはおっかないおやじ役を演じられる。以上だ」

「それはどうも」デヴォンが呟いた。「それで、どうするのよ。銃を顔に突きつけるつもり？　それとも、ホルスターをちらつかせて脅すとか？」

「そんな野暮なことはしない」モンティの目が一瞬、嬉しそうに輝いた。「でもまあ、それも悪くない。むかついたら、やってもいいかもな」

「冗談でしょ」

「どうかね、後でわかるさ」モンティの顔から笑みが消える。捜査の件に頭を切り替えたようだ。「ジェームズ犯人説をブレイクにぶつけてみる。あいつの反応が見たいし、それをどこまでじいさんに言うのかも知りたいからな。おっ、そうだ、おまえが脅迫状の件を知ってることも伝えておく。それから、日曜の晩にジェームズとデートすることも」

デヴォンが驚いて顔を上げた。「会えって言うの？」

モンティがうなずいた。「この家でな。二人だけで食事をしましょうと誘え。あいつ、飛び上がって喜ぶぞ。最初からそれが目当てだからな」

「モンティ、いったい何を企んでるのよ？」

「レーンとメレディスにはその晩、外出してもらう。おまえには盗聴器を仕込む。おれは車の中で、会話を聞く。二人で台本を書くぞ。あいつの言うことは一言も漏らさず録音してやる。ジェームズが犯人だとしたら、どこかで必ず尻尾を出すはずだ。絶対にふんづかまえてやるさ」


エドワードは車のドアを勢いよく閉めた。

コートの襟を立て、辺りを見回し、誰もいないことを確認した。外は凍りつくほど冷え込んでいる。ファームの敷地内に人気はない。邸宅はここからかなり遠いうえに、スタッフが数人いるだけだ。厩舎の他、馬用の建物の扉はすべて鍵がかかっている。

厩舎のほうに向けて歩きだした。その脇に停めてあるトレーラーの前に立つ。

力強いノック。「ビスタ、私だ」

中からごそごそという音がした。

扉が開き、ローレンス・ビスタが顔を覗かせた。「どうぞ」

エドワードは足をかけて身体を持ち上げ、中に入った。

やけに清潔で、きっちり整理されていることを除けば、馬を専門にする一般の獣医のトレーラーとなんら変わりはない。医療機器、検査台、天井まで届く大きなクローゼット。だが、そのクローゼットの中身が他とは違う。それと、カーテンの向こうにあるものも。

エドワードは両手をポケットに突っ込み、ビスタに険しい視線を向けた。「いつできる？」

眼鏡の奥で、ビスタは目をしばたたいた。「答はご存じでしょう。予備検査の結果は陽性でした。あと少しです。二、三週間かと」

「だめだ。もう待てん」

「どういうことですか？」

「スピードを上げろ。いますぐに結果が要る」

ビスタの眉の上に汗の粒が浮かんだ。「どうして？　何かあったんですか？」

「いまはまだ何も。ただ、時間がない」

「これはレースじゃありません。こっちで勝手にスピードを上げることはできませんよ。健康に甚大な悪影響がおよぶ恐れがあります。拒絶反応が出ないと確認できるまで、それなりの時間がかかるんです」

「そんなことはどうでもいい」エドワードがぴしゃりと言った。「私はもうじき八〇だ。心臓の調子も悪い。いつまで持つかわからん。それに、財産を残したい。そのためにおまえに金を払ってやってるんだ」

「どうして急がなければいけないのか、やはりよくわからないのですが——」

「わからんでいい。おまえは結果を出せばいいんだ、いますぐに」エドワードは小刻みに震える手で顔を拭った。「私の周りで近しい人間が二人死んだ。警察はピアソン社の周りを嗅ぎ回っておる。捜査の手がいつ私の家に、このファームにおよぶかもわからん。おまえのラボを調べられたら、どう答えるつもりだ？　連中がおまえの豪勢な生活を知れば、怪しむに決まってるだろ。私が払っている給料だけで、こんな暮らしができるわけがない」

ビスタの顔色が失せた。「どうしてわたしのことを調べると？」

「殺人事件の捜査だからだ。あいつらはなんだって調べる」エドワードがいまいましげに言った。いまにも爆発しそうだ。「おい、時間を無駄にしている場合じゃないんだ。さっさと終わらせろ。どんなやり方をしても構わん。とにかくペースを上げろ。クスリだろうがコーヒーだろうが、なんでもいいから飲んで、二四時間ぶっ通しでやれ。一週間で結果を出すんだ。そうすれば、ウェリントンでのオリンピック代表決定戦まで一カ月の余裕ができる。勝つのはジェームズ、絶対にだ」

21

玄関を開けた途端、ブレイクは目を見開いた。「これはこれは、モンゴメリーさん」

「ふん」モンティは手袋を外し、ブレイクの背後の玄関広間に目をやった。「オフィスにいなかったから、ここかと思ってな。一人か？」

「ええ、事務仕事が溜まっていたもので」

「そいつはよかったな、休憩が取れるぞ」

ブレイクの口元が緩んだ。「そのようですね」彼は脇にどいた。「どうぞ」

言われるより早く、モンティは中に入った。

「上着を預かりますよ」ブレイクはモンティがパーカー付きダウンを脱ぐのを待ってから言った。「ちょうどコーヒーをいれたところなんです。飲みます？」

「ああ、いただこう」モンティは室内を見渡した。「いい家だな」

「自分でも気に入ってます」ブレイクはモンティをリビングルームに案内し、ソファに座るように手で示した。

モンティは応じた。

閉じたキッチン扉の向こうで、犬がしきりに吠えている。続いて、がりがりと爪を立てる音がした。

「ゴールデン・レトリーバーを飼っていまして」とブレイク。

「閉じ込めておかなくてもいいだろ」

「腕白盛りなんですよ」

「おれもだ。構わんよ」

ブレイクがキッチン扉を開けると、チョンパーが勢いよく飛び出してきた。目を輝かせ、はっはっと息を荒らげている。モンティに目を留めるとすかさず駆け寄り、ジーンズとブーツを興味津々な様子で嗅ぎ回った。続いて後ろ脚で立ち上がり、モンティの腿に前脚をかけ、顔をぺろぺろと舐めはじめた。

「チョンパー、伏せ」ブレイクが命令した。

チョンパーは渋々と従い、前脚を床に戻した。だがモンティが腰を折り、耳の裏を掻いてやると、ぱっと顔を輝かせた。

「よしよし。おまえはほんとに元気がいいな」

チョンパーが一声吠えた。早くもじっとしているのに退屈したのだろう。しゃがむと、モンティのジーンズの裾に狙いを定めた。

「チョンパー、よせ」ブレイクがすかさず忠告した。

チョンパーはぴたりと動きを止め、ブレイクを見上げた。

チョンパーは慌てて立ち上がると、お尻を床につけ、お座りの姿勢を取った。期待を湛えた目で主人を見つめている。

「いい子だ」ブレイクは褒めると、チョンパーに歩み寄り、頭を撫で、ピーナツバター・ビスケットをやった。チョンパーはそれをすかさずくわえると、暖炉の前のラグまで駆けていって寝そべり、ご褒美を堪能しはじめた。

「悪くない」モンティが言った。

「デヴォンのしつけのおかげですよ」

「ほう？　そいつは男にも効くのかね？」

ブレイクの唇がぴくりとした。「さあ、どうでしょうね」

「ふうん、おれは知ってるぞ、効くんだよ。あいつが生まれた時から、思うままに操られっぱなしだからな」

「胸に留めておきますよ。ただチョンパーの場合は、子犬のしつけ教室に入れただけですがね。やっと少しマナーを覚えてくれた」

「すぐに忘れるさ」

「かもしれませんね」ブレイクは親指でキッチンを指した。「コーヒーを持ってきます。砂糖とミルクは？」

「ブラックで」

一分後、ブレイクは湯気を立てるマグカップを二つ持って戻り、一方をモンティに渡すと、自分のを手にしたまま、ソファの向かいにある革張りのウィングバック・チェアに向かった。

「それで、ご用件は？」ブレイクが腰を下ろしながら聞いた。

モンティはコーヒーを一口ゆっくりと飲むと、ブレイクをじっと見据えた。「直接話をしたがってると聞いてな。それで来た」

「早業ですね」ブレイクは腕時計に目をやった。「一一時一五分。デヴォンが起きた途端に、押しかけたと。いつもそうなんですか？　それとも、彼女がぼくと出かけた時だけ？」

モンティが眉をつり上げた。「うぬぼれるな。いつものことだ。特に、娘のデートの相手が信用ならない時はな」

「いつか信用してもらえることを願いますよ」

「だろうな。殺人犯を捕まえたいからか？　それともおれへの点数稼ぎか？」

「本音を言いましょうか？　どちらも関係ありませんよ」

「率直だな。いい話し合いになりそうだ」モンティは満足げにうなずいた。「よし、じゃあ、そっちの考えを聞かせてもらおうか」

「考え？」

「とぼけなくていい。おまえがかなり頭をひねっていることはわかってる。少なくとも、おれが怪しいと睨んでいる点に気づく程度にはな。疑わしいところを見つけたんなら、推理もしてるだろ。どんな結論が出た？」

挑戦的なモンティの目を見返しながら、ブレイクが言った。「何も。ぼくはそれほど客観的に物を見られる男じゃありません。今回はしかも、家族が容疑者リストのトップに挙げられているわけですから」

「一理あるな」

「そちらがお話しください。ぼくは所々で意見を挟み、見解を述べます。二人で協力すれば、一人ではできない絵が描けるかもしれません」

モンティはしばし考えてから口を開いた。「ふん、やってみるか。まずはおまえのいとこ、ジェームズからだ」

かすかな笑み。「どうしてですかね？　そう来ると思ってましたよ」

「頭がよく回るからだろ。来たかいがあるってもんだ」

「で、何が知りたいんですか？」

「あのおぼっちゃんがどの程度できるやつなのか。不正。ドラッグ。わいろ。殺人は？」

ブレイクは眉を寄せ、小さく肩をすくめると、その可能性については自分も散々考えた、と伝えた。「でも、わかりません。ジェームズは抜け目のない男で、野心家だ。危なっかしいところがあって、違法すれすれの行動に出ることもあります。一線を越えたのを見たことはありませんが、越えるかと問われれば、答はイエス。おそらく、するでしょう。賭け金の大きさによりますがね」

「曖昧な言い方はやめてくれ。もっと具体的に」

「ジェームズは快楽のためのドラッグはやりません。ですが、パフォーマンスを上げるためだったら？　その可能性は否定できません。あいつは何をしてでも勝ちたいと思っていますから。先ほどおっしゃった犯行も、ないとは言えません。ただし、殺人は別です。冷血な殺人鬼というイメージはどうやっても浮かびませんね」

それには何も言わず、モンティは次の質問に移った。「ジェームズとフレデリックの関係は？」

「ぎくしゃくしていました。ジェームズや祖父と違って、フレデリックはルールを守るタイプでしたから、ジェームズの奔放すぎる仕事のやり方を苦々しく思っていました。フィリップ・ローズはルールを曲げるのを厭わない男でしたが、彼でさえ、手綱を引いてジェームズを抑えていました」ブレイクはマグカップを置き、顔の前で手を合わせると、モンティの顔を見つめながら言った。「デヴォンは脅迫の件を知っている、ですよね？」

「ああ」モンティはためらわずに答えた。「それも今朝の話題の一つだ。あいつ、秘密をばらしてもいいかと聞いてきた。おまえと話したいからと」

「で、認めたと？」

「喜んで、というわけじゃないがな。ただ、娘はおまえのことをえらく信用してるようだから」重い沈黙が流れた。「その信頼が裏切られないことを願うよ」

「保証します」ブレイクは静かに言った。「証拠を見せますよ――じきに。判断はそれまで保留してください。信用を築くには、時間がかかりますから」

「ああ、確かにな」モンティはコーヒーをもう一口飲んだ。「はっきり言おう、おれは最初から脅迫はなかったと踏んでいる。あれは茶番の気がしてならない」

「ジェームズが仕組んだと？」

「要は、そういうことだ」

「ショックだとは言いません。ですが、もし本当にそうだとしても、フレデリックが殺されたこととのつながりは？」

「フレデリックの件だけじゃない。ローズ殺しもな。そこのところは、おれにもわからん。とにかく脅迫状に関しては、最初から臭いと思っていた」モンティは咳払いをして続けた。

「少し脱線するか。この前、おまえとエドワードと話していた時に、ぴんと来たんだが。おまえ、ローズの死が自殺じゃないと疑っていただろ。どうだ？」

「ええ、いまも疑ってます。筋が通りませんから」

「同感だ」モンティは手札をもう一枚開いた。「朝一で、ジェンキンズをピアソン社に行かせた。いま、コンピューターのプロにローズのハードディスクを調べさせている。何か見つけてくれるはずだ」

「殺人犯が削除した何か」

「当たりだ。あの動揺ぶりに、エドワードへの電話――ローズのやつ、何かを知っていたんだ。あいつを死に追いやった重大なことをな」モンティは一つ大きく息を吐いた。「ルイーズ・チェンバーズとおまえの伯父さんのことを聞かせてくれ」

「二人は付き合っていました。付いたり、離れたり、一年以上」

「伯母さんが死ぬ前からか？」

「ぼくの知る限りでは、ありません。ただ、神に誓えるかと言われれば、答はノー。相手はルイーズですからね。欲しい物は何をしてでも手に入れようとする女ですし。ただフレデリックは……そこまではっきりとは言えませんね。まじめな人でしたから、浮気をするタイプじゃない。それに、仕事でかなり忙しかった。仕事と伯母のエミリーのことで、手いっぱいだったはずです」

モンティはブレイクに、待てと合図した。「伯母さんのことで手いっぱい？　エミリーはやたらと口うるさい女だった、とか？」

「いえいえ」ブレイクは首を振った。「ずっと病気がちだったという記憶しかありません。亡くなる二年ほど前からは、特に。急に容体が悪くなったんです。その間ずっと、伯父は彼女に献身的に尽くしていました」眉間に皺を寄せて続けた。「逆に言えば、結婚生活がうまくいっていたとは思えませんね。伯母の病気のせいで。ですから、伯父がルイーズに心を惹かれていた可能性はあるかといわれれば、ええ、ありえますね」

「エミリーの具合が前から悪かったというのは、初耳だな」

「心臓が悪かったんです。ぼくがまだ小さい頃から、ニトロの錠剤を飲んでいたのを覚えてます。晩年は外にも出られないくらい悪かった」

「何年くらい？」

「二年くらいですかね。家に引きこもった状態で、誰とも会っていなかった」

モンティの頭に何かが引っかかった。ただ、それがなんなのかがわからない――いまはまだ。

「ピアソン社には？」とモンティ。「エミリーもビジネスに関わっていたのか？」

「いえ。まだそれほど具合が悪くない時も、社には関わっていませんでした。社屋に足を踏み入れたこともないと思います」

「そうか、じゃあ今日のところはここまでにするか。おっ、そうだ、一つ忘れてた。明日の晩、デヴォンはジェームズとデートするぞ」

ブレイクの目がわずかに険しくなった。「どうして？」

「おれがそうしろと言ったからだ。あいつには盗聴器をつける。で、おれが会話を聞く」

「なるほど」ブレイクはゆっくりと答えた。「何かしらの情報を引き出そうと」

「まあな」モンティはカップを置いた。「さっき、信用を勝ち取るとか言ってたが、チャンスだぞ。いいか、いま話したことは誰にも言うな――おまえのじいさんには、特に。明日のデートのことも、脅迫騒ぎは全部ジェームズが仕組んだんじゃないか、という疑いもだ。エドワードはジェームズを守るためならなんでもするだろうからな。だからおれは言わん。できるか？」

「ぼくを試している、と」ブレイクが冷静に言った。

「いかにも」モンティは言葉を濁さなかった。「まだある。明日の晩、証拠らしきものが出たとしても、誰にも言うな。おれの準備にもう少し時間が要る」

「わかりました、と言えば？」

「試験には合格だ」

「うちの家族をだますことになりますが」

モンティの顎が強ばった。「誰もだますことにはならんよ。もしジェームズがシロなら、それだけのことだ。クロだとしたら、警察より先におれが知るほうがいい。おたくの被害対策に協力できるからな」

ブレイクは渋々うなずいた。「あなたの判断が正しいことを祈ってますよ」

「安心しろ」

「それと、ぼくも情報が逐一欲しい」

「いいだろう」

おや？　ブレイクはふと気になった。やけにあっさりと認めるな。

口元にいたずらっぽい笑みを浮かべ、モンティに言った。「それもまた、ぼくの誠実さを試すテストにするんですか？」

「そのとおりだ。心配か？」

「感動してるんです。彼女のためならなんでもするんですね」

「デヴォンか？　おお、当たり前だ。なんでもするぞ。だから覚悟しておけ。あいつを傷つけたら、ただじゃおかないからな」

「そんなつもりはありませんよ」

　激しい言葉の応酬は、モンティの携帯の着信音でいったん休止となった。

　彼は携帯をポケットから取り出すと、番号表示に目をやった。「ジェンキンズだ。ちょっと待ってろ」〈通話〉を押し、電話に出た。「よお、ジェンキンズ。何か見つかったか？」重い沈黙。「すぐに行く」彼は電話を切ると、勢いよく立ち上がった。「予定より早いが、黙《だんま》りテストを始める気はあるか？」

「いいですね」ブレイクはすでに二人分の上着をつかんでいた。「行きましょう」


　一五分後、モンティとブレイクはローズのオフィスにいた。ジェンキンズと彼が連れてきたコンピューターの専門家、レン・カストロも一緒だ。

「エクセルのスプレッドシートか」モンティはカストロの肩越しにモニターを覗き込みながら言った。

「削除されたエクセルのスプレッドシートです」カストロが言い直した。彼はデスクの前に座っており、両脇にジェンキンズとモンティがいる。

「中身は？」そう言うと、ブレイクもモニターを見るために、机の向こう側へ向かった。「それと、どうやって見つけた？」

「中身は、海外の銀行口座の取引記録」カストロが答えた。「見つけた方法ですが、幸い、ローズが死んだ後、誰もこのパソコンに触っていなかったので、削除ファイルの復元ソフトを使っただけですよ」彼はCDドライブを指した。「素人の方にもわかるように言いますと、そのソフトはハードディスクをスキャンして、削除された可能性のあるファイルをすべて復元します。で、ぼくは少しでも怪しいと思われるファイルをすべて元に戻した。朝の七時から、ずっとね。で、ようやく見つけたというわけです」彼は立ち上がると、レーザープリンターで印刷した紙を手に取り、デスクを離れた。「この取引記録はフィリップ・ローズが死んだ晩に削除されたものです」

モンティはその紙を手に取った。「入金。支払金。どれもケイマン諸島の口座だ」彼はブレイクを睨みつけた。「偶然だな。我らが脅迫犯が金の振込先に指定した島だ」

「海外口座を開く場所としては、珍しくない」とブレイク。

モンティはこれを無視し、ブレイクに向けてその紙を突き出した。「この中に見覚えのある名前は？」

それに目をやったブレイクがはっと息をのんだ。「あります」信じられないという口調で続けた。「役人と政治家が何人か。契約を取るために接待した連中です」

「えらく高い食事だな」モンティはスプレッドシートを指して続けた。「二〇万ドルに、一五万ドル。こういうのを普通、接待とは言わんね」

「くそっ」ブレイクは呟き、顎に手をやった。

「こいつはどれも支払いだ。高額のな。問題は誰が払ったかだ。ジェームズか？　でもフレデリックにばれずに、どうやって？　横領か？　だとしたら、これに気づいたフレデリックがジェームズを脅したのか、甥だろうが何だろうが関係ないと？　やつはそれで殺されたのか？　ローズはどうだ？　たまたまこれを知られて危険になったから、それで始末したのか？」

　ブレイクは答えなかった。

「基本的なことから始めるか」モンティが言った。「この口座の存在は知ってたのか？」

「まるで」

　モンティはうなずき、スプレッドシートに視線を戻した。「繰り返し出てくる名前が二つある――ローレンス・ビスタとジェラルド・パターソン。心当たりは？」

「一人は」ブレイクが静かに言った。「ビスタです。馬の獣医で、遺伝子関係のコンサルタント。うちの祖父のもとで働いています。祖父の競技馬に最適な種馬を探す、それが主な仕事のはずです」

「で、報酬をたっぷりもらっていると。二万ドルずつ一二回、去年だけでな。たいしたコンサルタント料だ。馬のお相手を探すだけにしては、悪くない。もう一人、ジェラルド・パターソンは？　知ってるか？」

　ブレイクは首を振った。「聞いたこともありません」

　モンティは詳細をチェックした。「いったんケイマン諸島の口座に振り込まれた後で、コロラド・スプリングスのパターソンの口座に移されているな。カストロ、仕事だ。ネットでこいつの正体を調べてくれ」

「いいですよ」カストロの指がキーボードを素早くたたいた。「まずはシンプルにいきましょう。誰でも使えるサーチエンジンで」数秒後。「見たところ、ごく普通の男ですね。住宅ローンも抱えてる。たいした情報はなし。さて、そろそろ本番といきますか。FBIの皆さんとセキュリティ・ソフトをおちょくってやりましょう。ハッキングのお時間です」彼はいくつかプログラムを起動し、画面に現れる指示に従うと、あっという間に、特別なパスワードがないと入れない機密システムにアクセスした。「ほほう、ちょっと面白そうなのが出てきましたよ。この男、IT関係の仕事をしてますね。顧い主は全米反ドーピング協会」

ブレイクはまた小さく罵ると、他の人々に背中を向け、険しい顔で窓の外を見つめた。「買収か。ドーピング検査の予定を前もって知るために」

「だろうな」とモンティ。「で、支払い主はどの大会に仕掛けをすればいいのか、確実にわかる。自分の手を汚さずに済む。じつに賢い。勝負に勝つのに、ジェームズがわざわざドラッグに手を出す必要はない。他の連中が確実に摂取するようにするだけでいい。しかるべき日に、しかるべき場所でな。ちょっと調べれば、間違いなく出てくるだろう。あいつのライバルが何人か、ドーピング検査で引っかかって失格になってるはずだ――本人がやってないと言ってるにもかかわらずな」

「その説が正しいとすれば、水曜のウェリントンでの事故は偽装だったことになる」ブレイクが淡々と言った。「それは、ジェームズが脅迫を仕組んだというあなたの推理と一致する」

モンティはうなずき、手に持ったスプレッドシートにまた視線を戻した。今度は違う点に注目しながら。

「このウルグアイのファーム、こいつはなんだ?」彼はシートを指しながら聞いた。「今週、ここに金が支払われてる」

「祖父と付き合いのあるファームです。雌馬の種付け用に、精子を買っています」ブレイクは大きく肩をすくめた。「でも、これに関してはやましいところはないはずなのに。どうしてわざわざ裏の口座から?」

「別のビジネスだろ」ジェンキンズが呟いた。

「で、やってるのも、おそらく別の人間」モンティが後を継いだ。「そいつ、不正な借金でも負っているんだろうな」

「不正な借金って?」

「おれにはわからんよ。まあ、ジェームズにはわかっているだろうがな」

ブレイクはいまいましげに唸った。「この銀行を締め上げて、吐かせてやる。ジェームズがこの口座に関与しているという証拠がいる」

「期待はするな。銀行は、その手の情報はまず明かさない」モンティは口を結んだ。「正攻法は通用せんだろう。別の手で掘り下げてみるしかないな。ジェームズに簡単に近づけて、懐に入り込める人間を使って」

「デヴォン?」

「ああ。明日の晩、娘には相当忙しく働いてもらうことになるぞ」

22

電話の音でモンティは目を覚ました。

　飛び起きた拍子に、腿の上に置いていたノートが床に落ち、書類がそこら中に散らばった。モンティは悪態をつき、落ちた書類をまたいで、オフィスの電話に手を伸ばした。

「はい、モンゴメリー」

「ひどい声だな」探偵仲間のジョン・シャーマンが言った。「ピアソンのヤマが片付いたら、休みでも取ったらどうだ」

「ああ、そうしたいね」モンティはこすった目をしばたたきながら、自宅兼オフィスの中を見渡した。「何時だ？」

「四時一〇分。午前じゃないぞ、念のために言うが」

「この三時間ばかり、同じページをずっと睨んでたよ。疲れているらしい」大きく背伸びをし、彼はいまの状況を把握した。デスクに腰掛け、会話に集中する。「どうした？」

「レイモンド・カールバーがおまえに会いたいってよ」とシャーマン。「えらく切羽つまってる感じだったぞ」

カールバー。浮気調査の依頼主。若いかみさんに好き放題やられている、哀れな金持ちだ。

「なんでだよ？　かみさんの浮気現場に出くわしちまったのか？」

「さあな。とにかく取り乱していた。おまえに話がある、緊急に会いたいとしか言わなかった。調査報告書と写真を持ってこいと。何度もおまえの携帯にかけたんだが、捕まらなかったんで、おれに連絡してきた」

「ありがたいね」モンティは首の後ろを揉んだ。「こっちもえらいことになってな。抜けられないんだ」

「今晩にしてくれと言ってたぞ。待ってもぎりぎり明日の朝だと」

「まじかよ」

「ああ、まじだ。向こうもな」

モンティはため息をついた。「仕方ねえな。運転手にここまで乗っけてきてもらうように伝えてくれ」

「そいつは無理だ。身体の調子が悪くて、ベッドを離れられないそうだ。おまえが来いってよ、スカースデールまで」

妙だな。うるさく騒ぎ立てるのはレイモンド・カールバーらしくない。普段はどっしり構えるタイプなのだが。よっぽどのことがあったに違いない。

「わかったよ」とモンティは言った。「明日、娘の家に行く用事がある。カールバーの屋敷はそう遠くないから、行ってみるよ。悪いんだが、あいつの調査ファイルをまとめておいてくれ。朝一でそっちに寄って、ピックアップする。カールバーに電話して、九時頃に行くと伝えておいてくれ」

「了解」

モンティは電話を切り、またノートをめくり、メモに目を走らせた。デヴォンが来るまで、あと三〇分。確認すべきことが山ほどある。

それとは別に、彼には前から気になっていることが一つあった。ブレイクとのミーティング以来、ずっと。カストロが見つけたファイルのことで頭がいっぱいで、それどころではなかったが、釈然としない思いは消えていない。追求するだけの価値があるかどうか、確かめなければ。

数日前のメモを見返す。目当ての部分が出てきた。やつの受け答えに矛盾は？　見つけるのに、長くはかからなかった。


玄関のブザーが鳴った。

はっとして、ブレイクは身体を起こした。リビングルームのソファに横たわり、二杯目のバーボンをすすりながらチョンパーを撫でていた。チョンパーはすかさず立ち上がると、激しく吠えながら、玄関に向かって真っ直ぐに走りだした。

ブレイクは目をしばたたいて我に返った。リビングは薄暗く、長い影が壁に伸びている。帰宅した時は明るかったのだが、いつの間にか日が沈んでいた。

腕時計に目をやる。六時三五分か。

再び、ブザーが鳴った。今度はさっきよりも長く。

「いま、行くよ」ブレイクはよろよろと立ち上がり、玄関広間を抜けた。考え事とバーボンのせいで、まだ頭がぼんやりしている。首の後ろを揉みながら、扉を開けた。

「どうも」デヴォンが立っていた。寒そうに震え、両手を上着のポケットに入れている。

「タイミング、悪かった？」

「えっ……いや」一気に目が覚めた。興奮しているチョンパーが外に出ないよう身体でブロックしながら、ブレイクが言った。

「ずいぶんなご挨拶ね」彼女は広間に目をやった。「何してるの？」

「ごめん」ブレイクは脇によけ、扉を大きく開けた。「どうぞ」

「ありがとう」デヴォンは急いで入ると、寒そうに両腕で自分の身体を抱き、マットの上でブーツについた雪を払った。「どうしてかな、郊外よりも街のほうが一〇度は低い気がする。ほんと、最悪よね。だってクリニックの駐車場を出た時はマイナス一一度だったし、リトル・ネックを出た時はマイナス一二度だったんだもの。おまけに、もう日も沈んでる。つまり、いまここの気温はアイスランド並みってこと」彼女はしゃがむと、チョンパーの鼻と耳を撫でた。「元気？　少なくとも、きみはわたしに会えて嬉しいわよね」

「ぼくも嬉しいよ」ブレイクが言った。「びっくりしただけさ」

「みたいね」デヴォンは立ち上がり、ダウンのファスナーを下ろした。「ねえ、これをかけたら、なんでもいいから飲み物をくれない？　そうしたら、ここに来た理由を話すから」

ブレイクが試すように片方の眉を上げた。「バーボンのストレート？」

「やめてよ」デヴォンがぶるっと身震いした。「サラブレッド・クーラーは？」

「なんだよ、それ？」

「だめねえ」デヴォンの目が輝いた。「チョンピング・アット・ザ・ビットなんていう名前のレストラン・チェーンをオープンさせようという人が、サラブレッド・クーラーも知らないの？」彼女はダウンをブレイクに手渡して続けた。「バーボン・ベースのカクテルよ。サワー・ミックスとオレンジジュース、グレナディン・シロップを少々、レモン・ライム・ソーダ、それに氷。バーボンのストレートよりもずっと飲みやすいんだから。作れる？」

苦笑い。「やってみるよ」

「よろしく」デヴォンは髪をかき上げ、リビングルームに向かった。「寝てたの？」薄暗い部屋を見回しながら、彼女が聞いた。

「いや」彼女の後ろを歩いてきたブレイクが部屋の明かりをつけた。「考え事をしてたんだ」

「聞いたところによれば、考えることがいっぱいあるらしいわね」

ブレイクは彼女の顔を探るように眺めた。「お父さんに会ったの？」

「ついさっきね。いろいろと聞いたわ。大変なことになったわね」

「それで心配になって、寄ってくれた？」

「それもある。今日は大変な一日だったみたいだから。家族が関係してるかもしれないという楽しくない証拠が見つかったうえに、うちの父の厳しい取調べがあったんでしょ。ご苦労様」

「取調べのほうはそうでもない。少なくとも理由はわかっているから。でも、もう一つのほうは……」ブレイクが大きく息を吐いた。「親戚が犯罪に関わっているかもしれない、そう考えるだけでつらいよ。現実を直視するのもこたえる。殺人だろ？　とにかく信じられない。突然、知らない家族の中に放り込まれた気分だ」

「おかしいのは家族全員じゃないわ」デヴォンが諭すように言った。「その中の一人だけかもしれないでしょ」

「そうだな。で、明日の晩、きみはそいつと二人きりで会う」

「大丈夫よ。モンティが外で待機してるし」デヴォンは暖炉の前のラグに腰を下ろした。すかさずチョンパーが脇にぺたりと座り、彼女の膝に鼻を預けた。「ねえ、この暖炉、火はつかないの？」

「少々お待ちを」ブレイクが壁のスイッチを入れると、炎が灯った。「ガスはすごいね。で、さっきの飲み物だけど、お作りしましょうか？」

「もっといいことを考えたわ。ワインを開けて、ピザを頼みましょうよ。トッピングを全部載せて」軽く首を傾けて、彼女は続けた。「半分以上は食べないって約束するから」

「よかった、安心したよ」ブレイクの口元が緩んだ。「てっきり、五切れ目を奪い合いになると思ってたからさ。きみの自制心に感謝だね」

彼女は微笑んだ。「どういたしまして。でも、自制心はないわよ――少なくともいまはね」

冗談めかしているが、何を言いたいのかは明らかだった。

部屋の空気が一変した。

「へえ、そう?」ブレイクの中でも、セクシャルな気分が一気に高まった。

「そう」

「ご忠告、ありがとう」

「お相手願えるかしら?」

「もちろん」ブレイクは彼女を上から下までゆっくりと眺めた、深みを増したその瞳で。

「一つだけ教えてくれないかな――いつまでに戻らないといけない?」

「朝食」デヴォンは肘をついて横向きに身体を倒した。「ペットは、メレディスが面倒を見てくれる。モンティは、朝早くからクライアントと打ち合わせが入ってる。もしその前に家に来ても、レーンが相手してくれる――縛りつけておいてくれるわ、必要ならばね」

「頼りになるお兄さんだね」ブレイクは熱い視線で見つめたまま言った。「お礼を言うのを忘れないようにしないと」

「お礼なら、わたしにして」

「喜んで」ブレイクはセーターを脱いで放り、彼女の隣に身を横たえた。「こんなにいい形で一日を締めくくれるなんて、思ってもみなかったよ」

「そうじゃないかと思ってたわ」彼女はブラウスのボタンを外しながら呟いた。「だけど、食事もしたいな」

ブレイクが彼女に代わって、ボタンを外しながら言った。「まだ早いよ」

「そうね」デヴォンが仰向けに横たわると、長い髪がラグの上に扇を描いた。「でも今日はお昼を抜いたの。だからお腹が空いてるのよ。ディナーをしばらくお預けにして、この後エネルギーをいっぱい使ったら、ほんとにぺこぺこになるだろうな。ピザ一枚くらい、一人でぺろっと食べちゃうかも」

ブレイクは手早く服を脱ぎながら言った。「よし、じゃあ思いきり運動しようか。ぼくも一人で二枚はいけるかもね」

デヴォンが誘惑の微笑みを浮かべた。「嬉しい、そうこなくっちゃ」


一時間後、二人は暖炉のかたわらで毛布にくるまって座り、ピザを頬ばりながらワインをすすっていた。

「そうそう、これぞまさに一日の最高の締めくくりよ」デヴォンが言った。

「最高でも足りないくらいさ」ブレイクは彼女の手を取り、唇に持っていった。「きみが来てくれて本当によかった。ありがとう」

「いいえ、どういたしまして」彼女が笑みを浮かべた。「でもね、来たのは前もって計画してたわけじゃないの。偶然そうなった、という感じかな」

「それが一番さ」ブレイクは彼女の裸の肩にキスをした。「さっき、話があるって言ってたけど、削除されたファイルのことだろ」

「そう、その詳細」真顔になり、デヴォンはグラスをじっと見つめた。「ローレンス・ビスタ」言葉を濁さず、はっきりと言った。「会ったのよ。二回」

ブレイクが眉をつり上げた。「いつ？　どこで？」

「今週、あなたのファームで」彼女はビスタと会った時のことを説明した。「落ち着かない感じだった。わたしが獣医だと聞いてからは、特に。最初は、同業者だから不安になっているのかと思ってたの。仕事を取られるかもしれないと、心配しているんじゃないかって。でも、たぶんそうじゃない。わたしにばれるかもしれないと思って、それで心配したのよ。ほら、わたしは専門家の目をしてるから。あの人、ジェームズさんのために何か違法なことをしてるんじゃないかな。きっと医学に関することよ。だから、わたしに気づかれるかもしれないと思ったんだわ」

「何か気づいた？」

デヴォンは首を振った。「よく見なかったの。でも、今度はちゃんと見てみる」

「今度？」

「ええ。月曜日は休みを取ったの。母の家に車で行くつもり。その後で、あなたのファームに寄って、ビスタを捜す。彼のトラックがあれば、見つけて話しかけるわ。たぶん、ビスタとウルグアイのファームはつながってるはずだから、そこを探ってみる。彼がいなくても、何か見つかると思う。厩舎の中を嗅ぎ回ってみるわ」

ブレイクは首を振り、険しい目をした。「それは無理じゃないかな。いま、祖父母がファームに行ってる。来週の半ばまでいる予定だ。ということは、ジェームズもこっちにいる間はファームに泊まる。となると、ファームでビジネス・ミーティングがいくつも開かれるから、ピアソン社のスタッフが一日中出入りすることになる。きみがビスタに近づくのは難しいだろう――あれこれと詮索されるはずだ」しばしの間。「もっといいアイデアがある。でも、その前に一つ。明日の晩、ぼくらのことをジェームズに伝えてくれ」

デヴォンはピザを嚙む口を止めた。「そのリクエストは『もっといいアイデア』に関係してるのかしら？　それともまた独占欲ってやつ？」

「両方だ。それに、きみの信用を保つにはそれしかない。ぼくらの関係はもうばれてる。ルイーズに見られたからな。きみの口から言うんだ、この情報がジェームズの耳に入る前に。チャンスは一度、明日の晩しかない。あいつはまだ知らないはずだし、空港からきみの家に直行する。でも、デートが終わればすぐに誰かがあいつに耳打ちするだろう」

「でしょうね。でも、それがあなたの〝アイデア〟とどう関係してるの？」

「二人の仲を公表すれば、きみがビスタに近づく道が拓ける。月曜日は、ぼくがきみをファームに招待するよ。その頃には、祖父母もジェームズから聞いているはずだから、自然な成り行きに見えるだろう。ぼくらは付き合い始めたばかり。二人とも家族のことで大変な思いをしている。気分転換が必要だ。それには、ファーム以上の場所はないだろ？」

「なるほどね」デヴォンがうなずいた。「ジェームズさんのことも、あなたの言うとおりだと思う。わたしの口から言ったほうがいい。でもそれは、モンティが用意してくれた台本を演じきった後でよ。まずはジェームズさんを油断させて、はっきりさせないと」彼女が眉を寄せた。「でも、あの人が殺人犯だなんて、まだ信じられないわ」

「あいつもそうは思ってない。いいかい、万が一あいつがクロだとしても、直接手を下したわけじゃない。フレデリックが殺された週末も、フィリップが死んだ晩も、アリバイがある。どちらも、あいつはウェリントンにいた。つまり、汚い仕事は誰かにやらせるしかなかった。あいつには好都合だよ。手も、良心も汚れないで済むからな。まったく、ジェームズらしいよ――自分本位で、すぐに保身に走る臆病者」

デヴォンは顔を上げ、ブレイクを見つめた。「万が一って言ったけど、まだあの人が無実だと？」

「あいつのことだけじゃない、願ってることはたくさんある。まあ、願いが叶うとも思ってないけどさ」ブレイクがぶっきらぼうな感じで言った。「それに、ぼくはぼくで良心が痛んでるんだ」

「おじいさんね」デヴォンが静かに言った。「黙っているのはつらいでしょうね」

「つらい？　それどころか、ベネディクト・アーノルド（独立戦争でイギリス軍に寝返った将軍）の気分だよ」ブレイクはピザを脇に置いた。「もしジェームズがクロだとわかったら、祖父は間違いなくとんでもないショックを受ける。で、その後でぼくにも裏切られていたと知ったら？　ショック死しないことを祈るよ」

いまから先のことを考えても仕方がない」

「きみが思うようにはね。でも祖父は違う。ぼくが家族をだましていると思うだろう。それ以上の裏切りはないよ」ブレイクは一つ大きく息を吐いた。「まあいい、その話はよそう。いまから先のことを考えても仕方がない」

デヴォンは手を伸ばし、ブレイクの頬に触れた。「かわいそうに」

「別にかわいそうじゃない。ただ、やるべきことをやっているだけだ」彼がデヴォンの目を見つめた。「で、今晩はしたいことをしてる」

彼の言わんとしていることがよくわかった。今夜は我を忘れたいのだ。二人で、楽しくて気持ちいいことをして。

彼女の表情が和らいだ。「もしかして、三切れ目のピザを食べられないってこと?」

ブレイクはデヴォンの髪の下に手を差し入れ、首の後ろをそっと包むと、彼女を抱き寄せた。「食べるのは、冷めたやつだね」

えび茶色のクーペがブレイクのマンション脇に、ゆっくりと滑るように現れた。

車内で、男が携帯の番号を押した。

「女はまだ中です」男は報告した。「一〇〇ドル賭けてもいい。今晩は泊まりですね」

23

「台本はちゃんと頭に入ってるか？」小型送信機をデヴォンの腰のくびれ辺りにテープで留めながら、モンティが言った。

「ばっちりよ」デヴォンはセーターの上から胸に目をやり、ブラのフロントホックに仕込んだ隠しマイクがずれていないか確認した。「これ、本当に大丈夫なの？　取れたりしない？」

「安心しろ。おまえはただ、おぼっちゃんにおいたをされないように注意してればいい。そうすれば問題ないさ」モンティは立ち上がり、まくれたデヴォンのセーターを下ろした。「受信機はおれの車の中に置く。マイクロレコーダー付きで、性能は抜群だ。おまえたちがどの部屋にいようが、一言も漏らさず、おれには聞こえる。何かあったら、すぐに飛んでいく」

「平気よ、何もないから」とデヴォンが請け合った。「ジェームズだって襲ってはこないだろうし、わたしもそんな隙は見せないから。台本どおりにいくわ。運がよければ、欲しい物はすぐ手に入ると思う。二時間ってところかしら」

「たいしたプロだな」

口調で、デヴォンにはわかった。父は褒めているわけではない。

「どういう意味？」とデヴォン。

「ここんところ、えらくご多忙だと言ってるだけさ。エドワード・ピアソンの孫息子たちのおかげでな」

「何よそれ。そうしろって言ったのはモンティでしょ。忘れたの？」

「泊まりの訪問サービスをしろ、とまで言った覚えはないね」

なるほど、そういうことか。「モンティ、何が言いたいわけ？」

「ブレイクの所に泊まったんだろ」

「ええ、泊まったわ。気づかれるとは思わなかったけどね。今朝は遅刻して来たし」

モンティが鼻を鳴らした。「しょうがないだろ、クライアントとの話が思ったよりも長引いたんだ。楽しくない写真を見せないとならなかったんだが、そいつ、えらくショックを受けてな。金食い虫のかみさんが何をしてるのか、とっくにわかってるから、たいして驚かないと思っていたんだが。おれの前で倒れそうになって、ニトロの錠剤をポップコーンみたいに口に放り込んでたよ」

「その人、病気なの？」

「心臓だ。今晩は、こっちも心臓の勝負だな」

「心臓といえば、エミリー・ピアソンの何が気になるのか、まだ聞いてなかったけど」

「後でな。いまはジェームズに集中しよう」モンティが彼女の目を見据えた。「で、さっきの話だが」

デヴォンがあきれ顔をした。「もうやめて。わたしの私生活には立ち入り禁止よ」

モンティはそれを無視して続けた。「ブレイクのことは、おれもまあ気に入ってる。頭が切れるし、礼儀も知っている。ただ、おまえにふさわしい男かどうかは、まだ決めかねている」

「陪審員はわたしよ」

「なら、おれは裁判官だ。おまえの評決はいつでも覆せる」

デヴォンは思わず吹き出してしまった。「ほんとによかったわ、一〇代の頃、モンティがうちにいなくて」

「おれもだ。おまえの彼氏を撃って、ムショにぶち込まれてたかもしれないからな」

モンティの携帯が鳴った。

「ジェンキンズだ」番号表示に目をやり、モンティが言った。「今晩使えそうな何かが見つかったら、すぐに電話しろと言ってあったんだ」〈通話〉を押す。「おお、ジェンキンズか、何が出た？」長い沈黙。「本当か？　いいねえ、そいつは使える。ありがとな」電話を切ると、デヴォンに親指を立てて見せた。「大当たりだ。見つけたぞ」

「何？」

「我らがジェラルド・パターソンくんは、ギャンブルがたいそうお好きらしい。馬じゃない、カジノだ。かなりの借金がある。調べれば、まだまだ出てくるだろう。しかも、相当な額をまとめて返してるらしい。返済日はすべて、ケイマンの口座に大金が振り込まれた日と一致している」

「つまり、動機と状況証拠が揃ったというわけね」デヴォンが口を結んで、思いを巡らせた。「助かるわ。これでその話題に持っていきやすくなった」

「だろ」モンティは壁の時計に目をやった。「七時半だ。おぼっちゃんの到着まであと一時間。他に確認しておきたいことはあるか？」

「なし。メイクをして、注文しておいたフルーツとチーズの盛り合わせを出して、気持ちを落ち着ける体操を軽くするだけ。幸運を祈ってて」

モンティがウィンクをした。「幸運は要らんよ。あいつはもう、まな板の鯉と同じだ」

八時半ジャスト。

デヴォンはクラッカーの皿を出し、フルーツとチーズの盛り合わせの横に置いた。一歩下がって、あらためて確認する。食べ物よし、ワインよし、わたしもよし。

セーターの襟首を直し、手を後ろに回してセーターの下に入れ、送信機に触れた。うん、ちゃんとついている。といっても、なくなるはずはないのだが。隠しマイクも。五分前に確認したばかりなのだから。

そのほかの準備も万端だ。レーンとメレディスはコンサートに出かけ、モンティは外に停めた車の中にいる。ジェームズからはさっき、空港に着いたと連絡があった。

あとは、わたし次第だ。

頭の中で、ポイントをもう一度おさらいした。話すことはわかっている。問題はただ一つ、どうやってその話題に振るかだ。リラックスして、あくまでもさりげなくいかないと。疑り深い、いかにも探るような感じは禁物だ。ジェームズは抜け目のない男で、他人を操るのに慣れている。しっかり演じなければ、すぐに見破られてしまうだろう。

ドアベルが鳴った。

デヴォンは振り向くと、大きく息を吸い込み、ゆっくりと吐いた。「いくわよ、モンティ」彼女はセーターの胸元に向かって呟いた。「ショータイムの始まりよ」

玄関に行き、扉を引いた。

ジェームズが戸口の側柱に寄りかかっていた。カシミアのコートに革手袋。コートの襟を立て、一泊用のダッフルバッグを提げている。

「いらっしゃい」デヴォンが出迎えの言葉をかけた。

「やあ、こんばんは」彼女の姿を一目見るや、ジェームズは笑みを浮かべた。「きれいだよ。ツンドラの中を来たかいがあったね」

「本当に冷えるわね。どうぞ」彼女は脇に寄り、入るよう手で示した。

彼は中に入り、鞄を置いた。両手で彼女の肩を抱き、顔を寄せてキスをしてきた。予想どおりだ。彼女もキスを返した――あくまでも軽く。深くされそうになったところで、すっと身体を離した。

「フロリダとはずいぶん違うんでしょうね」彼女はクローゼットからハンガーを取り出しながら言った。「こんな寒い所に、よく戻ってくる気になったわね」

「啓示を受けてね」ジェームズは再びキスを迫ろうとはせず、コートを預けると、歩いてリビングに向かい、テーブルの上を眺めた。「美味しそうだね」

「本当は、料理をするつもりだったのよ」彼の後について、デヴォンもリビングルームに入った。「でも、思い直したの。試合の後だから、重い食事は欲しくないのかな、と思って」

「よくわかるね。うん、軽いのがいい」

「それと、ワインもわからなくて。まだ開けてないのよ。飲む？それともいまは禁酒中？」

彼が口元に笑みを浮かべた。「三日間は馬に乗らないからね、うん、おおいに飲もう。でも、ワインじゃなくてシャンパンがいい」

デヴォンはがっかりしたように、鼻に皺を寄せた。「ごめんなさい。シャンパンは用意してないのよ」

「大丈夫。持ってきたんだ」彼は玄関に戻ると、ダッフルバッグを開け、ドン・ペリニヨンのボトルを引っ張り出した。「ぼくがお開けいたしましょうか？」

「ええ、お願いするわ」デヴォンはシャンパン・グラスを二つ持ってきた。「嬉しいサプライズね」

「サプライズが自慢なんだ」ジェームズはコルクを抜いてグラスに注ぎ、彼女に手渡した。

「今晩の素敵な時間に」彼がグラスを掲げた。「もっとサプライズがありますように」

「今晩の素敵な時間に」デヴォンもそう言うと、美味しそうに一口すすり、ソファを指した。

「お掛けになって」

「きみから、どうぞ」彼はソファの横に立って、待った。

デヴォンはクッションの上に腰を下ろし、曲げた脚を彼のほうに伸ばした。会話にふさわしい距離を保つためだ。「グランプリはどうだったの?」

「文句なし」彼は隣のクッションに座った。「優勝したよ」

「すごいわ、おめでとう」

「ありがとう」得意のまばゆい笑顔だ。「今日はいける気がしてたんだ。朝、目が覚めた瞬間からね。たぶん、もうすぐきみに会えるとわかってたからじゃないかな」彼が周りを見渡した。「ご家族は、お出かけ?」

「今晩はね」

「ずいぶん静かだけど、ペットは?」

「テラーは二階。靴下を嚙んで、母の犬のスキャンプと遊んでるわ。コニーはランドリールームでふてくされてる。わたしがあの子をほったらかして、あなたといるから。で、ランナーは妹の部屋のケージの中」

「全部ぼくのために? 嬉しいな」

デヴォンは口元に笑みを浮かべた。「あの子たちが大騒ぎしてたら、集中できないもの。

あなたとゆっくりお話しがしたかったの」間を少し置いた後、彼女の顔から笑みが消えた。

「今週は、本当に大変だったわね。馬丁さんの事故があって、それからローズさんがお亡くなりになった。なんだか悪い夢を見ているみたい。いつになったら覚めるのかしら」

神妙な顔で、ジェームズはうなずいた。「いまだに信じられないよ、こんなにひどいことばかり、立て続けに起きるなんて。フレデリック、きみのお母さん、ウェリントンでの騒動、そして今度はこんなことに」彼はデヴォンに身を寄せ、手を握った。「お母さんからは、まだ何も？」

「ええ」デヴォンは唇をきゅっと閉じた。「心配で、どうにかなりそうよ」

「そうだろうね、かわいそうに」ジェームズが握る手に力を込めた。「ぼくに何かできることがあるといいんだけど」

「あるわ。わたしの前では正直になって」

ジェームズの顔に一瞬、警戒の表情が浮かんだ。「やってみるよ」

視線を落とし、デヴォンは二人の手を見つめながら言った。「もし気に障ったら、ごめんなさい。でも誰かに聞かないと、おかしくなりそうだから」

「いいよ、何？」

「ローズさんのことは知らないし、きっといい人だったんだろうから、わたしの思い過ごしかもしれない。でも、自殺のタイミングが……彼が伯父様を殺した犯人という可能性はないのかしら。罪の意識に耐えられなくなって、それで」

ジェームズが肩をすくめた。「そのことか。大丈夫、気にしないで。疑うのは当たり前さ、関連性がないと思うほうがおかしいよ。正直に言うけど、ぼくにもよくわからないんだ。フィリップは何かに罪悪感を抱いていた、それは間違いない。たんに金銭関係のことかもしれないし、もっと根が深い問題の可能性もある。彼がフレデリックを殺したと考えただけで、ぞっとするよ。でもぼくには、やってないと断言もできない」沈黙。「きみのお父さんは、どう思ってるの？」

「わたしには何も言わないわ。たぶん、わたしを守ってくれようとしてるんだと思う。守れていないんだけどね」デヴォンは髪をかき上げ、耳の後ろに掛けた。「いろんなことがありすぎて、頭がどうにかなりそう。犯罪が次々に起きて、どれも解決していない」彼女は顔を上げた、額に不安げな皺を寄せて。「ウェリントンであなたを妨害しようとした人は？　何かわかったの？」

「いや。まあ、初めから期待してないよ。あの手のことをする連中は、痕跡をうまく隠すからね」

「心が広いのね。わたしはだめ。だって、失格になるだけじゃない、大けがをしたかもしれないのよ。もっとひどいことにだって。馬は？　大丈夫なの？」

「ああ、フューチャーはぴんぴんしてるよ。グランガーが落馬した時はさすがに驚いて、馬場を飛び出したらしいけど、うちの調教師が落ち着かせてくれた。あの日、後でぼくも見に行ったけど、いつものあいつに戻ってたよ」

「あなたも？」

「ああ。完璧さ。お腹の調子もよくなったし」

デヴォンは小さくため息をついた。「月曜の晩にも言ったけど、馬術界って大変な所なのね。わたしには耐えられない。やっぱり動物を癒すのが向いてるわ。あ、そうだ。それで思い出したんだけど、ついこの間、ドクター・ビスタに会ったのよ。彼のお仕事、すごく面白そうね」

この一言は効いたようだ。ジェームズがガードを固めた。「ビスタと？　どこで？」間違いなく、声に緊張が感じられる。

「厩舎で、二回。一回はチョンパーを、もう一回はロベルトさんを捜していた時に。両方とも、ドクター・ビスタにばったり会ったの。でも会えてよかったわ、いろいろと教えてもらえたから」

「何を？」

「遺伝子学について。そっちのほうは専門外だから、何も知らないの。でもあなたはきっと、よく知ってるんでしょうね」

ジェームズの額に皺が寄った。「いや、あれは祖父がやってることだから。ぼくはほとんど関与してないんだ」

信じられないというように、デヴォンが眉をつり上げた。「キャシディの言ったとおりだわ。本当に謙虚なのね。馬に関することならなんでも、おじい様は必ず意見を求めてくるんでしょ。だって、金メダルの夢を叶えてあげるのはあなたなんだから――しかも一回だけじゃなく。競技に出る馬のことを相談するのに、あなた以上の人はいないじゃない」デヴォンはあえてフレンドリーな感じでいくことにした。「ドクター・ビスタが言ってたわ、ウルグアイのファームから精子を買ってるって。ドイツとか、オランダの馬よりも優秀なの？」

驚きの表情。「それをビスタが？　きみに？」

「少しだけよ。でも、どうして？　ひょっとして、秘密だった？」デヴォンは指で口にファスナーを閉めるまねをした。「もしそうなら、安心して。誰にも言わないから」

「秘密じゃない」間髪を入れずにジェームズが言った。「ただ、あえて公表したくないだけさ。ライバルに情報を漏らしたくないからね」

「それはそうよね」

ジェームズがシャンパンをすすった。「それで、ビスタとは他に何を話したの？」

「それだけよ。彼、忙しそうだったし。あの大きなトラックで走り去ったわ。あっ、〝走り去る〟は大袈裟かな」デヴォンはここで話を少し膨らませた。「あのサバーバンはすごく重いから、動くのもやっと、という感じよね。雪に埋まっちゃうんじゃないかって、見ていてはらはらした。きっと、すごく大切な機械か何かが入ってるのね」

敵の出方をうかがう。何か反応が出るといいのだけれど。

よし、出た――微妙だけど、確かだ。

ジェームズの手がかすかに震え、シャンパンが二、三滴だが、顎に垂れた。

彼はそれを拭うと、小さくむせた。

「大丈夫？」デヴォンは早く確かめたかった。今の反応が、ビスタのトラックについての発言のせいなのかどうか。

「失礼したね。きみに見とれていて、シャンパンがどれだけ口に入ったのか、わからなくなっちゃったよ」慣れた感じの笑み――だが、無理に作っているのは明らかだ。

「嬉しいわ」このチャンスを逃す手はない。デヴォンはたたみかけた。「でも本当はわたしじゃなくて、わたしが言ったことに気を取られたんでしょ」

ジェームズの笑みが固まった。「え？」

「ドクター・ビスタのトラックよ」デヴォンは淀みなく説明した。「それと、獣医専門の大がかりな医療機器」小さなため息。「わかるでしょ、男の子はみんな機械が大好きだから――女の子に勝ち目はないわ」

「ああ、そうだね」ジェームズはもう一口シャンパンを飲み、グラスを置くと、大きく咳払いをした。「何か食べてもいいかな」

「もちろん」フルーツとチーズを皿に取りながら、デヴォンの頭は高速で回転していた。この人、冷静さを失っている。間違いない、急所を突いたのだ。

彼女は皿を手渡した。「はいどうぞ、召し上がれ」

「ありがとう」ジェームズはブリーをトッピングしたクラッカーを口に入れると、ゆっくりと噛み、飲み込んだ。それだけで早くも、彼は冷静さを、そしていつもの魅力を完全に取り戻していた。「さっきの話だけど、違うね。ぼくが気を取られたのはきみだよ」そう言うと、彼はソファの背もたれに腕をかけた。

デヴォンはテーブルの食べ物に手を伸ばしながら、考えていた。この人はわたしを誘惑しようとしているだけじゃない、話をそらそうともしてる。でも、後者のアイデアは彼女にとっても悪くなかった。最初の一時間、デヴォンは少々突っ込みすぎた。ジェームズのガードが上がっている。ここは少し時間を置いて、それから次の話題を始めるのが賢明だろう。

穏やかで、親しげなモードに切り替えた。ただし表情には、不安げな雰囲気を少しだけ残しておいた。あくまでも、何かが気にかかって仕方がない、という感じでいかなければ。それがこの芝居をうまくいかせるための鍵なのだ。

二人は楽しい会話をしながら一時間ほど過ごした。話題は仕事、遊び、当たり障りのない事柄。

翻訳すると、こういうことになる。

ジェームズは、彼女をベッドの中に連れ込もうとしている。

デヴォンは、彼を扉の外に追い出そうとしている——聞くべきことを聞き終えたら、さっさと。

休憩終了だ。

「でも、やっぱりどうしても考えてしまう。水曜日のこと」彼女は身震いをしてみせた。「すごく怖い。誰がやったのか、どうしてわからないの？　反ドーピング協会だったかしら？　そこの人たちは、そういう仕事をしないの？」

ジェームズは親が子供に見せるような笑顔を浮かべた。「きみは優しいんだね。心配してくれて嬉しいよ。でも、期待しないほうがいい。反ドーピング協会は、その気になった時にしか動かないんだ。たとえばほら、警察はスピード違反の車を三台続けて見逃したのに、四台目は捕まえたりするだろ。それと同じ。どうして急にやる気になるのかは誰にもわからない、だろ？」

「そうかもしれないけど」デヴォンは不安げな顔を変えなかった。「ねえ、ドーピング検査は誰がするの？専門の訓練を受けた人？」

「専門の検査ラボのスタッフさ。それともきみが言っているのは、検査を管理する連中のこと？　検査官は願書を出して、試験に受かったら、担当地域を割り当てられる。必ずしも医薬関係の従事者というわけじゃない」

「つまり、誰でも応募できるということね。中には不正を働く人もいるかもしれない。もしそうなら、騎手や調教師がわいろを渡して、検査に手を回したり、いつ検査があるのか情報を聞き出そうとしたりする可能性も十分にあるわね」

ジェームズが一気にガードを固めたのが、表情にありありとうかがえた。「検査に手を回すって、尿サンプルのすり替えのこと？　さすがにそこまでやる人間は、そうはいないと思うけど。でも、ないことはないな。というか、なんでもありえる、わいろもね。前にも言ったけど、熾烈な世界なんだ。大金が動くところでもある。だから、うん、不正がまかり通っているんだよ」

「でしょうね。でも、それだけじゃない。あなたがいるようなスポーツ業界は、ありとあらゆるスキャンダルにまみれている。アルコール中毒。セックス。知的犯罪」デヴォンは指で髪を梳いた。「そういうのが全部、ドーピングの検査官の目の前で行われている。少ない給料で、つつましい生活をしてるんでしょうから、お小遣いを稼げるチャンスに飛びつく人は多いでしょうね。派手に遊んだり、悪い癖があったりする人は特に――たとえば、ギャンブルにはまっているとか。ゆすりみたいなことの標的になる理由として、それ以上のものはないじゃない？」

ジェームズはシャンパンをテーブルにこぼした。ナプキンをつかみ、軽くたたく。「申し訳ない」

「気にしないで」デヴォンがテーブルを拭きながら言った。「脅かすつもりはなかったの。ただ、ドーピング検査の管理があまりにも甘いみたいだから、それで驚いただけ。そのせいであなたも、馬丁さんもひどい目にあったのよね、かわいそうに」

「慌てたわけじゃない。ただ、きみの想像力があまりに豊かで」

「警官の娘だから」

彼が一瞬、鋭い視線を向けた。「いまのは全部ただの想像？　それとも、何か噂を耳にしたのかな？」

「噂って？」

「わいろのやり取りとか、カジノに大金を注ぎ込んでいるとか」

おかしい。わたしは〝カジノ〟とまでは言っていない。

「最近の噂のこと? ううん。それに、わたしが馬術界の噂を知っているわけないじゃない。部外者なんだから。ねえ、もしもわたしが関係者だったら、絶対に犯人を捜して、警察に突き出してやるわ、本当よ。わたしはただ、昔、父に聞いた話を思い出して言っただけ。ごめんなさい」

「謝ることはないよ」ジェームズの表情が変わった。安堵の色を浮かべている――そして別の色も。「それどころか、嬉しいな。きみがぼくのことをそこまで思ってくれてるなんて」

雰囲気が一変した。空気の密度が濃い。その表情から怯えが消え、彼は元に戻った。誘惑という道に。

デヴォンの頭の中で警鐘が鳴り響いた。

思ったとおりだ。ジェームズは彼女の手からシャンパン・グラスを取り、テーブルの上、彼のグラスの横に置いた。「もう話は十分にしただろ?」

彼が手を伸ばしてきた。

デヴォンは危うくソファから飛び退くところだった。でもそうしたら、ジェームズに怪しまれてしまう。この男をかわすのはなんでもない。一〇歳の時に、モンティから護身術を習っている。問題は盗聴器だ。もしもジェームズに見つかったら、何もかもが台無しになってしまう。

「ちょっといいかしら」デヴォンは大声を出したい気持ちを抑えて静かに言うと、彼から離れ、立ち上がった。「すぐに戻るから」

ジェームズの目が期待に輝いた。「もちろん」

よし、いいわ。ベッドに入るための身支度に行くと思ったらしい。

デヴォンは洗面所に入り、隠しマイクと送信機を確認した。大丈夫、ずれていない。

フルーツとチーズでは、ジェームズの欲望は満たされないようだ。尋問芝居はもう限界に近い。そろそろまとめに入ろう。

最後の演技の役作りだ。デヴォンは後悔の念に堪えないという表情を作り、リビングに戻った。

ジェームズはソファにゆったりと腰掛けていた。目に誘惑の色を浮かべて。「おかえり」

彼女は腰を下ろさず、用意しておいた台詞をいきなり口にした。「話があるの」

彼は隣のクッションをぽんぽんとたたいた。「話は十分にしたって、言わなかった?」

「ええ。でも、まだ終わってないのよ」デヴォンは手を組んで、続けた。「わたしのせいね。煮えきらなかったから。あなたのことはすごく好きよ。ただわたし、これ以上はだめっていう線を引くのがへたなの」

ジェームズが片方の眉をつり上げた。「まだ早いっていうのかな?」

「ううん、そうじゃないの」彼女は大きく唾を飲んだ。「ジェームズ、あなたは素敵な男性よ」

彼が眉をひそめた。「どうしてかな、『でも』と言われそうな気がするんだけど」

「そのとおりだから」彼女は気まずそうに足を踏み替えた。「言わなければならないことがあるの。いま、手遅れになる前に」

「何かな?」

「わたし、ブレイクと……その……付き合ってるの」

氷のごとき沈黙が部屋を貫いた。

ジェームズがじっと睨みつけてきた。まさに「視線で殺す」ほど鋭い目つきで。

「いつからだよ?」

「突然、そうなっちゃったのよ」デヴォンは、どうしようもないというように肩をすくめた。

「そんなつもりはなかったんだけど。ただ――」

「はいはい、わかったよ」ジェームズは言葉を遮り、立ち上がった。「そうなっちゃったんだろ。それで、いつ言うつもりだったんだよ。ベッドの中か?」

むかっとして、ジェームズの股間を思いきり蹴り上げてやりたくなった。「そんなわけないでしょ」彼女は自分をなんとか抑えて、睨みつけているジェームズに言った。「さっき言うつもりだったのよ、食事をしている時に。急にこんな展開になるなんて、思ってもみなかったから」

「手の早さなら、いとこには負けるけどね」

「そういう言い方はやめて」

「じゃあ、どう言えっていうんだよ。『それはよかったね』か？　そうしたら、こう来るんだろ。『いいお友だちでいましょう』って」

「そのつもりだったんだけど」

「だったら、やめてくれ。ぼくはそんなに器の大きい男じゃない。いまはまだ」

「わかるわ」デヴォンはつらそうに言った。「ごめんなさい。わたしのやり方がいけなかった。だますつもりじゃなかったのよ。ただ、あなたとの関係を壊したくなかっただけなの」

「ブレイクは知ってるのか？　今夜きみがぼくと会ってることを」

彼女はうなずいた。「わたしが言ったから」

「それであいつはなんて？　どうぞどうぞ、好きにしろって？」

「そうは言わなかったけど」ここは正直に答えた。「でも、わかってくれたわ」

「ふん、そりゃそうだろ。あいつは勝ったんだからな――今度もだ。これがあいつの人生ってやつだ」目を怒りの炎で燃やしながら、ジェームズはリビングルームをさっさと出ると、コートとダッフルバッグをつかんだ。「長居しても意味がないから」彼は玄関口で言った。「今日はこれでお開きにしよう」

デヴォンも戸口にやって来た。「本当にごめんなさい。ブレイクとの関係にひびを入れてしまったのなら、謝るわ」

「心配にはおよばないよ。ぼくは大丈夫さ。あとブレイクのことだけど、ぼくらの関係は何も変わらない。何があろうとね」ジェームズが扉を開けた。「まだ早い。家には他に誰もいないし、ドン・ペリは半分残ってる。ブレイクを呼べよ。ぼくの後を喜んで引き継いでくれるだろうからさ。おやすみ、デヴォン」

えび茶色のクーペのドライバーは、運転席でうつらうつらしていた。そこにジェームズが出てきて、待たせていたリムジンに飛び乗り、走り去っていった。

男は携帯の番号を押した。「いま出ていきました。もう帰ってはこないでしょう。相当腹を立ててるようでしたから。ええ、驚きましたね、今晩はきっと――」男は話を中断し、フロントガラスの向こうを注視した。「ちょっと待ってください。コンマ何秒の違いですね、モンゴメリーが帰ってきました。いや、やっぱりおかしいな。偶然のはずがない。なるほどね、あいつ、どこかで全部見てたんですよ。となると、少しばかりややこしくなるかもしれません。まあ、任せてください。どういうことなのか、ちゃんと突き止めますから」

24

翌日の午後三時半、デヴォンとブレイクはピアソン・ファームの敷地を、厩舎に向かって歩いていた。

二人は昼に車でここを訪れた。まずはサリーの家に向かい、ペットの様子を見て、一泊用の荷物が入った鞄を置いた。泊まるのはファームではなく、こちらと決めていた。プライバシーもあるが、ジェームズや祖父母とひとつ屋根の下で過ごすことに耐えられないと思ったからだ。

「おじいさんもおばあさんも、嬉しそうじゃなかった」デヴォンは雪を踏みしめながら言った。「わたしの顔を見ると、フレデリックさんが亡くなったことを思い出すからでしょうね」

「みんな、そのうちに慣れてくれるさ」ブレイクは心配ないと請け合うと、手袋の上からデヴォンの手を握った。

「それとジェームズなんだけど、わたしを絞め殺しそうな顔をしてたわね」

「嫉妬が半分、あとは二日酔いのせいだな。昨日の晩、ぶっ倒れるまで飲んだんだろう。わかってるだろうけど、あいつ、ノーと言われるのに慣れてないんだ」ブレイクは握っていないほうの手のひらを上に向け、肩をすくめる格好をした。「ぼくを見る目も相当だったね。きみがいなかったら、殴りかかってきそうな勢いだったよ」

デヴォンはため息が白く凍るのを眺めながら言った。「ありがとうね、乗馬に行くと言って、うまく連れ出してくれて。息が詰まりそうで、たまらなかったから。ルイーズが仕事の書類を持って現れた後は、特に。神様に特別な試練の日を与えられたみたいな気分よ」

ブレイクは少し考えてから言った。「お母さんの家を出てから、ずっと落ち込んでるみたいだけど、大丈夫？　あそこに行くのは、やっぱりつらかったんだね」

「ええ」またため息。「二〇代を過ごした家だから。あと、大学と獣医学校の休みの時も。いつも賑やかだったのに、やけに静かで、妙にがらんとしてた。昔に戻りたいな。母に帰ってきてもらいたいの」デヴォンは決まり悪そうな顔をブレイクに向けた。「子供っぽい、でしょ？」

「そんなことはない。楽しい家だったんだね。で、それをそのまま取り戻したいと」

「うーんと、そのままというわけじゃないのよ。がらっと変えたいこともあるの」デヴォンは笑みを浮かべ、懐かしそうな顔をした。「恥ずかしついでに言っちゃうけど、うちの両親が元に戻ったらいいなって思ってるのよ」

ブレイクが目を丸くした。「可能性は？」

「わからない。わかってるのは、いまも愛し合っているということだけ。二人ともそうじゃないふりをしてるけどね」デヴォンは口を閉じ、身体を強ばらせた。厩舎のほうを見つめながら。「ほらあれ、ビスタのトラック。あなたが電話を入れたのが効いたんだわ」

「まあ、当然かな。ビスタは祖父の言いなりだからね。ぼくはただ、来てくれと言っていると、ビスタに伝えただけさ。誰が、と言う必要もない。ジェームズがウェリントンから帰ってきているとは言ったけど。それがだめ押しだったんだと思う。まあいい、とにかく急ごう。祖父やジェームズじゃなくて、ぼくが、しかもきみを連れて来るということを、ビスタに知られる前にね。準備する時間をやりたくない」

「そうね」デヴォンがうなずいた。「彼、厩舎かトレーラーにいると思う。手始めは厩舎がいいわ、中の様子をざっと見ておけるから。ビスタがいたらそれでいいし、いなかったら、馬の具合をチェックして、ビスタがおかしなことをしていないか調べてみる。その後でトレーラーをチェックよ。何が見つけられるか、勝負ね」

「厩舎には、ぼくらだけで行くほうがいい。さっき電話をして、馬丁を早めに上がらせておいたんだ」

「さすがね。そうすれば、いちいち言い訳をしないで済む。自由に調べられるわ」

彼らは厩舎の前に着いた。ビスタのサバーバンとトレーラーの脇を抜け、厩舎の扉の前に立つ。

「ねえ見て、あのタイヤ。あんなに沈んでるでしょ」デヴォンがトレーラーを指しながら、小声で言った。「やっぱり怪しい。わたしがあのことを言ったら、ジェームズもどきっとした顔をしてたし」

「もうすぐわかるよ」ブレイクが木製の扉を引き、二人は素早く中に入った。「口に気をつけて」ブレイクが囁いた。「ビスタがいるといけないから」

無言でうなずく。

「馬を紹介して」デヴォンはわざと大声で言った。「この前はチョンパーを捜しに来ただけで、馬を見てる時間がなかったから」

「もちろん。でもさ、惜しいことに、今日は一番優秀な五頭がいないんだ。ウェリントンに行ってるんだ、競技会のためにね。でも他に雄馬、雌馬、子馬が一二頭いる。その馬たちを紹介するよ。春になったら、残りの馬を紹介してあげるから」ブレイクは厩舎の戸口の上にかかる肖像画を指した。描かれているのは濃いチョコレート色の立派な雄馬だ。非の打ち所のない美しさを湛えている。ふさふさした艶やかな尾、長い脚、後ろ脚にある小さな白い斑点。凛としたその姿は、威厳を感じさせる。「あれはストールン・サンダー。ジェームズから聞いてるよね」

「ええ、すごく優秀な馬なんでしょう」デヴォンは肖像画をじっくりと眺めた。「本当にきれいね」

「ストールン・サンダーに関しては、ぼくとジェームズも珍しく意見が一致してるんだ。並みの馬とはものが違う——これほどの馬はめったに出ない。ドイツ系のサラブレッドで、血統も申し分ない。こいつを買うのに祖父は大枚をはたいたけど、それだけの価値はあったね。ストールン・サンダーが五歳の時に買ったんだけど、その時にはもう国内外の四歳馬と五歳馬の大会で勝ちまくっていた。いまは八歳で、世界大会に出ていて、オリンピックも狙ってるんだ」

「すごい」デヴォンは演技ではなく、心から感激していた。

「サラブレッドがあと二頭、ウェリントンにいる。上級レベルの大会に出ているジェントルマンと、中級の大会用のフューチャー。フューチャーはジェントルマンの子供で、将来が楽しみなんだ」

「水曜日の大会で、馬丁さんが乗った馬よね？」

「ああ。ありがたいことに性格のほうも抜群でね。落馬の時は驚いたかもしれないけど、すぐにいつもの冷静さを取り戻してくれた」

デヴォンが眉をつり上げた。「ねえ、ジェントルマンの子供って言ってたけど、ストールン・サンダーの子供は？　チャンピオン馬の血統なら、ここの雌馬に種付けをすればいいのに」

「してるんだけど、まだ一度も成功していないんだ」

言葉を交わしながらも、彼とデヴォンは厩舎内の隅々に目をやり、ビスタがいないかどうか確認した。気配はない。耳をそばだてたが、聞こえてくるのは馬の鼻息と足を踏みならす音だけだ。

調査の手をさらに広げることにし、ブレイクはデヴォンを連れて馬房を一つずつ見て回りながら、ピアソン家のサラブレッドたちを紹介した。どの馬も美しい。デヴォンは首や鼻を撫で、そっと話しかけながら、目を走らせた。ビスタが違法な活動をしていることを示す証拠を探して。

「何を見つけたらいいのかは、わかってる？」

「いまはまだ」デヴォンは穏やかに答えた。「でも、何かあればすぐにわかるから」

向かって左側の一番奥の馬房は、二週間前の日曜にチョンパーを見つけた所だ。あの時は空いていた。でも今日は、きれいな栗毛の雌馬がいた。隅のほうで立っている。

「この馬は？」デヴォンは手を伸ばし、雌馬の首を撫でながら聞いた。

「サンライズズっていうんだ。本当はウェリントンの大会に出るはずだったんだけど、祖父の気が変わって、取りやめになってね。理由はわからないけど」

「病気だからよ」

「それは知らなかったな」

「誰も教えてくれなかったのね」デヴォンは馬房の柵を押し、中に入った。「かわいそうに」彼女はいたわるように首を撫でた。「大丈夫よ、すぐによくなるから」振り向いてブレイクに言った。「間違いなく病気ね。隅に立ってるでしょ。頭を垂れて、だるそうにしてる。それに、ほら見て、水が減ってるわ。ずいぶん飲んでる。熱があるのよ、測れば一発でわかるわ」デヴォンはしゃがみ、サンライズズの脚を診た。「右の前脚をかばってる」

「どうして？」とブレイク。

「飛節（後ろ脚のかかとの部分）がひどく腫れてる。注射を打たれたのね」眉をひそめた。「それも一回や二回じゃない、何回も。そうじゃなければ、こんなになるはずがないわ。膝から飛節まで腫れぼったい。腱の辺りに繰り返し注射を打たれた証拠よ」デヴォンは立ち上がった。「納得できない。どうしてこんなひどい仕打ちを？」

ブレイクが眉間に皺を寄せた。「さっぱりわからないな」

「ドクター・ビスタならわかるはずよ」デヴォンの瞳が怒りで燃えていた。「じかに聞くわ」

彼女はブレイクの脇を抜け、厩舎の外に出た。今度は足音を忍ばせない。逆に、自分が来たことを相手に知らせたかった。

彼女はトレーラーの前まで行き、ノックした。

「お待ちください」ごそごそいう音。ばたん、ばたんと数回――キャビネットの扉を閉める音だ。続いて足音。「ミスター・ピアソンですか？」ビスタが言った。

デヴォンが口を開くと同時に、背後からブレイクの声が飛んできた。「ああ、そうだ」デヴォンが振り向くと、彼は小さな笑みを見せた。「どのミスター・ピアソンとまでは、聞かれなかっただろ」低い、棘のある声。間違いない、ブレイクも腹を立てているのだ。

鍵を外す音に続き、扉が開いた。デヴォンの姿を認めた途端、ビスタは目を丸くし、不安に顔を曇らせた。ブレイクが背後にいるのを見ても、緊張がやや和らいだだけで、表情はほとんど変わらなかった。

「やあブレイク、こんにちは。てっきり、ミスター・ピアソンが一緒かと思ってましたよ」

「祖父は家にいる」とブレイクが言った。彼は早くもデヴォンを中へと促し、自分も後について入った。「ジェームズも。二人とも後で来る。ぼくはただ、ドクター・モンゴメリーを厩舎に案内してただけだ。彼女があなたと話をしたいと言うので」

「なるほど」ビスタが不安気な顔で聞いた。「話というと?」

「続きは彼女から聞いてくれ」

ブレイクが舞台を整えている間、デヴォンはトレーラーの中を素早く観察した。見かけは普通の獣医のクリニックと同じだ。診察室が二つに、レントゲン機器、水を入れる容器、消毒液。天井まで届く大きなキャビネットの扉にはすべてラベルが貼られている。きれいに片付いている。というか、きれいすぎる。散らかっていないどころか、塵一つない。ごみ箱には、使い終わった医薬品さえ入っていない。

「ドクター・モンゴメリー」とビスタが促した。「ご用件は?」

デヴォンは振り向き、相手の目を見据えて言った。「サンライズのどこが悪いのか、教えていただけるかしら」

「悪い?」

「ええ。病気ですよね。熱があります。診断は?」

「何を言っているのか、さっぱり――」

「つまり、あなたはサンライズを診ていないと。わかりました。それでは、誰が診ているのか教えてください」

無言。

「右の前脚に何度も注射を打たれています。右脚全体が腫れ上がっているんです。説明していただけますか？」

ビスタのこめかみに血管が浮き上がっている。それでも必死に冷静さを装った。「診療内容についてお話しするつもりはありません。獣医のあなたにもです。ミスター・ピアソンのためにしていることは、すべて極秘ですから」

「極秘、ですか。馬を使って実験しているからですか？　それ以外に考えられませんね。サンライズのように健康な馬があんなことになるなんて。それに、遺伝学がご専門の医師の治療を受ける必要性もあるとは思えません」

またも沈黙。

「ぼくも知りたいね、ビスタ」ブレイクが割って入った。「言いづらいなら、誰に聞けばいい？　祖父か、それともいとこか？」

ビスタの顔が強ばった。「ジェームズには言わないでください。取調べのようなことだけは」

「あいつがサンライズに何かしろと命じたからか？」

「いえ、大きな大会の途中だからです。集中力を乱されたら困る」

デヴォンは何も言わず、トレーラーの奥にすたすたと歩いていった。キャビネットのラベルにざっと目をやる。アルファベットと数字の組み合わせ。見たこともない記号ばかりだ。医薬品には見えない。C#124DW、L#830IN——薬のラベルというより、秘密の暗号だ。

「獣医の診察室にしては、やけに片付いてるわね」彼女は大きな声で言った。「カルテはどこにしまっているんですか？　この前お会いした時に持っていた、あの分厚いノートは？ここ？」言うが早いか、彼女は両手でキャビネットの取っ手を二つ握り、さっと開いた。瓶だ。棚という棚に並んでいる。中身はどれも液体の薬品。扉と同じラベルがついている。商品ラベルは剝がされていた。

「どういうつもりだ！」ビスタが怒鳴り声を上げ、つかつかと歩み寄ると、扉を閉めた。

「何が入っているのか、確かめるためよ」デヴォンが言い返し、胸の前で腕を組んだ。「あれは違法の薬剤？」

「そんなわけがないだろう」ビスタは声を荒らげた。「わたしは医師だ、ドラッグの密売人じゃない。最新の研究をしているが、法には則っている。人聞きの悪いことを言わないでくれ。不愉快だ」

彼はキャビネットの前に立ったまま、その場を動かなかった。「この記号になじみがないのは、実験用の、きみの知らない薬剤だからだ。実験に使う動物はラットだ、馬じゃない。それと、そのキャビネット……」彼は後ろを指差した。ラベルの貼られていないキャビネットがL字型に置かれている。その奥はカーテンで仕切られ、トレーラーの三分の一は隠されている。「きみにもなじみのある薬、獣医が使う一般的な薬剤はあそこに入っている」彼は眼鏡の奥からデヴォンを睨みつけた。「これで満足か。もっとも、わざわざ説明する必要もないんだが」

デヴォンは彼の発言をほとんど聞いていなかった。カーテンの向こう側を覗き見るにはどうしたらいいのか。頭の中にはそれしかない。

「他に用事がないようでしたら、お引き取り願えますかね」ビスタが言った。「ブレイク、他に何か知りたいことがあるなら、ミスター・ピアソンに聞いたらどうですか」

「そのつもりだよ」ブレイクはデヴォンと目を合わせた。「行こう」

彼女は渋々と従った。いま帰ったら、あのカーテンの奥のものは二度と見られないだろう。ここを出た途端、ビスタは処分するに決まっている。間違いない、次に来た時はもう、怪しいものはきれいに片付けられているだろう。

もしも、またここに来られたとしたらだが。

このまま引き下がりたくはない。でも、ブレイクが一度言いだしたら絶対に意見を曲げないこともわかっていた。

「デヴォン」ブレイクが手招きした。もう扉を開けている。「家に戻ろう。日が沈んだら、寒くなるぞ」彼はビスタに目をやった。「サンライズを頼んだよ」

強ばった表情で、ビスタはうなずいた。「ええ、そのつもりです」

「ふん、よく言うわよ」デヴォンは呟き、トレーラーを後にした。

二人は雪の上を歩きながら家に向かった。

「どうして行こうなんて言ったのよ？　まだ終わってなかったのに」声が聞こえない距離ま

で来るや、デヴォンはブレイクに詰め寄った。

「きみがカーテンを破りそうな勢いだったからさ」ブレイクが静かに言った。「そんなことをしたら、墓穴を掘ることになる。ビスタはいま、ぼくらをやり込めたと思って油断している。そこにぼくらの勝機がある。間違いない、あいつは何かを隠してる——つまり、失う物があるということだ。逆に言えば、それがなくなったら、ぼくらはお手上げだ。まずは、あいつを捕まえるのに必要な証拠をすべて揃える。動くのはそれからだ」

「つまり、わたしと同じ意見だってこと？」

「ビスタが違法な活動をしてるってことか？　ああ、当たり前だろ。ただ、どこまでがあいつの意思で、どこまでがジェームズの命令なのか、そこがわからない」

「なるほどね」

「答は、家に着いたらすぐに出る。祖父に直接聞いてみるよ。ルイーズの持ってきた書類に目を通している途中だろうが、役員会議中だろうが、構わない。ビスタより先に祖父を捕まえる。そうじゃないと、証拠を隠されるだろうし、そうなったら最後、もうどうしようもない。でも、そんなことは絶対にさせないからな」彼はデヴォンを振り向いた。「ところで、サンライズは大丈夫かな？」

彼女はうなずいた。「ええ、ビスタは二度と注射を打たないはずよ。今頃はサンライズの馬房で、必死に手当てしてるんじゃないかしら。おじいさんにばれる前に」沈黙。「もし、おじいさんが何も知らなければ、だけど」

ブレイクの顎が強ばった。

「ねえ、ブレイク、聞きたくないとは思うけど、モンティが言ってたのよ。あなたのおじいさんは、ジェームズを守るためならなんでもするって。もしかしたら彼、いまそれをしているのかも」

「そうじゃないことを願うね。それと、きみの言うとおりだ。その話は聞きたくない。でもだからと言って、その可能性について何も考えていないわけじゃない。ぼくはただ、真実が知りたいんだ」

25

デヴォンとブレイクが足を踏み入れたのは、ビジネス・ミーティングの場ではなかった。カクテルタイムだ。

全員、リビングルームに集まっていた。エドワードとアンは、ソファに並んで腰を下ろしている。ジェームズは向かいのソファ、ルイーズは窓の前に立っている。皆、飲み物を手にしていた。

「ブレイク、やっと来たか」エドワードが手招きした。「ほら、そんなところに突っ立ってないで、おまえも飲みなさい」彼はサイドボードの前で待機している執事のほうを向いた。「アルバート、ブレイクにジャック・ダニエルのロックを作ってやってくれ」

「かしこまりました」アルバートがジャック・ダニエルの瓶に手を伸ばした。

ブレイクはデヴォンのほうに軽く首を傾けて囁いた。「一人で平気?」

「大丈夫よ。やるべきことをしてきて」

「ドクター・モンゴメリーも、どうかね」エドワードは言い添えた。いかにも気が進まない様子だったが、彼女に声をかけなかったことで、ブレイクがむっとしたと思ったのだろう。

「なんでも好きな物をアルバートに言えばいい」

「ありがとうございます。それでは、お水をいただきます」デヴォンはリビングルームに入った。二組の氷のごとき視線に気づかないふりをしながら。視線の主はジェームズとルイーズだ。

「酒はやらんのか？」とエドワード。

「いいえ、たまには飲みますが」デヴォンが答えた。

「で、今晩はその気にならんと？」

「ええ」とブレイクが助け船を出した。「今日は飲みません。おじいさんもですよ。ジャック・ダニエルは、主治医がくれた飲み物リストに入っていませんでしたよね」

エドワードが鼻を鳴らした。「あれを守っていたら、間違いなく退屈で死ぬ。どうせなら、生きるチャンスに賭けるほうがいい」

「お好きにどうぞ」ブレイクは祖父の目を見据えた。「おじいさんにお話があります」

「酒のことか？　だったら遠慮しておこう。講釈は要らん」

「違います。ですが、とても大切なことです」

エドワードが眉をつり上げた。「なんだ？」

「ここではちょっと。二人だけで。お時間は取らせませんから」

「いいだろう」エドワードは立ち上がり、グラスを置いた。「私のオフィスに行こう」ブレイクがうなずき、二人は出ていった。

リビングルームを沈黙が覆う。

「素晴らしい」ジェームズが呟き、ジントニックのグラスに手を伸ばした。「またもやドラマか。ありがたいね」

祖母がたしなめるようにジェームズを睨んだ。目で語っている。他人の前で身内の恥をさらすようなまねをしてはなりません、と。彼はこれを受け取り、その後の言葉を飲み込んだ。

またも沈黙。今度のは、さっきのよりもさらに気まずい感じだ。

玄関ホールの時計が午後五時を告げた。

「キャシディはどうしたのかしら?」アンが口を開いた。「三〇分も遅れているけれど」

「おそらく、会議が長引いているのだと思います」ルイーズが言った。続いてデヴォンに、冷たい、探るような目を向けた。「月曜はお休みなのかしら?」

「いつもは違うんですが」とデヴォンは答えた。アルバートから氷水を受け取り、礼を言う代わりにうなずいた。「今日は特別なんです。お休みが必要だったので」

「でしょうね。先週はずいぶんとお忙しかったようですから」ルイーズは嫌味たっぷりに言うと、デヴォンの返事を待たず、ジェームズとアンを見やった。「少し失礼します。ディナーの前にメイクを直しますので」彼女はさっさと部屋を出ると、化粧室に向かった。

「キャシディに電話をして、いつ来るのか確かめてみるわ」アンはそう言うと立ち上がり、鋭いブルーの瞳をデヴォンの先に向けた。まるで、彼女など見えていないかのように。アンはジェームズを見つめると、おとなしくしていなさい、と無言で命じた。「フランシスに言って、ディナーを六時に用意させてあります。今晩は早く休めるように」

「ありがとう、おばあさん」とジェームズが言った。「感謝しますよ。へとへとなんです」

「明日はゆっくりしなさい。ウェリントンに戻る飛行機は、晩に出ることになっていますから」彼女は一瞬間を置き、意志とは裏腹にデヴォンに再び目をやった。「ブレイクと二人で食事をしていきなさい」誘いではない。命令だ。「チキンはお好きでしょう」デヴォンの答を待たず、彼女は部屋を出ていった。

「どうやら、残ったのはぼくらだけのようだね」ジェームズはデヴォンを見やり、向かいのソファを指した。「座りなよ。心配しなくていい。頭痛がひどくて、面倒くさいことはしたくない。それにしても、この部屋の空気は重たいね、息苦しいよ」

疑り深そうに、デヴォンはソファの端に腰掛けた。

ジェームズがにたりとした。「なんだよ、飛ぶのを怖がってる鳥みたいだな。平気だって、もうけんかはおしまいだ。昨日はついつい感情的になったけど、今日は新しい日の始まり。新たな出発さ」彼はジントニックをすすった。「ところで、最初からディナーを食べていくつもりだった？　それとも、うちの祖母のせいでせっかくのプランが台無し？」

デヴォンは無表情のまま言った。「そんなことないわ。特に予定はなかったから。それに、キャシディに会えるのは嬉しいし」

「キャシディか、なるほどね」ジェームズはアルバートに向けてグラスを掲げ、お代わりを頼んだ。「それで、ブレイクのやつが祖父と何を話してるのか、知ってる？」

「彼に直接聞けば？」

「きみは聞いてない？」

「ええ」デヴォンは首を振った。「変に首を突っ込まないと決めてるの。ブレイクが何を考えているにしろ、それは彼とおじい様のことでしょ」

「ずいぶんと心が広いことで」

「そんなんじゃないわ、敬意よ。ブレイクが家族を大切にしているのはよくわかる。わたしも同じだから。みんなそう、愛する人を守るために一生懸命なの」

「ご立派だね」ジェームズはグラスを掲げ、デヴォンに物思わしげな目を向けた。「今日のディナーは楽しくなるな。待ちきれないよ」

廊下の奥、エドワードはオフィスの扉を閉め、ブレイクに向き直った。

「それで、いったいなんだ？」

ブレイクは両手をポケットに突っ込んだまま言った。「デヴォンと厩舎に行きました。中を案内したんですが、彼女、サンライズの具合が悪いことに気づいたんです。診てみたら、右脚が腫れていた。注射を何度も打たれているらしい。ビスタの仕業です」

エドワードは椅子にどさりと腰を下ろした。「どうしてそう言いきれる？」

「ビスタと話したからです」

「いつ？」

「先ほど、トレーラーで」

「ベスト・ウェスタンまで行ったのか？」

「いえ。うちの厩舎です。ぼくが電話で呼びました。おじいさんが呼んでいると言ったら、飛んできましたよ。で、サンライズのことを直接聞いたんです。認めませんでしたが、態度は明らかにおかしかった。彼の仕業に違いありません」

「そうか」エドワードは首の後ろを揉んだ。見るからに動揺しているが、驚いた様子はない。

ブレイクの目が険しくなった。「おじいさん、いったい何がどうなっているんですか？ うちの馬を使って、ビスタに実験か何かをやらせているんじゃないでしょうね？」

返事がない。

「信じられない」ブレイクの顎が強ばった。「知ってたんですね。まさかとは思ってましたが。あいつが一人で勝手にやっているのならまだしも。またあいつをかばうんですか。しかもこんな恥ずかしい、道徳に反することをしているというのに」

エドワードが用心深い目をして言った。「おまえ、何を言ってるんだ？ あいつをかばうって、誰をだ？」

「ジェームズですよ」

「ジェームズをかばう？ いや、そんなことはしとらん」

「どういうことですか？」

エドワードは拳でデスクをどんとたたいた。「わかった、いいだろう。そんなに知りたいのなら、教えてやる。この研究はジェームズがやってるんじゃない。私だ」

「おじいさんが？　ビスタに金を払って、サンライズを実験台にさせてると？」

「そんなに単純な話じゃないんだ」エドワードはブレイクを睨みつけた。「デヴォン・モンゴメリーも一緒だったのか？　ビスタと話した時だ」

「もちろんです。サンライズの不調に気づいたのは、彼女ですから。相当腹を立てていました。獣医ですからね。動物の身を守り、健康を維持するのが彼女の仕事です。サンライズがモルモットにされているのを知ったら、怒るのは当然でしょう」

「怒ろうがどうしようが、そんなことはどうでもいい。とにかく、あの小娘に鼻を突っ込ませるな」

ブレイクの目が険しさを増した。「説明してください」

「説明することなど何もない。ビスタを雇っているのは、この私だ。あいつは馬の交配のコンサルタントだからな。うちの馬の皮膚サンプルを取って、分析させている」

「生検、ですか？」

「ああ、生検だ」

「どうして？　なんの分析ですか」

「遺伝子だ。調べているのは体力、持続力――オリンピックでメダルを取るのに欠かせない資質だ」

ブレイクは眉を寄せた。「組織サンプルだけで、どうしてそんなことが？」

「私にわかるわけがないだろう」エドワードはくだらないことを聞くな、というように身体の前で手を払った。「バイオのことはさっぱりだ。だからこそ、あいつを雇ってる。とにかく、あいつには最高のマッチングを探させている。うちの雌馬とベストのサラブレッドとの組み合わせだ。ストールン・サンダー並みの馬を産ませる、それが狙いだ。ジェームズの未来を確実なものにするためにな、それとケリーの将来も」

真実が少々。省略も少々。

「だったら、どうして隠すんですか?」とブレイク。

「隠したわけじゃない。ただ、利益を守りたいだけだ。ライバルの上を行くためもある。ビスタがやっているのは最新の実験だ。情報が漏れたら、私よりも金のあるやつがビスタを引き抜くかもしれんからな。それと、どこかのくそまじめな獣医に邪魔をされるわけにもいかんのだ。自分の主義に合わないとかいう、くだらん理由でな」

「主義の問題じゃありません」祖父の顔色をうかがいながら、ブレイクは言葉を返した。「医師としての倫理です。それに、不法行為の可能性もあります。ビスタのキャビネットにあった薬剤は……その、普通のものではありません」

「どうしておまえにわかる?」

「ぼくじゃありません、デヴォンです。見たこともないラベルだと言っていました」

エドワードが気色ばんだ。「あの小娘、ビスタのキャビネットの中を見たのか?」

「一瞬だけです。ビスタに止められましたから」

「余計なことを。ビスタのやつ、相当頭に来てるはずだ。もうすぐ文句の電話が来るぞ。辞めさせてもらうなどと言いださないといいんだが」エドワードは手で顔を拭うと、孫息子を睨みつけた。「ブレイク、頼むから邪魔せんでくれ。大事な時なんだ」

ブレイクは言葉を飲み込んだ。この辺が潮時だろう。こっちの手の内は全部明かした。祖父には詳しい説明をする気がないようだ。後は別のルートで探るしかないだろう。

「わかりました。邪魔はしませんよ」ブレイクは言った。

「デヴォン・モンゴメリーか？」

「彼女が何か？」

エドワードはゆっくりと立ち上がった。「ブレイク、あの小娘に言うんだ。こそこそ嗅ぎ回るのをやめろとな。手を引かせろ。おまえができないなら、私がやる。本気だぞ」

そう聞いては、ブレイクも黙っているわけにはいかなかった。「デヴォンを脅すつもりですか？」

「うちの家族の未来を守りたいんだ」エドワードの瞳が怒りに燃えていた。「誰にも邪魔はさせん。いいか、ビスタの研究がうまくいけば、ピアソンの名を馬術競技会に永遠に刻むことができる。その栄光とピアソン&カンパニーが私の遺産だ——絶対に残してやる。部外者に邪魔されるのは、何があっても許せん。いいか、デヴォン・モンゴメリーの目を他に向けさせるんだ」刺すような目つき。「簡単だろう。寝ればいい。ベッドに連れ込んで、静かにさせるんだ。おい、もう行くぞ。アンがお待ちかねだ」

エドワードは扉を開けると、オフィスを後にした。

先ほどのカクテル・タイムが吹雪なら、ディナーはまさに氷河期だった。デヴォンは一口飲み込むたびに、喉につかえそうになった。キャシディのおかげで、気まずい沈黙だけは逃れられたが、二人の会話を除けば、あとは食器の立てる音だけ。残りの人々は皆、言葉を交わすのをあからさまに避けていた。エドワードはキッチンのスタッフに大声で指示を出す以外、言葉を発しなかった。アンはやたらと丁寧に食べ物を切り、少しずつ口に運び、ゆっくりと嚙みながら、時折デヴォンに非難の目を向けた。ジェームズは食事にはほとんど手をつけず、飲んでばかりで、食べ物をフォークで突きながら何事か考えているようだった。ルイーズはデヴォンからブレイク、ブレイクからデヴォンと、まるで査定するかのような眼差しで二人を交互に見やっていた。ブレイクはブレイクで、腹が立って仕方がないという様子だった。祖父のオフィスを出てから、ずっとそうだ。何かわかったのか、デヴォンは知りたくて仕方がなかったが、二人きりになるまで待つよりほかない。

ようやくピアソン家の人々にいとまを告げ、車に乗った瞬間、デヴォンは心の底からほっとした。

「ねえ、どうだったの?」彼女は運転席のブレイクに言った。

「期待どおり、とはいかなかった」ブレイクは祖父の話を手短に伝えた。

デヴォンは眉をひそめた。「変な話ね」

「そのとおり。筋が通らない。ただ、祖父がどの程度関わっていて、どこまでがジェームズをかばうための作り話なのかがわからない。ぼくがジェームズの名前を口にした時、ビスタは相当慌てていた。あれがどうも気になるんだ」

「あの人、ジェームズの成績に相当賭けている、という感じだったものね。それと、おじいさんの答では、ビスタのトレーラーがどうしてあんなに重いかの説明もつかない。ビスタがなんであんなに慌てたのかも。それに、生検の話も胡散臭いわ。だって、馬の種付けよ。クローンを作ってるわけじゃないんだから」デヴォンは頭の中で、ブレイクから聞いたことと、ビスタとの直接対決で得た情報を合わせてみた。「クエスチョンマークが山ほどあるわね。間違いない、答はすべてあのトレーラーのカーテンの裏側にある」

「たぶんな」ブレイクはドライブウェイを抜け、サリーの家に向けて車を走らせた。「でも、それを突き止めるのはきみじゃない。祖父にははっきり言われたんだよ。これ以上首を突っ込むと、きみのためにならないと」

ブレイクの声に緊張が感じられた。デヴォンはすかさず彼に目をやり、その表情をつぶさに観察した。暗い車内でも、顎の筋肉が強ばっているのがわかる。「ためにならないって、脅し？」彼女は冷静に言った。

「具体的には言わなかったけど」ブレイクはジャガーを停めた。エンジンを切り、デヴォンのほうを向く。「家族、特にジェームズを守るためなら、祖父は本当になんでもする。だから、きみはおとなしくしていたほうがいい。あとはぼくが引き継ぐから」

「プランはあるの？」

「特には。ウルグアイのファームに連絡を取るか。じゃなかったら、ビスタと差しで話してみる。うちに世話になっている連中だ。ピアソン家のぼくが頼めば、何かしら情報をくれるだろう」

デヴォンは大きく首を振った。「そんな消極的なやり方じゃだめよ。もっと思いきったことをしないと。ビスタが証拠を消す前に」

「あいつをたたいても、口は割らないぞ」

「わかってるわ」デヴォンは苛ついた様子で髪に手をやった。「じゃあどうするのよ。完全に手詰まりじゃないの。ジェームズからはもう何も引き出せないし。八方ふさがりじゃない。あと少しのところまで来てる気がするのに」彼女は手袋をしたまま、親指と人さし指で一、二センチの隙間を作ってみせた。

「ぼくもそう思ってる。仕方がない、明日の朝、きみのお父さんに電話しよう——どっちにしろ、そうしろって言われてるんだし。それですべてを報告する。彼の指示を仰ぐしかないな」

「いいわ」デヴォンは大きく息を吐いた。「ごめんなさい、怒ったわけじゃないの。ただ、動きたくても動けないこの感じが嫌なのよ。早く終わりにしたいの」

「わかるよ」ブレイクが手の甲で彼女の頬を撫でた。「神経が参ってるんだね。ぼくもだ」彼の声のトーンが変わった。「でもさ、ラッキーなことに、そいつを治す方法は知ってるんだ」

「ほんと？」彼が何をしようとしているのか、デヴォンはすぐに察した。その手の癒しなら、大歓迎だ。「どうやって治してくれるのかしら？」彼女はわざと尋ねた。口元にかすかな笑みを湛えて。

「家に入ろう。教えてあげるから」

「喜んで」


鳴ると同時に、モンティはバット・フォンをつかんだ。「遅いぞ」

「一分半ね」サリーが言い返した。「遅れたうちに入らないわ」

「おまえの場合は、入るんだ。それにいまはこういう状況だからな。いいかサリー、遊びじゃないんだぞ。心配させるな」

沈黙。

「すまん」モンティは言葉に棘があったことに気づいた。「怒鳴るつもりはなかったんだ。ちょっと荒れててな」彼はキッチン・キャビネットを開け、中をごそごそやり、きれいなマグカップを引っ張り出した。いれてから一晩経ったコーヒーを注ぎ、ごくりと飲んだ。「ちょっと寝たほうがいいのかもしれん」

「眠れないわよ」サリーが穏やかに言った。「それがデカフェだったら別だけど」

「デカフェだよ。でも、よくわかったな、コーヒーを飲んでるって」

「音でね――あと、雰囲気かな。それはともかく、謝らなくていいから、どうしてかりかりしてるのか、理由を聞かせてよ。デヴォンのせい？　電話が来て、何か変なことでも言われた？」

「いや。あいつはまだピアソン一族のところにいる」

「心配で、それでぴりぴりしてるの？」

「そうでもない。ブレイクが一緒だ。まあ、大勢がいる前であいつに何かをするほどばかなやつもいないだろ。ただ、どうも引っかかるものがあってな。そいつがなんなのかがわからん――それが余計に苛つくんだ」

サリーは異論を唱えなかった。モンティの勘はまず外れないと信じているからだ。「それで、どうするつもり？」

「とりあえずは待機する。おれの助けが要るかもしれんからな。仕事で気を紛らわすさ。メモを読み返して、怪しい人物のリストを見直す。いつもと同じだ」

「デヴォンの電話を待つ、というのは？」

「万が一、かけてくればな。さっきも言ったとおり、あいつはブレイクと一緒だ。明日まで連絡はないだろう」

「そうね」サリーの声に不安が感じられた。

「おいおい、大丈夫だって。変な想像をするな」モンティは余計なことを言ってしまった自分を戒めた。「ほら、おまえも知ってるだろ、おれのラストスパート。いつもすごかったじゃないか、ゴールが見えた時のさ」

「この事件のゴールも見えてるってこと？」

「ああ。だから心配しなくていい。おれに任せとけって」

「言うのは簡単だけど」

「まあな。でもほんとに、のんびり構えてろよ」

「わたしにもちゃんと――」

「ああ、何かわかったら、すぐに電話するから」モンティは彼女に請け合った。

「わかった」納得していない声だった。「それじゃあ、おやすみなさい、ピート」

「いい夢を見ろよ」モンティはバット・フォンを切ると、ジーンズのポケットに突っ込んだ。

コーヒーをもう一口ぐいと飲み、眉をひそめて宙を睨む。

サリーの前ではなんとか取り繕ったが、自分の気持ちはごまかせない。何かがおかしい。

ただ、それがはっきりするまで下手に動くつもりはなかった。


ふと気になり、デヴォンは浅い眠りから覚めた。

目を開けた。一瞬、自分がどこにいるのかわからなかったが、思い出した。ここは実家、昔の自分の部屋だ。胸の上にブレイクの腕が乗っている。全裸の身体が彼女を包んでいる。

さっきのあれ、なんだったんだろう？

彼女は身体を起こし、顔にかかる髪を払うと、手探りでナイトスタンドを見つけ、スイッチを入れた。

柔らかい明かりがベッドルームを照らした。目覚まし時計のデジタルの文字が見える。二時四〇分。

部屋の中を見回す。何もない。誰もいない。

ベッドを抜けだし、ローブを羽織ると、ベッドルームを出た。廊下は静かだ。階段も。踊り場から玄関を覗いたが、扉は閉まっており、鍵もちゃんとかかっている。

なんだ、気のせいか。そう思って向きを変え、ベッドに戻りかけた時だった。玄関扉の内側、ウッド張りの床の上に白いビジネス用の封筒が差し込まれているのが目に入った。途端に、心臓が早鐘を打ちはじめた。彼女は階段を下りて玄関に行き、それを手に取った。

中には二つ折りの紙。開くと、メッセージがレーザー・プリンターで印刷されていた。


余計なことに首を突っ込むな。ピアソン家の人間に関わるのをやめろ――もちろん、ブレイクともだ。さもないと、おまえの母親だけでは済まない。モンゴメリー家の人間に災いが降りかかるぞ。


その紙を握りしめたまま、デヴォンは勇気を奮って足を出すと、玄関の鍵を外し、扉を開けた。

誰もいない。

外に出た。寒い。両腕で身体を抱き、真っ白い息を吐きながら、目を凝らして辺りを見回した。

生き物の気配はない。

しばらくその場でじっとしたまま、様子をうかがった。周りの木々の中で、何かが動くのが見えるかもしれない。

だが、静かな闇が広がっているだけだった。

彼女はゆっくりとした動きで中に戻り、扉に鍵をかけながら、メッセージを読み返した。

「デヴォン？」ブレイクが階段の途中まで下りてきていた。「どうした？」

「これ」デヴォンは階段を上がりながら、彼にその紙を渡し、ベッドルームに向かった。

「くそっ」彼女の背後でブレイクが呟いた。

「まさにね」デヴォンはベッドに腰を下ろし、膝を抱えて顎を乗せた。「おじいさんがすかさず動いたか。じゃなかったら、わたしは誰か他の人を追いつめたのか」

ブレイクが小さくうなずいた。「誰にしろ、きみがここにいることを知ってるやつだ。でも、それだけじゃ絞れない。うちの家族全員にビスタ、ピアソン社のスタッフも山ほどいる」彼は電話を手に取ると、デヴォンに渡した。「お父さんに電話するんだ。いますぐ」

デヴォンはモンティの自宅の番号を押した。

「はい？」二度目の呼び出し音で、父は出た。声は眠そうだが、頭は早くも警戒態勢に入っている。長年にわたる七五分署勤めのたまものだ。

「モンティ、わたしよ」

「電話が来る気がしてたんだ。どうした？」

彼女はすべてを伝えた。脅迫状の件は最初に話した。

「誰かさんが相当苛ついてるらしいな」とモンティ。「つまり、こっちが核心に迫っているということだ」

「わかってる。だからこそもう一度ビスタのトレーラーに入りたいのよ。安全策を取ってる余裕はないの。時間がないんだから」

「確かに。ただ、おまえがビスタのトレーラーに入る件だけは、別だ。それはありえない。温かいものでも飲んで寝ろ」

デヴォンが噛みついた。「何よそれ、急に父親ぶるのはやめてよね。だいたい、わたしをパートナーにしてこの事件に引き込んだのはモンティじゃないの。ねえ、これは仕事なのよ。いまのところ証拠はない。だから令状とか、そういうのはどうでもいいでしょ。早くしないと、ビスタのやつ、カーテンの奥のものを始末しちゃうわよ」

「一理あるが、別の考え方もある。あいつが何を隠してるのかはわからんが、とにかくかなり金がかかってるとおれは踏んでる。で、実験だかなんだか知らんが、そいつはいま、大事なところに差しかかってる。連中にやましいところがあるのは間違いない。だからエドワードのやつ、自分の厩舎じゃなくて、わざわざトレーラーでやらせてるんだ。その研究とやらは、あいつにとって相当大事なものらしい。つまり、ビスタがその大切な物を簡単に捨てるはずはないということだ。エドワードの許しを得ない限りはな。それと令状の件だが、おまえの言うとおりだ。まず取れないだろう。勘だけじゃなくて、まともな証拠をつかまない限り無理だ。だからおれが動くことにする。今晩、これからだ。夜が明ける前に忍び込む、誰もいないうちにな。ビスタがどこに泊まってるのか、ブレイクに聞いてくれ」

「ビスタはダッチェス郡にいるの？」デヴォンがブレイクに囁いた。

彼がうなずく。「ベスト・ウェスタン。祖父はいつも、あのモーテルにビスタを泊めている」

「聞こえた？」デヴォンが受話器に向かって言った。

「ああ」モンティが服を着替えながら答えた。「あとはおれに任せろ。さあ、もう寝るんだ。後で電話するから」

午前四時半、モンティはベスト・ウェスタンの暗い駐車場に車を乗り入れた。トラック用の駐車スペースをぐるりと回る。あった。ビスタのトレーラーだ。デヴォンの説明どおりだ、見間違うはずがない。確かに、後部がかなり沈んでいる。

モンティは脇に停車すると、ライトを消し、エンジンを切った。辺りはしんと静まり返っている。それでも一、二分、そのまま待った。念のためだ。誰もいないことを確認すると、道具を持って車を降りた。

襟を立て、トレーラーに近づく。ペンライトをつけると、口にくわえ、ドアのロックを照らした。ピッキング用具のテンション・レンチを鍵穴に差し込み、回す。お次はピックだ。ポケットから出すと、鍵穴に挿し、ピンを順番に上げていく。最後のピンまで終えたところで、テンション・レンチを使い、ロックを回した。

開いた。

作戦はすでに決めていた。盗難防止用のアラームが鳴りだしたら、作業を手早く済ませて逃げる。所要時間は計算済みだ。

一気に扉を開けた。

静寂。

モンティは口元に苦笑いを浮かべた。まったく、田舎ってものだな。どいつもこいつもお人好しで、のんきだ。

彼はトレーラーに飛び乗ると、ドアを閉めた。すかさずペンライトで車内をぐるりと照らし、自分の位置を確認する。続いてライトで正面の足元を照らし、目指すお宝に向かって真っ直ぐに進んだ。

カーテンを開け、トレーラーの奥に歩み入ると、ぐるりと見渡した。

『サイエンティフィック・アメリカン』から飛び出してきたかと思うような空間――狭いが、立派な分子生理学のラボだ。カウンターにはハイテク機器の類が置かれている。なんの機械なのか、モンティにはさっぱりだ。試験管がずらりと並び、その横にはいかにもプロ仕様といった感じの顕微鏡がある。

奥に目をやる。このトレーラーの後部がなぜあんなにも沈んでいるのか、その理由は一目瞭然だった。巨大な冷凍庫が二基、隅に立っている。その脇では無停電電源装置と巨大な発電機が稼働しており、冷凍庫に電気を絶えず供給し続けている。向かいの壁には、分厚いスチール製のファイル・キャビネットが置いてあった。

まずは冷凍庫に向かい、ドアを開けて中をチェックした。ガラス製の小さな皿が並んでいる。どれもきれいにラベルが貼られており、中に消しゴム大のサンプルが収められている。これだけか。続いてファイル・キャビネットに向かい、引き出しを開け、茶封筒を一つひとつ調べた。

気づくのに、たいして時間はかからなかった。

26

ベッドの上に座ったまま窓の外を眺め、顔を出しはじめた太陽を見つめている時に、電話が鳴った。一度目の呼び出し音で、デヴォンは受話器をつかんだ。

「もしもし」

「任務完了だ」モンティが言った。

「大丈夫だった？」ブレイクからコーヒー入りのマグカップを受け取ると、彼が横に座れるように、脇にずれた。

「大丈夫じゃないと思ってたのか？」

「そんなことはないけど。心配してたの。で、何かわかったの？」

「あれはフランケンシュタインのラボだな。半分はなんだかよくわからなかったが、かなりやばい代物らしい」

「詳しく教えて」

モンティは冷凍庫、発電機、無停電電源装置について説明した。「電力の供給量は相当なものだ。普通の獣医には必要ない」

「組織サンプルを取って送るだけの、種付けコンサルタントにもね。とにかく、そこで何かやってるわけね」デヴォンは髪を耳にかけた。「冷凍庫の中身は見た?」

「ああ。ペトリ皿ってやつが山ほどあった。中に入ってたのは、たぶん組織サンプルだ。親指大で、肌色」

「生検ね。それで?」とデヴォン。

「皿にはどれもラベルが貼ってあった。書かれていたのは名前と日付だ」

「馬の名前?」

「いや。人の名前だ。もっと具体的に言おうか、不法移民のだよ。ファイル・キャビネットいっぱいに茶封筒が入ってた。中身は一人ひとりの名前、個人情報、病歴を記した書類だ。被験者は全員メキシコ人。社会保障番号はどれも〈該当なし〉。履歴もはっきりしないものばかりだ。で、ここがポイントなんだが――その名前は全部、皿のラベルと一致していた」

デヴォンは息をのんだ。「人間で遺伝子の実験をしてるの?」

「ああ、らしいな。連中がこの国にいられるだけの金を渡して、その代わりに研究材料に使ってるんだろう」

「最悪ね。でも、それがなんの関係があるのかしら?」デヴォンは髪をかき上げた。「どうしてエドワードの馬の役に立つのよ?」

「さあ、わからん――いまのところはな。少し時間をくれ」モンティが口をつぐんだ。電話のむこうから、車の走る音が聞こえてきた。

「家に向かってるの？」

「ああ、運転中だ。ところで、ルイーズ・チェンバーズは昨日の晩、ファームにいたか？」

「うん。泊まったはず。どうして？」

「あの女に聞きたいことがある。街にはいつ戻ってくる？」

デヴォンはブレイクに質問を繰り返した。

「今朝だ」とブレイク。「ぼくと同じで、一〇時半からのミーティングに出ることになっている。つまり、一〇時前にはオフィスに来る」

「いいね」モンティが満足げに言った。「そのミーティングの前に捕まえてやる」

「彼女に何を聞くのか、わたしに教えてくれるつもりは？」デヴォンが言った。

「後でな」

デヴォンはため息をついた。「まあいいわ。こっちもブレイクとすぐに荷物をまとめて、家に戻る。一一時前に、クリニックに行かなくちゃならないから。六時には上がれる。うちかモンティの所でミーティングよ。どっちがいい？」

「おまえのうちだ。おれが飯を作ろう。ブレイクにも来いと言っておけ。チョンパーも連れてな。それじゃあ」

午前九時二〇分、ルイーズ・チェンバーズは車をミッドタウンの駐車場係に預け、ピアソン＆カンパニーに向かった。

最悪の気分だ。ファームからここまでの長時間の運転、おまけに昨夜はストレスが溜まるばかりで、夜は一睡もできなかった。原因は？　ブレイクがデヴォン・モンゴメリーと二人きりで出ていくのを見送ったからだ。ロマンティックな夜を過ごしにいく姿を。

彼に最後の望みを託していたのだが、実行に移す前に、企みはもろくも崩れ去ってしまった。

エレベーターに乗り、コートのボタンを外しながら、彼女は考えを巡らせた。長年にわたる計画を台無しにしないために、何かできることがあるだろうか。応急処置を狙ったけれど、だめだった。あとはもう、チャンスが来るのを待つしかないのだろう——まだ。この二年半余り、ずっとそうしてきたのに。それがすべて無駄になるなんて。

もう、諦めたほうがいいのかもしれない。

エレベーターのドアが開き、ルイーズはオフィスに向かった。朝の挨拶をしてくる同僚たちに、気のない言葉を返す。

秘書のデスクの前で立ち止まり、声をかけた。「ダイアナ、おはよう。急ぎの用事はないわよね？　一〇時半にミーティングがあるから、その準備をしないとならないのよ」

「伝言がいくつかありますが、後回しで構いません」秘書が明るい声で答えた。

「よかった。電話はつながないでね」

オフィスに入り、ブリーフケースを置き、コートを掛け、革張りの椅子に身体を沈めた。重要なサプライヤーたちとのミーティングだ。その前に、目を通しておきたい資料がいくつかある。でも、集中力がまるでないし、頭がずきずきする。

コップに水を注ぎ、鎮痛剤を二錠飲んだその時だった。扉が開き、いきなりピート・モンゴメリーが入ってきた。

「おはようございます」モンティが言った。「ああよかった、捕まえられて」

その言い方に、彼女はなんとなく不安を覚えた。

「ミーティングの準備があるんですよ」とルイーズが伝えた。「午後遅くには時間ができるはずですから、秘書に確認して、アポイントを取ってください」

「そうはいかないんですよ」モンティがあっさりと言った。「こっちにもいろいろとありましてね。なんと言うんでしたっけ、ああそうだ、期限厳守ですか、そういう事情なんですよ。ただ、心配は要りません。長くはかかりませんから」

ルイーズが口を開く前に、ダイアナが駆け込んできた。「申し訳ありません」息を切らしながらそう言うと、ルイーズ、続いてモンティに目をやった。「少しだけ席を外していたものですから」

「いいのよ、ダイアナ」ルイーズはデスクの上で手を組み、モンティを睨みつけた。「きっとこの探偵さんが、チャンスをうかがっていたんでしょうから」それからダイアナにうなずいた。「行っていいわよ。すぐに終わるから」

秘書がオフィスを後にし、扉を閉めた。

「さてと、モンゴメリーさん、いったいなんなんですか？　てっきり、もっと実の多い木を揺さぶっているとと思っていたんですけれど」

モンティがにやりとした。「それはまあ、わたしが何を調べているかによりますね。捜査を続けたら、こちらのオフィスに行き当たったというわけです」

彼は椅子に浅く腰掛けて続けた。「じつはですね、わたしにはあるクライアントがいまして、金持ちの立派な男で、妻にぞっこんだ。ただ、その妻は若いつばめを囲ってる。そこで彼は妻の浮気調査を依頼してきた。わたしは二人を尾け回し、現場を盗み撮りしました。ただね、何かが引っかかっていて、どうもすっきりしなかった。その女、わかってて撮られているような気がした。旦那が探偵を雇ってるのを知ってて、わざと見つかるように行動してるんじゃないか、と。浮気の現場を見せつけているようだった。でもどうして？　結婚前に、離婚時の財産分配について取り決めを交わしているんですよ。つまり、浮気がばれたら、旦那から金をぶん取れなくなる。なのに、なんでまたそんなことをするのか、意味がわからなかった」

「面白いお話ですこと」声にも、表情にも、ルイーズがまるで興味を持っていないことは明らかだった。

モンティは身を乗り出した。「で、そのクライアントに会ったんですがね、途端に謎が解けた。その旦那、奥さんのせいでぼろぼろでした。ひどいもんですよ。顔なんか真っ青で、足元はふらふら。わたしの目の前でニトロの錠剤まで飲んでいました。それを見て、初めて知ったんです、心臓を患っていたのか、とね。それもかなり悪い。激しいショックを受けたら、発作を起こして死ぬかもしれないくらいだ。たとえばほら、自分のかみさんと若いつばめの情事の写真を見せられたショック、とかでね」

ルイーズは冷たい目でモンティを見据えた。「ひどいお話ですね。特に珍しくもありませんが。で、それがわたしとなんの関係が？」

「大ありですよ。それで、ふと思い出したんです、フレデリック・ピアソンの奥さん、エミリーのことをね。彼女も心臓が悪かった。それもかなりの重症だ。しかも慢性的なものだった——あなたがわたしに言ったような、急に発病したものじゃない。そのせいで、彼女は表にも出られなかった。何年も家にこもりきりで、誰にも会わなかった。あっ、そうそう、あなたを除いてね」

モンティの目がぎらりと光った。「ミズ・チェンバーズ、先週わたしに、エミリー・ピアソンに会ったことがあるとおっしゃいましたよね。彼女が亡くなるまで、自分とフレデリックさんとの間には何もなかったとも。いやね、その話に大きな矛盾がいくつかあることがわかったんですよ」

「お話がよく見えないんですが」

「見えてるでしょう。あなたはミセス・ピアソンに会ったことがある。でもそれは、ピアソン社の従業員としてじゃない。彼女の旦那の浮気相手としてだ。フレデリックが離婚しないのはわかっていた。そこで、奥さんがフレデリックさんの前からいなくなる方法を見つけた——それも、永遠に」

ルイーズの目が険しくなった。「わたしがエミリー・ピアソンに危害を加えたとおっしゃっているのですか。だとしたら、それなりの証拠がおありなんでしょうね。でなければ、名誉毀損で訴えますよ」

「いやいや、それにはおよびません」モンティは彼女の脅しを一蹴した。「弁護士さんに立ち向かう時は絶対に証拠がないとだめだって、もうずいぶん前に勉強しましたからね。ミズ・チェンバーズ、わたしもばかじゃない、ちゃんと調べたんですよ。そうしたら出てきました、動かぬ証拠がね。エミリーが亡くなった日、あなたはフレデリックさんのマンションを訪れている。で、ドアマンに金を握らせて、見なかったことにさせた。そのドアマンを捜し当てましてね。ツイてましたよ、現金の束をちらつかせたら、そいつ、急に思い出してくれたんですから。それと、あなたとフレデリックさんが最初の二、三カ月、密会に使ってたホテル。あそこのコンシェルジエも、たまたまなんですが、お二人のことを思い出してくれましたよ。どうです、これでもまだ足りませんか？　もっと詳しくお話ししましょうか？　それとも、やっぱりやめておきます？」

相手の答を待たずに、モンティはさらに責めた。「ミズ・チェンバーズ、あなたはエミリー・ピアソンのマンションに入り、フレデリックさんは浮気をしている、相手は自分だと彼女に伝えた。いや、それだけじゃない、たぶんもっと突っ込んだんでしょうね。彼は離婚するつもりだ、とかなんとか。まあ、何を言ったにしろ、心臓発作を起こさせるには十分だった。彼女は死に、あなたはフレデリックさんを手に入れた。で、ハッピーエンドのはずだった」

「適当なことを言わないで」ルイーズが声を荒らげた。水を汲み、ごくりと飲んだ。その手は明らかに震えていた。「ええ、彼女に会いに行ったわ。それから、そうよ、わたしとフレデリックの関係も伝えた。でもそれは、彼女に別れてもらいたかったからよ。死んで欲しいなんて思ってなかった。だいたいわたしはもう三二だったのよ。そんな話くらいで心臓発作を起こせるなんて思うわけがないでしょう」

「でも、そうなった」

「そうとも言える。だけど、二つの出来事が無関係だった可能性もある。どちらにしろ、わたしには知りようもない。わたしが彼女のマンションを出た後のことだから」

「嘘ですね。あなたは現場にいた。エミリー・ピアソンの世話をしていた看護師が言ってましたよ、ミセス・ピアソンに駆け寄った時、誰かがマンションの部屋を出る音がしたとね。召使いかと思ったそうです。でも、そうじゃなかった。あなただったんです。一つひとつの出来事の時間も完璧に押さえてあります、分単位までしっかりとね。マンションに到着した時間。そこを出た時間。エミリー・ピアソンの遺体が発見された時間。全部ここにある」モンティはルイーズのデスクに近寄り、資料の束をばんとたたきつけた。「くだらんお遊びはもう終わりだ。いくらシラを切っても無駄だぞ。黙秘権を行使する前に言っておくがな、殺人に時効はない。あんたは弁護士だから、よく知ってるだろ」

「殺してはいないわ」ルイーズは顔面蒼白だった。「ええ、そうよ、わたしは現場にいて、彼女が倒れるのを見た。あの顔は絶対に忘れない。わたしの心臓も止まるかと思ったくらいだから。固まって動けなかった。我に返った時には、もう手遅れだったの」

モンティが眉をつり上げた。「ふん、そんなやわなタイプには見えんね」

「タイプなんて関係ない。女性が死ぬところに立ち会ったのよ」

「あんたが立ち会ったのは絶好の機会だ。で、エミリーを見殺しにした」

ルイーズが開き直って言った。「言いがかりよ。それこそ証拠がないわ」

「確かにな。それに、証明できたとしても、問えるのは見殺しにした罪だけだろう――軽罪だ。時効は長くて二年、もうじきタイムアップだ。ただし、ほかに何もなければの話だ。さてと、チェンバーズさん、聞かせてもらおうか。フレデリックがサリーと付き合いだして、どう思ったんだ？　あんたの計画は狂っちまったわけだが、サリーも消すことにしたのか？それがあのキャビンの一件か？　そこら辺のチンピラに金を払って、あそこまで車で行かせ、火をつけさせた。だが計画どおりにいかず、狙いとは違う人間が死んだ。なるほどな。あんたがブレイク・ピアソンに急に関心を持ちだした理由も、これで説明がつく。フレデリックが死んで、あいつはピアソン&カンパニーの期待の星になったわけだからな」

「やめて！」ルイーズは声を震わせ、目に涙をにじませていた。「フレデリックの件は関係ない。わたし、彼を本気で愛してたのよ」彼女はティッシュに手を伸ばした。「それに、わざわざあなたの前の奥さんを殺す価値なんてない。わたしのキャリアと自由を失うリスクを冒してまでね。あの人はただの遊び相手、フレデリックは本気じゃなかった。二人が付き合ってるのを見て、なんとも思わなかったとは言わないけど。でも、わたしとフレデリックは別れても、必ず元に戻っていた。だから今度もそうなるはずだったのよ。彼が誰かに殺されていなければ」

「そうかもしれないし、違ったかもしれない。それは誰にもわからない、だろ？」モンティは肩をすくめた。「一つはっきりしてるのは、あんたが自分の都合しか考えない日和見主義者だってことだ。ピアソン家の連中も、まさかこんな厄介者を雇っていたとは気づかなかったんだろうな」彼は腕時計に目をやった。「そろそろおしまいにするか」そう言うと、くるりと向きを変え、扉に向かって歩きだした。

「ちょっと待って。これから何をするつもり？」

モンティは振り返り、彼女を一瞥した。「仕事さ。誰がフレデリック・ピアソンを殺したのか突き止める」

「それじゃあもう、その誰かがわたしだとは疑っていないの？」

「最初からな。証拠を見ればわかる」

「わたしはどうなるの？」

モンティはまた肩をすくめた。「さあな、そいつはピアソンの連中に聞いてくれ。おれだったら、さっさとたたき出すけどな。ただ、それはおれが決めることじゃない」モンティの表情が険しさを増し、目が鋭くなった。「一つ言っておく。うちの娘とブレイク・ピアソンに手を出すな。いいか、ピアソン家のトップをものにするっていう、あんたの計画は潰れたんだ。デヴォンを狙うなんてばかなことを考えてみろ。おれが黙ってないからな。言っとくが、おれは甘くないぞ」

あの手紙は効果がなかったらしい。

デヴォン・モンゴメリーには、ピアソン家の人間と関わるのをやめるつもりがないらしい——もちろん、ブレイクとも。二人は夜明けに彼女の実家を後にした。腕を組み、雪の中を抜けてブレイクの車に向かった。二人は仲間、そして恋人同士だということだ。それはつまり、デヴォン・モンゴメリーの危険が二倍に膨れたことを意味する。ビスタのトレーラーで何が行われているのか、その調査をやめるつもりもないようだ。ブレイクが味方についている以上、あの女が何かを突き止める可能性は極めて高い。

思いきった行動を起こさねばなるまい。

デヴォンは自宅のリビングルームに入り、一泊用の鞄をカーペットに置いた。ソファにどさりと腰を沈め、両手で頭を抱えた。

疲れきっていた。昨夜は三時間も寝られなかった。ビスタが何をしているのかは、相変わらずさっぱりわからない。

何かが足りない。でも、何が？

ゆっくり考えようとしたところに邪魔者が現れた。テラーがリビングに駆けてきて、吠えながら飛び跳ねている。デヴォンの帰宅が嬉しくて仕方がないといった様子だ。続いてソファに飛び乗ると、彼女の顔を舐め回した。

「ただいま」デヴォンは耳を撫でてやり、頭に軽くキスをした。「わたしも会えて嬉しいわ」

「おはよう、お姉ちゃん。帰ってきてたのね。気づかなかったわ」メレディスがりんごをかじりながら、リビングルームに入ってきた。「さすがテラーね。朝ご飯も大好きな靴下もほっぽりだして、お迎えに飛んでいったのよ」姉の暗い表情に気づくと、メレディスは口をつぐみ、隣のクッションに腰を下ろした。「どうしたの？」

「疲れてるだけ」とデヴォン。「火事からまだ一週間半なのに、もう一カ月も過ぎた気分よ」

「ほんとにそうね。気持ち、わかるわ」メレディスがうなずいた。「でも、いいこともあったじゃない。ブレイクと知り合えたんだし。彼、お姉ちゃんのことが大好きなんでしょ」

「わたしもね、怖いくらい」デヴォンが認めた。「信じられないわ。たった二、三日でこんなに深い関係になるなんて。なんだか早すぎる気がする」

「お母さんとお父さんも早かったじゃない」

デヴォンは妹の顔を見た。「うん、そうだったわね」

「それと、この事件はお父さんがもうすぐ解決してくれるんじゃないかな。そうすれば、お母さんが帰ってくる。で、全部元どおりになる。というか、前よりもよくなるかも」

ずいぶんと含みのある言い方だ。思いつきで適当に喋っているとは思えない。

デヴォンの中に初めて、例の件について楽観的な思いがわき上がってきた。「ねえ、何か言いたいことがあるんでしょ？」

「何を？」

「このところお父さんとうまくいってる、とか。お父さんの気持ちがわかるようになってきた、とか。お父さんとお母さんがまた元に戻れると思えてきた、とか」

メレディスはりんごを一口かじり、姉の言葉について考えた。「そうかもね」

「そうかもって、どれが？」

「全部。お父さんがお母さんのことを話す感じ。お母さんを助けようと必死で頑張ってる姿。お父さんがお母さんをいまでも好きなのはよくわかる。それにもう年だから、スタントマンみたいな無茶をすることもないだろうし。あと、わたしとお父さんの関係だけど、まだよちよち歩きかな。信頼を築くには時間がかかるのよ。ゆっくりやるつもり。いまはまだ、お互いのことを知りはじめたところ」

「すごいじゃない、嬉しいわ」

「わたしもよ」メレディスはりんごを食べ終えた。「ねえ、お母さんがどこにいるのか、ブレイクには言ったの？」

デヴォンが首を振った。「それだけは秘密にしてる。浮かれて周りが見えなくなってるかもしれないけど、お母さんの身を危険にさらすようなばかなことはしないわ。ブレイクがわかってくれるかどうかは、なんとも言えないけど」立ち上がって続けた。「ちょっとシャワーを浴びてくる。クリニックに行かなくちゃ」

「どうぞ。わたしは今日も勉強。経済学のレポートをメールで送ったら、今度は統計学。授業の復習をして、持ち帰りのテストをもう一回見直さなくちゃ。お姉ちゃんが帰ってきた時も、まだパソコンに向かってると思う」

「昔を思い出すわね。前は少しくらい寝なくても大丈夫だったな」

「いまは寝ない理由が違うけどね」メレディスがからかうような笑みを向けた。

「余計なことを言ってる暇があったら、さっさと勉強しなさい」デヴォンは軽くむっとして言った。

「はいはい、わかってるわよ」メレディスはにわか作りの机に向かい、椅子に腰を下ろした。

「ここがいいの。キッチンに近いでしょ。集中力を切らさないためには、食糧が要るからね」

デヴォンは階段に向かいながら言った。「そうだ、食糧と言えば、今晩はモンティが料理してくれるって。ブレイクとチョンパーも来る。だから、その前に宿題を終わらせて出かけたりしないでよね」彼女はベッドルームに姿を消し、テラーがその後を追った。

まだ笑みを浮かべたまま、メレディスは宿題に気持ちを切り替えた。

ちょうどメールを送った時に、ドアベルが鳴った。

彼女は椅子を引いて立ち上がり、玄関口に出た。「どなたですか?」

「デヴォン・モンゴメリーさんにお花のおとどけものです」強いなまりのある英語が返ってきた。

「ちょっと待っててください」メレディスは部屋に行って財布から一ドル札を抜くと、すぐさま玄関に戻り、扉を開けた。

配達人が玄関口に立っていた。抱えているのはピンク、黄色、ピーチ色、白、赤と、色とりどりのバラの花。五〇本はありそうだ。かすみ草とグリーンの葉で飾られ、花瓶は手作りのガラス製。配達人の顔が隠れるほど大きな花束で、制服を穿いた脚と薄毛の頭しか見えない。

「デヴォン・モンゴメリーさん？」

メレディスは花に見とれていた。「すごい、きれいね。えっ、あ、ごめんなさい」彼女は手を伸ばして、そっと花瓶を受け取った。「ちょっと待ってて」それを慎重にコーヒーテーブルまで持っていき、そっと置いた。それからすぐに引き返し、チップを渡そうとした。

「どうもありが――」

最後まで言えなかった。

口と鼻にハンカチを押し当てられた。身体は両腕でがっしりと押さえつけられている。胸の悪くなる臭いが鼻孔に押し入ってくる。逃れようと必死でもがいたが、無駄だった。間もなく頭に霞がかかり、続いて暗闇に包み込まれた。

デヴォンは階段を下りる途中で花に気づいた。

彼女は驚いて目を見開いたままリビングルームに行き、コーヒーテーブルからこぼれんばかりの花束をしげしげと眺めた。

「こういうのを大袈裟っていうのね」そう呟きながら、ぐるりと見渡してカードを探し、ホルダーから抜いた。不安がよぎる。こういう派手な演出はブレイクのスタイルじゃない。ジェームズの得意技だ。あの人が贈ってきたんじゃないといいんだけど。またやり合うのはご免だ。

恐る恐る、カードを開いて読んだ。

デヴォン様
美しいバラも、きみの前では色褪せるよ。
それじゃあまた。
ブレイク

デヴォンは目をしばたたいた。なるほど、わたしの読みが外れたわけね。ブレイクが贈ってくれたんだ。でも、おかしいわね。凝った花束や歯の浮くようなメッセージが、らしくないだけじゃない。ブレイクはいま、花を贈るような気分じゃないはずなのに。そうか、昨日ファームに行く前に頼んでおいたのかも。どっちにしても、お礼の電話をしよう。

テラーがデヴォンを追って二階から下りてきた。キッチンに行くと、犬はリビングに駆け込み、ひどく吠えだした。

「テラー、どうしたの？」デヴォンが振り向いて言った。何に吠えているのだろう？

テラーはカーペットの染みをものすごい勢いで嗅ぎ回り、さらに激しく吠えはじめた。

リビングルームに戻り、しゃがんで、テラーがうろついている辺りの臭いを嗅いでみた。

「うわっ」強烈な異臭に、デヴォンは鼻に皺を寄せた。バラの香りが部屋に充満していて気づかなかったが、カーペットに鼻を近づけてみると、熟れすぎのシトラスのような強い臭いがした。

「メレディス？」デヴォンは呼びながら立ち上がった。「カーペットにオレンジジュースでもこぼしたの？」

返事はない。

「メレディス？」彼女は部屋を見渡し、妹の姿を捜した。妙だ。今日は夜まで家にいると言っていた。この花を受け取ったのはあの子のはずなのに。

家の中をぐるりと捜したが、いないのは明らかだ。

眉間に皺を寄せ、デヴォンはコードレスフォンをつかむと、妹の携帯の番号を押した。

かかった。

携帯も鳴った。

着信音はリビングルームから聞こえてくる。デヴォンが立っている所から、三メートルも離れていない距離だ。電話を切った。不安が一気に膨らむ。メレディスが携帯を持たずに外出することはない。ゴミを出しに行く時だって持っていくのだ。まさに肌身離さずなのに。

それがどうしてここに？

自宅の電話が鳴った。

「もしもし？」彼女は慌てて出た。メレディスであって欲しいという淡い願いをかけながら。

「どうしてるかと思って」ブレイクだった。「大丈夫？」

「なんとか」デヴォンは家の中を歩き回りながら、妹が出かけた痕跡を探した。

「声が変だけど、どうしたんだ？」

「ちょっとね。メレディスがいないのよ。シャワーから出てきたら、いなくなっちゃったの」ふと、デヴォンは花のことを思い出した。「あ、そうだ。バラの花、ありがとう。すごくきれい」

「バラって？」

「あら、わたしより忘れっぽいのね。背の高いきれいなお花が何十本も届いたところよ。読んでて恥ずかしくなるようなカードと一緒に。そのバラよ」

「なんのことだか、さっぱりなんだけど」

「とぼけちゃって。柄にもないことをしたと気づいて、照れてるわけ？」

「とぼけてるわけじゃない。花なんか贈ってないよ」

ブレイクの声はまじめそのもので、ふざけているとは思えない。デヴォンの顔から笑みが消えた。「でも、カードに名前が書いてある。どういうこと？　よくわから……」恐ろしい可能性が思い浮かび、彼女ははっと息をのんだ。「まさか、そんな」デヴォンは受話器を落とした。「メレディス！」家中を走り回り、妹の名前を大声で呼んだ。「メレディス！」走って玄関に行き、取っ手をつかんだ。

扉は少し開いていた。

デヴォンは勢いよく開けると、目を凝らし、家の周りを必死の形相で見回した。

雪の上に大きな足跡がある。玄関から駐車場に続いている。

「どうしよう」彼女は呟くと、慌てて家の中に戻り、受話器を拾い上げた。「ブレイク、もう切るわ」

「どうした？」

「メレディスが。あの子、誘拐されたんだと思う」

27

四〇分後、モンティがデヴォンの家に駆け込んできた。先々週の土曜と気味が悪いほど似ている光景だった。

「どうしたんだ？」モンティは大股でリビングルームに入ってくると、コートも脱がずに言った。「何があった？　詳しく話せ」

デヴォンの話を聞きながら、彼はしゃがみ込むと、テラーが嗅いでいた辺りのカーペットをこすり、指を鼻先に持っていった。

「クロロホルムだ」腹立たしげに言った。「くそっ、こいつでメレディスの気を失わせて、連れていきやがったんだ」

「でも、どうしてメレディスが？　本気だってことをわたしに思い知らせるため？　だって、あの子は関係ない。何も知らないのよ」

「脅しかもしれん」モンティは立ち上がり、バラの花瓶を調べだした。「ただ、おまえの言うことにも一理ある。確かに妙だ。おそらく、メレディスをおまえと勘違いしたんだろう」

デヴォンが青ざめた。「どうしてそう思うの？」

「誰がやったにしろ、そいつは雇われたやつだ。花を届けて、受け取った女を連れてこいと命令を受けた——その女がおまえだ、とな」

「でも、メレディスだった。どうしよう」デヴォンは震える手を髪にやった。

「責任を感じることはない。おまえのせいじゃないんだ」モンティはカードが入っていた封筒に手を伸ばした。「パニックになってる暇はないぞ。こいつを使ってメレディスを見つけるんだ」彼は封筒に目を走らせ、印刷されている店名を読み上げた。「〈ビューティフル・ブーケ〉か。ここに電話だ」すかさず携帯を取り出した。

ドアベルが鳴った。

困惑したまま、デヴォンは玄関に行って扉を開けた。

ブレイクだった。「妹さんが……？」彼はデヴォンからモンティへと目を走らせた。モンティは携帯で誰かと話している。

「カーペットにクロロホルムが残ってたの。間違いない、誘拐されたのよ。いま、モンティが花屋さんに電話をしてる。それで何かわかるかもしれない」

モンティが電話を切った。

「注文は二時間前だ」モンティが二人に伝えた。「店長が電話を受けた。かけてきたのは男だが、どんな声だったのかは覚えていない。携帯の電波の具合が悪くて、よく聞こえなかったそうだ。ブレイク・ピアソンと名乗って、代金は会社のカードで払った。指示は慣れた感じで、カードの番号を言う時もおかしなところはなかったらしい。それと、配達時間を細かく指定している」

「二時間前は運転中でした」とブレイクが言った。「デヴォンとファームから戻る途中です」

「なるほどな」モンティが眉をひそめた。「誰が注文したにしろ、そいつはデヴォンが何時に戻るか知っていたんだ」

「でも、わたしたちがむこうを出た時間からは、計算できないはずよ。上りの渋滞にはまって、四五分は余計にかかったから」

「にもかかわらず、誘拐犯には何時に花束を届けたらいいのかがわかっていた。どうしてだ？」とモンティ。

ブレイクが顔を強ばらせた。デヴォンを見やり、厳しい、意味深長な表情を向ける。「言うんだ」

ブレイクの一言にモンティが飛びついた。「なんだ？」

「本当は、もっと早く話すつもりだったんだけど」デヴォンが恐る恐る口を開いた。「そうしたら隠しマイクを仕込んでジェームズをはめることになって、それですっかり忘れてたの」

「言い訳はいいから。なんだ？」

諦めのため息を一つ。「お母さんがいなくなってから何度も、誰かに尾けられている気がしたの。いろんな時に、いろんな場所で。運転中はいつも。すごく警戒して、しょっちゅうバックミラーを覗いたり、脇に停めて道路を見回したりしたのよ。でも、誰もいなかった。

だから被害妄想かな、と思ってたんだけど」

彼女が思ったとおり、モンティは気色ばんだ。「いつ言うつもりだったんだ？」口を開きかけた娘を手で制し、額に深く皺を寄せて続けた。「誰かに尾けられていたんだったら、そいつはたぶんここも見張ってるはずだ。つまり、サリーが消えてからほぼ毎日おれが来てることを知ってるってことだ。おそらく、ジェームズとの会話を盗聴した晩、おれが外の車にいたのもばれてるだろう。おまえがいつブレイクの家に寄って、どのくらいいたのかも、間違いなく知られている。ということは、おまえは連中にとって、こっちが思っていた以上に危険な存在というわけだ」

デヴォンは大きく唾を飲み込んだ。「メレディスに何かするってこと？　わたしと勘違いしてるとなると、するかもしれない？」

モンティの目に苦悩がよぎった。「二人も殺してるやつらだ。その可能性はないとは言えん。ただ、おれの勘はノーと言ってる。おまえを誘拐する目的はたぶん、おまえにビスタの邪魔をさせないようにすることだ。そうすれば、おれにも邪魔されずに済む。おまえを捜すのに必死で、それどころじゃなくなるからな」

モンティは間を置いて続けた。「おまえさっき、怪しいと思ったのは時間も場所もばらばらだと言ってたな。となると、そいつは外で待ちかまえていたわけじゃない、ということになる。おまえがどこにいるのか、どこに行くのかを前もって知ってたんだ。だとすると……」モンティは部屋を出て、地下に続く階段の前に向かった。

を追った。

「なんで地下なの？　何を探してるのよ？」デヴォンはそう言いながら、ブレイクと彼の後を追った。

モンティはコンクリート張りの地下室に下りていた。「電話線はどこから入ってるんだ？」

「あそこよ」デヴォンは奥のコンクリートの壁についている、グレーのプラスティック製の箱を指した。

「あれか」モンティはそこに行くと、首を傾けて天井を調べ、セラミック製の器具に固定された照明を見つけた。手を伸ばし、ぶら下がっている紐を引っ張る。

明かりがつき、地下を照らした。

ポケットからレザーマン製コンパクトツール、マイクラを取り出すと、マイナスのネジを回し、カバーを取り外した。続いてグレーの箱を開け、中を覗き込む。

「やっぱりか」モンティは呟いた。

箱の中には超小型の送信機が両面テープで貼りつけてあった。送信機から伸びるコードを人さし指でたどると、わに口クリップに続いており、電話線のコネクターに接続されている。

「尾行していたやつがなんでそんなに詳しかったのか、これで説明がつく」

デヴォンが箱の中を見つめながら言った。「電話を盗聴されてたの？」

「ああ。近くに車を停めていたんだろう。小型の受信機とテープレコーダーを持って、おまえの電話を全部聞いてたんだ」モンティはグレーの箱を閉めると、ネジを締めた。「しばらくこのままにしておこう。偽の情報を流して、盗聴野郎をだます時に使えるからな」

振り向くと、モンティは娘を見据えた。「知り合い以外で、誰が家に入った？　デリバリーの人間か？　修理屋は？　電気とか水道のメーターの検針に来たやつは？」

「ケーブルテレビ」デヴォンがはっとして顔を上げた。「ジェームズと最初にデートした晩、メレディスが言ってたの。テレビの映りを直しに、ケーブルテレビの人が来たって。でもどこもおかしくなかったから、変なのって思ったのよ」

「だろうな、実際、おかしくなかったんだから」モンティは顔をこすった。「ジェームズとのデートは、昨日の晩から数えて一週間前。つまり、八日前からの電話を思い出さなくちゃならんということだ。誰と話したのか、何を喋ったのか。まあ、そのケーブル男も家中に盗聴器を仕掛ける時間はなかったはずだ。メレディスが家にいたから、地下の電話線だけに細工して、すぐに出ていったんだろう。ただ一応、シャーマンを呼んで家の中を探させよう、念のためだ」

モンティはふと口をつぐみ、眉をひそめた。「連中にどれだけばれてるか、そいつが問題だな。特に、おれとおまえの会話は」

父と目が合った瞬間、デヴォンのみぞおちがぎゅっとなった。母のことだ。お母さんのこと、家の電話でどこまで話しただろう？　モンティが彼女を安全な場所に隠したと、誘拐犯は知っているのだろうか？　ウィリアムズタウンという名前は口にしていない。それは絶対だ。でも、それ以外については自信がない。それに、もしも盗聴器が他にも仕掛けられていたら、バット・フォンの会話まで聞かれていたかもしれない。

不安がこみ上げてくるなか、デヴォンは視線を落とし、頭をフル回転させた。モンティも同じことをしているのが、感じでわかる。

ブレイクはデヴォン、そしてモンティと交互に目をやってから言った。「二人が考えている間、ぼくは警察に電話します」

「だめだ」モンティはすぐさま却下した。「いちいち説明しなくちゃならんし、面倒くさい役所仕事に付き合わされる。必要なら、おれが仲間に電話する」

ブレイクは測るような眼差しをモンティに向けた。「警察に知られたくないことがある、ということですか」

「だとしたら、おまえも嬉しいだろ」モンティがすぐにやり返した。「連中に知られたくないことが、そっちにも山ほどあるわけだからな」

ブレイクの顎が強ばった。「殺人犯と誘拐犯をかくまうつもりはありません。そう言ってるのなら――」

「そうじゃない。事態が雪だるま式に膨らんで、手に負えなくなりつつあると言ってるんだ。いま警察に頼ったら、おまえの家族と会社は間違いなく崩壊するぞ。おれのやり方でいけば、ダメージを最小限に食い止めて、悪い連中だけに裁きを下すことができる」

「そうかもしれない。さすがですね、こんな状況なのに、ずいぶんと冷静だ」とブレイク。

「違う」デヴォンが静かに言った。「他の人に邪魔されずに、自分でやりたいだけよ」

「ああ、そのとおりだ」父の顎も強ばっていた。「誘拐されたのは娘だ。誰だって必死になるだろ。これからピアソンのファームに行って、じっくりと話してくる」

「あまり手荒なことはしないでください」ブレイクが思わず言った。「八〇近い高齢ですし、心臓もあまりよくないから」

「ベストは尽くす。約束はできんがな。手ぶらで帰るつもりはない」

「わたしはどうすれば?」デヴォンが聞いた。「電話での会話を思い出す以外に、何かできることはない?」

「〈ビューティフル・ブーケ〉に行け、メイン・ストリートにある。ラリー・エイムスというのが、バラがここに届いた時間に働いていたデリバリー係だ。二時まで店にいる。たぶん、誰かが小銭を握らせて、配達を代わったんだろう。特別な注文に応えるためにな。エイムスに話を聞け。その誰かの情報を拾ってこい。容姿、態度、なんでもいいから、そいつを捕まえる手がかりになりそうなことをつかむんだ。エイムスが渋ったら、おまえは誘拐の従犯者だと脅してやれ。口が緩むだろう」

モンティはブレイクのほうを向いた。「ウルグアイのファームに電話する、もっともらしい理由は思いついたか? ビスタとのつながりと、どうして海外の口座から金を受け取ってるのか、そいつを突き止めないと話にならん」

「それについては、昨日の晩、考えたんですが」ブレイクが顔をしかめた。「問題は電話をかける理由じゃない。コミュニケーションです。連中は英語が一言も喋れない。だから電話はめったにしない。連絡は祖母が一人でやっています、ほぼ毎回ファックスで。うちの家族の中で、スペイン語がある程度できるのは祖母だけなんです」

「デヴォン、確かおまえ、スペイン語がうまかったよな」モンティは娘に目をやった。「やれるか？」

「ちょっとさびついているけど、うん、なんとかなると思う」父が何をさせようとしているのかを考え、彼女は眉を寄せた。「アン・ピアソンのふりをしろっていうの？」

「そうだ。いいか、連中の窓口はアン・ピアソンだけだ。電話はほとんどしないから、声は知られてない。おまえも女で、アメリカ人だ。南米の田舎の電話事情はひどいから、携帯を使う。で、そこをうまく利用するんだ。声を低く、しわがれた感じにしろ。少しくらい変な感じに聞こえても、問題ない。電波が悪いせいにできる。いけるな？」

「やってみるわ」

「よし。じゃあもう行くが、その前におまえと二人だけで話がある」

小さくうなずくと、デヴォンはモンティと一緒にブレイクから離れた。なんの話なのかは、言われなくてもわかっている。「どうするの？」前置きなどせず、デヴォンはいきなり聞いた。

「バット・フォンは持ってる」モンティは小声で答えた。「サリーに注意しろと伝える。心配だからな。自分でも気づかないうちに、電話で何か口走ったかもしれん」

「ほかにも盗聴器が仕掛けられているかもしれないし」デヴォンも同意した。「それとモンティ、メレディスのことも言わないと」

「ああ」モンティが暗い表情を浮かべた。「どうなるかは、おまえもわかってるな?」

「お母さん、家に帰ってくるでしょうね。わたしたちには止めようがない。でも、もしかしたらそれがベストなのかも。電話が盗聴されていたとなると、お母さんの安全も保証されないわけだから」

「そうだな」モンティは階段に向かった。「ピアソン家の資料をコーヒーテーブルの上に置いておく。使える物はなんでも使え。それと、連絡は必ず入れろよ」


寒い。

ぼんやりとした頭の中を寒いという思いだけが漂っている。

メレディスはぶるぶるっと震えた。コートはどこだろう。頭がずきずきしている。胸が悪くなる嫌な臭いがする。どこかで嗅いだことのある臭いだ。吐き気がこみ上げてきた。

震えながら、彼女は全身に力を込めて立ち上がろうとした。途端に、喉の奥から低い悲鳴が上がる。ひどい痛みを伴う抵抗にあった。両腕は後ろ手に固定され、両足首も縛られている。ロープが皮膚に食い込み、彼女の動きを封じ込めている。身体の下にある表面は、石のように硬い。

木の椅子だ。そこに座らされている、しかも外にいるらしい。でも、どこ?　どうして?

彼女は逃れようともがき、ひどいだるさと吐き気を振り払おうとした。どちらも消えなかったが、なんとか目だけは開けることができた。

外ではなかった。どこかの小屋の中だ。薪小屋？　いや、置いてあるのは道路整備用の機材だ。巨大な除雪車が二台、岩塩の入った大きな袋、除雪用のシャベルが所狭しと並んでいる。

どうしてこんな所に？　何がどうなってるの？

きっと、お父さんの捜査と関係があるんだ。

大きく息を吸い込むと、例の悪臭が鼻を刺し、それで思い出した。誘拐されたんだ。あの花屋に連れて来られたのだ。どこだかわからないけれど、この小屋がある所に。

大声で叫ぼうとした。が、できなかった。ハンカチを口に詰められていた。パニックになり、必死で立ち上がろうともがいた。ロープがますます肌に食い込んだが、それでも諦めなかった。どうにかしてほどけないかと、祈りながら。

どうにもならなかった。

彼女は椅子の上でがっくりとした。目に涙があふれてくる。でも、自分に言い聞かせた。泣いちゃだめだ。鼻水を流すわけにはいかない。口がふさがっている以上、鼻が詰まったら、窒息してしまう。

とにかく冷静にならないと。我に返ると同時に寒さが押し寄せ、がたがたと震えがきた。いったい、いつからここにいるんだろう？　扉と床の隙間から陽の光が見える。昼間なのにこの寒さだ。陽が暮れたら、凍え死ぬかもしれない。

大丈夫、お父さんが見つけてくれる。絶対に。

ロープを解こうともがいていると、外から革か何かのきしむ音が聞こえてきた。一定の間隔で、徐々に近づいてくる。

足音だ。

扉の鍵が回った。メレディスはじっと見つめていた。ほっとしていいのか、恐怖を感じるべきなのか、わからない。

扉が開き、パーカーとブーツ姿の男が入ってきた。フードに隠れて顔はよく見えないが、肌が浅黒いのはわかる。中背で、がっしりとした体つき。ヒスパニック系だ。ミネラルウォーターのボトルを握り、脇に毛布を二枚抱えている。

男は無言のまま近づくと、彼女の口からハンカチを取った。

メレディスは咳き込んだ。口の中がかさかさで、舌の感覚もない。

「水だ《アグア》」男はぼそっと言い、キャップを開けると、ボトルを彼女の口元に近づけてきた。瞬間、メレディスはデヴォンの家の玄関で聞いた声を思い出した。同じなまり。花を届けに来た男だ。

彼女は何も聞かず、黙って水を口にした。少しずつ飲み込む。もういいだろうと途中で取り上げられやしないか、心配だった。

それはなかった。男は彼女が満足するまで飲ませると、キャップを閉め、ボトルをポケットに突っ込んだ。続いて毛布を広げると、メレディスの腿と肩にかけた。

「これでいい《エソ・エス・メホール》」満足げにうなずくと、男は立ち上がり、彼女の顔に目をやりながらハンカチを丸めた。また口に突っ込もうというのだ。

「嫌、やめて、お願いだから」彼女はかすれた声で言うと、首を振った。「息ができないの。お願い。大声は絶対に出さないから」

男は彼女をじっと見つめていた。何を言っているのか、さっぱりわからないという顔だ。

「お願い《ポル・ファボール》」高校と大学で習ったスペイン語を必死で思い出した。「息ができない《ノー・プエド・レスピラール》。大声は《プロメト・》絶対に出さない《ノー・グリタール》。お願い《ポル・ファボール》」

伝わったようだが、躊躇しているのがありありとわかる。

男は辺りを見回し、彼女の願いを聞く危険性について考えた。たとえ約束を破って大声を出されても、誰にも聞こえないと判断したのだろう。彼は大きくうなずいた。

ハンカチをもう一方のポケットに突っ込むと、男は扉に向かって歩きだした。

「待って《エスペラ》」メレディスがしゃがれた声を上げた。「ここ、どこ?《ドンデ・エストイ》」

男は答えなかった。振り返り、暗い顔で彼女を見やっただけで、そのまま出ていった。

メレディスは歯を食いしばり、刺すような手首の痛みを忘れようとした。強くならなくちゃ。恐怖に負けるわけにはいかない、理性を保たないと。もう大人なんだ、子供じゃないんだから。

そうかもしれない。でも、いまはとにかく両親に会いたかった。

ピートから電話だと聞いた瞬間、サリーは察した。何かまずいことが起きたのだ。

これまで、昼間にかけてきたことはない。毎晩二人で、たまに子供たちを交えて話している。この永遠にも思えるほど長かった一週間半、その電話がなければ、心が折れていただろう。

彼女はウィリアムズタウンの白い下見板張りの家に駆け込み、散歩中に呼びに来てくれた礼をモリーに伝えた。

電話は、誰もいない書斎で取った。

「ピート？」

「よお、サリー。元気か？」

「わたしはね。でも、そっちは違うでしょ。声でわかるわ。あなたの勘が当たったのね。どうしたの？」

彼はため息をついた。「状況はよくない。いま、車でピアソンのファームに向かってるところだ。デヴォンの家の地下に盗聴器が仕掛けられていた。誰かがあいつの電話を盗み聞きしてやがった。おまえの居場所が知られたかもしれん」

サリーは少し考えてから言った。「でも、居場所がわかってるなら、もうここに来てるんじゃ？」

「ああ、完全にばれてればな。そうじゃないといいんだが。おれもデヴォンも、場所は口にしていない。連中はたぶん、考えられる所を片っ端から当たってるんだろう。同時に、おれかデヴォンがおまえの居場所を漏らすのを待ってるに違いない。どっちにしろ、気に食わん」彼が口をつぐんだ。サリーにはわかっていた。他にもある――何か悪いことが。

それは、彼女が考えていたよりもさらに悪いことだった。

「メレディスが誘拐された」モンティはずばりと言った。

サリーは凍りついた。「えっ、まさか、そんな」そう呟くと椅子に崩れ落ちた。全身が震えている。「どうして?」

できるだけ冷静に、彼は詳細を伝えた。

「あの子をどうするつもりなの?」

「まずは、あいつがデヴォンじゃないことに気づくだろう。つまり、厄介な問題を抱えちまったと」

「それで、その問題をどうやって片付けるつもりなの? フレデリックを殺してるし、たぶんフィリップ・ローズも。もしまた――」

「それはない。メレディスにも、デヴォンにも。おれを信じろ。間違いない」

「信じてるわよ。でもわたし、家に戻るわ。いますぐに。もう決めたから。だからあれこれ言わないで」

「わかってたよ」モンティの声には、仕方ないと思いながらも、どこか喜んでいるような響きがあった。「子供のことになると、おまえは本当に強いからな。だから先手を打っておいた。もうすぐ、モリーが段取りを教えてくれるはずだ。いま、ロッドを捕まえてる。彼がおまえを家まで送ってくれるから、そこで落ち合おう。本当はおれがそこまで迎えに行きたいところなんだが、これからエドワード・ピアソンとデートなんだ」

「わたしが戻るまで待ってて」サリーが強い口調で言った。「一緒に行くわ」

「何言ってるんだ。だめだ、リスクが大きすぎる」

「それはわたしが決めることよ。あなたじゃない」保護されているのはうんざりだった。

「お願いしてるんじゃない。もう決めたのよ。一〇分でここを出る。ロッドが間に合わないなら、レンタカーを借りるわ。すぐにピアソンのファームに行くから」

沈黙。

「ピート、わたしはあの子の母親なのよ」サリーが静かに言い添えた。「どうしても行かないと」

「わかったよ」モンティは折れた。「おまえの勝ちだ。ただし、落ち合うのはおまえの家だ、ピアソンの所じゃない。二人で現れたほうが、連中も驚くだろう。気合いを入れていくぞ。ロッドにも飛ばせと言っておけ」

「そうする」サリーは努めて冷静に言った。「ねえ、エドワードが裏で糸を引いてるって、本当に思う？」

「あいつが絡んでるのは間違いない。どの程度かはなんとも言えない、じきにわかるさ。ゲームは終わりだ。もう我慢できん。ゲームのコマは勢揃いしてるはずだ。エドワード、ジェームズ、それとエドワードに雇われているあのむかつく獣医。どいつもこいつも、うす汚れてやがる。首を洗って待ってろよ、思いきり締め上げてやる。娘は絶対に捜し出すぞ」

28

デヴォンは携帯の〈切〉を押し、ジャガーの助手席でブレイクのほうに向き直った。「ラリー・エイムスから聞きだしたことをモンティに伝えておいた。たいした情報じゃないけど」彼女は苛ついた様子でため息をつき、窓の外に目をやった。「まったく、あの人、全然使えなかった」

「全然でもないさ」ブレイクはアクセルを踏み込み、デヴォンの家に向けてスピードを上げた。「誘拐犯がスペイン語しか喋れないことはわかったじゃないか。命令が書かれた紙を持っていて、それをエイムスに読んで聞かせ、一〇〇ドル札を渡したんだろ」

「それだけでしょ」デヴォンがむっとした声を出した。「要するに、主犯がいるってことよ。そんなの、最初からわかりきってるわ。だって、あなたのいとこでも、おじいさんでもいいけど、あの人たちがわざわざ自分の手を汚すわけがないじゃない」

「確かに」ブレイクはハンドルを切り、デヴォンの家の私道に入った。「それで？　そろそろ言ってくれる気になった？」

彼女は首を傾げた。「言うって、何を？」

「さっき、きみがお父さんから聞いたこと。ぼくにずっと隠していることだよ。なんだか知らないけどね」ブレイクは一拍置いて、続けた。「もう隠し事はなし、という状態になったと思っていたんだけど、違う？」

「謎が解けてきたから？」

「うん。それと、きみを愛しているから」

デヴォンははっと息をのんだ。ブレイクの顔を見つめたまま、彼の告白が心の奥に染み入っていくのを感じていた。いつか来るとは思っていた。でも、実際に言われた時の衝撃がこんなに大きいとは、思ってもみなかった。

「びっくりしてる？」目を進行方向に向けたまま、ブレイクが言った。

「ううん。どうしていいか、わからないの。気持ちの整理がつかないのよ。だって、人生で最高の経験なのに、それがどうして人生で最悪の時に起きるのよ？」

ブレイクが口元に苦笑いを浮かべた。「恋愛って、そういうものなんじゃないかな。時間も場所も選べない」

「そうみたいね。でもこれじゃあ、ロマンティックな夜も何もあったものじゃないわ」

ブレイクは右腕を伸ばして彼女の手を取ると、軽くキスをした。「それはまた後で」

「そうね」デヴォンは彼の手に指を絡ませ、「わたしも愛してるわ」とそっと言い添えた。

「ぼくのこと、信じてくれたんだね？」

「ええ」その声は自分でも驚くほど、力強く響いた。

「よかった。じゃあ、きみのお母さんの居場所を教えてもらおうかな。どこに隠れてるの？」

デヴォンが目を見開いた。「知ってたの？」

「難しいことじゃない。お母さんが行方不明だというのに、その点に関して、きみとお父さんはやけに冷静だった。お父さんがどこか安全な場所にかくまっているんだろ？」

「ええ。でも、もうそこにはいない。メレディスが誘拐されたから。母はいま、家に向かってる。モンティが迎えに行って、二人でファームに向かうの。あなたのおじいさんとピアソン社との対決にね」

ブレイクの表情が曇った。「そうか、それは大変なことになりそうだな」彼は駐車スペースに車を停めると、エンジンを切った。「まだ信じられないよ。家族の誰かが殺人犯だなんて。わいろとかのホワイトカラー犯罪ならまだしも。ビスタにやらせていることも驚きだけど、まあ、想像できなくもない。でも、殺人？　誘拐って？　ありえない。考えられないよ」

デヴォンは彼の手を強く握った。慰めの言葉は何も思いつかない。いま彼女にできるのは、そばにいることだけだった。

ロッド・ガーナーのブルーのフォード・エクスプローラーがサリー宅のドライブウェイに現れ、近づいてきて、停まった。

カローラに寄りかかっていたモンティは背筋を伸ばすと、彼らのほうに向かって歩きだした。彼が助手席側の扉に達するより早く、サリーが降りてきた。無言のまま、彼女はモンティの腕の中に飛び込んだ。

「大丈夫だよ」彼は囁き、サリーを強く抱きしめた。「心配ないから」そう言うと、サリーのむこうで鞄を下ろしているロッドに目を向けた。「ありがとな。恩に着るよ」

「何言ってんだよ」頑丈な体つきの、血色のいい顔をした男が笑みを浮かべた。「サリーがいてくれて、楽しかったよ。モリーも喜んでた。それと、うまいチキンの料理を作ってくれて、レシピまで教えてもらったんだ。こっちこそ礼を言うよ。で、他に何かできることは？」

「いや。あとはおれ一人でやれる」

「本当か？」

「ああ。もしまた状況が変わったら、連絡させてもらうよ」

サリーはモンティの抱擁を解き、ロッドを振り向いた。「帰り道にお腹が空くでしょ。何か用意しましょうか？　サンドイッチとか、コーヒーとか」

「いや、お気遣いありがとう」彼はサリーを安心させるように、腕に優しく手を置いた。

「大丈夫。こいつはプロだ。娘さんを絶対に見つけてくれるさ」

「ありがとう」サリーは彼の手を手袋の上から握った。「いろいろと本当にありがとう。モリーにもよろしく伝えて。何かわかったら、すぐに電話するわ」

「ああ」彼は車に戻り、飛び乗った。「二人とも、気をしっかりな」そう言うと、去っていった。

サリーはモンティに向き直った。まつ毛が涙で光っていた。「準備オーケーよ。いいわ、プランを聞かせて。ピアソン家と対決よ」

エドワードがビスタと電話をしていると、誰かがオフィスの扉をノックした。

「なんだ？」彼が吠えた。

執事のアルバートが入ってきた。「ミスター・ピアソン、お取り込み中のところ、大変失礼いたします。ですが、先ほどモンゴメリーさんからお電話がございまして、もうじきファームにいらっしゃるとのことでした。どうしても旦那様にお会いしたいとおっしゃっております。それから、ジェームズ様にも同席していただきたいと」

頭の中で警報が鳴り響き、エドワードは大きく唾を飲んだ。「わかった。まずはジェームズを呼んできてくれ。モンゴメリーを通すのはその後だ」エドワードは執事が出ていくのを待ってから、小声で送話口に言った。「今度はなんだ？　おまえ、何を漏らした？」

「いえ、何も」ビスタはすかさず言い返した。「誰とも話していません。お孫さんとデヴォン・モンゴメリーにプライバシーを侵害された時が、最後です。あの娘の父親がなんの用で来たのか、わたしには見当もつきませんよ」

「それが本当だといいんだがな。また後でかける」エドワードは電話を切った。

間もなく、ジェームズが扉をノックし、中に入ってきて祖父に言った。「何かお話があるそうですが？」

「そっちじゃない」ジェームズの背後でモンティが言った。扉をつかみ、閉まらないようにしている。「話があるのは、おれたちのほうだ」彼はサリーに入るよう、手招きした。

「おれたち？　どういう――」エドワードは途中で言葉を失った。サリーの姿が目に入ったからだ。

「こんにちは、エドワード」彼女は中に入ると、椅子に腰掛け、背筋をぴんと伸ばして続けた。「わたしの捜索は打ち切っていいわよ。狩りの手間を省いてあげたから」

エドワードは唖然とし、しばらく冷静な表情を取り戻せなかった。「無事だったのか。それに元気そうだ」

「無事よ」彼女はうなずいた。「元気というわけじゃないけど」

エドワードが立ち上がりかけた。「よくわからないんだが――」

「わからなくていい」モンティが遮った。「こっちは説明を聞きに来たんだ。説明に来たんじゃない。娘はどこだ？」

「なんだと？」

モンティはゆっくりとした足取りでデスクに近づき、両方の手をその上にばんとたたきつけた。「何度も言わせるな。娘をどこにやった？」

「どういうことです？」ジェームズは祖父を問いつめた。「デヴォンに何かあったんですか？」

「知らん。こいつが何を言ってるのか、さっぱりわからん」エドワードは明らかに動揺していた。

「だったら、わからせて差し上げましょうか」モンティの瞳が怒りに燃えていた。「あんたはサリーの居場所を暴くために、おれを雇った。デヴォンの家に盗聴器を仕掛けて、あいつを尾行した。孫二人にあいつを誘惑させて、サリーの居所を聞きだそうとしたのは言うまでもないだろう。で、今度は知りすぎたデヴォンが邪魔になったから、追い払うことにした。どうだ、思い出したか？」

「何を言ってるんだ？」エドワードは大きく首を振った。「おまえの娘は昨日、ブレイクとここに来た。その後のことは知らん」

「脅迫状のことも知らないと？」

「どの脅迫状のことだ？」

「昨日の晩、サリーの家の玄関下から差し入れたやつだよ。デヴォンに手を引けと警告してきただろうが。まだシラを切るつもりか？」

「そんなものは知らん」エドワードは苛ついたように、両腕を身体の前で激しく振って否定した。「意味がさっぱりわからない」

「だったらジェームズ、おまえはどうだ？」モンティは彼に向き直った。「おまえなら、意味がわかるか？　黒幕はおまえか？　それともあれか、ドーピング検査を管理してる連中にわいろを贈ってるだけか？　ドーピング検査の予定を前もって教えてもらえば、ライバルにクスリを盛って、失格にできるからな」

ジェームズの顔面が蒼白になった。

「ふん、パターソンのことは全部ばれてるんだよ。それと、もうじき警察にもばれるぞ。パターソンのやつ、ムショにぶち込まれるのを怖がって、ちょっと脅せば喜んで喋るだろう。おまえがやったことの一部始終をだよ。しかし、ギャンブルにはまったやつを使うとは、なかなか考えたな。にっちもさっちもいかなくなってる人間は、なんでもするからな。あいつが全部教えてくれたんだろ？　で、おまえは狙った相手にクスリを盛れたと」

「くそっ」ジェームズは手で顔の汗を拭った。

「あのふざけたゆすりの件はどうだ？」モンティは続けた。「あれもおまえか？　まったく、悪知恵の回る男だな。フレデリックだけじゃなく、ピアソン家全体に恨みを持ってるやつの仕業に見せかけた。ローズに罪を被せるのにも都合がよかったしな。あいつも哀れな男だ。おまえが会社の金を薄汚いことに使ってるのを知ったのが運の尽きか。パターソンへのわいろ。ビスタの怪しい研究。おまえがやってることを知って、ローズのやつ、ぶったまげたんだろう。もちろん、おまえとしてはあいつに騒がれるわけにはいかなかった。それであいつを殺して、フレデリック殺しの犯人に仕立て上げた。一石二鳥ってわけだ」

「待ってくれ、モンゴメリー」口を開きかけたジェームズを制して、エドワードが言った。

「こいつは何一つ関係ない。おまえの推理は的外れもいいところだ」

「だったら、的を当てさせてくれよ。フレデリックはローズを疑ってる。あんたはおれにそう思い込ませた。でも本当のところ、疑われていたのはジェームズだったんだろ？　フレデリックはおぼっちゃんがやっていることを知って、会社から追い出そうとした。あんたにしたら、とんでもないことだ。これまでの計画が――あんたとジェームズの計画が全部ぱあになるからな」

エドワードが否定しようと、口を開きかけた。

サリーがすかさずそれを遮った。

「フレデリックが殺される何日か前、聞いたのよ。あなたたち二人が厩舎で言い合いをしているのを」彼女はそう言うと、椅子の肘掛けを強く握りしめた。「よく覚えてるわ。あなたも忘れてないでしょう？　フレデリックはピアソン&カンパニーの誰かが好き勝手なことをしていると言って、ひどく心配していた。その社員は違法行為に手を染めていて、そのせいで、家族が苦労して築き上げたものが台無しになるかもしれないって。その誰かというのは、ジェームズだったのね。フレデリックがクビにしたかったのはジェームズ。フィリップ・ローズじゃなかった」

「そうなんだろ？」とモンティが後を続けた。「おいエドワード、孫に金メダリストになってもらうためだったら、どこまでやれるんだ？　殺しもありか？」

「自分の息子を？」エドワードは言葉を失った。「私がフレデリックを殺したと思ってるのか？　ジェームズをクビにさせないために？」

「違うと？」

「断じて違う」

「だけどあんた、おれがローズを疑うように仕向けただろうが。わざと無駄骨を折らせたんだろ」

「ああ、そのとおりだ」エドワードは再び立ち上がり、机の前をうろうろとしだした。「おまえをジェームズから遠ざけるためにだ。あのゆすりは私が仕組んだ。そうだ、フレデリックが信用していないのはローズだとも伝えた。ローズは部外者、ジェームズは家族だ。私はただ、孫息子を守りたかったんだ」

「ちょっと待ってください」ジェームズは追いつめられた鼠のような表情を浮かべていた。

「ぼくは何も知らなかったんだ。それともちろん、人を殺してなんかいない」

「はいはい。ぼくは何も知らない、無実だって言うんだろ？」モンティが彼を睨みつけた。

「で、次はなんだ？　ビスタの研究のことも知りませんでしたと、すっとぼけるつもりか？」

ジェームズがちらりと不安げな視線を祖父に向けた。

「なるほどね、あれもじいさんの計画か」モンティはたたみかけた。ビスタの研究の目的も暴いてやる。「馬で実験するだけでも相当だが、人間とはな。しかも金に困っていて、断りたくても断れない不法移民の連中を利用しやがって。おまえらは法律を破っているだけじゃない、人として最低だ。エドワード、あんたは全部わかっていて、やらせたんだろ？　だからビスタに海外の口座から金を振り込んでいた。ローズが死んだ晩にパソコンで見つけたのと同じ口座からな」

エドワードの顎の筋肉がぴくぴくとしだした。「ビスタは馬の種付けのコンサルタントとして雇っただけだ。あいつが他に何をしていたとしても、私は知らん」

「どうかねえ。むこうは、そうは思わないかもな。というか、あんたが裏切ったと知ったら、あいつ、自分の身を守ろうと必死になって、全部吐くだろうよ」モンティは電話に手を伸ばした。「あいつに電話して、呼ぶか？」

「モンゴメリー、電話を置きなさい」声は戸口から聞こえてきた。モンティが振り向くと、メレディスの姿が目に入った。銃口を突きつけられている。「武器を捨てなさい。さもないとどうなるか、おわかりでしょう」


デヴォンはソファに寄りかかり、手にした携帯電話でソファをたたき、あきれた表情を浮かべた。

「また切れた、これで三回目よ。もうっ、でも諦めないわ」彼女はもう一度番号を押し、つながるのを待った。

ついに受話器の向こうから声が聞こえた。「もしもし《ディガメ》」

彼女はさっと背筋を伸ばし、目でブレイクに、つながったと伝えた。

「ピアソンです《エスタ・エス・セニョーラ・ピアソン》」彼女はアン・ピアソンのふりをし、年のいった、ややしわがれた声で名乗ると、用意しておいた単刀直入な台詞を読んだ。ブレイクが原稿を書き、彼女がスペイン語に翻訳したものだ。「銀行で問題が発生した《テネモス・ウン・プロブレマ・コン・ヌエストロ・バンコ》。次の支払いは遅れる《エル・プロキシモ・パゴ・キサス・セラ・タルデ》」

はっと息をのむ音に続いて、小さな話し声が聞こえ、もう一度確認してきた。「セニョーラ・ピアソン？」

「ええ《シ》」

「少々お待ちを《ウン・モメント》」

デヴォンは電話の送話口を手で覆い、ブレイクに小声で伝えた。「次の支払いが難しいと伝えたところよ。誰かを呼びに行ってるみたい」

ブレイクは険しい表情でうなずいた。

遠くでがさがさいう音がしばらく続き、違う男性の声が電話に出た。「キエン・エス？」

デヴォンの胃がぎゅっとなった。どなたですか、と言っている。わたしのことを疑っているのだ。最初の男も名前を聞き直していた。アン・ピアソンじゃないのが、ばれたのだろうか？

「キエン・エス？」男が質問を繰り返した。

「セニョーラ・ピアソン」デヴォンは慎重に答えた。「アイ・ウン・プロブレマ。ス・プロキシモ・パゴ・セラ・タルデ」

怒りに満ちた声が返ってきた。

「嘘をつくな《ウステド・ミエンテ！》。ばかにしやがって《ヨ・ノ・ソイ・エ・スピド》。いますぐ金を送らないと《シ・ウステド・ノ・マンダ・ミ・ディネロ・アオラ》、誰がおれに放火を命令《ヨ・シ・ロ・ディレ・ア・トドス・ケ・ミ・》したのか、全部ばらすぞ《パガロン・エンペザル・エセ・フエゴ》」

デヴォンはあまりのショックに、えっと声を漏らしてしまった。

スペイン語の悪態に続き、ぷつんという音。そしてトーン音が聞こえてきた。

「なんだって?」とブレイク。

「答がわかったわ」デヴォンは電話機を見つめ、いま耳にしたばかりの話を整理しながら言った。「二番目に電話に出た男が放火犯で、金をもらって口止めされている」混乱しながらも、淡々とした口調で。

「そう認めたのか?　電話一本で、そんなことまで?」

「ええ」

「妙だな。どうしてそこまで?」

「わたしのことを、自分に金を払った人物だと思っていたからよ」デヴォンは顔を上げ、ブレイクの目を見た。「あなたのおばあさんだと」

29

アン・ピアソンは冷ややかなブルーの瞳でモンティを睨みつけた。「聞こえたでしょう？　武器を出しなさい。いますぐに」

「おいアン、何をしているんだ？」エドワードが大声で叫んだ。「よせ」

「まだよ」彼女はモンティから視線をそらさずに言った。「でも、もうすぐ終わる」彼女は銃口をメレディスの頭に押し当てた。

「やめるんだ。使い方も知らんくせに」エドワードが食い下がった。

「いいえ。もう覚えたのよ、フィリップが死んだ日にね。知ってるかしら？　年寄り女は得なのよ。誰からも疑われない。皮肉なものね。力は若さに伴うものだとばかり思っていた。でもそうじゃない。いまの私は昔よりもはるかに手強い。どうしてかって？　透明人間のようなものだからよ。みんな思っているわ、私にはただ気を揉んで、古い写真を何度も見返すくらいしか能がないと。ふん、世間は本当に浅はかよね」

彼女は人さし指を引き金にかけていた。「それで？　銃を置くのが先？　それとも、娘が倒れるのが先かしら？」

メレディスは声にならない声を漏らし、涙が頰を伝って落ちた。「お父さん……」縛られた両手を必死で動かして何とか解こうとした。

「大丈夫だから。じっとしていなさい」モンティは娘を落ち着かせるように穏やかな声で話しかけ、アンの目を見据えた。「あんたの勝ちだ」手でジャケットを指した。「銃を出す」

「ゆっくりりよ」とアンが警告した。「いくら反射神経がよくても、弾丸にはかなわないわよ」

彼女が見守るなか、モンティは銃を抜き、相手からよく見えるように掲げた。

「いいわ。床に滑らせて、こっちによこしなさい」

モンティは腰を折り、銃を床に置いて蹴った。

「よろしい」彼女は空いている椅子を指した。「お座りなさい。その女の横に」

「おばあさん、いったい何をしているんですか?」ジェームズが声を上げた。

「あなたの後始末よ」アンはモンティの銃を拾い上げ、ジェームズに冷淡な笑みを見せた。

「今回は、私一人でね。お粗末すぎるのよ。息子まで亡くす羽目になった」彼女の顔から笑みが消え、唇がきゅっと結ばれた。「まったく、不法移民の連中は本当に低能ね。殺す相手を間違えて、今度は違うモンゴメリーを連れてきたんですから」彼女はメレディスを一瞥し、それからサリーに目を向けた。瞳は憎しみに満ちている。「何もかもおまえのせいよ。身の程も知らずに、フレデリックをたぶらかしただけでも気に食わないのに、分不相応な所にしゃしゃり出てきた。おまえのせいでフレデリックは死んだのよ」

彼女がさらに何か言いかけたところで、メレディスを誘拐した人物が戸口に現れた。

「ルイス——ちょうどよかった《ブエノ》」アンは振り向き、彼に入るよう促した。「こっちよ《エスタ・アキ》」そう命ずると、彼女はまたも冷たい笑みを口元に浮かべた。「準備が整ったようね」

「なんのだ？」エドワードが声を荒らげた。勢いよく立ち上がると、彼女に向かって歩いていった。血圧がひどく上がっているせいだろう、足元がふらついている。「何をするつもりだ？」

　彼女の顔から笑みが消えた。「エドワード、落ち着いて。顔が真っ赤よ。そんなに怒ると身体に障るわ。心臓が悪いんだから」

「こんな時に落ち着いてなどいられるか。おまえ、こいつらをどうするつもりだ？」

「大丈夫よ」彼女は夫の腕にそっと手を置いた。「心配しないで。手荒なことはしないから」続いて、ジェームズを見やった。彼はエドワードの横で、ぼう然と立ちつくしている。「ジェームズ、おじい様をベッドルームに連れていきなさい。少し休ませてあげて。それからリチャーズ先生に電話して、至急来てくれるように言いなさい。一度しっかりと検査をしてもらいましょう、念のためよ」

　ジェームズは祖父の顔をよくよく見た。確かに具合が悪そうだ。顔がまだらに赤く、呼吸が乱れている。かといって、嫌がる祖父を部屋から引きずり出すのも気が進まなかった。そんなことをしたら、烈火のごとく怒りだすに決まっている。

「おじいさんが決めてください」ジェームズが言った。「これがなんなのか、ぼくよりもわかっているようですから。ベッドルームに行きますか？　それともここに残りたいですか?」

エドワードは何も答えなかった。彼は顔をごしごしとこすり、妻をじっと見つめた。「アン、いまならまだ間に合う。ここにいる人間以外は誰も知らないから、なんとかなる。モンゴメリーは話のわかる男だ。私と二人でいい手を考える。だからもうやめるんだ」

「そのつもりよ」アンは夫に請け合った。「モンゴメリー家とお話があるの。それが済んだら、私もベッドルームに行きますから」

エドワードの呼吸が乱れはじめた。「ルイスに言って、こいつらを家まで送らせるんだ」

「わかった。だから早くお休みになって。心配しなくていいから、私に任せておいてください」

エドワードは苦悶の表情を浮かべていた。常識と身体の不調との間で激しく揺れているのだろう。胸が苦しく、刺すような鋭い痛みが走っている。自分の身体でロシアンルーレットをしているようなものだ。ついに痛みに耐えきれず、彼は机に突っ伏した。

「おじいさん」ジェームズが祖父を支えるように立たせると、戸口へ促した。「意地を張るのはやめてください。また発作が起きたらどうするんですか。命に関わりますよ。さあ、行きましょう」

エドワードは孫に促されて渋々歩きだしたが、途中で妻を振り向いた。「おまえ、自分が何をやっているのか、わかっているんだろうな」

「ええ」アンは彼とジェームズが通れるように、脇へよけた。「おじい様に水を差し上げて」

彼女はジェームズに指示した。「それから、リチャーズ先生が来るまで付き添っているのよ」

「わかりました」ジェームズはエドワードを連れて廊下に出ていった。

アンは扉を閉め、ルイスに向かって、手振りでモンティとサリーを指した。「手を縛り《アテ・ラス・》なさい《マノス》」

彼はポケットからロープを出しながら二人に近づき、サリーの椅子の後ろで立ち止まった。

「男が先《エル・オンブレ・プリメロ》よ」

言われたとおり、彼は左に座るモンティの手を縛ることにした。

「おまえは油断できないからね」アンはメレディスに銃口を突きつけたまま、モンティに言った。「手を後ろに回しなさい」

モンティはアンを見つめ、続いてメレディスを見やった。恐怖に震える表情をしている。

彼は両手を後ろに回した。

「賢い選択ね」アンはモンティの両手首が縛られるのを待ってから、命令した。「次は《アオラ・ラ・》女よ《ムヘール》」

ルイスはサリーも後ろ手に縛った。

ロープが手首に食い込み、サリーは顔をしかめた。首をそらし、モンティの様子を見やる。やけに従順だ。どうして？　モンティは静かに前を見つめていた。その表情を見て、サリーははっと思った。何か作戦を練っているのだ。視線を下げると、彼の作戦が目に入った。モンティは縛られた手をずり動かし、スラックスの尻ポケットに指を入れようとしていた。

携帯の入っているポケットだ。人さし指を動かし、キーを探っている。

動きが止まった。

モンティはサリーを見やり、ウィンクをした。

キーを探し当てたのだ。あとは短縮ダイヤルがやってくれるはず。


少し前から雪が降りはじめた。

高速道路は早くもうっすらと白くなっている。ブレイクはジャガーをファームに向けて飛ばした。

携帯を握りしめたまま、デヴォンはフロントガラスのむこうを見やった。「モンティの携帯にもう三回もかけたのよ。呼び出し音はするから、電源は入ってる。たぶん、バイブにしてるのね。出てくれるといいんだけど。ウルグアイへの電話のこと、早く伝えたいのに」

「たぶん、うちの祖父とやり合っている最中なんだろう」ブレイクが苦々しげに言った。

「だとすると、電話に出ている余裕があるとは思えない。祖父のアキレス腱を責めているんだからね。つまり、激しいバトル中ということだ。手一杯なんだろう」沈黙。「うまく祖父の口を割らせて、いったい何がどうなっているのか、聞きだせるといいんだが」

「大丈夫。きっと解決してくれるわ」

「そうだな」ブレイクが顔をしかめた。デヴォンが電話で聞いたことを知ってから、表情は重く、暗いままだ。「何がなんだかさっぱりわからない。祖父が仕事の送金を祖母にやらせたことは、これまで一度もなかった。だから裏金の送金を頼むなんて、まず考えられない。なのに、どうしてフレデリックを殺したやつに金を渡しているのが祖母なんだ？」

「仕事じゃないから？」とデヴォンが言った「個人的な目的なのよ」

「個人的？　殺し屋を雇うのが？」ブレイクはこめかみを揉んだ。「自分の息子を殺すために？　まさか。そんなことを頼むはずはないし、犯行の黒幕になるなんて、ありえないよ」

デヴォンは一つ深呼吸をしてから、ついさっき浮かんだ恐ろしい可能性を口にした。「ひょっとしたら、フレデリックさんを殺すつもりじゃなかったのかも」

ブレイクが助手席の彼女を一瞥した。「殺されたのはフレデリックじゃないか」

「もしかしたら、間違えられたのかもしれない。偶然、早く目が覚めてしまったとか。誰かの邪魔をしてしまったとか。計画がうまく運ばなかったとか」

「狙われていたのは、きみのお母さんだったと？」

「だとすると、あなたのおばあさんが関わっている理由の説明がつく。どうしておじいさんが必死になってうちの母親を捜しているのかも。母に何を見られたのか、おじいさんは知らない。だから警察に行かせるわけにはいかないのよ」

「動機がないだろ？　どうしてうちの祖父母がきみのお母さんを殺したいと思うんだよ」

デヴォンはゆっくりと息を吐いた。「火事の何日か前、母はあなたのおじいさんとフレデリックさんが言い争っているのをたまたま耳にしたの。フレデリックさんはピアソン&カンパニーの誰かをクビにしたがっていた。誰かが罪を犯しているんじゃないかと疑っていた。

会社を潰しかねない重大な犯罪をね。でもおじいさんはその誰かをかばって、絶対にクビにはさせないと言い張った。いつ爆発してもおかしくない深刻な問題だ、とフレデリックさんがいくら言っても、おじいさんは頑として譲らなかったそうよ」

ブレイクは驚いてデヴォンを見やった。「きみのお父さんはそれを全部知ってるのか？」

「ええ、火事の後、すぐに聞いてるわ」デヴォンは唇を嚙んだ。「だからすごく心配なのよ。母はいま、モンティとファームにいる。母を目にしたら、あなたのおじいさん、何をするかわからない」

ブレイクが答えるより早く、デヴォンの携帯が鳴った。

彼女は番号表示に目を落とした。「モンティよ」すかさず出ると、携帯を肩と顎の間に挟んで言った。「待ってたわよ。で、どう？　何がわかった？」

返事がない。

「モンティ？」

何かの音は聞こえるが、やはり返事はない。彼女は眉を寄せた。「モンティ？　いるの？」

音の正体は、複数の声だった。こもっていて、かなり遠い。

デヴォンは口をつぐみ、耳をそばだてた。

「オーケー、もういいだろ。おれもこいつも縛られた」くぐもった声が聞こえる。「エドワードとジェームズもいない。おれたちとあんただけだ。戯れ言はおしまいにしよう」

モンティだ。

デヴォンははっと息をのんだ。

「どうせ、おれたちを逃がすつもりはないんだろ。というか、できないもんな」モンティの声がさっきよりも明瞭になり、聞き取りやすくなった。携帯をくるんでいた毛布か何かがはぎ取られたような感じだ。「さっきのあんたが旦那に言ってた話は、全部くだらん嘘だ。やつを行かせるために頭をひねったんだよな。もちろん、おれたちを殺すのに、あんたは手を汚さない。それはルイスの仕事だ。まあいい、どっちにしろ、おれたちは死ぬんだ」

「ふん、何を言っても無駄よ。そこにいる女、おまえの前妻のせいで私の息子は死んだんだから」

いまの声はアン・ピアソンだ。

デヴォンは怯えた顔をブレイクに向けた。

「どうした？」ブレイクがすかさず聞いた。

彼女は答えなかった。その代わり、バッグに手を伸ばすと、小型レコーダーを引っ張り出した。続いて携帯をハンズフリー・キットにつなぎ、レコーダーをマイクに近づけ、録音ボタンを押した。

「その女の娘にも死んでもらう。当然の報いよ」アンがきっぱりと言い放った。「予定外の展開だけど、目には目を、と言うでしょう」

「メレディスは関係ない」

デヴォンは唇を噛み、泣きそうになるのをこらえた。いまのはお母さんだ。

「その子は何も知らないの」サリーが震える声で言った。「逃がしてやって」

「その可能性は、もうないわね」

「信じられない」状況を理解したブレイクが呟いた。

デヴォンはすかさず手を伸ばし、こちらの声が聞こえないように受話器の送話口を手で押さえた。

「本当は上の娘を捕まえるつもりだったのよ」アンがきっぱりと言った。「しばらく捕まえておいて、用が済んだら解放してやる、危害を加えずにね。警告のつもりだった」

「警告?」モンティが繰り返した。

「ブレイクに近寄らせないためよ。あの小娘がうちの家族の一員? そんなこと、絶対に許さない。脅して追い払おうとしたけれど、うまくいかなかった。ブレイクの腕にへばりついて離れようとしない。おぞましい蛭のようにね。しかも、自分に関係のないことをうるさく嗅ぎ回っている。でも、それもこれももうおしまいよ。あの小娘、明日からは悲しみに暮れて生きることになる。もちろん、慰めるのはブレイクじゃない。それは私が断じて許さない」

ブレイクは助手席を見やった。目が合った。二人とも最悪の面持ちだった。

「その、デヴォンと関係がないっていう話を聞かせてくれ」モンティだ。アンから情報を引き出そうとしているのだ。「ローレンス・ビスタがあんたの旦那のためにやっていること、あれはなんなんだ? 秘密を守るのにえらく熱心のようだが、そんなに大事なことなのか？」

「別に秘密を守りたいわけじゃない」アンがぴしゃりと言い返した。「家族を守りたいだけよ。あれには家族の未来がかかっているの」

「ジェームズとエドワードのか？」

「そう。ドクター・ビスタは遺伝子治療の研究をしている。一流の騎手と馬を無敵にできる方法を編み出したのよ。ドーピング検査にも引っかからない方法をね。まあ、こんなに簡単な言い方では、ビスタがどんなにすごいことをしているのか、説明しきれていないけれど。私は科学者ではないから、仕方ないわね」

「それで、その天才学者のビスタは人間をモルモットにして実験の精度を高めていると」とモンティ。「で、エドワードはそいつを使って北京オリンピックの表彰台まで行こうというわけか。なるほどな、不法移民のことも、どうして秘密にしたがってたのかも、これで説明がつく」

「エドワードとジェームズは、この時が来るのをずっと待っていたのよ」アンの声に苦々しさが感じられた。「なのに、あと少しで夢が叶うというところで、おまえの前妻が邪魔してきた。エドワードはそこの女を甘く見すぎていた。ビスタの実験の証拠を毎朝見られていたうえに、厩舎で口論まで聞かれた。厄介だから、始末する必要があったのよ。さっさとね」

「サンライズの脚のけがね」サリーが声を上げた。

「そういうこと」アンはサリーに言った。「この手のことは、うちの主人よりも私のほうが、頭が回るのよ。単純なあの人と違って、私には最初からわかっていた。おまえは金で動くタイプじゃない。もちろん、指をくわえてじっと見ているつもりはなかった。エドワードの夢と希望、そしてあの人の人生そのものが、ジェームズの未来と一緒に壊れてしまうかもしれないのに。黙って見ているなんて、できるわけがないでしょう」

「サンライズのけがは、注射の痕だったのね」とサリー。「もっと早く気づけばよかった」

「おまえの娘は気づいたわよ。獣医の知識と、いやらしいほどしつこい性格のおかげでね。あの小娘にこれ以上、好き勝手なことをさせるわけにはいかなかった。だからルイスに拉致させることにしたのよ。ビスタが研究を終えて国外に出るまで、捕まえておくつもりだった。その後は何を嗅ぎ回られても、関係なくなるからね。なのに、扉を開けたのは下の娘だった。ルイスはデヴォンと勘違いして、捕まえてきた。私もついさっき知ったのよ。逃がしてやろうと思っていたところに、モンゴメリー、おまえとその女が現れたというわけよ」

「だったらその子を放して」サリーが訴えた。

「そうはいかないわ」アンは淀みなく言った。「もう、こいつも知りすぎた。おまえたちと一緒に死んでもらう。この娘はおまえたちのせいで死ぬのよ。その罪の意識をたっぷりと感じなさい。私と同じ思いを味わわせてやる」

　サリーはいまにも泣きだしそうだった。

「よく考えたな」モンティが冷静に言った。「ただ、どうやっておれたちを殺《や》るつもりだ？　自殺に見せかけるあんたの腕がプロ級だってのは知ってる。だけど、三重自殺だぞ？　今度ばかりは、さすがに警察もごまかされんだろ。となれば、おまえがローズにやったことにも、もう一度捜査の手が入る。しかも今回は徹底的にだ。今週だけで、ピアソン家絡みの自殺が山ほど起きるわけだからな。で、警察はまずどこから調べると思う？　あんたの家族だよ。ローズはもう死んじまったから、あいつに罪を被せるわけにもいかない。どうするつもりだ？」

「すぐにわかるわよ」くぐもった声がした。「ルイス、バヤ・アデランテ。ウティリセ・エル・クロロホルム」

いいわ。**クロロホルム**を使いなさい。

デヴォンが通訳しなくとも、これはブレイクにもわかった。

「どうやら、私のことを見くびっているようね」アンがモンティに言った。背後で、ごそごそという音が聞こえる。ルイスが命令を遂行する準備をしているのだろう。「私は頭が切れるし、タフなのよ。家族を守るためなら、なんだってする。うちの主人なんて目じゃないわ。後でどうなろうと、何も怖くない。この年の女の刑務所暮らし？　たいしたことはないわ。第一、刑務所に入れられるはずがない。私には莫大な富と高齢という味方がついている。もちろん、優秀な弁護士も雇う。その二つを最大限に利用できる人をね。それで判事と陪審員の感情に訴えるのよ。ほら、そんなに緊張しなくてもいいのよ。リラックスしたほうが、楽に済むわ」

「二人を放して！」恐怖に震える若い女の声がした。

メレディス。デヴォンは思わず妹の名を口にした。

「メレディス、じっとしてろ」モンティの声がナイフのように響いた。「抵抗するんじゃない」

一瞬の沈黙。デヴォンは我知らず祈っていた。妹が父の言うことを聞いてくれるようにと。お願い、いまこそモンティを信じて。

「賢い子だこと」アンの言葉は、メレディスがそうしてくれたことを伝えていた。

デヴォンはほっとため息をついた。目の隅で、ブレイクが自分の携帯に手を伸ばしたのが見える。彼は手振りで示した。警察に電話をかけるのだ。

「警察の仕事をわざわざ楽にするだけだぞ」モンティが言った。「旦那のオフィスに死体が三つだ。謎もへったくれもあったもんじゃないだろ」

「ばかね。ここで殺すわけがないでしょう」

「ほお？　だったら気を失う前に、どこで死ぬのか教えて欲しいものだね。それとも、殺す直前に起こすつもりか？」

デヴォンは手を伸ばし、ブレイクの腕をつかんだ。「待って」モンティが何をしようとしているのか、デヴォンは気がついた。アンを焚きつけて、どこに助けを送ったらいいか、デヴォンに教えようとしているのだ。

「意識がないまま死んだほうが楽でしょう」アンは冷たく言った。「クロロホルムは私のお情けよ。死の苦しみを長く味わわせたいとは思っていない。ただ、おまえたち三人に消えて欲しいだけよ。さあ、もうお別れね。ルイスがおまえたちをクローヴ・マウンテンまで連れていく、おまえの車でね。冬の間、通行止めの区間があるの。深い森の中で、道は相当に曲がりくねっているわ。後は想像できるでしょう?」

「賢いな」モンティは感心したように言った。「その頃にはもう暗くなっている。辺りに人気はない。おまけに天気まで味方につけたか。雪が積もってるから、路面はかなり滑るはずだ。鋪装されていない、急カーブは特にな。あんたの言うとおりだ。おれはどうも、あんたを甘く見すぎていたらしい」

「いいわ」デヴォンが小声でブレイクに言った。「警察にかけて。保安官に伝えるの。州警察に連絡して、近くにいるパトカーを至急ウェスト・クローヴ・マウンテン・ロードに遣るようにと。森の中の鋪装していない区間の、冬の間は通行止めになる所に直行してって。それでわかると思う。三重殺人事件を止めようとしてると言って」

言われるより早く、ブレイクは九一一を押していた。

デヴォンはピアソン家の資料を急いでめくり、紙を一枚抜いた。「それとブレイク?」彼女は小声で言い足した。「ビスタも捕まえるように言って。じゃないとあいつ、証拠と一緒に逃げるから」彼女は手元の紙に目を落とした。「ビスタの車のナンバーはニューヨーク。番号はXVM－L」

彼女は目を閉じ、携帯から聞こえてくるがさがさという音に顔をしかめた。それが何を意味するのか、なんとなく察しがついたからだ。アン・ピアソンの冷たい声が彼女の不安を確信に変えた。「おやすみなさい、探偵さん」

30

空はすでに暗くなり、雪は激しさを増している。ブレイクのジャガーはスリップを繰り返しながら、タコニック・パークウェイを飛ばした。路面の状態は最悪で、視界も同じくひどい。他の車はどれものろのろ運転だ。

デヴォンは爪が手のひらに食い込むほど強く拳を握りしめ、真っ直ぐ前を見据えていた。家族の安否のことで頭がいっぱいで、さっきから押し黙ったままだ。ブレイクは命綱につかまっているかのごとくにハンドルを握りしめ、一刻も早く目的地に着くことだけに全神経を集中させている。

「SUVを買っておけばよかった。そうすればもう少し速く走れたのに」ブレイクが呟いた。

「もうすぐ五五号線よ」デヴォンができるだけ冷静に言った。「イーストの出口で下りて」大きく唾をのむ。顔はいまにも泣き崩れそうだ。「ねえ、どうして保安官は何も言ってこないの？　警察は何をもたもたしてるのよ？」

「この天気だ、仕方がないだろう。でも、それはルイスも同じだ」ブレイクはウィンカーを出し、減速しながら右端の車線に移動した。「もうすぐだ、絶対に追いついてやる」

「急いで」車が出口に向かう中、デヴォンは窓の外を見つめ、眉を寄せた。「みんながわたしを待ってるの。モンティは危険を冒してまで電話をくれたのよ」

「きみのこと、本当に信用しているんだね」

「期待に応えられるといいんだけど」

「もう応えてるじゃないか」

「わたしへの電話が、モンティの最後の手段だったのよ。文字どおり、両手がふさがっていたから。少しでも何かしようとしたら、メレディスは撃ち殺されていたと思う。でも、ああっ、どうしよう。もしも間に合わなかったら。もし――」彼女は激しく首を振った。「やっぱり嫌っ。行きたくない」

「大丈夫、絶対に間に合うから。もうすぐクローヴ・マウンテンだ」ブレイクは合流に備えて速度をさらに落とした。五五号線は一面が雪に覆われている。数少ない車はどれもひどいスリップを繰り返している。

側道に入ると、状況はさらに悪化した。

一台、また一台と車が減り、間もなく他の車の姿は見えなくなった。

ウェスト・クローヴ・マウンテン・ロードが右手に伸びている。

ブレイクはハンドルを切り、車を乗り入れた。

そこはもはや道路とは言えなかった。見渡す限り雪に覆われ、タイヤ痕は一つもない。目的地はさらに山の奥。死の落とし穴が口を開けて待ちかまえている。

でも、勝負しなければ。そして勝つのだ。

「通行止めのコーンがある」デヴォンが声を上げて指した。「見える？」

「ああ、なんとか」ブレイクは激しさを増す雪に向かって、目を凝らした。

「ほら、あれ。向こうにタイヤ痕がある」デヴォンは真っ白な地面に伸びる黒っぽい二本の線を指した。「誰かが通ったんだ。たぶんルイスよ。まだ保安官からは連絡がないから」彼女は険しい顔でシートベルトを締め直し、この先の激しい揺れに備えた。「急いで」

ブレイクはアクセルを踏み込み、コーンを跳ね飛ばして通行止め区間に入った。コーンはあっという間に谷底に落ちていった。

道路は完全に雪に埋まっている。両側は深い森で、枝が道に覆い被さっている。そのせいで、ただでさえ悪い視界がほぼゼロの状態だ。デヴォンの右手は切り立った崖で、うっそうと茂る木々の向こうは底なしの谷だ。

デヴォンは視線を前方に集中し、何か動くものが見えないか、目を凝らして探した。間に合わなかったという可能性だけは、考えないようにした。

「前のほうに赤い光が見える」ブレイクはそう言うと、身を乗り出した。「二つある。テールランプだ」

「ほんとだ、見えるわ」デヴォンはダッシュボードを握りしめた。心臓が早鐘を打っている。

「絶対に車よ」

ブレイクがヘッドライトを消した。「ルイスにばれないためさ」

「スピードは落とさないで。間違いなくモンティの車よ。停まってる。ルイスのやつ、谷底に落とそうとしてるのよ」

「やらせるか」ブレイクはシフトを落とし、アクセルを踏んでスピードを上げた。ジャガーはテールを激しく振りながらも、ブレイクの命令に従い、カローラに向かって突き進んだ。

「見えた、あいつよ」デヴォンが呟いた。がっしりとした体格の男がモンティのカローラの横に立ち、運転席に上半身を突っ込んでいる。

音に気づいたルイスが振り向き、慌てて飛び退いた。そこにジャガーが突っ込み、開いていたカローラのドアを跳ね飛ばしてルイスに雪を浴びせかけた。

デヴォンは必死の思いでカローラの中を見つめた。よくわからないが、人間が三人見える。モンティだ、ハンドルに突っ伏している。母だ、その横で意識を失ったまま丸まっている。メレディスは後部座席で伸びていた。

不安に、デヴォンの胸の奥が締めつけられた。

ブレイクがブレーキを思いきり踏み、急ハンドルを切った。ジャガーは滑りながらカローラの前をふさぐように、斜めに停まった。前輪は路肩ぎりぎりで、すぐ目の前は崖だった。

デヴォンはジャガーが停まりきる前に飛び出した。逃げようとするルイスを追いかけ、後ろから捕まえると、振り向かせて、急所に膝蹴りを食らわせた。

ルイスは苦悶の表情を浮かべて倒れ、スペイン語で罵りながら、雪の上で身体をくの字に折った。

ブレイクはカローラに急いだ。まずはモンティの身体の先に手を伸ばし、サイドブレーキを引く。モンティを引きずり出しているところに、デヴォンが走ってきて手を貸した。力を合わせてモンティを安全な場所まで連れていくと、二人は車に駆け戻った。ブレイクは助手席に回ってサリーを抱え、デヴォンは後部座席のドアを開けてメレディスを引きずり出した。

妹を奥の雪だまりに横たわる両親の横に寝かせようとした時に、サイレンの音が聞こえてきた。ウェスト・クローヴ・マウンテン・ロードの両方向から、複数のパトカーが現れ、スリップしながら次々と停まった。

ルイスはよろよろとした足取りで逃げていたが、観念して両手を挙げた。パトカーから保安官が二人、勢いよく飛び出すと、銃を掲げ、ルイスに動くなと命じた。続いて彼のもとに駆け寄ると、両手を取って後ろに回し、手錠をかけた。

「他に加害者は？」保安官の一人がデヴォンに声をかけた。

「いえ、その人だけです」

「他は大丈夫か？」

「ええ……だと思います」デヴォンはゆっくり立ち上がりながら、全身ががたがた震えていることに気づいた。寒さだけではない、不安と恐怖のせいもある。「ただ、家族の意識がないんです。救急車は？」

「呼んである。いま、向かっているところだ」

「要らんよ」しわがれた声が背後から聞こえた。

デヴォンは嬉しさに目を潤ませた。

モンティ。

彼女は振り向いた。安堵感が大きな波のように全身に広がる。モンティはふらつきながらも上半身を起こし、周りを見回すと、デヴォンに向かって苦笑いを浮かべた。「よお、パートナー。ぼさっと突っ立ってないで、このいまいましいロープを切ってくれ」

デヴォンは涙をこらえて言った。「はい、ボス」

「ぼくが」ブレイクはポケットナイフを取り出すと、モンティの後ろに回り、しゃがんでロープを切った。「さあ、いいですよ」

「助かった」モンティは手首をさすりながら、サリーのほうを向いた。ちょうど意識を取り戻そうとしていた。

ブレイクはサリーのロープも切り、身体を起こしてやった。

「終わったよ、ハニー」モンティは両手を伸ばしてサリーの顔をそっと包み、頰を優しく撫でた。「もう大丈夫だ。三人とも無事だよ」

サリーがまつげをぴくぴく動かし、目を開いた。「ピート？」ぼんやりとした声で言うと、目をしばたたいた。自分がどこにいるのかわからない様子だ。「メレディスは？　どこ？」

「おまえのすぐ横だ」

「横って──ここ、どこなの？」

「安全な場所さ」彼は腕を水平にぐるりと回した。「自分で確かめてみろよ」

彼女はうなずくと、周囲を見渡し、降りしきる雪とそのむこうに広がる景色を見つめた。長女の姿を認めた瞬間、彼女の瞳がさまざまな感情に染まった。デヴォンは母のすぐ後ろに立って、顔を覗き込んでいた。「デヴォン――よかった」

「おかえり、お母さん」デヴォンは膝をつき、母を抱きしめた。涙がとめどなくあふれ出てくる。「無事で本当によかった。それと、みんなでまたこうして一緒になれて」

「わたしもよ」サリーはしばらく娘をしっかりと抱きしめていたが、ふと何かに気づき、身体を固くしてデヴォンから離れ、不安な表情を浮かべた。「ピート、どうしてメレディスは起きないの？」

「こいつは今日、もう二回目だからな」モンティはそう言うと、雪の上を這って娘のそばに行った。「クロロホルムを吸った量が、おれたちよりもずっと多い。もう少し待とう。大丈夫、強い子だよ。なあ、そうだろう？」彼はメレディスの背中の下に腕を差し入れ、ゆっくりと上半身を起こしてやった。ブレイクがすかさず彼女の後ろに回り、手首のロープを切った。「よし、いいぞ」モンティは囁くと、彼女の顔をそっとたたいた。「おーい、メレディス。起きろ」彼は手で雪をすくうと、それを彼女の頬とおでこに落とした。

これが効いた。

むにゃむにゃと嫌そうな声を出し、メレディスは顔を背け、雪をよけようとした。

「こらこら」モンティは彼女の顔を手で追いかけながら言った。「冷たいのが嫌なのかな？

じゃあ、そのきれいな目を開けてごらん」

　眉をひそめ、メレディスは言われたとおりにした。眉間に皺を寄せ、父の顔を見上げる。「なんでわたしにばっかり雪玉を投げてくるの」

　モンティはほっとした笑みを浮かべた。「子供の頃の夢でも見てたんだな。ほら、ちゃんと座るんだ。そうしたら、もう投げないから」

　メレディスが上半身を起こし、手首の痛みに顔をしかめた。「なんなの？」彼女は手首をさすりながら呟いた。「あっ」何があったのかを思い出した途端、目が大きく見開かれ、恐怖が顔中に広がった。

「もう終わったのよ」デヴォンは腕を伸ばし、妹の顔にかかる髪を払ってやった。「悪いやつはいなくなった。助かったのよ。お母さんとお父さんも」

「お母さん？　大丈夫なの？」

「ええ、とっても元気よ」サリーは手を伸ばし、メレディスの腕をしっかりと握りしめ、それから立ち上がった。

「ここは？　どこなの？」メレディスは辺りを見回した。

「雪だまりの中よ」デヴォンが言った。「でも長居は無用。さあ、家に帰りましょう」彼女はメレディスに手を貸して立ち上がらせた。

　モンティは一番近くにいた保安官のところに行き、指示を与えていた。それが終わると、彼は家族のもとに戻り、一人ひとりの顔を見渡して全員の無事をもう一度確認した。

「おまえの家に行こう」彼はサリーに言った。「服を着替えて温かいものを食べながら、警察に事情を話せる。ピアソンのファームにはもう、パトカーが二台向かっている。大丈夫、誰も逃げられないさ。この雪だからな」

「ビスタもね」デヴォンが言い添えた。「車のナンバーをブレイクが伝えたの。もうベスト・ウェスタンにパトカーが行ってるわ」

モンティが顔をしかめた。「証拠が揃っているといいんだが」

「揃うわ」デヴォンは小型レコーダーを掲げた。「証拠になる会話の録音があるって、ブレイクが通報したから――モンティとアン・ピアソンのね。それと、モンティが持っているファイルの中に、エドワードがビスタに違法なお金を払っていたことを示す資料もある。トレーラーの捜査令状をもらうのには、十分すぎるでしょ。警察があそこに踏み込んだら最後、ビスタは一巻の終わりよ」

モンティの瞳が誇らしげに輝いた。「よくやった」

デヴォンが口元に笑みを浮かべた。「ご存じのとおり、最高の先生に習ったからね」続いて、ブレイクに向き直った。「それに、彼に助けてもらったし」

「だな。なかなかの仕事ぶりだ」モンティはブレイクに大きくうなずいた。「前に話したテストのこと、覚えてるか？　終了だ。見事合格だよ」

ブレイクが弱々しい笑みを浮かべた。「ありがとうございます。ただ、違う状況で合格したのなら、もっと嬉しかったんですけどね。こんなふうじゃなくて」

「まったくな」モンティがふうと息を吐き、ブレイクに手を貸してくれと身振りで伝えた。「おれの車を押して道に戻すから、手伝ってくれ。もう行くが、おまえはどうする？　一緒にサリーの家に来てもいいし、ファームに行ってもいい。おまえ次第だ」

「一緒に行きます」ブレイクは迷わなかった。「まずは、警察に事情を話します。家族に会うのは、それからでも遅くありません。車から電話をかけて、ドクター・リチャーズが祖父の診察に来ているかどうか確認します。それと、ルイーズにも連絡を入れます。法的な相談が山ほどありますから。会社の役員としても、ピアソン家の一員としても。今回の事件は、両方が絡み合っています。祖父は社の資金をビスタとパターソンの海外口座に振り込んでいた。金は祖母が雇ったウルグアイの悪党のところにも大量に流れていた。州警察だけじゃない、連邦当局も一斉に捜査に乗り出してくるでしょう」

「ああ、それは避けようがないだろうな」モンティも認めた。「これから忙しくなるぞ。まあ、おまえの家族はタフだ、会社もな。大丈夫、どっちも生き残るさ」

「ええ、そう信じています」

「それと、ルイーズのことなんだが」モンティが思案顔で言い添えた。「二人だけで、話したいことがある」

「どんな？」

「後でな。おまえにはいま、優秀な弁護士が要る。あいつは腕が立つ」

「わかりました」ブレイクはモンティの目を見つめた。「ぼくのこと、頭がおかしいと思っているんでしょうね。あんなことをしたのに、まだ祖父母を気にかけていると」

「そんなことはない。おまえはやるべきことをしている、と思ってるよ。おまえの家族だからな」

「ほとんどは、いい人間なんです。真実を知ったら、みんなひどく動転すると思います。ぼくが彼らのそばにいてやらないと。会社のためにも」

「まずは家族のためだ」モンティの声が、珍しくうわずっていた。「家族をだめにした男が言ってるんだから、間違いないぞ。この世に、家族より大事なものはない。他のことは全部、ケーキの飾りみたいなものだ」

父の突然の告白に驚きながら、デヴォンは妹、続いて母の顔をうかがった。メレディスは笑みを浮かべ、モンティを尊敬と愛に満ちた表情で見つめている。つまり、周りに張りめぐらせていた壁を取り払ったということだ。母は見るからに感動していた。目を潤ませながら、前夫の言葉を噛みしめている。

デヴォンは自分でも気づかないうちに、人さし指と中指を組み、幸運を祈っていた。

咳払いをすると、モンティはカローラのほうに歩いていき、もげたドアに手を置いた。

「ブレイク、来てくれ。こいつをトランクに放り込んで、おれの愛車を生き返らせよう」

カローラを押して向きを変え、エンジンをかけるのに、たいした時間はかからなかった。

モンティはワイパーでフロントガラスの雪を落とし、ヒーターを入れた。ドアは一枚ないが、家族のためにできるだけ室内を暖めてやりたいのだ。準備が整うと、いったん降り、車に向かって満足げにうなずいた。「よし、いいぞ。ほぼ元どおりだ」

すかさずデヴォンが言った。「ねえ、モンティ。そろそろ新しいのを買ってもいい頃だと思うけど」

「なんでだよ？」彼はボンネットをぽんぽんとたたいた。「こいつはまだまだいける。ばっちり直してやるさ、新品同様にな。いや、新品以上かもしれんぞ。ブレイクの保険屋に、しっかりと面倒を見てもらうからな」自分の冗談にくっくっと笑いながら、モンティは家族を手招きした。「準備オーケーだ。さあ行くぞ」

デヴォンは立ち上がったが、その場を動かず、母と妹が乗り込む様子を見つめていた。

「モンティ？」彼女は思いきって言った。

彼が振り向いた。問いたげに眉を上げている。

「わたし、ブレイクの車に乗るわ」

モンティは一瞬迷ったが、ゆっくりとうなずいた。「そうか。じゃあそうしろ」彼が軽く敬礼のまねをすると、雪片がきらきらと宙を舞った。「後でな」

デヴォンは車に乗り込む父を見つめていた。父は口元に笑みを湛えていた。「ねえ、知ってる？」彼女はブレイクに囁いた。「もうあなた、ただのドライブのお伴じゃなくなったと思うんだけど」

ブレイクは身をかがめ、彼女の唇に自分の唇を合わせた。「みたいだね」

31

　警察は一人ずつ順番に事情聴取を行い、詳細を一つひとつ確認した。続いてデヴォンの録音を聴き、テープをポケットにしまった。逮捕するのに十分すぎる証拠を手にし、彼らは別れの挨拶をして玄関に向かった。

「待ってくれ」モンティが玄関口で彼らを引き留めた。ブレイクはジャケットのファスナーを上げ、警察と共に外に出る寸前だった。

　若いほうの保安官、トンプキンズがモンティに振り向いた。「先ほど、ピアソンのファームにいる保安官に連絡を入れました。ドクター・ビスタはすでに連行しています。この天候ですし、事件は複数の管轄にまたがっていますから、容疑者を全員、ファームに置いておくことが妥当と思われます。これからそこへ向かい、容疑者を逮捕します」

「ああ」モンティはコートをつかんだ。「おれも一緒に行こう」

「わたしも」デヴォンがキッチンで声を上げた。食べていたスープのボウルを押しやると、慌てて立ち上がった。

　玄関口に出てきた彼女を見て、ブレイクが眉をひそめた。「本気なのか？　ぼくは行かなくちゃならないけど、きみはいいんだよ」

「本気よ。あなたのために行きたいの。それと、わたしのためにも」そう言うと、デヴォンは彼の腕にそっと手を置いた。

彼はうなずき、何も言わずにデヴォンの手を握った。

モンティは皆に少し待ってくれと言い、キッチンに顔を出すと、食事をしているサリーとメレディスに伝えた。「ちょっと行ってくる」

サリーはサンドイッチを食べる手を止めた。「わたしたちも行く？」

「いや」彼はきっぱりと言った。「おまえとメレディスは残れ。そのスープとサンドイッチ、残さないで全部食べろよ。終わったら、風呂にゆっくり入るんだぞ。それと、レーンに電話してくれ。状況を知らせるんだ、みんな無事だとな」

「わかった」サリーは前夫の目をしっかりと見据えた。「遅くなる？」

「いや」彼はウィンクをしてみせた。「おまえが気づかないうちに戻ってるさ」


ピアソン・ファームは一面、雪に覆われていた。普段なら、息をのむ冬景色に感動の一つも覚えるところだろう。

だが、今日は違う。

モンティはトラックをドライブウェイに入れた。玄関の近く、弧を描いている所に警察車両が一台停まっている。積もった雪の量から察するに、来たのは二時間前というところか。

家はやけに静かだが、廊下の奥から小さな声が聞こえる。全員リビングルームに集合しているのは確かなようだ。

ブレイクは保安官たちをそちらに案内した。

リビングルームの戸口の前で、彼らは立ち止まった。

中にいるのはエドワード、アン、ジェームズのピアソン家の三人。そしてドクター・ローレンス・ビスタと、デヴォンの知らない男性が一人。エドワードの主治医ドクター・リチャーズに違いない。

「ルイーズがまだだ」ブレイクが部屋を見回しながら呟いた。

「きっと、もうすぐよ」デヴォンが言った。「あなたが電話してから、まだ一時間ちょっとでしょ。街からここに一番近い駅まで、たっぷり一時間はかかる。ちょうどラッシュの時間だし、この雪よ。仕方ないわ」

弁護士と医師、と彼女は小さく呟いた。間違いない、いまのエドワードにはどちらも要る。

エドワードはソファに腰を下ろしていた。水の入ったグラスを握る手は小刻みに震えている。少しぼんやりしているようだ。鎮静剤か何かを打たれたのかもしれない。腕には血圧計のカフが巻かれている。ドクター・リチャーズがすぐ右側に立っており、カフに空気を送りながら、エドワードの胸に聴診器を当てている。

アンは夫と同じソファに座っていた。両手をきちんと揃えて腿の上に置き、いつもの氷のごとく冷たい視線を真っ直ぐ前に向けている。彼女の向かいにいるジェームズは、椅子の上で頭を抱えていた。ビスタは奥の椅子に腰掛け、唇を固く結んでいる。何も喋らないと心に決めているかのようだ。

　保安官が二人いて、メモを取っている。ピアソン家の人々を脅かして喋らせようとしているようだが、取調べが滞っているのは雰囲気でわかった。

「ブレイク」エドワードが顔を上げた。孫息子を目にして、一瞬、目に希望の光を浮かべたが、デヴォンとモンティを伴っていることに気づくとすぐ、新たな不安に顔を曇らせた。

「おまえまで、この魔女狩りに加担しているのか」

　ブレイクは何も答えず、ドクター・リチャーズを見やった。「祖父の容体は？」

「いまは安定しています」リチャーズは聴診器を耳から外した。「先ほどまでは、胸の痛みと身体のだるさがあったようですが、当然でしょう。これほどのストレスにさらされたわけですから。弱い鎮静剤を打ちました。それである程度は落ち着いたようですが、まだ安心はできません。今後も心音に注意しておきます。興奮は禁物ですよ」

　ブレイクにはリチャーズの警告の意味が痛いほどわかった。

「わかりました。ただ、それは難しいかもしれません。この状況ですから」彼はきっぱりと言った。もっと何か言いたそうだったが、思い直して唇を結んだ。自分を抑えているのだろう、顎の筋肉がぴくぴくと動くのが見える。

　トンプキンズ保安官代理が咳払いをしながらリビングルームに入り、ソファに近づいてきた。「アン・ピアソンだな。フレデリック・ピアソン殺害、フィリップ・ローズ殺害、およびピート、サリー、メレディス・モンゴメリー殺人未遂容疑で逮捕する。おまえには黙秘権がある。供述は法廷で不利な証拠として用いられることがある。おまえには――」

「弁護士の立ち会いを求める権利がある」アンは彼の言葉を継ぐと、顔を上げ、きっと睨んだ。「ええ、知っているわ、保安官さん。そこのお二人にも伝えましたけれど、私の弁護士がもうじき参ります。彼女が来るまで、私は何も申しません」

「だろうな」モンティがリビングルームに入ってきて言った。「どうだい、みんなでゆっくりとミズ・チェンバーズを待とうじゃないか」彼はくるりと振り向き、先に来ていた保安官の一人に探偵免許を見せた。「ピート・モンゴメリー、私立探偵だ」

紹介を受けた保安官が尊敬の眼差しを向けた。「モンゴメリーさん。お話はうかがっています。申し遅れました、カーニー保安官代理です」

「カーニー」モンティがうなずいた。「取調べの状況は聞くまでもないようだな」

「はい、おっしゃるとおりです。ミズ・チェンバーズから電話があり、彼女が到着するまで、一切の取調べを控えるようにと言われています」

「なるほど。ただ、ミズ・チェンバーズには知らないことがある。それを知ったら、彼女も黙秘がクライアントのためにならんとわかるだろう。こっちには目撃者が三人と、録音テープがある。そこに何もかも記録されている。ルイスがおれたちを谷底に突き落とそうとする前の会話がな」

「録音テープだって?」ビスタが思わず声を上げた。目を見開いている。彼は慌ててエドワードのほうを向いた。「テープのことなんて、何も言わなかったじゃないですか」

「黙れ」エドワードはぴしゃりと言ったが、モンティの発言に動揺しているのは明らかだ。彼はモンティを睨みつけた。動物が敵の実力を測っているような目だ。「嘘だな。テープなどない」

「いえ、おじいさん。あるんです」ブレイクが口を挟んだ。その声に勝ち誇ったような響きはない。あるのは痛みに満ちた諦めの思いだけだ。「間違いありません。デヴォンが録ったんです。両手を縛られていましたが、モンゴメリーさんは〈短縮ダイヤル〉を押して、彼女の携帯にかけてきた。ぼくも彼女の横で聞いていました。おじいさんのオフィスで行われていたことを、すべて。もう警察も聞いています。テープは少し前に、警察に渡しました」

ブレイクの発言が嘘ではないと証明するように、トンプキンズはテープを出して掲げた。

エドワードは一瞬、鈍器で殴られたかのような顔をした。全身を強ばらせ、目を固く閉じる。開いた時には、信じられないと言わんばかりの表情を浮かべていた。「ブレイク」その言葉には、裏切り者に対する非難の念がこもっていた。「これは家族の問題なんだぞ。私。おばあさん。いとこ。おまえ、自分のしていることがわかってるのか?」

「ぼくだって、つらいんです」ブレイクは顎を硬くしたが、視線はそらさなかった。「でも、おじいさんたちがしたことは許せませんし、かばうつもりもありません。ぼくにできるのは残りの家族を守ること、それだけです。ぼくにはその責任がありますから」

祖父と孫が睨みあった。

「ちょっと待ってください」ビスタが割って入った。顔に冷や汗をかき、ハンカチで何度も拭っている。「もしそのテープにわたしを罪に問う発言が入っているのなら、わたしにも聞く権利がある」

「もっともな意見のようだが」モンティは唇を結び、しばらく考えてから言った。「この件に関しては、そうもいかん。なんと言っても、連続殺人だからな。しかし、弁護士がいないと何も喋れないとは、かわいそうにな。もっとも、ルイーズ・チェンバーズがおたくの弁護士かどうかは知らんがね。あんた、彼女が弁護してくれると本気で思ってるのか？　どうだろうな、怪しいもんだね。彼女、相当忙しくなるし、ほら、あいつは会社の弁護士だ。まあ、わざわざおれに言われるまでもないだろうがな」

「おいモンゴメリー、くだらん言い草はやめろ」エドワードが噛みついた。「不安を煽っても無駄だ。ビスタは何も喋らん」

「どうですかね。それはドクターがご自分で決めることでしょう」モンティはエドワードを一蹴し、ビスタから一瞬たりとも目をそらさずに続けた。「それと、ドクター・ビスタ。ピアソン家の弁護士にばかり頼っていないで、ほかに刑事裁判を任せられる弁護士を雇ったほうがいい。きっと必要になる。ピアソン家の皆さんが、全米一腕の立つ、刑事裁判専門の弁護士を雇った後は、特にな。あんた、ぼやぼやしてると、黒幕に仕立てられるぞ。で、ピアソンの方々はいやいや手を貸した共犯者、というわけだ。まあ、あんたがそれでいいのなら、こっちは別に構わないがね」

エドワードはモンティに人さし指を突きつけて怒鳴った。「嘘をつくな。ビスタ、こいつの言うことなど、信じるんじゃない」

「ご自由に」モンティは仕方がない、というように眉をつり上げた。「そんなに知りたいなら、教えてやろう。証拠はテープに残っているミセス・ピアソンの発言と、警察がおたくのトレーラーで見つけるであろう皮膚細胞のサンプルと関係資料。ドクター・ビスタ、あんたは間違いなく起訴される、それもかなりの数の訴因で。誘拐に殺人未遂、二件の殺人でも。それがあんたの運命だ、このままいくとな」

ビスタは勢いよく立ち上がった。顔から血の気が引いている。「どうしてわかった……どうやってトレーラーに？」

「この男が何を見つけたにしろ、どれも証拠としては認められないわよ」アンが割って入り、モンティに刺すような鋭い眼差しを向けた。「おまえは捜査令状を取らずに入った。つまり住居侵入罪。ローレンス、だまされないで」

モンティは眉を上げ、とぼけた顔で言った。「あれ？　この目でそれを見たなんて、わたしは言いましたっけ？　それと令状の件ですが、もう出てますよ。こうして話している間にも、捜査員が中を洗っているはずです」彼はビスタに向き直って言った。「いいか、ローレンス・ビスタ、よく考えてみろ。ピアソンの連中がかわいいのは、自分の身内だけだ。あんたの代わりはいくらでも利くんだよ」

ビスタは乾いた唇を舐めた。「喋ると言ったら、何か交換条件を出してくれるのか」

「それは当局の方々次第だな」とモンティ。「ただ、試してみる価値はある」

「わたしもそう思う」カーニー保安官代理が言った。「わたしにできることはしよう」

「いいねえ」モンティは、よし決まりだ、という手振りをした。

「ビスタ、おまえ本気なのか？」エドワードが強い口調で言った。

それを完全に無視し、ビスタはモンティに向かって身を乗り出して続けた。「それで、これからどうするんだ？」

「あんたとカーニー保安官代理、おれの三人でミスター・ピアソンのオフィスに行って、話をする。それと、うちの娘も同席する」モンティはデヴォンの断固とした視線を感じて言い添えた。「協力し合えるかどうか、そこで判断しよう」

「どうして彼女も？」

「医者だからな。医学的な話になるだろ？　通訳さ」

「いいだろう。よし行こう」ビスタはもう歩きだしていた。エドワードの文句には、一切耳を貸さずに。

デヴォンは行く前にブレイクを振り返り、穏やかな声で言った。「わたしも行きたいの。それに、モンティの言うとおり。医学的なことはわたしが一番よくわかるから。いいかしら？」

「ああ」ブレイクはうなずいた。「いいよ。ぼくはどちらにしろ、家族と話したいことがある」

彼の手を強く握ると、デヴォンは出ていった。

三人の後を追い、エドワードのオフィスに入った。部屋にはクロロホルムの臭いがまだ残っており、デヴォンは顔をしかめた。モンティが窓を開けてくれて助かった。吹雪いていようがなんだろうが関係ない。いまは新鮮な空気がありがたかった。

ビスタは机の前の椅子に腰を下ろした。残りの三人は立ったまま、机を囲んだ。カーニー保安官代理がモンティに任せると手振りで示した。

「前置きはなしだ。おまえ、不法移民を使って実験をしているな？」モンティがビスタに言った。「エドワードの馬でも実験をしている。いったい何をやってるんだ？」

ビスタは無言のまま、視線を落として床の木目を見つめていた。

「いずれにしろ、医師免許の剝奪は逃れられない」モンティがビスタの心を見透かして言った。「ただな、刑期が決まるのはこれからだ。おまえがどんな罪を犯して、どれだけ加担したのか。それ次第だぞ」

「殺人のことは知らない、無関係だ」ビスタが頭を上げた。怯えた目でモンティとカーニーの顔を交互に見つめた。「わたしは医師だ。科学者なんだ。殺人鬼じゃない」

モンティがうなずいた。「信じて欲しいなら、研究のことを話すんだな」

観念したような表情を浮かべると、ビスタは背を丸め、気持ちを支えるかのように両手で膝を握りしめた。「リスクは非常に低かった。それにリスクがなんであれ、被験者はそれを前もって知っていたんだ。全員、免責の書面に署名している。製薬会社が行う新薬の実験と変わらない。被験者がわたしの対照群というだけだ」

「その被験者はどこで見つけてきた？」

「ロベルトに頼んだ。ピアソンに雇われている馬丁だ。ポキプシーに住んでいる。あそこには大きなメキシコ人コミュニティがある。多くは不法移民で、仕事と金に飢えているんだ」

「で、あんたはその両方を提供した、と。たいしたもんだな」

「協力の報酬として金を払っただけだ」

「その協力について聞かせてもらおう。被験者にどんな薬を試したんだ？」

「薬じゃない。一般的な薬剤の試験とは違う。薬は検査に引っかかるからな。でも、遺伝子操作なら」

この発言に、デヴォンはぴんと来た。「遺伝子治療の実験！　あれはエドワードの馬だけじゃない、ジェームズのためでもあったのね」

「そのとおり」ビスタはデヴォンの反応に満足げだった。間違いない。彼はデヴォンのことを、この部屋の中で自分に一番近い存在と見なしている。自分の偉大な功績を認めてくれる唯一の人物だと。「遺伝子治療自体は、目新しいものじゃない。プロスポーツ界で利用するのも珍しくない。ただ、わたしの研究はそのはるかに先を行っている。特異性があるし、洗練の度合いも違う」

「それで？」デヴォンが胸の前で腕を組んだ。好奇心があるふりをするまでもなかった。

ビスタの口が急に滑らかになった。「馬と人間の皮膚細胞の遺伝子を操作し、それを再注入した。超一流の馬術騎手とチャンピオン馬に欠かせない資質を高めるためだ」彼は興奮した様子で、デヴォンのほうに身を乗り出した。「実験が成功すれば、最高の騎手と最高の馬が作れる。つまり、障害馬術に特化した遺伝子治療というわけだ」

「詳しく説明して」とデヴォン。

「まずは培養し、それから皮膚細胞を遺伝子操作する。続いて、その細胞を体内に再注入する。馬の細胞は飛節から、ヒトの細胞は終脳からだ」ビスタは自分の首の後ろを指した。

「これで、被験者双方に狙いどおりの改善が生じる。集中力の増加。脚の筋肉の強化。緊張の減少。そして触感の向上――騎手と馬の一体感が増すうえ、騎手が腿や膝を通じて指示を伝えやすくなる。その結果、サンライズのような優秀な馬であればストールン・サンダー並みのオリンピックで勝てる馬になれる。ジェームズのような超一流の騎手なら伝説のチャンピオンになれる」

「そして、ドーピング検査にも引っかからない」デヴォンが代わりに結論を言った。

「まさに」

モンティは小さく口笛を吹いた。「なるほどな。エドワードのやつ、どうりであんたに大金を払っていたわけだ――それも裏の口座から。それと、あの重装備のラボがエドワードの厩舎じゃなくてトレーラーにあったのにも、納得がいく。かわいい自分の身は守る、責任は全部あんたに押しつける、というわけだ」

ビスタの顔から誇らしげな表情が消え、恐怖が浮かんだ。「わたしは誰かに危害を加えたわけじゃない」

「かもしれん。だが、食うために必死の不法移民をモルモットにしたのは、医師としての倫理に反するだけじゃ済まんだろう。もちろん、法にも反している」モンティは思案げな顔で聞いた。「あんた、フレデリック殺しの計画にも関わったのか？　それともフィリップ・ローズの件だけか？」

「どちらも違う！」ビスタは声を荒らげ、モンティの撒いた餌に食いついた。「警察にここまで連れて来られて、初めて知ったんだ。わたしの研究があの殺人と関わっているなんて、思ってもみなかった。人命を奪うようなことには、何があっても絶対に関わらない」

モンティはこの機会を利用して、さらに突っ込んで聞いた。「そうか、それじゃあエドワードはどうだ？　かみさんの計画に最初から一枚嚙んでたのか？　それとも、後から加わったのか？　被害対策のために」

「わたしは何も聞いてない」

「だったら、ジェームズは？」

ビスタがため息をついた。「ジェームズが何を知らないのか、いや何を知りたくないのかは、見当もつかない。ただ、わたしがやっていた研究のことは知っている。それは確かだ。それ以上のことは、なんとも」

「本当か？」

「知らないと言ったら、知らないんだ」モンティの矢継ぎ早の攻撃と鋭い視線にさらされ、ビスタは汗を垂らしはじめた。「誓って言う。嘘はついていない」

モンティが口を開くより早く、ジェームズ・ピアソンが戸口に現れた。トンプキンズ保安官代理に付き添われている。ジェームズの顔はやつれ、普段はさらさらの髪も首もとに貼りついている。額には深い皺が寄り、顔色は蒼白だ。完全に打ちひしがれている。勝ち目のない戦いに臨み、敗れ去ったかのように。

「お話がしたいのですが」彼はぶしつけにモンティに言った。

「どうぞ。入れよ」モンティが手招きした。

「いえ、二人きりで」ジェームズが顎を強ばらせた。

モンティはどうしたものか考えながら、トンプキンズ保安官代理をちらりと見やった。「ミズ・チェンバーズが来るまで、まだ時間がある。このおぼっちゃんと少し話したいんだが、いいかな?」

〝おぼっちゃん〟という表現に、トンプキンズの口元が緩んだ。「いいでしょう。わたしは廊下で待っていますから」

「わたしはドクター・ビスタを連れて戻ります」カーニー保安官代理はそう言うと、ビスタに手振りで合図した。「リビングルームにいます」

デヴォンは三人が行くのを見ながら、そこに残っていた。

「おまえも行ってくれ」モンティが指示した。「ジェームズと一対一のほうが、話しやすい」

彼女はうなずくと、彼らの後を追って戸口に向かった。

通り過ぎざま、彼女はジェームズに腕をつかまれた。「デヴォン、ぼくは殺してない」必死の目をして、彼が訴えてきた。「それだけはわかってくれ」

「でしょうね。あなたは人殺しじゃない。ただの臆病者、犯罪者、そして甘やかされた自己中心的な最低男」

予想外の厳しい言葉に彼はひるみ、腕を放した。デヴォンはそのまま歩き去っていった。

「デヴォンは味方だと思ってたのか」二人きりになるのを待って、モンティが言った。「これでわかっただろ。あいつは強い女だ、特に家族のこととなるとな」

「よくわかりました」ジェームズは一つ大きく息を吐いた。「あの、ビスタが何を言ったのかは知りませんが、ぼくならもっと情報を提供できます。ただし、オフレコが条件です。警察も、録音も、メモもなしです」

「つまり、自分の発言を後で否定できるようにしたいと」

「当座は、イエスです。いま刑務所に入るわけにはいかない。そのためのベストな方法が見つかるまで、選択肢をすべて残しておくつもりです。それでよろしければ、お話ししますが」

モンティは胸の前で腕を組み、重々しい表情で言った。「聞こう」

ジェームズは椅子に腰を下ろした。「これからお話しすることは、ぼくもさっき知りました。この部屋で、祖母があなた方に銃を向けたのを目にした後で、初めて。ぼくもショックだったんです」

「だろうな」モンティがうなずいた。「それは信じよう」

探偵のこの発言にジェームズは安堵の表情を浮かべ、話を続けた。「ベッドルームに連れていくと、祖父は震えだしました。でも聞かないわけにはいきませんでしたから、問いつめたのですが、聞けば聞くほど胸が悪くなりました。ルサーン湖のキャビンの一件は、すべて祖母が仕組んだことだと言っていました。祖母はあなたの前の奥さんが厩舎で祖父とフレデリックの会話を耳にしたことを知り、大ごとになる前に彼女の口を封じたかった。それで、ビスタの被験者の一人である前科のある男を使って、サリーさんを殺すことにしたんです。でも、計画は思わぬ結果を招いた。フレデリックはたまたまその男と鉢合わせしてしまい、殺された。祖母はその男に五万ドルを払い、ウルグアイまでの片道の航空券をやると約束した。そいつはそのまま雲隠れするはずだった」

「じいさんはこの件に一切絡んでいない、と？」

「ええ。ですがそれも、祖母から聞くまでは、の話です。彼は祖母のことをいつも大切にしていて、何があってもかばってきた。今回もそうでした。祖父は必死になってサリーさんを捜した。白紙の小切手を渡して、すべてを丸く収めるつもりだったんです。そこでカルロスという男を雇った。電気系の仕事の経験があって、英語が話せる男です。祖父はそいつに金を払い、デヴォンを尾行させ、彼女の電話に盗聴器を仕掛けさせた。もしも母親から電話があったら、すぐにわかるように」

「でも、ばあさんは納得しなかった」

ジェームズが重々しい表情でうなずいた。「祖父のやり方では甘いと思ったんです。サリーさんが買収に応じるはずはないと。それに、デヴォンが嗅ぎ回っていることも心配だった。ブレイクがこの部屋で祖父に、デヴォンがどの程度知っているのかを話していた時、祖母は扉の前で盗み聞きしていたらしいんです。彼女はデヴォンがうろつくのをどうしてもやめさせたかった。それで例の警告の手紙を持っていかせた。余計なことに鼻を突っ込むなと。でも効きめがないとわかって、誘拐したんです」

「殺人未遂も」

「ええ、それもです」

「フィリップ・ローズの件は？」モンティがさらに突っ込んで聞いた。「ばあさんが一人で殺ったんだろ。銃を突きつけられている時に、そう聞いたが」

「知っています」ジェームズは首の後ろを揉んだ。「フィリップはたまたま、祖父が資金を使い込んでいたことを示す記録を見つけたんです。祖父がわいろを渡していた証拠です」

「祖父が？」モンティは疑り深そうに眉を上げた。

「いえ、わかりました、認めます。ぼくも関係しています」ジェームズは急に不安げな顔になり、自己弁護を始めた。「モンゴメリーさん、ぼくも清廉潔白だとは言いません。手を汚したことは、何度かあります。ドーピング検査の日程の件で、パターソンに金も渡しました」

「で、何人かの騎手にクスリを盛った」

「ええ、それもやりました。もっと知りたいですか？　あなたの目をそらすために、祖父と協力して偽のゆすりもでっち上げました。ビスタの研究についても、知っています。というか、あれに関しては大歓迎ですよ。当然でしょう？　ぼくの未来におおいに役に立ってくれるわけですから。まあそれはともかく、祖父との話を終えてオフィスに戻ったら、あなたたちが縛られていた。でも、ぼくはあれを見てもまだ、祖母があなた方三人を最後には逃がすと信じ込もうとしたんです。以上、これがぼくのやったことの一部始終です。犯罪者と呼んでもらって構いません。でも、殺人は犯していない。一切無関係です」

モンティはこれには何も返さず、さらに聞いた。「ウルグアイへの送金は？」

「あれがどうかしたんですか？　ぼくはてっきり、全部ビスタの研究のためだと思っていた。まさか殺し屋への支払いが含まれていたなんて、思ってもみませんでしたよ。これで、答になっていますか？」

「そうか。じゃあ、フィリップ・ローズの件に戻ろう」

ジェームズはため息をついた。「フィリップは例のエクセルのスプレッドシートを見つけ、内容をよく確認してから、祖父に電話をしました。公表するつもりだったんです」

「ところが、電話に出たのはばあさんだった」

「ええ、そのとおりです。それでフィリップに言った。いまの話は祖父に伝えるが、その前にまずは自分に詳しく話して欲しいと。もちろん嘘です。彼女はオフィスに行ってフィリップを撃ち殺し、自殺に見せかけるために遺書をパソコンのモニターにタイプした」ジェームズはごくりと唾を飲み、激しく首を振った。「自分の言っていることが、いまでも信じられない。祖母がそんなことを……とにかく、これが事件のあらましです」

モンティは黙ったまま、耳にしたことを消化していた。張りつめた感じは、あえて崩さないようにした。

「それで？」ジェームズがたまらず聞いた。

「それでも何もない」モンティは肩をすくめた。「オフレコだからな、おれには何一つしてやれんよ。おれの意見が聞きたいか？　なら教えてやる、きれいさっぱり吐くことだな。それがおまえの身のためだ。じいさんとばあさんは、すぐに出てこられる。年がいっているから、同情票が集まるだろう。でも、おまえは無理だ。殺人にちょっとでも絡んでいると、それも特に伯父のフレデリック殺しに関わっていると思われたら最後、ムショにぶち込まれて、誰かさんにたっぷりとかわいがられることになるぞ」

「かもしれない」ジェームズは身震いし、手で顎をさすった。

「おまえとビスタの発言が真実だっていうのは、証拠が証明してくれる。正しいことをしろ。それがみんなのためだ」

扉の向こうで物音が聞こえ、次の瞬間、ルイーズ・チェンバーズが部屋に飛び込んできた。

「ジェームズ、何も言っちゃだめよ」彼女はそう言うと、ジェームズとモンティを交互に睨みつけた。

モンティは背筋を伸ばし、涼しい目でルイーズを見やった。「ミズ・チェンバーズ、ご心配なく。おたくのクライアントとの話は、もう終わりましたから」モンティは部屋を後にする前に、ジェームズの前で足を止めた。「おれが言ったことをよく考えるんだな。どうあがいても、あの優秀なドクターにノーベル賞は取れないし、おまえも北京でのメダルはもう無理なんだから」

32

デヴォンはオーブンからプライムリブを出し、オーブンミットを外すと、一歩下がり、出来映えをほれぼれと眺めた。料理はあまりしないけれど、やれば必ずいい仕事をするのだ。ブレイクのサーモン料理との勝負の行方はまだわからない。でも、目の前に横たわるこの美味しそうな五キロの肉の塊は、ブレイクのサーモンにはなかった課題を負っている。モンゴメリー家全員とブレイクの胃袋を満たさなければならないのだ。

テラーが吠え、彼女の脚をひっかいている。ぼくのことも忘れないで、と言っているのだろう。

「わかってるわよ、ちゃんと覚えているわ」デヴォンは言った。「それに心配は要らないわよ、たくさん作ったから。でも念のため、きみの分は取っておくわね。それでいいでしょ？」

テラーが嬉しそうに甲高い声で吠えた。続いて玄関の閉まる音に素早く反応し、飛んでいった。

「ただいま、ぼくだよ」レーンが大声で呼びかけながら、キッチンに歩いてきた。「まさか、ディナーはまだ終わってないよね？」

「大丈夫」くんくんと匂いを嗅ぐ兄に、デヴォンが言った。「時間ぴったりよ」彼女はじゃがいものグラタン《スカロップト・ポテト》の味見をし、スパイスを少し足して、もう一度弱火にかけた。「ねえ、本当に明日行っちゃうの？」

「またかよ、もう五回目だぞ。うん、行くよ」兄は妹の脇をすり抜け、サラダからトマトを一切れつまんだ。

デヴォンが彼の手をはたいて言った。「もうちょっと嫌そうな感じでもいいんじゃないの。三週間も久しぶりに家族で過ごしたんだし。五〇〇〇キロも飛んで帰るのを、少しは迷ってると思っていたんだけど」

レーンは指を舐め、表情を変えずに言った。「そうかもね。でも、今回のは外せないんだ」

「今回の？」

「ニューヨーク行き」妹の驚いた顔を目にし、兄はにんまりした。「この前、タイムライフ社と契約を結んだんだよ。天災の生存者を撮ったぼくの写真とエッセイをまとめて、本にしてくれるんだ。それに、もうロスの太陽とビーチはたっぷり楽しんだ。あと三週間で、こっちに戻ってくるよ」

デヴォンは嬉しそうに声を上げると、兄に抱きついた。「何よ、水くさいわね。そうならそうと、言ってくれればよかったのに」

「それで、妹をやきもきさせるチャンスをみすみす手放せって？　そんな、もったいない」

「みんなは知ってるの？」

「おふくろとおやじはね。今朝、おふくろの家に寄って伝えたんだ」

デヴォンはその光景を思い浮かべ、思わず頰を緩めた。「二人とも、すごく喜んだでしょ？」

「というか、びっくりしてたよ。でもさ、喜ぶのはおまえのほうだと思うけどね」

彼女はよくわからないという顔で肩をすくめた。「どういうこと？」

レーンはオリーブをつまみ、口に入れた。「なんて言うかな、その、間の悪い時にお邪魔しちゃったんだよ」

デヴォンはすぐに察した。「嘘でしょ？」

「ほんとだよ。おふくろはちょっと具合が悪かったみたいで、ベッドにいた。モンティはキッチンに。タオルを腰に巻いただけの格好で、適当に朝飯を用意していた。それをベッドルームに持っていくところに、ぼくと鉢合わせたというわけ」

デヴォンは下唇を嚙んで笑いをこらえた。「誰に同情したらいいのかしらね」

「ぼくだよ」レーンがすかさず答えた。「リビングルームでぽつんと待たされたんだ。お菓子をつまみ食いして怒られた子供みたいな気分だったよ。で、ようやくおふくろがバスローブを羽織って出てきたんだけど、一〇分くらい、ぼくと目を合わせてもくれないんだ。顔を赤らめてるだけ。モンティはモンティで、苦虫を嚙み潰したみたいな顔をしてるし。そのうち銃でも引っ張り出してきて、撃ち殺されるんじゃないかと思ったよ」

「それでどうしたの？」

レーンがにやりとした。「おまえが嬉しくて飛び上がるのは、これからさ。モンティと二人きりの時を見計らって、言ったんだよ。おふくろとのこと、ちゃんとしたほうがいいよって。そうしたらなんて答えたと思う？　そうするつもりだって」

「ほんとに？」デヴォンは兄の腕をぎゅっと握りしめた。「本当にそう言ったの？」

「ああ、間違いない」モンティの声だ。彼はどこからともなく現れ、サラダのアーティチョークをつまんだ。「本気だよ。ただ、お母さんを説得するのにもう少し時間は要るけどな。それと、プライバシーも」彼は口をもぐもぐさせながら、あきれ顔をした。「まったく、親のプライバシーを邪魔するのは小さい子供のすることで、大人になったら、ちゃんとわきまえてくれると思っていたんだけどな。どうやら、おれの勘違いだったらしい。それよりデヴォン、おまえ、玄関に鍵くらいかけておけ。不用心もいいところだ」

「ご忠告、どうもありがとうございます」デヴォンは大声で喜びたい気持ちを必死でこらえた。「気をつけるわ」

モンティがくんくんと鼻を動かした。「うまそうだな。おれもお母さんも腹ぺこなんだよ。あっ、それと、さっきの話はまだ内緒だぞ。いまは大事な時なんだ――もちろん、おまえたちとの関係もそうだがな。知ってるだろ、親がうまくいけば、子もうまくいく。それに、少しは両親に敬意ってものを見せてくれてもいいだろ」そう言うと、彼は口笛を吹いて出ていった。

デヴォンとレーンは顔を見合わせて、吹き出した。

「チャンスね、これは利用できるわよ」デヴォンは肩を揺らし、笑いすぎて苦しそうな顔で言った。「モンティはいつもあんなふうに偉そうだけど、お母さんを口説き落とすまでかなり気を遣うだろうから、しばらくはおとなしくなるわよ。お母さんが恥ずかしがりやなのはわかっているから。とにかく、プライベートなことを言われるが一番嫌なはず」

「確かに」レーンがうなずいた。「つまり、ぼくが女性関係でうるさく言われることもなし。おまえがブレイクとのデートで帰りが遅くなっても、寝ずに待たれることもないってことだな」レーンはふと口をつぐんだ。目がいたずらっぽく光っている。

「あっ、その顔、前にも見たことがあるんだけど」

「だろうね」彼はしたり顔で言った。「おまえの言うとおり、この有利な状況は長続きしない。たぶん、モンティはすぐに再婚を申し込むだろうから。そうなったら最後、ぼくらのチャンスは消えてなくなる。やるなら、早めのほうがいいな」

「早速、何かするつもり？」

「まあね、後のお楽しみさ」

玄関口から、メレディスの声が聞こえてきた。両親の声もする。同時にドアベルが鳴り、一組の足音と三種の吠え声がした。一つは低く、二つは少し高め。どれも怒っている感じではない。

「チョンパーが来たのね」とデヴォン。「あの子もテラーもスキャンプも、自分がボスだと言い張ってるのよ」

「チョンパー？　よかった。ということは、ブレイクも来たんだな」レーンはサラダボウルをつかむと、ついて来いとデヴォンに合図した。「食事の時間だ」

デヴォンは冷蔵庫を開け、用意しておいたフルーツのトレイを出し、レーンの後を追った。兄が何を企んでいるのかは知らないが、それを見逃す手はない。

「やっとか」モンティが皮肉っぽく呟いた。ダイニングテーブルの横に立ち、サリーの肩に手をかけている。「もう少しでピザを取るところだったぞ」

「やめてよ」デヴォンはフルーツのトレイを置いた。「モンティでもお腹いっぱいになるくらい、たくさん作ったんだから」彼女は腰をかがめてチョンパーを撫で、それからブレイクのほうを向き、親しげな眼差しで見つめた。「どうも」

「やあ」ブレイクは彼女の手を取り、引き寄せるとキスをした。「うーん、キッチンからいい匂いがするね。料理対決はぼくの負けかな」

「そうかしら。わたしは勝っても得意にはならないけどね」

「負けた時は大変だけどな」レーンがすかさず言い添えた。トングでサラダを取り分けている。「なあブレイク、こいつとトランプだけはしないほうがいいぞ。負けたら大騒ぎだから」

「それは、お兄ちゃんが勝つたびに偉そうな顔をするからでしょ」メレディスが割り込んで来た。「お兄ちゃんに負けるのは、誰だって嫌よ。ほんっとに、まさしく、典型的な男の人って感じなんだから」

レーンは眉をつり上げた。「なんだよそれ？　ばかにしてるのか？」

「あら、わかった？」メレディス、デヴォン、そしてサリーが一斉に言った。

みんながどっと笑う。男性陣が言い返してくる中、皆それぞれ席についた。

デヴォンはチャンスをうかがって、部屋の隅にブレイクを引っ張っていった。

ひどくやつれている。無理もない。この何週間か、猛烈に忙しかったのだから。毎日一六時間、土日も働きづめだ。この先しばらくは、事態が好転する気配も見えない。計り知れないほどの精神的、経済的プレッシャーを受けているのは言うまでもない。

エドワードの逮捕直後から、ブレイクは暫定的にピアソン&カンパニーのCEOを務め、この最悪の状況下で、社の全業務に責任を負っている。基本的には毎日、ほぼ朝から晩まで会議室に籠もりきりだ。会議の相手は、社外の調査委員会および広報会社の人々。不適切な商行為で訴えられることは避けられないため、うまく訴訟に対処し、会社の没落を防ぐための対策に頭を悩ませている。また、その合間を縫ってピアソン社の全従業員を招集し、彼らの不安を鎮め、一丸となって戦おうと協力を求めた。無論、得意先回りも欠かしていない。社用機に乗って全国を行脚し、弊社はこの難局を乗りきってみせますと熱弁を振るい、今後とも変わらぬ支援を頼んで回った。

もちろん、ピアソン家内部の問題もある。

エドワードとアンはピアソン・ファームに自宅監禁の状態で、公判を待っている。彼らは弁護士に、刑事事件を扱わせたらニューヨーク随一との呼び声高いデヴィッド・ランジを擁立した。依頼人両名の年齢とエドワードの身体の具合を考え、ランジは公判をできるだけ長引かせるという作戦に出るつもりだ。一方のジェームズは保釈の身で、当局に全面的な協力をしている。レンジは禁固刑ではなく、罰金——額は相当なものになるだろうが——と社会奉仕活動に持っていきたいと考えている。ジェームズはレンジの助言に従い、地味な生活を送っている。馬術大会への出場もすべて取りやめ、一族の敷地内でしか乗馬はしていない。

残りの家族も皆、多忙な日々を強いられているが、土台からぐらつく会社を支えるという重責は、すべてブレイク一人が背負っていた。

デヴォンは彼の顔を見つめ、胸を痛めた。ストレスと疲労の痕がはっきりと見て取れる。「本当に大変そうね」ぽつりと呟いたその声は、ダイニングルームの椅子を引く音にかき消された。

「なんとか頑張ってるよ」

「おじいさんとおばあさんは？　大丈夫なの？」

ブレイクはやれやれといった様子で肩をすくめた。「健康面は問題ない。祖父の心臓はいまのところ大丈夫そうだし、祖母はあのとおりの強い人だから——家ではね。警察と話す時は、傷ついた老婦人を演じているよ。心神耗弱《しんしんこうじゃく》にでも見せかけようとしているんだろう。レンジの作戦さ。禁固刑にしても、刑務所じゃなくて、立派な療養施設か何かに入れようという腹づもりらしい」

デヴォンはため息をついた。「あなたに対する態度はどう？　少しは和らいだ？」

「まるで。相変わらずよそよそしいよ。会社の指揮を執るのがぼくしかいないことは、あの二人にもよくわかっている。でも、ぼくを許す気は少しもないね。だから、もう気を揉まなくていい。ぼくは気にしてないから」彼はデヴォンの髪を撫でて続けた。「そんなに怖い顔をするなよ。予想はしていたんだから。自分が何をしているのかは、よくわかっている。ぼくのやったことは、間違っていない。これでいいんだ。おかげで良心に恥じることなく生きていける。まあ、あの二人が平気な顔をしているのは、驚きだけど」

「他のご家族はどうなの？　協力は？」

「ああ、みんな応援してくれているよ、ジェームズ以外はね。でもまあ、あいつも普段よりはかなりおとなしくしている。ぼくのことを褒めはしないけど、邪魔もしてこない」

「それだけでも進歩ね」デヴォンは一拍置いてから、続けた。「ルイーズから連絡は？」

ブレイクの顎が強ばった。「いや、私物をまとめてさっさと出ていけと言ってから、一度も。ひどい仕打ちと思うかもしれないが、きみのお父さんから話を聞いて、正直、彼女の顔を見るのも嫌だったんだ」

それはそうだろう、とデヴォンも思った。「新しい弁護士の面接は？」

「順調だよ。よさそうな候補者が何人かいるんだ。いまはばたばたしているが、ピアソン&カンパニーにとってはこれでよかったんだと思う。ひどく汚れていたからね、一度きれいにしたほうがいい。忙しいけど、この一連の陣頭指揮を執れて、気分はいいんだ。ピアソンの名の信頼を取り戻すこと――自信を持って言える、それが目標さ。で、これに関してはきみにお礼を言わないと」

「わたしに？」

「ああ。というか、モンゴメリー家のみんなに。家族とはどうあるべきかを、短期集中講座でたっぷりと教えてもらったから」

「短期集中講座か、面白い言い方ね」デヴォンは背後の騒がしさに顔をしかめた。

「ちょっと！」レーンが大声で呼んだ。「二人の時間はあとあと。早く食べようぜ」

「邪魔しちゃだめよ」サリーが割って入った。それから席を立つと、デヴォンを見やった。「わたしが取り分けようかしら」

「いいね」モンティがすかさず立ち上がった。「じゃあ、おれが肉を切るから、おまえが皿に取り分けろ。昔みたいにな」

「いつの昔かしら？」サリーが前夫にいたずらっぽい笑みを向けた。「プライムリブは、うちの家計だと予算オーバーだったけど？」

「うちだって」とデヴォンが正直に言った。「レーンがお金を出してくれなかったら、この先二週間、毎日シリアル生活になるところだったわ」

「それはまた危ないところだったね」レーンが顔いっぱいに笑みを浮かべた。「でもほら、せっかくだから、盛大にやらないとつまらないだろ」

　メレディスは両親がキッチンに入っていく姿を見つめ、続いてデヴォンとブレイクをしげしげと眺めてから、レーンに言った。「ねえ、お兄ちゃん。パソコンを片付けるから、手伝ってくれない？　そうしたら、食後の仕事が一つ減るから」

にやにやしながら、レーンが立ち上がった。「要するに、二組のカップルにプライバシーをあげようというわけだな。オーケー、喜んでお手伝いしましょう」そう言うと、彼はメレディスと並んで階段のほうに向かっていった。ブレイクの脇を通り過ぎざま、声をかけた。「五分だけだぞ。腹が減ってるんだからな」

「ご忠告をありがとう」とブレイク。「それとメレディス？」彼は一つウィンクをした。「気を遣ってくれて、どうもね」

「どういたしまして」メレディスはレーンについて、二階に上がっていった。

デヴォンは嬉しそうに微笑み、ブレイクに向き直った。「メレディスは今晩、モンティと一緒に母の家に泊まるの。で、明日の朝、学校の寮まで送ってもらう。レーンのフライトは明日の午後。だからその後、うちにいるのはわたしとペットだけなの」

「そうか」ブレイクは彼女の腰に腕を回して抱き寄せた。「となると、いろいろな可能性が出てくるわけだ。もう慌ててうちに来て、二人で無理して遅くまで起きていなくてもよくなると」

「何よ？　わたしが重荷ってこと？」デヴォンは笑みを浮かべ、目を輝かせた。

「いいや」ブレイクは顔を傾けて、彼女にキスをした。「とんでもない。ただ、せっかく来てくれても、五時間しかないのは不満かな」

「それは、そっちが忙しすぎるからでしょ。こっちのせいじゃないわ」

「わかってる」ブレイクが彼女を熱い眼差しで見つめ、髪に指を走らせた。「でも、足りないんだ」

デヴォンは彼の表情にはっとし、真剣な面持ちになった。「わたしもよ」

「どうしたらいいか、考えないとね」彼がもう一度キスをした、今度はもっと強く。「明日の晩は？」

「明日の晩」デヴォンは繰り返した。「絶対よ」

ちょうどその時、キッチンで騒ぎが起きた。まずはモンティの怒鳴り声。次に「ピート、トレイを取って！」というサリーの叫び声に続いて、ウー、クチャ、ガリガリ。それからタッタタッという足音。間髪を入れずに、テラーが勢いよく現れた。肉片が一切れ、歯の間から垂れ下がっている。彼は左右に目をやり、デヴォンとブレイクに目を留めると、すかさず向きを変えて廊下を駆けていった。これにスキャンプがすかさず反応した。彼はさっと立ち上がると、その垂れた肉片に向かって飛びかかった。その直後、今度はチョンパーが猛ダッシュで現れた。狙いは同じくそのプライムリブだ。短くて太い足を何度も床に取られながら、テラーとスキャンプを必死で追いかけている。雄犬たちが狂騒劇を演じるなか、雌のコニーはいかにも猫らしい、軽くばかにしたような表情で彼らの姿を眺めていた。それからデヴォンを振り向き、腹立たしげにニャオと一声鳴くと、部屋の反対側に向かって歩いていった。

「まさに、冷水を顔に浴びせられた、というやつね」デヴォンはやれやれといった様子で首を振った。「ほんとにあの子たちったら。明日の晩は静かになると思ったら大間違いだ、と言われているみたいね」

「しょうがないやつらだな」ブレイクも呟いた。「大学に、ペット連れ込みオーケーのクラスはないのかな。あれば、三匹ともメレディスに預けられるんだけど」

「名案ね」デヴォンは口をへの字にした。「ないと思うけど」

モンティがキッチンから顔を出した。「おい、犬が食った分はおまえのだからな」彼はデヴォンに言うと、いまいましげな目でテラーを追った。「おまえの皿は一切れ少ないが、悪く思うなよ。というか、おれの素晴らしい反射神経に感謝してもらいたいね。もう少しで、全部床にぶち撒かれるところだったんだぞ。とにかくもう用意できたから、キスの時間はおしまいだ」そう言うと、彼はまたキッチンに引っ込んだ。

デヴォンはあきれ顔で三匹の犬を見やり――廊下で、肉を取り合って追いかけっこ中だ――ブレイクに向き直った。「あなたの家で五時間、二人だけで過ごすほうがいいみたいね」

「それはどうかな」ブレイクは熱い眼差しを向け、それから彼女の腰に回していた腕を解いた。「さっきも言ったけど、それじゃ足りないんだよ。時間だけじゃなくてね」

何かがデヴォンの胸の奥を捉えた。よくはわからないけれど、彼が大切な何かを心に秘めているのは間違いない。

でも残念ながら、答はしばらくお預けだ。

家族が再び一堂に会した。今度は食べ物が盛られた皿も揃っている。デヴォンの料理をサリーとモンティが給仕してくれたのだ。家族団らんのために。

皆が口いっぱいに頰ばりながら、歓喜と称賛の声を上げた。

「ブレイクのサーモンの味は知らんが、デヴォン、おまえの勝ちだな」モンティが断言した。

「じゃあ、勝負ありね。わたしの勝ちよ」デヴォンはフォークを置き、父親にからかうような表情を向けた。「だって、判事のお言葉ですから。陪審員が後で何を言おうが、覆せる。そうよね？」

「ああ、そのとおりだ」

「ねえ、さっき聞いたんだけど、知ってる？　お兄ちゃん、東部に戻ってくるんだって」メレディスが嬉しそうに言った。興奮を抑えきれないようで、目をきらきらと輝かせている。

「すごくない？」

「本当によかったわ」サリーも認め、愛情に満ちた眼差しで息子を見つめた。「もう五年も前から待っていたんですもの。説得がようやく実ったみたいね」

「そういうこと」レーンは噛んでいたプライムリブを飲み込むと、デヴォンを一瞥した。その目を見た瞬間、デヴォンにはぴんと来た。兄はさっき言っていた計画を実行に移すつもりなのだ。「でも問題が一つ。住む所がない」

「あら、あるわよ」サリーは何をばかなことを、というように顔の前で手を払った。「うちに来ればいいじゃない」

一瞬、モンティの顔に不満げな表情が浮かんだ。いま長男が引っ越してくるのを歓迎していないのが見え見えだ。もちろん、その理由《わけ》も。

「確かに」レーンは父の不満げな顔に気づかないふりをして続けた。「でも、そう言ってくれるのはありがたいんだけど、やっぱりだめかな。だってほら、おふくろはこれからやり直そうとしてるわけだし。プライバシーが要るだろ……」意味深長な沈黙。デヴォンは確信していた。兄はいまにも、母が恥ずかしがることを口にするはず。

そのしかめっ面から察するに、父も同じことを思って不安になっているらしい。

「それに、ぼくはほとんど街にいることになるから」皆を見事にはぐらかし、彼は満足そうな笑みを湛えた。「通勤時間が長いのは嫌なんだよ」

「だったら、ここに住めば？」デヴォンが提案した。兄の真意が見えない。

「ありがたいけど」レーンはこの案も一蹴した。「やっぱり問題は同じさ。通勤は楽になるけど、プライバシーのほうがね。たぶん、マンハッタンに住むのが一番だと思うんだ。いい場所が見つかるという前提で、だけど」

「うちは、部屋が山ほど余っているよ」ブレイクが言った。「それに、ぼくも最近はほとんどあっちに行かないし。シェアは大歓迎さ」

「もっといい案がある」レーンの口調で、デヴォンは確信した。兄が待っていたのは、このタイミングだったのだ。「ぼくに丸ごと貸すっていうのはどうかな？」

ブレイクが目を丸くした。「え？　一軒丸ごと？」

「そう。だって、もう少ししたら要らなくなるだろ。ぼくが借りれば、不動産屋に頼む手間も省けるし。そうしようよ。もちろん、マンハッタンに来た時はいくらでも泊まってくれて構わない。必要ならば、だけどね。これですぐにデヴォンの所に越して来られるじゃないか」

皆が一斉に顔を上げ、デヴォンに視線を注いだ。ちょうど水を飲んでいたモンティはむせ、ごほごほやりながら、デヴォンを睨みつけた。

「お姉ちゃん？」最初に口を開いたのはメレディスだった。「ブレイクが引っ越してくるなんて、聞いてなかったけど」

「だって、わたし……」デヴォンは言葉が見つからなかった。レーンが何を言うつもりなのか、いろいろと考えていたけれど、まさかこんなことだったなんて。

「おれも聞いてないぞ」モンティだ。怒りが声ににじみ出ている。「どういうことだ？　まさか、サプライズってやつか？」

「ピート」サリーが戒《いさ》めた。声の調子で、やめなさいと言っているのがわかる。

「なんだよ。おれはただ――」

「デヴォンはもう大人なのよ」サリーが静かに遮った。

「わかってるさ。ただ、これは前から決めていたことなのかどうか、聞いてるだけだ」

「違うのよ」デヴォンはきっぱりと言った。レーンがどういうつもりなのかは知らないが、乗るつもりはない。「レーンはからかってるだけなの。ブレイクがここに越してくる予定なんてない。だからみんな落ち着いて……」ブレイクの張りつめた表情に気づき、彼女は言葉

せた。

を失った。「ブレイク?」

レーンも困惑した顔で彼を見つめ、どういうことだと問いただすように、肩をすくめてみ

「話す暇がなかったんだ」ブレイクが答えた。

「参ったな」レーンは手で顎をさすった。「このあいだ言ってたから、それでてっきり……後押しになるかと思って……」彼は自分に嫌気が差したというように深くため息をついた。

「申し訳ない」

「何がだ?」モンティが詰問した。「いったい、何がどうなってるんだ?」

「なんでもないよ」レーンはすっかり打ちひしがれていた。「ぼくが台無しにしたんだ。もういいじゃないか」

デヴォンは目をしばたたいた。「そういうわけにはいかないわ。ちょっと、二人とも何を隠してるのよ?」

「隠し事はないよ」ブレイクがデヴォンを安心させるように言った。「この前、ミッドタウンでレーンにばったり会ったんだ。ぼくが意見を求めて、彼が答をくれた。本当はその件について、昨日の晩にきみと話し合うつもりだったんだ。でも、オフィスを出たのは真夜中過ぎだったから。今日は二人きりにはなれないし、だから明日、ゆっくり話そうと思っていたんだよ」

「そうだったの」謎が解けた途端、デヴォンの胸が高鳴りだした。

「デヴォンの所に越してくるのをどう思うか、レーンにうかがいを立てたわけか」モンティの口調から、信じられないという思いがありありと伝わってくる。彼は長男に向き直った。「で、おまえは名案だと思ったのか？」

「ピート、いいかげんにして」サリーは曖昧な物言いをやめ、きっぱりとモンティを制した。彼女は視線を上げず、モンティの前に置かれたスカロップト・ポテトのボウルを指した。「それ、取ってもらえるかしら？」

「ああ、ほら」モンティはボウルを手渡したが、視線はレーンに向けたままだ。「答えない限り、何度でも聞くぞ」

「わかったよ。はい、そうです、名案だと思いました」レーンは豆のボウルに手を伸ばした。「これで満足した？　もうこの話題はやめようよ」

「いや、まだだ」

「もういいの。モンティ、終わりにして」デヴォンは一語ずつ区切るように、きっぱりと言った。「家族で話し合うことじゃないわ」

モンティは何も言わなかった。顎の筋肉に前にも増して力が入っているのがわかる。「なあブレイク。おまえの妹、キャシディのことを考えてみろ。彼女が、知り合ってから一カ月も経っていない男と住むと言ってきたら、どう思う？」

デヴォンは頭を抱え込み、不満の声を漏らした。

「大賛成、とは言えませんね」ブレイクの声におよび腰という響きはない、どこか面白がっているようだ。「レーンと同じで、ぼくも妹に対しては過保護ですからね」

「ふん、過保護か。そんな言い方でごまかせると思ってるのか。まったく、レーンのやつ、ふざけやがって。こいつ、急に物わかりのいい兄きになりやがった」

「違いますよ、モンゴメリーさん。そうじゃありません。妹さんのことをとても大切に思っていますよ」ブレイクがくっくっと笑いながら、この話題を切り上げようとするレーンを手で制した。「レーン、いいんだ。確かに家族会議にかけるつもりはなかったが、うん、やってみよう。どっちにしろ、もうばれたわけだし」

レーンは顔をしかめた。「本当にごめんよ」

「ばか者が」モンティが叱りつけた。

「お父さんの言うとおりね。ほんとにばかよ」デヴォンは兄を一瞥した。「ただ、モンティとは理由が違うけど」

「いい考えがあるわ」サリーが明るく言った。「ねえデヴォン、ブレイクとキッチンに行って、二人だけで話し合ってみたら？」

「いや、それにはおよびません」ブレイクはデヴォンをじっと見つめた。「デヴォン、ぼくでいいかな？」

「えっ、はい」涙があふれ出てきたけれど、彼女は力強く答えた。「もちろん」

「すごい」メレディスも目を潤ませていた。「信じられない、こんなロマンティックな展開になるなんて」

「ぼくもだよ」レーンはふうとため息をつき、ブレイクを見守った。ブレイクは椅子を引き、デヴォンのそばに行くと、彼女を立たせ、唇を重ねた。

「まさに予想外の展開だね。おかげでぼくも救われたよ。お喋りの、おせっかいやきという罪からさ」レーンが言った。

「本当にそうよ」デヴォンはブレイクの腕に抱かれながら呟いた。

サリーも立ち上がり、デヴォンを抱きしめた。一人、モンティだけがしかめっ面をしていた。「なんだよ、ただ引っ越してくるだけじゃないってことか？」

「そういうこと」レーンはにっと笑って父の質問に答えると同時に、ブレイクと祝福の握手を交わした。「思ったとおりだ。わかってたんだよ、ブレイクはデヴォンに夢中だって。だから、ちゃんとしたほうがいいと言ったんだ。なあデヴォン、どこかで聞いた台詞だろ？」

デヴォンは兄の腕を軽くパンチした。「もうっ、調子に乗らないでよね」

「そうだぞ」モンティが言った。彼も立ち上がり、皆の所まで来て、胸の前で腕を組んだままブレイクを見据えた。「要するにあれか、結婚ってことだろ？　指輪の交換、誓いの言葉に、あれやこれや」

「ええ、そのとおりです」

「そうか」モンティが大きくうなずいた。「わかってるだろうが、こいつを傷つけたらただじゃおかないからな」

「モンティ」デヴォンが戒めた。

「そうくると思ってましたよ」とブレイク。「でも大丈夫、傷つけたりしませんから」

「ああ、わかってるよ」モンティが再びうなずいた。感極まっているのが、その瞳に見え隠れしている。彼は手を差し出すと、ブレイクと握手を交わした。「おめでとう、ブレイク。おまえはツイてるよ」

「ありがとうございます、モンゴメリーさん。自分でもツイていると思います」

「堅苦しいのはよせ。モンティでいい」彼はデヴォンに向き直り、親らしく、優しく包み込むようにハグし、ぶっきらぼうに言った。「幸せになれよ」

「うん、ありがとう、モンティ」デヴォンは父の背中に両腕を回し、強く抱きしめた。

「おい」モンティが娘に言った。早くも感情を心の奥に押し戻したのだろう。いつもの口調だ。「だから言っただろ？　おれとパートナーになるといいぞって」

「うん、お父さんの言ったとおりだった」

「いつもな」

デヴォンはにっこり微笑んだ。「いつもね」

「よし。もう話はついたな。さあ食べよう」

訳者あとがき

善い人でも、とんでもない不幸に襲われることがある。間の悪い時、間の悪い場所にたまたま居合わせてしまったがために……。

本書『白い吐息のむこうに（原題　Wrong Place, Wrong Time）』は、不運にも重大事件に巻き込まれてしまった家族の強い絆と、事件をきっかけに育まれる男女の熱い恋愛を描いた一級のロマンティック・サスペンスです。あらすじを簡単にご紹介しましょう。

主人公デヴォン・モンゴメリーの母サリーは、ピアソン&カンパニー社CEOフレデリック・ピアソンと週末旅行に出かけるが、フレデリックは何者かに殺され、泊まっていたキャビンは火の海に。かろうじて難を逃れたサリーは、前夫で元刑事の探偵モンティに助けを求める。

ピアソン&カンパニー社内の人間による犯行を疑うモンティは、娘デヴォンをピアソン家に送りこむ。父の命令で、フレデリックの甥ジェームズとブレイクの二人に近づくデヴォン。狙いどおりジェームズとブレイクはデヴォンに好意を抱く。捜査の対象とわかっていながらも、二人の魅力的な男性に挟まれ、デヴォンの気持ちは激しく揺れ動く。そんな折、新たな事件が発生し、謎はますます深まっていく。真犯人は? サリーは無事家族の元に戻ってこられるのか? デヴォンが選ぶのはジェームズ、それともブレイクなのか? サスペンスとロマンスをどうぞ、たっぷりとお楽しみください。

著者のアンドレア・ケインはヒストリカル・ロマンティック・サスペンスでベストセラーを連発する人気作家。邦訳には『疑惑のサンクチュアリ』と『崩壊のプレリュード』(ヴィレッジブックス) があります。

本書の魅力は、なんと言っても個性豊かな登場人物にあります。ヒロインのデヴォンは動物が大好きな獣医師。聡明で機転が利き、正義感の強い女性です。デヴォンを取り合うジェームズとブレイクは従兄弟同士だけれど、性格は正反対。ジェームズはキュートで遊び上手。少しわがままなお坊ちゃんタイプで、障害飛越競技の名騎手です。片やブレイクは沈着冷静で聡明。野心家で、大手フード会社ピアソン&カンパニー社の次期社長候補と目される、いわゆるできる男性です。一方、サスペンス部門の主役はデヴォンの父モンティ。ルールをねじ曲げることなど何とも思わない腕利きの探偵で、事件の解決に大活躍します。デヴォンの祖父エドワードは目的のためなら手段を選ばない豪腕。孫のジェームズが北京オリンピックに出場し、金メダルを取ることを夢見ています。ピアソン家に勤める馬専門の獣医師ローレンス・ビスタとピアソン&カンパニー社の顧問弁護士ルイーズ・チェンバーズは、どちらも謎めいた存在で、含みのある発言や怪しい行動が目につきます。こうした個性豊かな登場人物それぞれの思惑が交錯し、物語が息詰まる展開を見せるなか、緩衝役になってくれるのが時折登場する犬や猫、馬などの動物たち。彼らの愛らしい仕草に、ほっと和まされることでしょう。

障害飛越競技も物語の重要な鍵を握っています。障害飛越とは、障害が設けられたコースを人馬で駆ける馬術競技の一種で、タイムと障害を越える際の動きの正確さや美しさなどを競うもの。近代五種競技のひとつにも採用されていて、馬場馬術と同じく、礼儀に関しても厳格なルールが定められています。競技はもちろん、馬についても細かく描写されていますから、馬術のことを知らない方でも、きっと興味をお持ちになることでしょう。わたしも北京オリンピックでは馬術と近代五種に注目していました。

また、家族愛も本書のテーマの一つです。モンティとサリーは離婚後も心のどこかで互いを思っています。長女のデヴォンは二人の復縁を望んでいるけれど、兄レーンはありえないと言うし、妹メレディスはいまだに父のことが許せない。どこかぎくしゃくした関係が続いていたモンゴメリー家ですが、家族を守るために皆が一致団結し、危険を顧みずに立ち上がります。片や富豪のピアソン家は、一族の名誉のためなら手段を選ばない人々ばかり。殺人事件に翻弄される両者を通じて、著者は家族のあり方を読者に問いかけています。

数々の謎の事件、ヒーローとヒロインの恋愛、そして温かい家族愛と盛りだくさんの内容で、最後まで一気に読ませる作品に仕上がっています。

二〇〇八年九月

ライムブックス

白い吐息のむこうに

著　者　アンドレア・ケイン
訳　者　織原《おりはら》あおい

2008年10月20日　初版第一刷発行

発行人　成瀬雅人
発行所　株式会社原書房
〒160-0022東京都新宿区新宿1-25-13
電話・代表03-3354-0685　http://www.harashobo.co.jp
振替・00150-6-151594
ブックデザイン　川島進（スタジオ・ギブ）
印刷所　中央精版印刷株式会社

落丁・乱丁本はお取り替えいたします。
定価は、カバーに表示してあります。
 ISBN978-4-562-04348-4　Printed in Japan